二見文庫

この夜が明けるまでは

トレイシー・アン・ウォレン／久野郁子＝訳

Wicked Delights Of A Bridal Bed
by
Tracy Anne Warren

この夜が明けるまでは

登　場　人　物　紹　介

マロリー(マル)・バイロン	公爵令嬢
アダム・グレシャム	伯爵
エドワード(ネッド)	クライボーン公爵。マロリーの長兄
クレア	公爵夫人
ケイド	マロリーの次兄
メグ	ケイドの妻
ジャック	マロリーの三兄。アダムの友人
グレース	ジャックの妻
ドレーク	マロリーの末兄。数学者
レオ	マロリーの双子の弟
ローレンス	マロリーの双子の弟
エズメ	マロリーの妹
公爵未亡人(アヴァ)	マロリーの母
マイケル・ハーグリーブス	少佐。マロリーの元婚約者
ペニー	マロリーの侍女
シャルルマーニュ	マロリーの愛猫

1

イングランド、グロスターシャー州、ブラエボーン
一八一二年八月

美しくしつらえられた居心地のいい寝室で、レディ・マロリー・バイロンはひざに乗った猫をぼんやりとなでていた。猫のやわらかく真っ黒な毛は、マロリーのまとった喪服の色にそっくりだ。ブラエボーンの厩舎《きゅうしゃ》の片隅で生まれ、家族に溺愛《できあい》されているシャルルマーニュが、ひざの上で満足そうにのどを鳴らして緑色の目を細めた。

わたしもこんなふうに安らかな気持ちでいられたなら、どんなによかっただろう。マロリーは心のなかでつぶやいた。シャルルマーニュのように、平凡だけれどおだやかな毎日を送れたら。

だがどんなにそう願っても、わたしの人生はもうめちゃくちゃになっている。最愛の婚約者、マイケル・ハーグリーブス少佐が戦死したという知らせが届いたあのおぞましい朝、すべてが壊れてしまった。

そのときのことを思いだし、マロリーはのどになにかがつかえたような気がしたが、涙は

出なかった。あれから一年以上がたち、悲しみに慣れてしまったせいか、もう涙は乾いている。知らせを受けてからしばらくは毎日泣き暮らし、絶望のあまり胸が張り裂けそうだったが、もうあのころのように取り乱すことはない。

だがいまでも夢のなかでは、あのときと同じ苦しみを味わっている。生々しい悪夢にうなされ、声にならない声をあげて目を覚ますと、涙で頬がぐっしょり濡れているありさまだ。

そろそろ悲しみを乗り越え、前に進むべき時期だと頭ではわかっている。家族からもそうするよう、ずっと優しく励まされている。それでも感情が麻痺《まひ》し、かつての陽気で明るかった自分には戻れそうにない。まるで心が死んでしまったように、世界がぼんやりとした霧に包まれて見え、激しい苦悶にさいなまれることはないが、喜びや感動を覚えることもない。

マロリーはため息をつき、シャルルマーニュのやわらかな毛をなでながら、窓の外に目をやった。兄のエドワードの屋敷の庭が広がっている。手入れの行き届いた立派な庭だ。ブラエボーンは二百年以上にわたってクライボーン公爵家の主領地であり、英国の貴族の館のなかでも屈指の美しさと気品を誇っている。だがマロリーの目には、なにも映っていないも同然だった。侍女がそばで忙しく動きまわっているのにも、ほとんど気がついていなかった。

「お客様が続々と到着なさっていますよ、お嬢様」ペニーがことさらに明るい声で言った。「お屋敷のなかはすっかりにぎやかです。今夜お召しになるドレスをご用意いたしましょうか。どれがいいでしょう？　ボディスに凝《こ》ったレースのついた、ピンクのシルクのドレスになさいますか？　お嬢様の褐色の髪とばら色の肌に、ピンクはよく映えますものね。パーティの華になることは請け合《う》いですわ」

ペニーはマロリーの返事を待ち、いったん口をつぐんだ。だがマロリーがなにも言わないのを見て、言葉を継いだ。「それとも青いドレスをお召しになりますか？　お母様の公爵未亡人が先日、お嬢様ほど青がお似合いになるレディはほかにいない、青はお嬢様のアクアマリンの瞳をよく引きたてるとおっしゃっていました。もちろん、お嬢様はどんな色でもお似合いですけれど。さあ、どうなさいます？　ピンクか青、それともほかの色？」

ただ肩をすくめるだけでもいいから、なにか返事をしなければいけないことは、マロリーにもわかっていた。それでも無言のまま、こちらになにも求めることをしない小さなシャルルマーニュに慰めを見いだし、そのなめらかな毛をゆっくりとなでつづけた。

部屋にいる動物はシャルルマーニュだけではなかった。バイロン家の数多いペットのうち、少なくともほかに二匹、マロリーの部屋に立ち寄ることを日課にしている動物がいた。エリザベス――クイーン・エリザベスの略――という名前のぶち猫がマロリーのベッドの真ん中で丸くなり、火のついていない暖炉の近くでは、まだら模様をしたスパニエル犬のヘンリーが豪華なオービュッソンじゅうたんの上に寝そべっている。

三匹の高貴な名前は、妹のエズメがつけたものだった。シャルルマーニュもエリザベスもヘンリーも、エズメが偉大な君主の生涯について学んでいた年に、バイロン家へやってきた。名付け親本人は、もうそのとき勉強したことの一部しか覚えていないが、三匹はいまも立派な名前で呼ばれつづけている。このところエズメは、新しく家族の一員となった動物に、有名な作曲家の名前をつけるのがお気に入りだ。最近では猫のモーツァルトに、犬のハイドンとヘンデルが新顔として加わった。エズメ自身はそれほど音楽が得意ではないのに、その自由で大胆な思いつきにはくすりとさせられる。

マロリーは唇にかすかな笑みを浮かべ、部屋の反対側で寝そべっている〝キング〟・ヘンリーに目をやった。自分が見られていることに気づいたのか、ヘンリーが顔を上げ、尻尾《しっぽ》を二度ふってから昼寝に戻った。

「どのドレスにいたしましょうか」ペニーが訊いた。「言ってくだされば、すぐにアイロンをかけてご用意します」

マロリーはひとつ息を吸い、口を開きかけた。そのとき廊下の遠くのほうから、人びとの話し声が聞こえてきた。

招待客だわ。マロリーはうんざりした。

母とクレアがよかれと思い、恒例の晩夏のハウスパーティを開くことにしたのはわかっているが、今年は取りやめてほしかった。毎年、八月十二日に猟が解禁になるのを祝ってパーティを開くのがしきたりになっている。だがマロリーはその年の社交シーズンに参加せず、すでにひとつしきたりを破っていた。そしてついでにハウスパーティも中止になればよかったのに、と思っていた。もうすぐブラエボーン邸は、みんなで陽気に騒ごうと集まってきた親戚や友人たちでごったがえすのだろう。

でもマロリーはとても陽気に騒ぐ気分ではなかったし、楽しんでいるふりをするのもごめんだった。たしかにマイケルは一年のこの時期を愛していたが、そのことも心の慰めにはならなかった。〝都会からの脱出〟というのがマイケルの口癖で、田舎のゆっくり流れる時間と静かな環境を心から満喫していた。

マロリーの胸がぎゅっと締めつけられた。こみあげる感情を抑え、思い出を無理やりふりはらうと、ようやくペニーに返事をした。「ドレスは必要ないわ。夕食は部屋でとるし、パーティにも出ないから」

ペニーは目を丸くした。「でもお嬢様――」

「公爵夫人にそう伝えてちょうだい。もう下がっていいわ」

ペニーは一瞬、なにか言いたそうな顔をした。だがすぐに目を伏せ、ひざを曲げてうやうやしくお辞儀をした。「かしこまりました、レディ・マロリー」

それから部屋を出ていった。

ようやく体から力が抜け、マロリーはがっくり肩を落とした。前かがみになり、シャルルマーニュの頭に頬を押しつけて目を閉じた。


「いらっしゃいませ、閣下。またこうしてお越しいただき、光栄に存じます」執事が言った。

アダムこと第三代グレシャム伯爵が、ブラエボーン邸の広い玄関ホールにはいってくる。

「ありがとう、クロフト」アダムは言い、長年にわたり公爵家の執事を務めているクロフトに帽子と手袋を渡した。「こちらこそ、また会えてうれしいよ」

ブラエボーンをおとずれるたびにそうしているように、しばし足を止め、壮麗で洗練された内装に見とれた。十八歳のとき、大学で友だちになったジャック・バイロンに誘われ、オックスフォードからはじめてここを訪ねてきた日のことをいまでもよく覚えている。あのときもやはり夏で、高い円蓋《えんがい》の窓から今日と同じように明るい太陽の光がふりそそいでいた。そのまわりの天井には何ヤードにもわたり、それは見事なローマ帝国の盛衰の物語が描かれている。フレスコ画法による傑作だ。玄関ホールの向こう側にはゆるやかな曲線を描いた大きな大理石の階段があり、美しいコリント式の円柱がその両脇に堂々と立っている。床も同じ大理石でできており、その濃淡の入り交じった色調を見ると、アダムはいつも冷たいクリームと温かいクローバーの蜂蜜の組み合わせを連想した。

そのとき右手のほうからスカートの衣擦《きぬず》れの音がした。ふりかえると、桃色のシルクのドレスを着た美しい金髪の女性が、玄関ホールに隣接した応接室のひとつから出てくるのが見えた。

「アダム、やっと着いたのね！」クレアことクライボーン公爵夫人が鈴を転がすような声で言い、心からうれしそうな笑みを浮かべた。

アダムは磨きこまれた黒いヘシアンブーツでタイルの床をかすかに鳴らしながら、そちらに向かって歩きだした。公爵夫人が差しだした手を取って優雅にお辞儀をし、左右の手の甲に軽くくちづけてから放した。「やあ、奥方様。幹線道路がところどころ荒れていて困ったが、なんとか到着したよ」

「バイロン家の領地の道には問題はなかったわよね？」

　アダムは微笑んだ。「ああ、まったく。きみも知ってのとおり、閣下は通りをいつも最高の状態に保っている。でもそんなつまらない話はよそう。今日のきみはいつにもましてきれいだよ。前回会ったときよりもきれいになったようだ」

　クレアは苦笑いした。「前よりやせたと言いたいんでしょう。クリスマスに会ったとき、わたしはワインの樽みたいに丸くて、いまの倍ほども体重があったんですもの」

「そんなことはないさ」アダムは言った。「あのときのきみは、もうすぐ母親になる女性ならではの輝きを放っていた」

　クレアは笑い声をあげ、アダムの腕に手をかけて主階段へ向かった。「冗談はやめてちょうだい、閣下。でもあなたの手にかかったら、どんなレディもぼうっとしてしまうでしょうね。相変わらず歯の浮くようなせりふばかり言ってるんだから。世の女性がみんなあなたに夢中になるのも無理はないわ」

　アダムはにっこり笑い、瞳をいたずらっぽく輝かせた。「ありがたいことに、世の女性みんなというわけじゃないさ。もしそうだったら、歩くたびに人混みをかきわけて進まなくちゃならなくなる」

　クレアはふたたび笑った。

「母としても妻としても幸せなんだね」アダムはクレアとならんでゆっくり階段をのぼりながら、まじめな口調で言った。

クレアはうっとりした表情になり、青い瞳を輝かせた。「ええ、幸せすぎて怖いぐらい」

「バイロン家に新しく仲間入りしたレディ・ハンナは元気かい?」

クレアは誇らしげな笑みを浮かべた。「とても元気よ。あの子は本物の天使だわ。いつも明るくてご機嫌で、めったに泣いたりぐずったりしないの。髪の毛は褐色だけれど、エドワードに言わせたら、わたしに瓜ふたつなんですって。でも目もとや口もとはエドワードにそっくりなの。それにしかめ面をしたときも……見分けがつかないくらい似ているわ」

エドワードの渋面が頭に浮かび、アダムはにやりとした。もっとも、昨年レディ・クレアと結婚して以来、エドワード・バイロンがそうした表情を浮かべることはほとんどなくなっている。「ところで、クライボーン公爵はどこだろう。書斎かな?」

「いいえ、今日は使用人と一緒に出かけているの。小作人の家の井戸で水の味がおかしくなってるらしくて、それを調べに行ったのよ。だからこうしてわたしが、お客様ひとりひとりに歓迎のご挨拶《あいさつ》をしているわけ」

「きみにとっては朝飯前だろう」

クレアは小さく微笑んだ。

「それで、ほかには誰がいるんだい?」

「もちろん家族は全員そろっているし、親戚も何人か来ているわ。友人たちも招いてあるから、テーブルががらがらで困るということはないでしょう。マロリーの古いお友だちのミス・ミルバンクと、最近レディ・ダムソンになったミス・スロックリーもご招待したの。マロリーが喜ぶだろうと思って。でもそれがほんとうにいい考えだったのかどうか、よくわからないわ」

マロリーの名前に、アダムはそれまでの愉快な気分が吹き飛んだ。「最近の様子は？」

「今日はみんなと一緒に夕食をとりたくないそうよ。ついさっき、マロリーは自分の部屋で食事をすると言ってると、侍女が伝えてきたの。考えなおすように説得しようかとも思ったけど、どうせ耳を貸してくれないでしょうから」クレアはため息をつき、階段をのぼりきったところで足を止めた。「お母様もわたしも、気心の知れた人たちに囲まれて過ごせば、きっとマロリーも元気になるだろうと思ったのよ。でも本人が部屋から出てきてくれないことには、どうしようもないわ」

アダムは眉をひそめた。「ああ、そうだな」

マロリーがいまなお立ちなおれずにいることを知り、胸が苦しくなった。もちろんまだ喪に服していることはわかっていたし、婚約者の死を嘆くのも当然のことだろう。だからこそ、これまでマロリーをそっとしておいたのだ。本人が自分なりに、ゆっくり時間をかけて悲しみに向きあうことが必要だと思った。あれから何度か手紙のやりとりをしたが、マロリーは日常のできごとを淡々とつづるだけで、自分の内面を吐露《とろ》するようなことはなかった。誰にも自分の気持ちを言いたくなかったのだろうし、アダムもそれをうながそうとはしなかった。

だが、あれからもう一年以上がたつのに、いまだに心を閉ざしているというのか。マロリーはまだ二十二歳で、年老いた未亡人のように引きこもって暮らすべきではない。そもそも彼女は未亡人ですらないのだ。ハーグリーブス少佐とは結婚していなかったのだから。婚約してすぐに、少佐はイベリア半島の戦いに参加するために故国を離れた。そろそろ過去と決別し、前へ進むべきときだ。マロリーが自分で一歩を踏みだせないのなら、まわりが後押ししてやることが必要だろう。

アダムの頭のなかを読んだように、クレアが腕にかけた手にぐっと力を入れた。「来てくれてよかった。あなたとマロリーはずっと仲良しだったものね。あなたの顔を見れば、きっと元気になるでしょう。マロリーを励ましてあげて、アダム」クレアは言った。「あなたならできるでしょう？」

アダムは自分にまっすぐ向けられたクレアの目を見た。「ああ、できるさ」きっぱり言った。「すぐに昔のマロリーに戻してみせるよ」

かならずそうしてみせる。アダムは心に誓った。

たとえどんなことをしてでも、マロリー・バイロンの笑顔を取り戻すのだ。

2

マロリーが本を読もうか、それとも昼寝をしようかと迷っていると、寝室のドアをノックする音がした。ずいぶん前にひざから下り、日当たりのいい場所にある椅子で寝ていたシャルルマーニュが、ぱっと目を開けてドアのほうを見た。

「びっくりしたのね」マロリーはシャルルマーニュに向かってささやいた。もう一匹の猫のエリザベスが起きあがって伸びをし、毛づくろいを始めた。ヘンリーはというと、興味津々《しんしん》の様子で濡れた黒い鼻をひくひく動かしている。

マロリーはため息を呑みこんだ。きっとクレアか母が、夕食の件で話をしに来たのだろう。でももう言うべきことはすべて伝えたし、同じことをくり返しても意味はない。

「誰か知らないけど、あとにしてほしいと伝えてちょうだい」マロリーは侍女に言った。

「少し休みたいの」

ペニーはマロリーのハンカチをしまったり鏡台の上を整理したりしていたが、ひと呼吸置いてからひざを曲げてお辞儀をし、ドアへ向かった。

マロリーはそちらを見ずに、小声で交わされる会話に聞き耳をたてていた。なにを言っているのかはよくわからない。ペニーの高い声に対し、もうひとりの声はあきらかに女性のものではない。低くかすれて、温かみのある魅惑的な声だ。この声の持ち主にちょっと思わせぶりな言葉をかけられただけで、骨抜きになってしまった若い女性の話を一度ならず聞いたことがある。

「さあ」アダム・グレシャムが凜《りん》とした声で言うのが、今度ははっきり聞き取れた。「レディ・マロリーはここにいるのがわたしだと知らず、あとにしてほしいと言ったんだろう。もう一度、訊いてみてくれないかな。きっと気が変わるはずだ」

マロリーは目の隅で、ペニーが一瞬ためらったあと、背筋を伸ばして首をきっぱり横にふり、アダムの頼みを断わっているのを見た。

「じゃあわたしが自分で訊いてみよう」アダムはペニーを無視し、ドアを大きく開いた。「マロリー、ほんとうは寝てなんかいないんだろう?」入口から部屋のなかをのぞき、小声で言った。

マロリーはどことなくとげとげしい口調で答えた。「こんなふうに邪魔をされたら、たとえ寝ていても起きてしまうわ。あなたって、わたしの双子の弟たちと同じくらい気がきかないのね」

「あのふたりほどひどくはないさ」アダムは言った。「いや、やはり無作法だったかな」ペニーの横をすりぬけ、部屋にはいってくる。「だがきみの靴の先がちらりと見えたから、ベッドで横になってるんじゃないとわかったよ」

「椅子に座ってうたた寝してたのかもしれないでしょう」

「ああ、でも知りあってからずいぶんたつが、きみが椅子でうたた寝するところは見たことがない。それに体を起こした状態で寝るのは嫌いだと、よく言ってたじゃないか」

アダムは部屋の中央で立ち止まって優雅にお辞儀をすると、六フィート半近くある体をまっすぐに伸ばした。茶目っ気たっぷりの笑みを浮かべ、小麦色の肌に映える真っ白な歯を口もとからのぞかせた。マロリーを見つめる温かな茶色の瞳がきらきらと輝いている。

アダムの髪が前回会ったときよりも伸びていることに、マロリーは気づいた。豊かな黒い髪が、きちんと結ばれたタイにもう少しでつきそうになっている。だが無造作に整えられたゆるやかな巻き毛は、かえってその端整な顔立ちを引きたてていた。彫刻のような額《ひたい》にすっと通った鼻筋、がっしりしたあごの線が、精悍《せいかん》な魅力を放っている。

「やあ、マル」アダムは言った。

マロリーはアダムの目を見たが、微笑みかえすことはしなかった。それでも久しぶりにアダムに会って、胸が温かくなるのを感じた。「こんにちは、アダム。でもレディの寝室に来たりしてはいけないわ。作法に反することよ」

「きみの言うとおりだな。たしかに作法に反している」アダムは前に進み、マロリーの向かいの椅子に腰を下ろした。すらりとした体を包んでいるのは、深緑色の上着とズボン、クリーム色のベストだ。ポケットから懐中時計の金の鎖がのぞいている。ゆったりと椅子にもたれかかったそのさまは、おとぎ話に出てくる王子のような気品にあふれていた。力強く自信に満ち、男の色気をただよわせているアダムは、どんな場所でも会う人の目を惹《ひ》きつける。

「でも、ぼくはもともと作法を守るのが得意じゃなくてね。それにちょっと声を出せば聞こえるところにきみの兄弟がいるのに、なにが起きるというんだい？　おまけにドアは開いているし、侍女も同じ部屋にいる」アダムはいたずらっぽく言った。「ぼくがきみを抱きかかえ、ベッドに連れていく可能性はかぎりなく低い。そう思わないか、ペニー？」

ペニーは目をまんまるにし、くすくす笑いだした。「ええ、そう願いますわ、閣下」

アダムが笑い声をあげてウインクをすると、ペニーの頬が真っ赤になった。

「侍女を困らせないでちょうだい、グレシャム卿」マロリーはとがめるような口調で言ったが、本気で怒っているわけではなかった。「ペニー、もう行っていいわ。閣下と一緒なら、だいじょうぶだから」

ペニーはふたりを交互に見てうなずいた。「はい、お嬢様」

「でもドアは開けたままにしておいてね」立ち去ろうとするペニーの背中に向かい、マロリーは言った。「大きく開けておいて」

アダムはにやりとした。

暖炉の近くでなりゆきを見守っていたヘンリーが立ちあがり、ゆっくりした足取りでアダムに近づいた。上機嫌で尻尾をふっているところを見れば、昔からの親しい友だちどうしであることがよくわかる。アダムが手を伸ばしてつややかな頭をなでると、ヘンリーは全身で喜びを表現した。

マロリーはその様子を見ながら、自分もまたアダムの昔からの親しい友だちであることに、あらためて思いをはせた。いまやアダムと知りあってからの人生のほうが長くなり、あらゆる意味で兄も同然の存在だ。いや、厳密には兄と同じとは言えないかもしれない。アダムはどれほど堅物の女性でも、心を動かされずにはいられない魅力の持ち主なのだから。

じつを言うとマロリー自身も、まだ十六歳の少女だったころ、短いあいだだが彼に恋をしていたことがあった。ところがそれとなく好意を伝えてもするりとかわされ、向こうにその気がないとわかったので、生まれたばかりの恋心を封印することにした。それ以来、ふたりはいい友人どうしとして付き合っており、マロリーはその関係に満足していた。アダム・グレシャムと友だち以上の仲になることは、この先も永遠にないだろう。

そしていま、アダムは今回もまた友人としての務めをはたすため、ここへやってきた。

「母に言われて来たのね。それともクレアかしら」

アダムはマロリーの顔をしげしげとながめた。「いや、ちがう。少なくとも、はっきりそう言われたわけじゃない。でも、きみを元気づけるよう頼まれたのはほんとうだ」

マロリーは顔をしかめた。「このごろは、みんながそうしなければと思ってるらしいわ。ふさぎこんだマロリーを元気づけなければ、とね」

「でもぼくは、そんなことをするつもりはない」アダムは引き締まった腹部の上で、両手を尖塔の形に合わせた。「きみが悲しみに暮れるのは当然のことだ。それを無理やりどうにかしようなんて思ってないよ」

「そうなの？」マロリーははっと息を呑んだ。

「きみ自身が望んでいないのに、まわりが無理に元気づけようとしても意味がないだろう」

「そう言ってもらえて……うれしいわ、アダム」マロリーはどういうわけか、ますます心が沈むのを感じた。

「きみはもう立派な大人だ。夕食をとりたくないなら、とらなくてもいいさ」

マロリーは眉をひそめた。「わたしが夕食をとらないなんて、誰が言ったの？」

「きみは夕食の席に来ないとクレアが言ってたから、てっきりそうだと思ったんだが」

「ええ、そうよ。でもだからといって、夕食をとらないわけじゃないわ。この部屋で食べるつもりなの」

「なるほど」アダムは言葉を切り、思案顔をした。「ここで食べてもみんなと一緒に食べても、憂うつなことに変わりはないだろう。席について黙ったまま料理をつついたって、誰もなにも言わないはずだ。なんだったら、まわりの人たちはいないものだと思ったらいい」

「アダムったら！」

アダムは褐色の瞳でマロリーを見た。「なんだい？」

「ひどいことを言うのね」

「そんなつもりはなかった。ただ、きみがこうして部屋に引きこもっているせいで、家族がどれだけつらい思いをしているかということも、少しは考えたほうがいいんじゃないかな。今夜、みんなと一緒に夕食の席につくぐらい、どうということもないだろう」

マロリーはその言葉に、自分の態度がどれほどみなを傷つけているかに気づいた。「でもアダム、今日は人が多すぎて……」蚊の鳴くような声で言った。

アダムは手を伸ばし、マロリーの手を包んだ。「みんな家族や友だちじゃないか。きみを愛している人たちばかりだ」

マロリーは下を向いた。「ええ、あなたの言うとおりかもしれないわね」

「かもしれないじゃなく、そのとおりだ。だがもしそのほうが少しでも気が楽になるなら、ぼくと兄弟の誰かのあいだの席に座ったらいい。ドレークはどうだろう。無口でいつもなにかを考えこんでいる。ぼくとドレークの隣りなら、きみもしたくもないおしゃべりをする必要がない」

マロリーは顔を上げた。「それならいいかも」

アダムは微笑んだ。

「でも食事のあと、カードゲームやほかのゲームに参加するのはごめんだわ。ピアノも弾《ひ》きたくない。みんなの注目を浴びてなにかをするなんて、考えただけでぞっとする。とてもそんな気にはなれなくて……あれ以来」

アダムはわかっているというように、マロリーの手をぎゅっと握った。「食事が終わったら、きみが早めに部屋に下がっても、誰も気にしないはずだ。もちろん、デザートのフォークを置くやいなや、席を立ったりしないほうがいいとは思うが」

マロリーは渋面を作った。「なんだかうまく言いくるめられた気がするのはなぜかしら」

　アダムはそしらぬ表情で肩をすくめた。

「このことにクレアと母は関係ないと言ったわね。あなたってほんとうに悪知恵が働く人だわ、閣下」

　アダムの顔にゆっくりと笑みが広がった。「それもぼくのたくさんある才能のうちのひとつでね」親指で手の甲をしばらくなでられ、マロリーはアダムの指が触れた部分の肌がうずくのを感じた。やがてアダムはマロリーの手を放して椅子にもたれかかった。「それで、今夜はなにを着るつもりかな」

　マロリーはかすかに眉根を寄せた。「なんだっていいでしょう。灰色のシルクのドレスにしようかしら」

　アダムも眉をひそめた。「灰色？　いや、それはだめだ」

「どうして？」

「まず、喪服を着る期間はもうとっくに終わっている。それから、ぼくは灰色が嫌いだ。とくに女性には着てほしくない」

「だったら黒のドレスにするわ。でもあなたにドレスの相談をした覚えはないけれど」マロリーはあごをつんと上げた。

「たしかに相談はされていないが、ぼくの言うことを聞いておけば間違いない」

　マロリーは口をあんぐり開けた。「あなたにはあきれるわ」

「夕食の席で喪服を着るなんて、ばかなことはしないでくれ。そもそもきみは未亡人じゃないんだ」

マロリーは凍りつき、頭をがんと殴られたような気がした。胸がぎゅっと締めつけられた。アダムの言うとおり、わたしは未亡人でもなければ、あの人の妻でもない。それでもマイケルの死に、わたしは妻と変わらない衝撃を受けたし、未亡人も同然の絶望を味わっている。

マロリーの唇が震え、ふいにひと粒の涙がこぼれた。

アダムが身を乗りだし、親指の先でその涙をぬぐった。「きみを傷つけるつもりはなかった。泣かないでくれ」そうささやいた。

「いつもはめそめそ泣いたりしないのよ」マロリーは言った。「もういまはね。涙はとっくに枯《か》れたと思っていたのに」

「まだ何粒か残っていたようだ」

マロリーはなにも言わず、濡れた瞳でアダムを見た。アダムがそっと優しくこちらのあごに触れている。きっとみんなと同じことを、アダムも言おうとしているのだろう。

〝だいじょうぶ、心配はいらないから〟

〝時間がたてば傷も癒《い》えて、以前の元気な自分に戻れる〟

〝まだ若いのだから、人生はこれから〟

〝マイケル・ハーグリーブスの死を、もう充分悼《いた》んだ。そろそろ彼のことは忘れたほうがいい〟

家族がわたしのためを思い、そう言ってくれることはわかっている。みんな変わらない愛でわたしを支えてくれているし、そんな家族のことが大好きだ。でもみんなにはこの気持ちはわからない。そしてわたしには、それを説明する言葉も気力もない。

そして今度はアダムがやってきた。

みんなと同じことを言うために。

マロリーは顔をそむけた。

「ハーグリーブスもきみに灰色や黒の服を着てほしいとは思わないだろう」アダムは深みのある朗々《ろうろう》とした声で言った。「なんの意味もないしきたりに、がんじがらめになってほしいとも思わないはずだ。きれいな色のドレスを着たからといって、きみのハーグリーブスへの愛が薄れるわけじゃない」

マロリーは体を震わせ、またひと粒の涙をこぼした。アダムはさっきと同じように、親指で頬をぬぐった。

「それに」手をひっこめながら言った。「カラスのような格好で夕食の席に現われてほしくないからね」

マロリーは怒っていいのか笑っていいのか、自分でもよくわからなかった。「カラスですって！」

アダムはまた椅子にもたれかかって腕を組んだ。「そうだよ。頭に黒い羽飾りをつけたら、ますますそっくりだ」

マロリーは開いた口がふさがらなかった。「あなたをひっぱたいてやりたいわ」

「どうぞ。どっちの頬がいいかな」アダムは左右の頬を交互に差しだした。「好きなほうをひっぱたいていい」

マロリーはため息をついた。「わかったわ。黒と灰色以外のドレスを着ればいいんでしょう」

アダムは微笑んだ。

「ペニーがきっと大喜びするわ」マロリーは言った。「この一カ月というもの、早く喪服を脱げとそれはうるさかったのよ。毎日、何色のドレスを着たいかとわたしに訊くんだけど、そのたびに明るい色を選ぶように勧《すす》めるの」

「いい侍女だ。さて、そろそろペニーを呼んでドレスを選ぼうか」アダムはマロリーの返事を待たずに立ちあがり、呼び鈴へ近づいた。

マロリーはアダムを見た。「まさかあなたも同席するつもりじゃないわよね？」

「なにか問題があるかな。直前できみの気が変わらないともかぎらないから、ぼくがいたほうがいいだろう。薄紫色を選ばれても困るし」

「薄紫色のどこが悪いの？　わたしの大好きな色よ」

「昔から半喪服の色とされている。喪に服すのはもう終わりだ。せめて服の色だけでもそうしてくれ。華やかな色のドレスを着たらいい。そうだな、緑色のドレスはどうだろう。きみは緑がよく似合う」

そのとき入口のほうから音がし、アダムはそちらを向いた。「侍女が来たようだ。ペニー、レディ・マロリーはみんなと一緒に夕食をとることにしたそうだよ。わたしもドレス選びを手伝う」

アダムのあまりにも大胆で、聞く者の眉をひそめさせずにはいられない発言に、ペニーは大きく目を見開いた。それでもアダムが女主人を説得し、パーティに出る気にさせてくれたことを喜んでいるのはあきらかだった。

マロリーは困惑し、椅子の肘掛けに両手を置いた。「あなたがそんなにおしゃれに興味があるとは知らなかったわ。いつから伊達男《だておとこ》になったの？」

アダムは気を悪くした様子もなく、首を反《そ》らせて笑った。「まさか。男の服装になど興味はない。でも女性となると話は別だ。ぼくは女性に服を着せるのが好きでね」

脱がせるのも好きなんでしょう。マロリーは心のなかでつぶやいた。アダムの女性関係の噂は耳にしている。協奏曲を弾く一流のバイオリン奏者のように器用な手つきで、女性の服を――それから下着も――あつかっているにちがいない。

頬がかっと火照《ほて》り、マロリーは自分が少し動揺していることがわかった。ごくりとつばを飲み、アダムの様子をうかがった。だがアダムはなにも気づいていないらしく、ペニーが掲げた二枚のドレスを見比べている。

アダムのお節介《せっかい》をありがた迷惑に感じつつ、マロリーは椅子にもたれかかり、ふたりがドレスを選ぶのを黙って見ていた。

3

その日の夕方、六時を少し過ぎたころ、アダムは洗面台の鏡の前に上半身裸で立っていた。迷いのない正確な手つきで鋭いかみそりの刃をすべらせ、石けんの泡と黒いひげをそり落とす。洗面器の湯で刃をすすぎ、同じことをくり返した。ひげが濃くて生えるのも早いので、たいてい一日に二度、顔をそることになる。

金銭的に恵まれているとはいえない生活を何年も送るなかで、近侍《きんじ》の手を借りずに身支度を整えるのが当たり前のことになっていた。最近、まとまった財産を手に入れたおかげで、服の手入れや身のまわりの世話をさせる使用人を雇う余裕ができたが、洗面や着替えは自分ひとりでやるほうがいい。シャツやズボンを身に着けるのに、他人の手助けなど必要ない。自分でさっさと着ればすむことだ。

アダムはひげをそり終えてかみそりの刃をすすぐと、湯を捨てて洗面器に新しい湯をそそいだ。顔をすすぎ、そばにあったタオルに手を伸ばす。さっぱりしたところで、裏面が銀でできた二本のブラシを使って髪を整えた。ブラシを動かしながら、マロリーのことを考えた。美しい顔がありありと脳裏によみがえってくる。

たしかにさっきは彼女に対して、厳しいことを言った。もしかすると少し厳しすぎただろうか。つらい思いをしているマロリーに、自分の言葉はあまりに無神経で冷たかったかもしれない。

マロリーの涙を思いだし、アダムの胸が締めつけられた。自分のせいだ。マロリーを傷つけることだけは、絶対にしたくなかったのに。

今日はじめてマロリーを見たとき、そのあまりにやつれた姿とうつろな目に、アダムはショックを受けた。青緑色の瞳は絶海のような孤独をたたえ、顔は雪花石膏《せっかせっこう》を思わせるほど白く、頬骨がくっきり浮きでていた。後ろできつく束ねた髪も、内面の苦悩を物語っているようだった。アダムはマロリーを守ってやりたくてたまらず、すぐに駆け寄って抱きしめたい衝動に駆られた。

だがそれをこらえ、椅子に腰を下ろして話をした。たとえ本人が望んでいないことであっても、マロリーがいま一番必要としていることをするのだと心に決めた。喪に服していようがいまいが、誰かが背中を押してやらなければならないことははっきりしていた。マロリーはあまりに長いあいだ悲嘆に暮れ、自分の殻のなかに閉じこもっている。かつての明るかった彼女はどこかへ消えてしまい、いまや亡霊のようだ。

このまま引きこもらせておいていいわけがない。おそるおそる近づいて優しい慰めの言葉をかけ、腫《は》れ物にさわるように接しているのではだめだ。誰かがマロリーを揺すって目を覚まさせ、以前の生活に戻らせなければならない。もちろんすべてが以前と同じというわけにはいかないだろうが、人生はまだ終わっていないのだ。

悲しみというのがどういうものであるか、アダムもよくわかっていた。大切な人を失い、底の見えない深く大きな穴が心に開くことを、彼自身も経験している。それでもアダムはそれを乗り越えて前へ進んだ。同じことがマロリーにできないはずがない。

ところが彼女はすっかり悲しみにとらわれ、自分で殻を破ることができないでいる。誰かがそこから救いだしてやらなければ。

マロリーにはぼくが必要だ。

人を愛すれば、誰もがそうしようとするだろう。その人を助けたいと思うはずだ。そう、この世界に愛する人がいるとすれば、それはマロリー・バイロンにほかならない。マロリーへの愛に気づいたときのことを、アダムはいまでもはっきり覚えていた。ドレークの発明した電気の流れる機械にうっかりさわり、全身に激しい衝撃が走ったかのような瞬間だった。

「一緒に遊びましょうよ、アダム」マロリーがせがんだ。その明るい声は十六歳の少女らしく、無邪気そのものだった。

アダムは気が進まなかった。なにしろ自分は二十六歳の大人の男なのだ。子どものゲームなどしてなんになるだろう。しかもアダムはまだ年若いうちに大人にならざるをえなかった身だ。ところが気がつくと、ブラエボーンの屋敷の緑豊かな庭ではしゃぐマロリーとその親戚の年若い娘たち、幼い弟たちの輪に引きこまれていた。季節はいまと同じ晩夏で、やわらかな陽射しが降りそそぐ、汗ばむ陽気の日だった。虫の音が聞こえ、花をつけたスイカズラの茂みからかぐわしいにおいがただよってくる。

マロリーの誘いにしぶしぶうなずいた数秒後、目隠し遊びの黒い布をかけられ、目の前が見えなくなった。子どもたちが楽しそうな声をあげながら、アダムの体をくるくるまわし、それからつかまらないように後ろへ下がった。アダムが向きを変えてつかまえようとするたび、子どもたちはその手をかわしてはやしたてた。芝生を踏むみんなのかすかな足音がする。

まもなくアダムは誰かをつかまえた。どうやら年長の少女のようで、なんとか逃げようと腕のなかでもがいている。こちらの体に触れる華奢《きゃしゃ》でしなやかな体の感触に、アダムはどきりとした。自分のほうを向かせてしっかり抱きしめてから、頭にかかった布を取った。

マロリーと目が合った。アクアマリンの瞳が空よりも明るく輝いている。アダムははっとし、次の瞬間、息ができなくなった。マロリーが笑いながらつま先立ちになり、キスをしてきた。それは唇にそっと軽く触れるだけのキスだったが、アダムは周囲の景色がまわっているような錯覚にとらわれた。そしてそのとき、信じられないことに自分はマロリーを愛しているのだと気づいた。驚きと気まずさでとっさに体を離し、適当な言い訳をして急いで屋敷へ戻った。

まさかそんなことはありえないと自分に言い聞かせ、とつぜん胸に湧きあがった感情が消えるのを待った。マロリーはたったの十六歳で、女性として見るには若すぎる。まだ学校も卒業していない娘に夢中になるなど、あまりにばかげている。けれどもほがらかで気立てがよく、まぶしいくらいに美しいマロリーを見ていると、いとおしさで胸が苦しくなった。

アダムは自分が無垢《むく》な若い娘を狙う放蕩《ほうとう》者になった気がして、それからの数週間、マロリーをできるだけ避けていた。彼女は禁断の果実だ。木からもぎとりたくて、手がうずうずする。だがそれはかなわない願いだ。マロリーはまだ若く、自分とは年齢が離れすぎている。しかも、問題はそれだけではない。

第一に、マロリーは親友の妹だ。あらゆる面で家族も同然の人たちの、大切な娘なのだ。ジャックをはじめとするバイロン家の兄弟は、アダムを温かく迎えてくれている。それでも、アダムが自分たちの妹を特別な目で見ていると感じたら、きっとただではおかないだろう。たとえその問題が解決し、マロリーが求愛できる年齢になるまで長い年月を待ったとしても、彼女が空に浮かぶ星のように手の届かない存在であることに変わりはない。

思いだすのも忌まわしい状況で、アダムはなんの価値もない爵位を引き継いだ。浪費家の父親がギャンブルや酒や売春婦に湯水のように金を使った結果、財産はほぼ底をついていた。かろうじて残った屋敷も土地も荒れはて、そこから収入を得ることさえむずかしく、毎年税金を払うのにも苦労しているありさまだった。もし屋敷と土地が限嗣相続《げんしそうぞく》財産でなかったら、父は釘の最後の一本、れんがの最後の一個にいたるまで売りつくしていただろう。あの悪魔は伯爵家の誇りを地に落とし、富を食いつくした。やがて父が天国に行ったとき、あとにはなにも残っていないも同然だった。

いや、天国ではなくて地獄に行ったと言うべきかもしれない。アダムはシャツを手に取り、頭からかぶりながら思った。

あのころの自分にはマロリーに不自由のない暮らしをさせてやれる力がなかったし、愛があればお金など必要ないと思うほど夢想家でもなかった。もちろんマロリーにはクライボーン公爵が結構な額の持参金を用意しているだろうから、結婚してもそれなりに快適で優雅な生活は約束されるだろう。だが財産目的の男という烙印《らくいん》を押されるのだけは、自尊心が許さなかった。それにマロリーが大切だからこそ、自分はほんとうに愛されているのか、それとも求められているのはお金だろうかと、思い悩ませるようなこともしたくなかった。

そこでマロリーのことは最初からあきらめ、胸の奥深くに愛をしまいこんだ。そしてほんとうの気持ちを封印していい友だちという関係に甘んじ、そのことにわずかな慰めを見いだしてきた。

少なくとも、マロリーがマイケル・ハーグリーブスと出会い、恋に落ちるまではそうだった。ふたりが婚約を発表した日、マロリーを永遠に失ってしまったことを知り、アダムは自分の一部が死んだような気がした。

あのときはそう思った。

ハーグリーブスは立派な人物だったし、不幸になれなどと願ったことは一度もない。戦死の報を聞いたときは悲しく、とくにマロリーのことを考えると心が痛んだ。だがそれと同時に、ひそかな安堵《あんど》を覚え、胸にふたたび小さな希望の光が灯ったのも事実だ。

それまでは想像することすら自分に禁じていたが、ひとりになったマロリーを手に入れられるかもしれないと思った。彼女はもう大人の女性であり、自分も貧しい貴族ではない。

二年ほど前、アダムはなけなしの金をかき集め、金融界の異才と言われるレイフ・ペンドラゴンの助言にしたがって二、三の投資を行なった。ジャックがペンドラゴンの助言に賭けてみると言っていたので、自分もそれにならうことにしたのだ。はたして投資は大成功し、ひと財産を築くことができた。

金銭面で余裕ができたアダムは、ついにかねてからの願いだった領地の再建に取りかかった。真っ先に着手したのは、二十年使われなかったあいだにすっかり荒れはてた土地の開拓だ。その次には小作人が住む新しい家を建て、いまある家も修理し、彼らが土地をちゃんと活用できるようにする。地代だけでもかなりの収入になるはずなので、残った金はグレシャム・パークの修理につぎこみ、あの古く大きな屋敷をかつての美しい館によみがえらせるつもりだ。そして、ずっと消えていた笑い声と愛をあの屋敷に取り戻したい。マロリーを妻として迎えるのだ。

でもそれにはまず、マロリーに悲しみから立ちなおってもらわなければならない。それまでは辛抱強く待たなければ。

こんなに長いあいだ待ったんじゃないか。アダムは自分に言い聞かせながら、近侍が用意しておいたリネンのタイに手を伸ばした。あともう少しぐらい待てるだろう。マロリーのためなら、永遠に待ちつづける覚悟もできている。

胸と下腹部がうずいたが、アダムはそれを無視して鏡に向きなおり、タイを複雑な形に結びはじめた。

さっきマロリーをベッドに連れていく話をしたが、あれはまったくの冗談というわけではなかった。寝室でふたりきりになり、ほかのことはもうなにも考えられなくなるまでマロリーをキスと愛撫で酔わせることができるなら、なにを失ってもかまわない。あの黒いドレスを脱がせることができたら、どんなにいいだろう。だが残念ながら、それもまだお預けだ。

アダムはふらちなことを考えた自分を叱ってタイを結び終え、真珠貝のボタンが一列にならんだ白いベストを手に取った。次に黒い上着を着た。仕上げにポケットからハンカチをのぞかせ、大学時代から持っている金の時計と、祖父から譲り受けたオニキスの印章指輪《シグネットリング》をつけた。

最後にもう一度、鏡をのぞいてから部屋を出ると、みなが集まっているダイニングルームへ向かった。

マロリーは誰にも気づかれないことを祈りながら、足音を忍ばせて応接室へはいった。だがその祈りが通じたのは三十秒のあいだだけで、まもなく母がふりかえってこちらを見た。きれいな卵形の顔に微笑みを浮かべながら、アヴァことクライボーン公爵未亡人がすべるように部屋を横切って近づいてきた。ブロンズ色のシルクのイブニングドレスが、ほっそりした体と栗色の髪を引きたてている。ちらほら交じった白髪と、澄んだ緑色の目の横にうっすら刻まれたしわがなければ、実際の年齢よりはるかに若く見えただろう。じつの子どもたちでさえ、とても八人の子持ちには見えないと認めているほどだ。しかも、一番上の子どもは三十四歳になる。

「こんばんは」母は静かに言い、マロリーの頬にキスをした。「考えなおして下りてきてくれたのね。ほんとうにうれしいわ」

マロリーはええとつぶやいたが、それ以上なにも言わなかった。

「とてもきれいよ。青柳色のドレスがよく似合ってる。悪い意味に取らないでほしいんだけど、喪服姿じゃないあなたを見られてよかった」

マロリーは黙っていた。このドレスを着ることになった顚末《てんまつ》については、言わないほうがよさそうだ。そんなマロリーの胸のうちを読んだかのように、部屋の向こうにいるアダムがふりかえった。ジャックにケイド、それから友人のニアル・フェイバーシャム、ハウランド卿と立ち話をしている。アダムの唇にかすかな笑みが浮かび、褐色の瞳が満足そうに輝いた。

あなたは満足でしょうね。マロリーは胸のうちでつぶやいた。このドレスを選んだのは、ほかでもないあなたなんだから。アダムの目をちらりと見ると、その笑みがますます大きくなった。

マロリーは目をそらし、母に視線を戻した。まもなく義姉のグレースとクレアが現われた。クレアが微笑み、マロリーのほうに身を寄せた。「今日の午後、アダムによけいなことを言ってしまってごめんなさい。気を悪くしてないといいんだけど」

マロリーは小さく首をふった。「わたしのためを思ってそうしてくれたんでしょう。気を悪くするわけがないわ」

クレアはほっとした。「ええ、そのとおりよ。さあ、メグのところへ行きましょう。ソファから動けないの」

もうひとりの義姉、ケイドの妻のメグがソファから〝動けない〟のは、二人目の子どもを身ごもっているせいだった。今月末にも生まれる予定だというのに、メグはどうしてもブラエボーンでのパーティに参加すると言い張ったらしい。最初はケイドも馬車で南に向かうことを心配して難色を示していたが、結局はそれほど強く反対することなく折れたそうだ。お産を控えた妻のまわりに家族がいると思えば、ケイドも安心だったのだろう。

自分が話題にのぼっていることに気づいたらしく、メグが手をふった。おだやかな幸せで輝いている湖のように青い瞳が、マロリーにはまぶしかった。メグとケイドが心から愛しあい、強い絆《きずな》で結ばれていることはひと目でわかる。

マイケルが死ななければ、自分も同じような幸せを味わえるはずだった。なのにいま、あの人はお墓の下で冷たくなり、わたしはひとり取り残されている。もちろん家族の幸せをねたんだことは一度もないけれど、みんなの満ち足りた顔を見ていると、自分のむなしさと悲しみがいっそう強くなったように感じられる。

マロリーはふいに二階の自室に戻りたくなった。だがそれをこらえてソファに向かい、メグの隣りに座って愛情のこもった挨拶を交わした。グレースとクレアがソファの両脇に置かれた椅子にそれぞれ腰を下ろした。

しばらくして親戚のインディアもやってきた。陽気な緑色の瞳は温かみをたたえ、きらきら輝いている。彼女は二年前、ウェイブリッジ公爵というハンサムな男性に心を奪われて結婚した。インディアが、エドワードやドレーク、ダムソン卿、それにエドワードの秘書のミスター・ヒューズと話している夫のクエンティンのほうをちらりと見た。ふたりの目が合い、一瞬、親密な笑みを交わしてから視線をそらした。

マロリーはまたしても、のどになにかがつかえたような気がした。インディアやクエンティン、ほかにもたくさんの人たちと、前回この部屋で過ごしたときの思い出がよみがえってきた。あのときはなんと幸せだったことか。あれは三年前のクリスマス、マロリーとマイケルが婚約を発表したときのことだ。マイケルが最後にここブラエボーンでみんなと一緒に過ごしたのは、はるか遠い昔のことのように思える。

マロリーは冷たい風が体を吹き抜けるのを感じて物思いにふけり、新たにふたりのレディがソファのところにやってきたことにもほとんど気がつかなかった。おざなりの挨拶の言葉をつぶやくと、古い友人であるレディ・ダムソンとミス・ジェシカ・ミルバンクが、心配そうにかすかに眉をひそめた。

マロリーは部屋のなかを見まわした。双子の弟のレオとローレンス、それにインディアの弟のスペンサーが隅のほうの窓際で談笑している。オックスフォードでの生活について話しているにちがいない。スペンサーは最近、オックスフォード大学を卒業したばかりで、レオとローレンスは休暇中だが、まもなく新学期を迎える。

別の隅には十三歳になる妹のエズメがいた。インディアの妹のアンナ、ジェーン、ポピー、それにクレアの十代の妹のナンとエラが一緒だ。みな本来なら大人のパーティに加わるのではなく、勉強部屋で食事をとるべき年齢だった。だがエズメはこの一カ月というもの、口を開けば今回のパーティのことばかり話しており、同年代の少女がたくさん屋敷に集まるのをとても楽しみにしていたらしい。自分たちだけ二階に行かされるのは、まっぴらごめんだったのだろう。

それからもうひとつ、年齢を重ねた上品な人びとのグループもある。ふっくらした体形の、優しいヴィルヘルミナの姿が見える。去年ロンドンで、マロリーとクレアのお目付け役を買ってでた親戚の女性だ。クレアの両親のエッジウォーター卿夫妻、地元の教区司祭のミスター・トーマス、一族の友人であるペティグリュー卿夫妻、それから母のアヴァもいた。

そうした人たちに囲まれているのだから、ほんとうならマロリーも心安らぐはずだった。でも招待客や親戚は親しい人たちばかりなのに、なぜか自分が場違いなところにいる気がした。

ああ、どうしてわたしはアダムに言われるまま、一階へ下りてきてしまったのだろう。

そのときメグがふと肩をこわばらせたかと思うと、すぐにほっとした表情に戻った。「あ、いまのは激しかったわ。肋骨のすぐ下よ」丸く突きだしたお腹《なか》に手を当てる。「この子はよくお腹を蹴るの。きっとまた男の子だとケイドには言ってるんだけど、あの人は今度は女の子が欲しいんですって。ケイドの願いをかなえるには、三人目の子どもを作らなくちゃならないんじゃないかしら」

「ケイドに頼めば、喜んで協力してくれるはずよ」グレースがいたずらっぽく微笑んだ。

「でも次の子どもの話をする前に、まずはその子を無事に産まなくては」

メグはうなずいた。「ええ、そうよね。前回のお産のとき、ケイドったら居間のなかを行ったり来たりして、もう少しでじゅうたんに穴を開けるところだったのよ。わたしよりも大変だったんじゃないかしら」

みなが笑い声をあげたが、マロリーはそんな気分ではなかった。それから話題は赤ん坊を離れ、子守係と一緒に三階の育児室にいるバイロン家の幼い子どもたちのことに移った。インディアの長男のダリウスもそこにいて、小さな仲間どうしで元気に遊んでいる。

もしマイケルと結婚していたら、いまごろは自分たちの子どももその輪に加わっていたかもしれない。

マロリーは冷たくなった指先をひざの上でこすりあわせながら、誰にも気づかれずにここを出て、二階に戻ることはできないだろうかと思った。なにかいい方法はないかと考えていると、とつぜんアダムが現われた。

「やあ、ご婦人方」えくぼを浮かべて微笑んだ。「お邪魔して申し訳ない。少しだけレディ・マロリーを借りてもいいかな」

みな不思議そうに眉を上げたが、誰も反対はしなかった。

それから一分もしないうちに、マロリーはソファを離れて、ひとつだけ残っていた静かな隅にアダムと立っていた。

ウエストの前で腕を組んで言った。「わたしを強引にみんなから引き離したりして、どんな急ぎの用があったのかしら」

「強引に引き離しただって？」アダムはのんびりした口調で言った。「きみがあの場を離れたがっているように見えたから、助け舟を出したつもりだったんだが」

マロリーはアダムをちらりと見てから目をそらした。「助け舟なんていらなかったのに」

素直に認めることができずに嘘をついた。

「そうか、こっそり逃げようとしていたんじゃなかったのか。ぼくのいた場所からは、きみの顔にそう書いてあるように見えたんだけどな」

どうしてアダムはこんなに観察眼が鋭いのだろう。「なんのことだかさっぱりわからないわ」

アダムはくっくっと笑った。「そうか」マロリーの手を取り、自分の腕にかけた。

「どういうつもりなの？」

「夕食だよ。ぼくの勘違いでなかったら、たったいまクロフトが公爵夫人に食事の用意ができたことを伝えたところだ」

どうやらアダムの言ったとおりらしい。クレアがソファから立ちあがり、招待客のあいだをまわって食事のことを伝えている。

マロリーはため息をついた。「あなたはさっき、わたしが逃げたがっているように見えたと言ったでしょう。ええ、ほんとうはそうなの。だから誰にも気づかれないうちにここを出て、自分の部屋に戻るわ」

「そんなことを言ってはだめだ」アダムはマロリーの手を軽くたたいた。「だいじょうぶ、きみはちゃんとうまくやっているよ」

「そうかしら。まあいいわ、夕食が終わるまでうまくやれるかどうか見てみましょう」

4

「チーズスフレをもうひと口どうかな」アダムはマロリーに向かって言うと、皿にもっと料理を盛るよう召使いに命じた。「きみの好物だろう。もう少し食べたほうがいい。どの料理にもほとんど手をつけてないじゃないか」

マロリーは召使いがいなくなるのを待ってから言った。「デザートのためにお腹を空けてるの」

「その心配ならいらないさ。さあ、あと少しスフレとカモ肉を食べるんだ。ソースのなかでつつきまわしてないで、口に運んでごらん。絶品だから」

マロリーは銀のフォークの柄に描かれた、凝った〝C〟の文字を親指でなぞった。それはクライボーン公爵の頭文字から取ったものだが、ほんとうは自分の名前のことだと、義姉のクレアはときどきふざけて言っている。「不思議ね」マロリーは言った。「わたしにはもうひとり母親が必要だなんて、いままで知らなかったわ。ひとりで充分だと思っていたのは間違いだったのね」

一瞬の沈黙があり、アダムはボルドー酒のグラスに手を伸ばしてひと口飲んだ。それから慎重な手つきでグラスをテーブルに置いた。「きみの母上として、公爵未亡人ほど立派な人はいないさ。でも残念ながら、いくら母上でも別々の場所に同時にいることはできない。誰かが代わりを務めなければならないこともある。さあ、いい子だから料理を食べるんだ。あまり困らせないでくれ」

マロリーをはさんでアダムの反対側の席に座っていたドレークが、押し殺した笑い声をもらした。ふたりの会話に聞き耳をたてていたのはあきらかだ。だがすぐに笑うのをやめ、左隣りの席に座ったジェシカ・ミルバンクのほうを向いて話しかけた。ふたりは会話を始めたが、ジェシカ・ミルバンクはドレークの関心がとつぜん自分に向けられて、どことなくうっとりしているように見えた。

マロリーは唇を結んでアダムに向きなおった。「グレシャム卿」まわりに聞こえないよう、低い声で言った。「わたしが子どもみたいなふるまいをしているとでも言いたいの？　もしそうなら――」

「いや、そうじゃない」アダムはさえぎった。「言いかたが悪かったかもしれないが、ぼくはただ、きみにもっと体を大事にしてもらいたいだけだ。友だちとして言わせてもらうけど、きみはこの一年でげっそりやせてしまったじゃないか。ふっくらしていた頰はこけ、ぼくが大好きだったきれいな腰の丸みもなくなった。どうか昔のきみに戻ってほしい。だから食べてくれ、マロリー。お願いだ」

マロリーはごくりとのどを鳴らして顔をそむけた。くやしいけれど、アダムの言うとおりだ。ここしばらくは悲しみのあまり、ほとんど食欲を感じなかった。食事を楽しむためでなく、義務感からかろうじて食べ物を口にしているものの、なにも考えずに一食抜くこともよくある。でももしかすると、その回数が少し多すぎたのかもしれない。たしかに以前にくらべると、体重がかなり落ちている。そのことなら、ドレスを一枚残らず寸法直しした侍女のペニーが一番よくわかっているだろう。しかもそのうち何枚かは、一度だけでなく、何度も直さなければならなかった。

お願いだ、とアダムは言った。その口から〝お願い〟という言葉が出ることは、まずないと言っていい。アダムは強い男性で、誰かに頭を下げるようなことは絶対にしない。それなのに、食事のことでわたしに懇願している。

わたしはそれほどひどいありさまなのだろうか。

きっとそうにちがいない。マロリーはひそかにため息をついた。フォークを手に取り、ふわふわに泡立てられた卵とクリームとチーズをすくった。スフレが舌の上でとろけ、なんともいえない良い風味が口のなかに広がった。

アダムが喜ぶならと思い、もうひと口食べてから、ナイフを持ってカモ肉を切った。それを口に運ぶと、アダムが微笑むのが見えた。肉は冷めかけていたものの、いい味だった。マロリーがカモ肉と次の料理のほとんどを食べるのを見て、アダムはなにも言わなかったが、うれしそうな顔をした。

デザートが出てきたとき、マロリーは満腹で、それ以上なにもはいりそうになかった。こんなにたくさん食べたのは、いったいいつ以来だろうか。「もう無理だわ」バニラ風味のクリームが添えられた新鮮な桃のタルトを、うらめしそうな目でちらりと見た。

「食べられるさ」アダムが言った。「ふた口だけでいい」

「ひと口よ」

だがマロリーの味覚はよみがえっており、さくさくの生地に甘い果物とクリームの組み合わせがたまらなくおいしく感じられた。もうひと口、さらにもうひと口と食べつづけた。そして気がつくと、フォークについたタルトのかけらとクリームをきれいになめていた。お皿も同じようにできたらいいのに、と思った。

顔を上げたところ、アダムの輝く褐色の瞳とぶつかった。「おいしかっただろう?」

マロリーが空《から》になった皿にフォークを置くと、召使いがそれを片づけようと静かに近づいてきた。召使いがいなくなるのを待ち、マロリーは口を開いた。「そうね……なかなかのお味だったわ」

アダムは吹きだした。「これでなかなかの味という程度なら、大好物を食べるきみの顔をぜひ見てみたいものだ」

マロリーは笑わなかった。最近はもう、笑いかたを忘れてしまったようだ。それでもアダムが愉快そうにしているのを見るのは楽しかった。アダムは笑ったり微笑んだりしているときが一番素敵だ。女性のため息を誘うえくぼが頬に浮かび、小麦色の肌に白い歯がまぶしく映る。濃褐色の目にどことなくいたずらっぽい表情がのぞき、人に打ち明けるかどうかまだ決めていない秘密を隠した少年のように見えることもある。

アダムはいろんな顔を持った男性だ。さまざまなことに興味があり、知的で、それでいて情熱的だ。また、ひと言で言いあらわせない複雑な男性でもある。世間から破天荒だと噂されている一方で、びっくりするほど良識ある行動をとり、堅物とさえ思えるときがある。アダムの善良さを知っている人はそれほど多くない。本人がそうした面をあまり表に出さないのだ。だがマロリーはそのことを知っており、アダムの率直で正直な人柄に慰められていた。そして自分も彼に対し、正直でいなければと思っている。

「クレアが女性陣に居間へ移動しようと声をかけたら、わたしは寝室に下がることにするわ。お願いだから、引きとめないでちょうだい。居間に戻ってお茶を飲みながらにこやかにおしゃべりをするなんて、考えただけで耐えられないの。ほんとうは楽しくなどないのに、楽しいふりをするなんてできないわ」

「誰もきみにそんなことを望んではいないよ、マロリー」

「そうかしら。もう一年もたったのよ。みんなわたしに、ふつうの生活に戻ってほしいと思ってるわ」マロリーは言葉を切り、自分を落ち着かせるように深呼吸をした。その話題については、これ以上触れないほうがいいとわかっていた。「とりあえず、おやすみの挨拶をしておくわね。どうぞいい夢を」

「ああ、きみも。でもその前に、ひとつ頼みがある」

ひざに置いたマロリーの手の動きが止まった。「なに?」

「明日の朝、乗馬に付き合ってくれないか。みんなが起きてくる前に出かけよう」

「約束はできないわ」

「どうして？　きみは乗馬が大好きだったじゃないか」

「ええ、でも――」

「でも、なんだい？　体を動かすのはきみにとっていいことだ。それに屋敷にいなければ、みんなで絵を描こうとか、ハンカチに刺繍《ししゅう》しようとか誘われずにすむだろう」

「クレアは絵を描くのが嫌いなの。だからそれはないと思うわ。それに最近は、みんなで集まってハンカチに刺繍するのは流行《はや》らないのよ」

「そうかもしれないが、なにかしようと誘われるのは間違いない。それともきみは、応接室でほかのレディと一緒に花を活けながら、しゃれた会話でも楽しむほうがいいのかな」

「何時に出ましょうか」マロリーは言った。

アダムはにっこり笑った。「七時はどうかな。それなら外は充分明るいし、招待客のほとんどがまだ寝ている時間だ」

マロリー自身もそれほど早く起きる習慣がなかったが、パーティの招待客と顔を合わせずにすむのなら、がんばって起きようと思った。「じゃあ七時に。厩舎で会いましょう」

「馬に鞍《くら》をつけて準備をしておくよ」

大きなダイニングテーブルの離れた席に座っていたクレアが、絶好のタイミングで立ちあがり、人びとがしんと静かになった。「女性のみなさま」クレアは言った。「そろそろ男性陣がポートワインと葉巻を楽しみたいそうですわ。居間へ移り、空気のきれいなところでシェリー酒やお茶を飲みましょう」

みながくすくす笑った。男性たちが起立し、女性が立ちあがるのに手を貸した。

マロリーが椅子から立つと、アダムが身を寄せて耳もとでささやいた。「じゃあ、明日の朝会おう」

「ええ、また明日」

マロリーはほっとし、ダイニングルームの出口に向かった。人目につかないよう気をつけて無事に廊下へ出ると、安らぎが待っている寝室を目指して階段をのぼった。

次の日の朝七時、アダムは厩舎の外で磨きこまれた黒いヘシアンブーツの側面を乗馬むちで軽く打ちながら、マロリーが来るのを待っていた。前日に約束したとおり、馬に鞍をつけ、いつでも出かけられるようにしてあった。アダムの糟毛《かすげ》の牡馬が早く出発したくてたまらず、鼻を鳴らしてときおり首をふっている。あまりおとなしすぎる馬ではものたりないとわかっていたので、マロリーには元気な雌馬を選ぶことにした。馬丁に相談したところ、おとなしい名前とは裏腹に、パンジーという馬がぴったりだと言われた。

納屋に住んでいる猫の一匹が通りかかり、いったん足を止めてアダムをじろりと見ると、ほっそりした茶色の尻尾をひとふりして立ち去った。

屋敷に戻ってマロリーの部屋のドアをノックしたほうがいいだろうか、と思いはじめたとき、ようやく本人が現われた。ここまで走ってきたのか、かすかに息を切らしている。勢いよく立ち止まり、ブレードと金ボタンで飾られた軍服風のボディスの下で胸を上下させた。たっぷりした重そうな紺の乗馬用ドレスのすそを、片腕にかけている。軍帽風の高い帽子に結ばれた白いガーゼのリボンが、背中で揺れていた。

「遅くなってごめんなさい。それから先に言っておくけれど、地味な色の乗馬服を着ているのは、とつぜんのことでペニーがこれしか用意できなかったからよ。もう長いこと馬に乗っていなかったし、これが精いっぱいだったの」

アダムは微笑んでマロリーに歩み寄った。「ペニーはよくやってくれたよ。素敵な格好だ。遅刻については、きみの気が変わらず、ここに来てくれただけでうれしい」

「もしわたしが現われなかったら、あなたが探しに来ると思って」

アダムは一本取られたと思い、声をあげて笑った。

マロリーがひとつ深呼吸をすると、また胸が上下し、アダムは思わずその様子に見とれた。とくに悩ましい場所についたふたつの金ボタンが輝いているとあっては、目を奪われずにはいられない。

「昨夜はよく眠れたかい」アダムはマロリーの女らしい魅力について、それ以上考えまいとした。

「ええ、ぐっすり眠ったわ」

「悪い夢は？」アダムはマロリーのことをよく知っており、その声音《こわね》にわずかに暗い響きがあったのを聞きのがさなかった。

マロリーは小さく眉根を寄せた。「いつもと同じようなものよ」横を向き、出発を待っている馬たちを見た。「もう準備をすませてあるのね。馬たちも早く出かけたくてうずうずしてるみたい。行きましょうか、閣下」

アダムは夢のことをもっとくわしく訊こうと思ったが、本人が言いたくないのなら、それ以上触れないでおくことにした。とりあえずいまは黙っておこう。「ああ、誰かが起きてきて、ぶらりと現われないうちに出かけよう」

マロリーは牝馬のところへ行き、その頭をなでた。馬が鼻を鳴らして親愛の情を示した。

「きみたちは知り合いだったんだね」

「パンジーとわたしは古い友だちなの。わたしが最初の社交シーズンを過ごしたすぐあと、ネッドが買ってくれたのよ。夏と秋にはよく乗ってたわ。翌年の春、ロンドンに連れていこうとしたんだけど、そのころからほかの馬を噛むようになったから、田舎のほうが快適に暮らせるだろうと思ってここに置いていくことにしたの」

「エリックのことは噛ませないようにしたほうがいいな。きっとやりかえされる」

「エリック？」

アダムはにっこり笑った。牡馬が自分の名前を耳にし、ひづめを踏み鳴らしている。「そうだよ。こいつは体が大きくて力も強く、海賊を連想させるから、エリックという名前がぴったりだと思ったんだ。それに、毛の色も赤いだろう。〝赤毛のエリック〟（伝説の北欧の海賊）さ」

マロリーの宝石のような色の瞳が輝き、アダムは一瞬、その唇に笑みが浮かぶのではないかと思った。だがマロリーは唇を結んだまま、パンジーを乗馬台へ連れていった。

「失礼」アダムはマロリーを止めた。

そして相手に口を開く暇を与えず、ウエストに手をかけて軽々と抱えあげた。マロリーはとっさにアダムの肩に両手を置いてしがみついた。アダムは彼女をそっと横鞍《よこくら》に下ろして立たせた。ちゃんと立ったのがわかったら、すぐに手を離すべきであることはわかっていた。だがアダムはマロリーの腰に片手を当てたまま、彼女が片方のひざを鞍に乗せ、もう片方の足をあぶみにかけるあいだ、そのやわらかな体とスカートの厚い生地の感触を楽しんだ。できることならスカートの下に手を入れて鞍に乗るのを手伝い、むきだしのふくらはぎに触れてみたい。

だがそうした大胆な行動に出るのはまだ早すぎる。それにマロリーのつらい胸のうちを考えたら、そんな想像をするだけでも自分が悪党になった気がする。アダムは健全な性欲を持った大人の男だが、今年の秋は誰ともベッドをともにしないと決めていた。おそらくその後も、当分のあいだ禁欲生活が続くだろう。たしかにつらいことだが、いまはマロリー以外の女性は欲しくない。

でもいつかかならず手に入れてみせる。アダムはあらためて心に誓った。彼女を自分のものにするのだ。

マロリーの体勢が整ったところでアダムは手綱《たづな》を渡し、エリックのところへ行った。さっと鞍にまたがり、馬の向きを変えてからマロリーの顔を見た。「準備はいいかな」

マロリーはうなずいた。「スノーズヒルに行ってみましょうか」

アダムはうなずきかえした。舌を鳴らしてエリックを動かすと、マロリーが自信に満ちた手綱さばきでその横にならんだ。

ふたりはしばらく心地よい速度で馬を走らせた。目の前にさまざまな色や形を寄せ集めたような、変化に富んだ田園風景が広がっている。土や草のにおいに混じり、放牧された羊と収穫時期を迎えた麦畑の牧歌的なにおいがする。点在する木立が、景色をところどころ茶と緑に染めていた。古い森に生えた木が大きな枝に葉を茂らせ、その下に黄色やピンクや白の花が咲いている。その森がどれくらい古いものであるか、正確なところはそこに生えた木々にしかわからないだろう。

公爵領のなかにある小川を渡り、ふたりは谷や小さな村を見渡せる青々とした丘にのぼった。東の方角にブラエボーンの堂々たる館が見える。コッツウォルド産の蜂蜜色の石灰岩に輝くガラス、手彫りの大理石でできた見事な屋敷だ。国内でも屈指の美しさを誇る地所には、素晴らしいながめの庭園がいくつかと、大がかりな人工の湖がふたつ、それから芸術品と言っても過言ではない小さな礼拝堂がある。

ブナやオークの木がならんだところの近くで手綱を引き、アダムとマロリーはしばし自然の美しさに見とれた。頭上で朝日が輝き、マロリーは目を閉じて暖かな陽射しを顔に浴びた。

「ここで少し休憩してから戻ろうか」アダムが言った。返事を待たずに馬から降り、マロリーに手を貸そうと近づいた。

マロリーはほんの一瞬ためらったのち身を乗りだし、アダムのたくましい肩に両手をかけて地面に下ろしてもらった。さわやかなひげそり用石けんとシャツについた糊《のり》、温かみのある革と男性のにおいが鼻をくすぐった。

アダムはマロリーを地面に下ろすと、エリックのところへ戻ってブランケットと籐《とう》のバスケットを手に取った。「料理人に言って軽食を用意させた。今朝はあまり朝食をとる時間がなかったんじゃないかと思ってね」

「紅茶を飲んだだけよ」マロリーは言い、ペニーがトレーに載せて運んできたトーストに手をつけなかったことを思いだした。お腹が鳴り、そのことを後悔した。

ふたりは草が深くて座り心地がいい木陰を選んだ。マロリーはブランケットを敷くのを手伝ってから、長いスカートが場所を取らないようにすそを整えて腰を下ろした。

アダムもすぐにその隣りに座った。「さて、どんなものがあるかな」バスケットを開けながら言うと、なかから料理を取りだしてならべはじめた。「これはヤギの乳で作ったチーズのようだな。それにビスケットだ。バターと蜂蜜を添えたスコーンもある。それからビーフパイがふたつ。あとはコールドチキンに……」そこでいったん言葉を切り、バスケットの底に手を入れた。「……桃と梨だ。おや、ビールとミルクもある」

「驚いたわ。あなたはさっき、軽食と言わなかったかしら」

アダムはにっこり笑い、マロリーにリネンのナプキンを手渡した。「料理人もきみのことが心配で、つい作りすぎてしまったんだろう」

マロリーは小さく不満の声をもらした。

アダムの顔に笑みが広がった。「食べられるぶんだけ食べたらいい。別に残したってかまわないさ。さあ、まずはどれにする？　チーズ載せビスケット、それともパイかな？　おいしそうなにおいを嗅ぐだけで、口につばが湧いてくるよ」

「チーズにしようかしら。それにスコーンをひとつ」マロリーは言った。「それと、ビールは全部飲んでいいわ。わたしはいらないから」

「だからぼくたちはうまくやっていけるんだろうな、マル。ぼくは朝食にミルクを飲むと考えただけで、胃がむかむかする」

マロリーの口もとが知らず知らずのうちにゆるんだが、すぐに真顔に戻った。眉間にしわを寄せて顔をそむけると、手に持ったチーズ載せビスケットをかじり、内心の動揺を隠そうとした。そんなマロリーの様子に気づいたかどうかはわからないが、アダムはなにも言わず、うれしそうに料理に手を伸ばした。

ふたりは黙ったまま、心地よい静けさのなかで食事をした。木の枝で小鳥がさえずり、ときおり花から花へと飛びまわるミツバチの羽音がする。空から陽光がさんさんとふりそそぎ、時間がたつにつれて気温が上がってきた。だがそよ風が吹いているおかげでそれほど暑くはなく、絶好のピクニック日よりだ。

自分でも驚いたことに、マロリーは思っていたよりたくさんの量を食べた。バター付きスコーンを半分と桃をひとつ食べ、さらにアダムに勧められたコールドチキンをふた口かじった。食べ終わったときにはお腹がいっぱいになり、馬を駆って帰るのはちょうどいい運動になりそうだと思った。

アダムがふたつめのビーフパイを食べ、残ったビールを飲むあいだ、マロリーはバスケットを片づけていた。ふいにあくびが出て目に涙がにじんだ。

「なんだか眠くなってきちゃったわ。食べすぎたみたい」

アダムは訳知り顔でマロリーを見た。「睡眠不足なんだろう」ナプキンで手をぬぐうと、マロリーが片づけそこねたものをバスケットに入れ、ふたを閉めて脇に置いた。「少し休んだらどうだい」

「いいえ、だいじょうぶよ」そう言ったそばから、マロリーは口を手で覆《おお》ってまたあくびをした。

アダムはくすくす笑って首をふった。「横になって目を閉じるんだ。ここは静かで気持ちがいい」

「そろそろ戻らなくちゃ」

「あわてる必要はないさ。それにいまのきみの状態では、パンジーの上でうとうとして落馬するかもしれない」

自分の名前を聞いたパンジーがこちらを見た。低くいななき、頭を上下させる。

アダムは笑った。「ほら、ごらん。パンジーもぼくと同じ意見らしい。無理して怪我《けが》をするより、ここで昼寝をしていったほうがいいってさ」

「パンジーがそんなことを思うわけがないし、わたしも鞍から落ちたりなんかしないわ」

でもほんとうに居眠りしてしまうかもしれない。マロリーは急に襲ってきた強い疲労感と闘いながら思った。

横になるんだ、とアダムは言った。そうできたらどんなにいいだろう。そしてそれは、なにもむずかしいことではない。ただブランケットの上に横たわり、目を閉じればいいだけだ。もちろん、それが作法に反することであるのはわかっている。レディは血のつながりのない男性の前で寝たりはしない。だがそもそも、アダムとふたりきりで出かけること自体が作法に反しているのだ。見わたすかぎり自分たち以外に誰もいない屋外で、一緒に朝食をとることも。

マロリーはいまさら作法を気にするのもおかしなことだと思い、またもや口に手を当ててあくびをすると、アダムに向かってうなずいた。体を下にずらし、仰向《あおむ》けになっても頭がブランケットからはみださないようにした。

「ちょっと待って」アダムが優しく言った。「そんな帽子をかぶったままじゃ、眠れないだろう」

「ええ、たしかにそうね」マロリーはまばたきをして眠気をこらえ、帽子を留めていたピンをはずそうとした。だがアダムはふたたびそれを止めると、マロリーの手をひざに下ろさせ、自分がピンをはずそうと髪に手を伸ばした。

マロリーは目を閉じ、疲れているにもかかわらず、心臓の鼓動が激しくなり脈が速く打つのを感じた。アダムの大きな手が優しく頭のまわりで動き、全身がぞくりとした。こめかみと頬に彼の手がかすかに触れたかと思うと、今度は頭の後ろに留まったピンをはずしている。アダムが帽子を取り、髪をなでた。

「眠るんだ、マロリー」そうつぶやき、彼女を抱き寄せて自分も仰向けになった。

アダムに腕枕をされ、マロリーはほんの少し抵抗した。だが眠くてたまらず、とても気持ちがよかったので、すぐに抵抗するのをやめた。この人の腕のなかならば、なにも心配することはない。マロリーはそれ以上考えるのをやめ、たちまち深い眠りに落ちた。

その隣りでアダムは起きていた。マロリーを腕に抱いている幸せに、全身で脈が激しく打っている。おまけに下半身も硬くなり、満たされない欲望にうずいていた。だが眠っているマロリーのそばにいられるうれしさにくらべたら、肉欲などたいしたことではない。アダムは微笑み、マロリーに信頼されている喜びを嚙みしめた。自分の前でマロリーはこんなに無防備になり、たとえいっときのことであっても、悲しみを忘れてぐっすりと眠っている。

アダムは目を閉じ、マロリーの肌にただようジャスミンのにおいを吸いこんだ。ピンを全部はずし、シルクのようになめらかで豊かな髪を胸に広げてみたい。彼女が髪を下ろしたところを見てみたいと思ったのは、これがはじめてではない。長さは背中のなかばまでだろうか、それとももっと下まであるのだろうか。

マロリーが自分の上に乗って扇のように髪を広げながら、熱いキスをしている光景がアダムの脳裏に浮かんだ。むせかえるほど甘く情熱的で、あらがうことも忘れることもできない素晴らしいキスだ。

股間がずきりとし、アダムははっと我に返った。うめき声をあげそうになるのをこらえ、その光景を無理やり頭から追いはらった。平静を取り戻してから顔を横に向け、マロリーが寝入っているのを見てふたたび微笑んだ。我慢できずに頰と額にくちづけると、サテンのようにすべすべした感触がした。

マロリーがため息をつき、アダムの胸に顔を深くうずめた。

アダムはまたもやうめき声を吞みこみ、空を見上げてそのままじっとしていた。

5

マロリーはゆっくりと目を覚ました。

体が温まり、とても満ち足りた気分で、すぐには動かずにしばらく夢と現実のあいだをさまよった。枕に顔をうずめてまどろみ、これほど安らかに眠れたのはいつ以来だろうと考えた。

数カ月、それとも数年ぶりだろうか。

マロリーは眉根を寄せて考え、枕がいつもより硬いことに気づいてさらに眉をひそめた。羽毛のやわらかさがまったく感じられない。もっと奇妙なのは、それが音をたてていることだ。規則正しく一定のリズムを打つ音で、心臓の鼓動に似ている。

でも枕に心臓はない。

それにベッドに置いてある枕のなかで、さわやかな汗のにおいと、馬や革やひげそり用石けんのにおいが混じりあい、うっとり夢見心地にさせてくれるものもない。

とても素敵。

いいにおい。

アダムのにおいだ。

　ぱっちり目を開けて上体を起こしたところ、隣りに横たわってこちらを見ている濃褐色の瞳とぶつかった。片手をさっと胸に当てると、乗馬服の硬い金ボタンとなめらかなブレードが指に触れた。記憶が一気によみがえってきた。朝早く馬に乗り、太陽の下で朝食を食べ、そろそろ屋敷に戻ろうかというころ、急に強い疲労感に襲われたのだ。

「どうしよう」マロリーはかすれた声で言った。「わたしったら、寝てしまったのね」

　アダムの唇に笑みが浮かんだ。「そうだよ」

「どれくらいの時間？」

　アダムは肘《ひじ》をついたが、起きあがろうとはしなかった。「時計を見ないとはっきりしたことは言えないが、たぶん二時間ぐらいじゃないかな」

　マロリーは口をあんぐり開けた。「二時間も！　どうして起こしてくれなかったの」

「別にいいじゃないか。きみはひどく疲れていた。なにしろあんなにぐっすり眠っていたんだから」

「そうかもしれないけど、起こしてほしかったわ。もう十一時ぐらいじゃないかしら」

　アダムは起きあがり、ベストのポケットから懐中時計を取りだした。「十一時二十四分だ。きみの予想はそう大きくはずれていない」金の時計のふたを閉めてポケットに戻した。

「帰らなくちゃ」マロリーはひざをついて立ちあがろうとしたが、たっぷりしたスカートが邪魔をして脚がもつれそうになった。「あなたと一緒に出かけることは、ペニーにしか話してないの。きっとみんないまごろ、わたしたちのことを探してるわ」

マロリーがスカートのすそをさばく前に、アダムが立ちあがって手を差しだした。助けを借りたほうが早いし簡単だとわかっていたので、マロリーはその手を取って起こしてもらった。しっかり立ってから、乗馬服についたしわをなでつけた。「早く行きましょう」

「その前にこれをかぶらないと」アダムは上体をかがめ、置きっぱなしの帽子を拾いあげた。

「心配しなくてもだいじょうぶだ。きみがぼくと一緒にいることを、クレアは知っている」

マロリーは体をこわばらせた。「クレアが？　このことを話したの？　いつ？」

「昨夜、きみが寝室に下がってからだよ。エドワードも承知しているはずだ。もしなにか文句があれば、夜明けとともに厩舎に姿を見せていただろう」

「まあ！　そんな」マロリーは言った。だがすぐにアダムの言うとおりだと思いなおし、体から力が抜けた。それでも招待客のなかには、たとえばクレアの両親など、このことを快く思わない人たちもいるだろう。とはいえ、クレアの両親の伯爵夫妻は、こちらが午前中いっぱい寝室にいると思っているかもしれない。かりにそう思っていないとしても、アダムと一緒にいることは悪いことでもなんでもない。彼のことは子どものころから知っている。自分にとっては家族も同然の人だ。

「ところで」アダムはマロリーがまだ幼い少女であるかのように、少し乱れた髪をなでつけ、耳の後ろにかけてやった。「明日も一緒に馬に乗らないか」

「明日も？　また朝早くから？」

「みんなが起きだす前に屋敷を出よう」

「でもあなたがいないと、みんなが変に思わないかしら。ネッドが狩りを計画しているにちがいないわ。ちょうどライチョウの季節ですものね。もしかしたら、今日も出かけているかもしれない」

「つがいのライチョウを撃つよりも、きみと乗馬をするほうがずっといい。ぼくのぶんの獲物はみんなに譲るよ。血が流れる娯楽はあまり好きじゃないんだ。ただ、自分が残酷じゃないと言うつもりはない。狩った獲物は喜んで食べるからね」

「あなたは残酷なんじゃなくて、現実的なだけよ」

アダムは皮肉めいた目でマロリーを見た。「そうは思わない人がたくさんいるだろうな。でも現実的という点で言えば、きみは明日もぼくと一緒に馬に乗るべきだ」嚙んで含めるように言った。「理由は今日と同じだよ。パーティは続き、招待客のためにさまざまな催しや余興が計画されるだろう。ひょっとしたら、ヴィルヘルミナがみんなで劇をしたいと言いだすかもしれない。たしか彼女は演劇が大好きだったはずだ。きみにも嬉々として役を割りふるだろうな」

マロリーは胸の前で腕組みした。「そのときは別の誰かにやってもらうわ。いまは劇なんかする気分じゃないもの」

「わかってるさ。でもそんな面倒なことになるくらいなら、屋敷にいないほうが話はずっと簡単じゃないか」

マロリーは眉根を寄せ、午後からの長い時間のことを考えた。「でも、朝から夜までずっと出かけてるわけにはいかないでしょう」

「そうだな」アダムは言った。「だがそれなりに長い時間、屋敷を留守にしていれば、なにか計画が持ちあがっても誘われなくてすむだろう」

マロリーはアダムの目がさっきからずっと輝いていることに気づき、眉をひそめた。「またしてもあなたにうまく言いくるめられた気がするわ」

アダムは胸に手を当てた。「そんなことを言うなんてひどいな。ぼくはただ、きみの力になりたいだけなのに」

そう、その言葉は本心だ。

「じゃあ決まりだね？」

マロリーは一瞬間を置いてからうなずいた。「いいわ」

「よかった」アダムは微笑んだ。「ああ、マロリー、それからもうひとつ」

「なに？」

「眠くなったら、いつでもぼくの腕のなかで寝てくれてかまわない。さっききみの枕になっているときは楽しかった」

マロリーの頬が赤くなった。「明日は絶対に寝ないと誓うわ」

「守れるかどうかわからない誓いはするもんじゃない」アダムはウインクをすると、マロリーに帽子をかぶせ、慎重な手つきでピンを留めはじめた。

ふたりは帰路につき、厩舎に馬を置いてから屋敷へ歩いて戻った。その間、招待客には誰にも会わなかった。屋敷にはいったところでクロフトに会い、男性陣は思ったとおり狩りに、女性陣は近くの森へ野の花を摘みに行ったことを聞いた。あと一時間かそこいらで戻ってきて、少し休憩して着替えをすませたら、みなで一緒に昼食をとる予定になっているという。

「寝室に戻るわね」クロフトがいなくなると、マロリーはアダムに言った。「頭痛がするとかなんとか言って、昼食をとるのをやめようと思うの」

「それはだめだ。侍女に手伝ってもらってドレスを着替えるといい。ダイニングルームで会おう」

マロリーは愕然《がくぜん》とした。「ダイニングルームですって！　でもわたしはみんなと顔を合わせたくないわ。あなたもそれでいいと言ってくれたじゃないの」

「そんなことを言った覚えはない」

「いいえ、言ったわ」マロリーは眉間にしわを寄せた。「あなたは誰の味方なの？」

「きみの胃袋だ」アダムは言い、マロリーの腕を取って階段をのぼりはじめた。「たしかにぼくは、きみが花摘みに行かずにすむよう手助けしたかもしれない。でも食事はちゃんととらなければ」マロリーが口を開きかけたが、アダムはそれを制した。「さあ、この話はもう終わりだ。少し部屋で休んできたらいい。また昼食のときに会おう」

マロリーは傷ついた目をし、アダムの手をふりはらった。「あなたはわかってくれていると思ったのに」

「わかってるよ」アダムは優しい口調で言った。「きみが思う以上に」

マロリーは最後にもう一度、怒りと裏切られた悔しさが入り交じった目で彼を見ると、くるりと後ろを向き、紺のスカートを揺らしながらつかつかと歩き去った。アダムはマロリーが廊下の向こうに消えるまで、その後ろ姿をじっと見ていた。

「きみはマロリーのあつかいがびっくりするほどうまいな」エドワード・バイロンことクライボーン公爵が、近くの部屋から出てきた。「正直なところ、この一年は家族でもあんなにうまく対応できなかった」

「閣下」アダムは長身でたくましく、褐色の髪をしたマロリーの兄を見た。「屋敷にいるとは知らなかった。みんなと一緒に、狩りに出かけたものだとばかり思っていたよ」

エドワードはうなずいた。「今日はケイドとジャックにまかせたんだ。領地のことで急ぎの用事があって、招待客をもてなすよりもそっちのほうが重要だと思ったもんでね」

「ああ、領地のほうが優先だ。あわてなくても鳥ならたくさんいるから、狩りをするのは明日でも間に合うだろう」

エドワードの唇の端が上がった。「そのとおりだ。そういえば、きみもこのところ領地の再建に取り組んでいるんだったな。グレシャム・パークはどうなっている?」

「まだ本格的に作業を始めたばかりだが、いまのところすべて順調だ」

エドワードは、しばらくアダムの顔を見ていた。「くわしく聞かせてくれないか。興味がある」

アダムはうなずき、公爵としての洞察と経験と知恵を備えたエドワードと、領地について話ができることをうれしく思った。

「それにしても、そんな大仕事に取り組んでいるこの時期に、領地を離れてもだいじょうぶだったのかい？」エドワードが訊いた。「鳥と同じく、ブラエボーンでのパーティに出席する機会なら、これから先いくらでもあったのに」

アダムはエドワードの青く鋭い目を見た。「もちろん閣下と公爵夫人のもてなしには感謝しているが、ぼくがここに来たのはパーティのためじゃない」

エドワードはわかってるというようにうなずいた。「そうだろうと思っていた。見てのとおり、マロリーはまだ不安定な状態だ」

「ああ」

「妹はあまりにつらい経験をした。これ以上、傷ついてほしくない」

アダムのあごに力がはいった。「そんなことはさせない。マロリーを傷つけるやつがいたら、ぼくが殺してやる」

「きみならそうするだろうな。妹はきみを友だちだと思っている。大切にあつかってやってくれ」

「マロリーのことはずっと大切にしてきたつもりだ。いまさら言うのもおかしなことかもしれないが、彼女に対してふまじめな考えは一切持っていない」

「わかってるさ。もしそうじゃなかったら、きみを妹に近寄らせるはずがないだろう」

アダムは背筋を伸ばした。彼自身もエドワードも、よくわかっていた。もしアダムが何年も前にその気になっていたら、誰も――国内屈指の力を持ったバイロン一家でさえ――彼がマロリーを手に入れるのを止められなかっただろう。

エドワードは苦い笑みを浮かべた。「ぼくはきみが大好きだ、グレシャム。うちの家族はみんなそうだ。マロリーはきみのことを尊敬している。あらゆる意味で、きみのことをもうひとりの兄だと思っているらしい」

その言葉がアダムの胸に突き刺さった。「ぼくはマロリーの兄じゃない」

「ああ、そうだな」

「ぼくをけん制してるつもりかい？」

「まさか。ただ、あまり急がずに、時間をかけたほうがいいと言っているだけだ」

アダムは吹きだした。「マロリーのことはもう長年知っている。これ以上、どうやって時間をかけろと言うのかな」

エドワードは目をすがめ、パズルの一片がぴたりとはまったような顔をした。

「明日も馬で出かける約束をした」アダムは言った。「異存はないだろう？」

エドワードは嘆息した。「実際のところ、それは素晴らしい考えだと思う。おととい きみがここにやってきてからというもの、マロリーには一年以上見られなかった生気らしきものが感じられるようになった。これまでの妹はまるで亡霊みたいだったよ。人の姿が目にはいっていないように、青ざめた顔でふらふらと屋敷を歩いていた」

エドワードは言葉を切り、小指にはめたエメラルドの印章指輪をまわした。「さっききみたちがちょっとした口論をしていたとき……一瞬、以前のマロリーがそこにいる気がした。感情をあらわにする妹を見たのは、ほんとうに久しぶりだ。あの子を昔のマロリーに戻せるなら、どんなことをしてもかまわない。ただ、大切にあつかってやってほしい」

「さっきも言ったとおり、ぼくはいつだってマロリーを大切にしている。ぼくにとってかけがえのない存在なんだ」

「ぼくにとってもそうだ」エドワードは懐中時計を取りだしてふたを開けた。「昼食までまだ時間があるから、なにか飲まないか。ワイングラスでも傾けながら、グレシャム・パークのことや再建計画のことを聞かせてくれ」

アダムの肩からふと力が抜け、顔に笑みが浮かんだ。「喜んで」

マロリーはばたんとドアを閉め、乗馬服の前にならんだボタンをはずしながら洗面室へ向かった。体にぴったり合った上着を乱暴に脱ぐと、近くの椅子にほうり、次にスカートに取りかかった。だが小さな真珠貝のボタンがウエストの後ろについていたため、それをはずすのは上着よりずっと大変だった。それでも侍女が来るまで待つ気になれず、体をねじるようにしてボタンと格闘し、ようやくはずすことができた。重いスカートがふわりと広がり、紺の布の塊《かたまり》となって床に落ちた。

マロリーはドレスにつまずかないよう注意しながら、洗面台へ向かった。鏡に自分の姿がちらりと映ったのを見て、まだ帽子をかぶっていることに気づいた。

ああ、腹立たしい！

頭に手をやると、アダムがしっかり留めたピンを、むしり取るようにしてはずしはじめた。そのときのことを思いだし、頬が火照った。

あんなふうにわたしに命令するなんて、いったい何様のつもりだろう。あの人は、少し休んで着替えをすませたら、昼食を食べに下りてくるようにと言ったのだ。あの言いかたではまるでこっちが小さな子どもみたいではないか。愛する人の死を嘆いているのではなく、駄々《だだ》をこねてるだけだと言っているように聞こえる。

マイケルなら絶対に、あんなに無神経で横柄《おうへい》な態度はとらない。わたしがいやがっていることを無理強《じ》いしておきながら、それがきみのためだなどと言ったりはしない。マイケルなら――

ふいに涙がこみあげた。手に持ったピンを下ろし、ゆっくりと帽子を脱いだ。暗い色に染めた羽が揺れるさまが、葬列の馬がつけていた羽を連想させる。

わたしはどうしてあの人のことを、一瞬でも忘れたりしたのだろう。マロリーは近くにあった椅子に深く腰を下ろしながら思った。マイケルはいつだってわたしのそばにいるのに、なぜ今日にかぎって彼のことをあまり思いださなかったのだろうか。マイケルが死んでから、今日はじめて、あの人のことを何時間か忘れていた。代わりに考えていたのは、アダムのことだった。アダムの人間的な魅力と外出の楽しさで頭がいっぱいになり、ほかのことはすっかり消えていた。

それぱかりか、わたしはアダムの胸に顔をうずめて眠ってしまった。しかもただのうたた寝ではなく、夢も見ない深く安らかな眠りで、起きたときには久しぶりにさわやかな気分だった。

マロリーは小さくうめき、両手で顔を覆った。

しばらくすると洗面室のドアを軽くノックする音がし、糊のきいたスカートのすれる音をたてながら、誰かがはいってきた。

「お戻りだったんですね」ペニーが言った。「たったいま聞きました。もっと早くわかっていたら、お着替えを手伝いましたのに。乗馬は楽しかったですか?」

マロリーの目にみるみる涙があふれた。そう、それこそが問題なのだ。自分はマイケルのことも忘れ、楽しい時間を過ごしてしまった。

「まあ、お嬢様。どうなさったんです」

マロリーは口をきくことができず、手を下ろして首をふった。

「頭でも痛いのですか? すぐに温かいお風呂をご用意しますね。そのあと少し横になられたほうがいいですわ」

マロリーはため息をついて涙をぬぐった。「お風呂は用意してちょうだい」かすれた声でつぶやいた。「でも横になる時間はないわ。みんなと一緒に昼食をとることになってるから」

ペニーは不満そうな声をもらした。「ご気分がすぐれないと言えば、みなさまもわかってくださるでしょう」

アダムだけは別だ。

マロリーの胸に怒りがよみがえってきた。もしダイニングルームに行かなかったら、アダムはわたしを探しに二階へやってくるに決まっている。気分が悪いなどという言い訳が通じるはずがない。アダム・グレシャムが相手では、それは無理だ。

ほかに選択肢はない。みんなと昼食のテーブルにつくしかないだろう。でも、好きでそうするわけじゃない。

「ドレスを用意してもらえるかしら」マロリーは侍女に言った。「昼食会にふさわしくて、あまり色が暗くないものをお願い」

「ほんとうにだいじょうぶですか？　顔色が悪いですわ。きっと外の風に当たりすぎて、体調を崩されたのでしょう。公爵未亡人をお呼びしましょうか」

「いいえ。わたしは病気じゃないし、お母様は呼ばないで」

ペニーは唇を結んだ。「だったら、別のレディに来ていただくのはいかがです？　公爵夫人かレディ・ジョン、あるいはご親戚のどなたか。レディ・ケイドをお呼びすることもできますが、あの大きなお腹では大変かもしれませんね。脚に怪我をなさっているのでなければ、ご主人のケイド卿が奥様を抱きかかえ、屋敷のどこへでも連れていかれたのではないかと思うほどですもの」

「ええ、そうね」マロリーは兄のケイドのことを考えた。戦争で負った傷を、兄は一生抱えて生きていかなければならない。

マロリーはペニーの提案について考えをめぐらせた。義姉の誰かと話すのは悪くないかもしれない。クレアもグレースもメグも、みんな大好きだ。それにいとこのインディアもいるし、古い友人のジェシカとダフネもロンドンから訪ねてきている。ふたりとは以前、なんでも話しあっていた――男性のこと、ドレスのこと、小耳にはさんだゴシップのこと。

けれどもマイケルを失った悲しみや喪失感や孤独をどう説明すればいいかわからず、口を開こうとするたび、かえって自分の殻のなかに閉じこもってしまう。自分自身に対してさえ、この心情をどう表わしていいのかわからないのだから、他人にうまく説明できるわけがない。だから苦しみと向きあうのではなく、心の奥深くに葬《ほうむ》り去ってしまいたかった。

もちろんアダムにも話したくはない。どういうつもりかは知らないが、彼はこの前からことあるごとにわたしの気持ちを逆《さか》なでしている。それにわたしが引きこもっていることを心配している家族は、きっとそろってアダムの味方をするだろう。

「お風呂とドレスの用意をお願い。色は白以外ならなんでもいいわ」

ペニーはなにか言いたそうに口を開きかけたが、すぐに閉じてうなずいた。「かしこまりました」

マロリーの涙はもう乾いていた。ひとつ深呼吸をし、今日をどうやって乗り切ろうかと考えた。

6

もしかすると自分は、エドワードが言うほどうまくマロリーをあつかえてなどいないのかもしれない。翌朝、厩舎の外で彼女を待ちながら、アダムは暗い気持ちで思った。すでに十五分の遅刻だ。一緒に乗馬をすると約束したのに、もしかすると来ないつもりだろうか。マロリーを自分の殻からひきずりだすのは正しいことに思えたが、いまになってその確信が揺らいでいる。

昨日、屋敷に戻ったときに話をしてからというもの、マロリーはふたたび悲しみに沈んだ顔をしていた。たしかに時間どおり昼食の席に現われはした。あんず色の美しいシルクのドレスが、つややかな褐色の髪と陶器のようなクリーム色の肌を輝かせていた。誰かになにかを訊かれたり、話しかけられたりしたときはちゃんと返事をしていたが、それ以外のときは口を閉ざし、ふさぎこんだ表情で目を伏せていた。

しかもこちらがもっと食べるようにさりげなく勧めても、料理にあまり手をつけず、食事が終わるとすぐに二階へ戻ってしまった。夕食のときも同じで、体はそこにあるのに心はどこかへ行っていた。

アダムは自分の言動をひとつひとつふりかえってみたが、なぜマロリーがまた殻に閉じこもってしまったのか、まったく理由を思いつかなかった。自分はただ、食事の席に来るように言っただけだ。それが彼女を傷つけたとは思えない。でも昨夜、そのことをやんわりと尋ねてみたところ、マロリーは黙りこくり、口を開くそぶりすら見せなかった。もしまわりに二十人にのぼる家族や友人たちがいなければ、肩を思いきり揺すって問いただしていただろう。

やはり自分の考えは間違っていたのだろうか。マロリーを悲しみの沼から救いだすためにしたことが、かえって本人を追いつめてしまったのかもしれない。

アダムは嘆息し、愛馬の首を軽くたたいてなだめた。馬はすぐにでも出発したくて、そわそわと落ち着かない。マロリーの牝馬も同じで、早く鞍をつけてくれと言わんばかりに、首をふったり地面をひづめでかいたりしていた。このぶんではマロリーは現われそうにないから、馬丁に言って馬たちを運動させてやろうか。あまり気は進まないが、急げば狩りに間に合うだろう。アダムがきびすを返して厩舎に戻ろうとしたとき、エメラルド色のなにかが目の隅に映った。

「お待たせ。行きましょうか」マロリーが言った。青緑色の瞳がきらりと光り、嵐の予感をはらんでいた。表情は硬く、肩も背中もこわばっている。乗馬服の長いスカートが、子ヤギ革のブーツに包まれた足首のあたりで揺れていた。ペニーはマロリーの衣装戸棚のなかから、乗馬服をもう一着見つけたらしい。今日もまた、遅れたのは身支度に時間がかかったためだと言うだろうか。

だがマロリーはなにも言わず、大またでアダムの横を通りすぎた。パンジーに近づき、手綱を取って乗馬台へ向かった。

アダムはマロリーに軽く触れた。「手伝ってあげよう」

マロリーはアダムをじろりと見たものの、拒もうとはしなかった。手綱を馬の首にかけると、鞍に乗りやすい位置に立った。

「もう来ないんじゃないかと思ってた」アダムは言い、マロリーの正面に立った。

短い沈黙があった。「やめようかと思ったわ」

「マロリー、いったいどうして――」

「申し訳ないけれど」マロリーはとげとげしい声で、アダムの言葉をさえぎった。「話す気分じゃないの。わたしは馬に乗りたいから来ただけよ。それではいやだとあなたが言うなら、馬丁に頼んでついてきてもらうことにするわ」

アダムのあごがぴくりとした。「馬丁に頼む必要はない。ぼくが一緒に行く」

マロリーは女王のように尊大にあごを上げ、アダムが手を貸すのを待った。

アダムはマロリーの顔をながめ、目の下にうっすらとくまがあることに気づいた。「また悪い夢を見たのかい？」

マロリーは唇をぎゅっと結び、手綱に手を伸ばそうとした。

アダムはそれを止め、マロリーの腕に手をかけた。「わかった。きみは乗馬だけをしたいんだな。いいだろう。もうひと言もしゃべらない」

そう言うとマロリーがこちらの手に足をかけるのを待たず、その体をふわりと抱きあげて鞍に乗せた。だが前日とはちがい、相手が体勢を整えるまで待つことはしなかった。そのまま自分の馬のところへ行って鞍にまたがり、ブーツを履《は》いた足をあぶみにしっかりかけた。手袋をはめた手で手綱を繰《く》り、肩越しにふりかえってマロリーの準備ができていることを確認すると、馬の脇腹にひざを押しつけて走るように合図した。

マロリーもすぐに横へならんだ。緑豊かな大地に馬のひづめの音が高らかに響き、ウサギや鳥を驚かせている。ふたりは暗黙の了解のうちに前日と同じ道をたどり、草原を横切って小川を渡ると、記録的な速さで丘を駆けあがった。

丘のてっぺんに着いたところで、愛馬にあまり負担をかけまいと、アダムが手綱を引いた。マロリーも速度を落とし、その隣りにならんで馬を歩かせた。しばらくするとアダムが馬をとめた。マロリーも手綱を強く引き、パンジーをエリックの横で立ち止まらせた。

小鳥のさえずりと風のささやきだけが聞こえている。パンジーが草を食《は》むため頭を下げると、馬具がベルのような音をたてた。

「少しは気分がよくなったかい？」アダムは絵画のように美しい谷間に目を据えたまま、静かな口調で訊いた。

マロリーは小さくため息をついた。「ええ、そうね」

ひと言もしゃべらないという約束をすでに破っていたが、アダムはそれ以上なにも言わなかった。

「アダム、ごめんなさい」マロリーは言った。「さっきのことだけど、わたし……」

アダムは鞍の上で身を乗りだし、マロリーが先を続けるのを待った。

「あなたとけんかするのはいやだわ」

アダムは横を向いてマロリーを見た。「けんかなんかしてたっけ」

マロリーはほっとした表情を浮かべたが、すぐにまた暗い顔に戻った。「なにもかもわからなくて。ときどき自分が……ああ、どうしたらいいの」

アダムは馬から降り、マロリーに歩み寄って手を差しだした。「おいで。少し話をしよう」

マロリーの目は宝石のように明るく、乗馬のせいで顔が紅潮していた。差しだされた手を取り、地面に降りたった。

アダムが馬たちを近くの木につなぐと、二頭はせっせと草を食べはじめた。マロリーの手を自分の腕にかけ、アダムはゆっくりと歩きだした。

一分がたち、やがて二分が過ぎた。ふたりは無言だったが、さっきまでの険悪な雰囲気とはちがい、それは親しさゆえの沈黙だった。アダムのブーツが小枝を踏む音がする。頭上には緑の葉が生い茂る木の枝が、足もとには青々とした地面が広がっている。

「きみがどんな思いをしているか、ぼくにも少しはわかるつもりだ」アダムは低い声で言った。

淡黄褐色の上着の袖にかかったマロリーの手に、ぐっと力がはいった。だが返事はない。

「もちろん、きみとそっくり同じ経験をしたわけじゃない」アダムは言葉を継いだ。「ぼくが失ったのは、結婚しようと思っていた人ではないからね。でも相手との関係がどうであれ、愛する人は愛する人だろう?」

返事をするだろうかと思って待った。だがマロリーはなにも言わず、そのままアダムとならんで歩きつづけた。

アダムは心の隅で、その話題を持ちだしたことを後悔した。でも愛するマロリーの悲しみを和らげられるなら、どんなことでもするつもりだった。たとえそのために、思いだしたくない記憶をよみがえらせることになろうともかまわない。

「妹の話をしたことはあったかな」アダムの声には、隠しきれないうつろな響きがにじんでいた。

マロリーは彼の目を見た。「いいえ、くわしいことは聞いてないわ。ずいぶん前に事故で亡くなったのよね」

アダムはうなずいた。「ああ、十六歳だったよ。デリアの訃報《ふほう》が届いたのは、ぼくが大学にはいってすぐだった」

「事故だったんでしょう?」

アダムの口もとが皮肉っぽくゆがんだ。「そのとおり。事故だった。悲惨な早すぎる事故死だ」

「どうしてそんな言いかたを?」マロリーは立ち止まった。「事実じゃないの?」

アダムも足を止め、マロリーに向きなおった。「死んだ父と、遺体を調べた医者によると、妹は過失により溺死したそうだ。ある朝、グレシャム・パークの近くの湖に浮いているデリアが発見された。遠くまで泳ぎすぎて体力を消耗してしまい、岸に戻れなかったんだろう、ということだったよ。でも小さいころからその湖で泳いでいた妹が、どうしてそんな間違いを犯すだろうか」

マロリーはアダムの胸に手を当てた。「事故は起きるものよ」

「そのとおりだ。もしデリアの手紙がなかったら、ぼくもそう信じていたかもしれない」アダムは口をつぐみ、ごくりとつばを飲んだ。長い年月がたったにもかかわらず、そのときのことを思いだすと、いまだにのどを締めつけられるような気がする。「妹は自殺したんだよ、マロリー。みずから命を絶ったんだ」

「そんな！」

「くわしいことをいまここで話す必要はないだろう。手短に言えば、妹は追いつめられて絶望し、これ以上生きていくことはできないと思ったんだ。手紙には死を選んだ理由がつづられ、どうか許してほしいと書いてあった。届いたときはもう遅かったよ。デリアはすでにぼくの手の届かないところへ行っていた」

「ああ、かわいそうに」マロリーはひと筋の涙を流した。

アダムは手を伸ばし、親指でそれをぬぐった。「このことを話したのは、きみを落ちこませるためでも、同情を買うためでもない。ただ、この一年きみがどれだけ苦しんできたか、いまどんな気持ちなのか、ぼくにはわかっているということを伝えたかっただけだ。ぼくも同じ思いをした。悲しみと喪失感、怒りと混乱、そしてなによりも、罪悪感を味わった」

マロリーは目を大きく見開き、唇を震わせた。

「それは心から愛している人を失ったとき、誰もが経験することだ。でもぼくはそれを乗り越えた。きみも絶対に乗り越えられる。きみは強い人間だ、マロリー。いつかかならず、苦しみが癒えるときが来る」

「わたしは強くなんかない」マロリーの頬をさらに涙が伝った。「それにずっと待ちつづけているけれど、ちっともそんなときは来ないわ」

アダムはハンカチを出し、そっとマロリーの頬をふいた。「きみが自分にそれを許しさえすれば、前へ進めるんだよ」

マロリーは眉をひそめた。「どういう意味？　わたしが不幸せでいることを望んでいるというの？」

「いや、そうじゃない。でもきみは、ふたたび人生を楽しむことをおそれている。ぼくも長いこと、デリアの死について自分を責めていた。なにかを楽しいと思うと、決まってあとから自己嫌悪に陥《おちい》った」

アダムはそこで言葉を切った。デリアが自殺してからしばらくのあいだ、悲しみをまぎらすために無茶なことばかりしていたのは、黙っていることにした。手当たり次第に女をベッドに誘い、酒に溺れ、一度ならず乱闘騒ぎを起こし、ギャンブルにのめりこみさえした。

ある朝、薄汚い部屋で目が覚めた。頭が割れるように痛くて、ポケットの現金はすべて消えていた。誰かに盗まれたのは間違いなかったが、最悪なのは前夜の記憶が一切ないことだった。そのとき、こんなことを続けていたら、父のようになってしまうという考えがふと頭に浮かんだ。

それは監獄で一週間過ごすよりも効果があった。デリアの思い出を穢《けが》さないために、そして母が残してくれたささやかな遺産——法律上、父は手をつけることができず、そのおかげでオックスフォード大学に行くことができた——を守るために、破滅的な生活をやめようと決心した。それ以来、勉強に励み、厄介なことには近づかず、十八歳になったときには立派な大人の男に成長していた。

アダムはひとつ息を吸うと、マロリーの腕をさすり、悲しみをたたえた海のような色の瞳をのぞきこんだ。「時間はかかった。だがぼくは、いくら自分が苦しんでもデリアはもう戻ってこないし、そんなことはあの子も望んでいないとわかったんだ。デリアは優しくて心の広い娘だった。ぼくが悲しむ姿は見たくないと思っているはずだ。マイケル・ハーグリーブスも同じにちがいない。彼はきみに力強く生きつづけ、幸せな人生を送ってほしいと思うだろう。ハーグリーブスは安らかな世界にいる。きみも楽になっていいんだよ」

マロリーの体が震え、顔がくしゃくしゃになった。「でも、あの人を忘れるのが怖いの」蚊の鳴くような声で言い、ぽろぽろ涙をこぼした。「わたしたちはマイケルが戦場に行くまで、ほんの短い時間しか一緒に過ごせなかったわ。以前の生活に戻ったら、あの人が存在しなかったことになるような気がするの。マイケルを見捨てることになるみたいで怖いのよ」

アダムはマロリーの背中に腕をまわし、その体を引き寄せた。「きみはハーグリーブスを見捨ててなどいないし、けっして忘れることもない。きみは彼を愛していた。真実の愛は永遠に消えない」ハンカチを手に握らせると、マロリーが胸に顔をうずめて泣きだした。

アダムは黙ったまま、ほかの男のために泣いている彼女を抱きしめながら、むらむらと湧きあがる嫉妬心と闘った。こんな気持ちは褒《ほ》められたものではないし、感じるべきではないとわかっている。だが自分は聖人ではない。ただの人間であり、ひとりの男だ。自分のことは犠牲にしても精いっぱいマロリーに尽くそうと決めているが、冷たい墓の下にいてもなお、彼女の心を独り占めしているハーグリーブスをねたましく思う気持ちが抑えられない。

しばらくしてようやくマロリーの涙が止まり、むせび泣きが震える呼吸と弱々しいため息に変わった。手に丸めて持っていた濡れたシルクのハンカチで、鼻をかんで涙をふいている。

アダムはポケットに手を入れ、新しいハンカチを取りだした。「ほら、これを使って」

マロリーはしゃっくりのような音をたてて息を吸い、微笑もうとしたが、うまくできなかった。「そうよね。最初のやつはもうぐしゃぐしゃだもの」乾いた白いシルクのハンカチを受け取り、目と頬と鼻をふいた。それからアダムに優しくうながされ、あまり上品なこととは言えないが、もう一度思いきり鼻をかんだ。

でもふたりは長年の付き合いで、いまさらそんなことを気にする仲ではなかった。そうでなければ、そもそもアダムに抱かれて泣いたりはしない。

「どうしよう」マロリーはほんの少し背筋を伸ばした。「ひどい顔をしてるでしょう」

いや、そんなことはない、とアダムは胸のうちで答えた。とてもきれいだ。アクアマリンの瞳を黒いまつ毛が縁どり、頬は秋のリンゴのように赤く輝いている。泣きじゃくったせいだろう、唇がいつもよりふっくらとして濡れている。

砂糖菓子のように甘くておいしそうだ。

「いや」アダムは小声で言った。「きみはいつもと変わらず美しい」そして自分でも気がつかないうちに、背中をかがめてマロリーにキスをしていた。ほんの少しだけでいいから、その唇の感触を味わってみたかった。

だが、触れるだけで満足できるはずがない。マロリーへのいとおしさで体じゅうが熱くなり、こめかみがうずいて下半身が硬くなった。

マロリーがびっくりしたように小さな声をもらしたが、アダムを押しのけようとはしなかった。もし相手にいやがるそぶりが見られたら、すぐにやめていただろう。だがアダムは情熱に命じられるまま、唇を吸いつづけた。こんなふうにマロリーを抱きしめてキスをする日を、ずっと待ちつづけてきたのだ。彼女の唇、こちらの胸にもたれかかるしなやかな体の感触を、これまで何度夢見てきたことだろうか。でも実際のキスは想像を超えていた。水とワインほどもちがう。感触もにおいも味も、これほど素晴らしいものだったとは。

マロリー、きみが好きだ。アダムは心のなかでつぶやき、無我夢中でさらに濃厚なキスをした。彼女の唇を開かせ、息の止まるような甘いくちづけに酔いしれる。

マロリーがまた小さな声を出したが、今回はそこに困惑とためらいが混じっていた。彼女の初々《ういうい》しさにアダムは胸を打たれた。前にもキスをしたことはあるのだろうが、マロリーが男女のことをまだなにも知らないも同然であるのはあきらかだ。一方こちらは経験が豊富で、彼女が聞いたら髪の根元からつま先まで真っ赤になるようなことを知っている。マロリーは平和な牧草地でのんびり暮らしている無邪気な子羊だ。そして自分は腹を空かせた狼で、近くの高台で身を低くして隠れ、獲物が来るのを待っている。

アダムはふと自分がなにをしているのかに気づき、あわてて顔を離した。マロリーが腕のなかでかすかにふらつき、目を閉じたまま浅く息をついた。

「ああ」ため息交じりに言った。

だがその短い言葉がなにを意味するのか、アダムにはわからなかった。

一歩後ろに下がり、マロリーがしっかり立っているのを確認してから手を離した。

マロリーはまぶたを開け、アダムの目をまっすぐ見た。「い——いまのはなんだったの？」

アダムは返事をする代わりに片方の眉を上げると、激しい欲望とは裏腹に、落ち着いた表情を装《よそお》った。

「そ——その、なにかはわかってるわ」マロリーのかすれた声に、アダムの背中がぞくりとした。「でも、どうして？　なぜわたしに、キ——キスをしたの？」

マロリーはすっかり混乱した顔をしている。

「それは」アダムはゆっくりと言った。「きみにはキスが必要だと思ったからだ」

マロリーはアダムをじっと見ていた。心臓が狂ったように激しく打っている。どうしよう。アダムとキスをしてしまった。しかもそっと唇を重ねるだけではなく、いままで経験したことのない甘く激しいくちづけを。婚約者のマイケルとさえ、あんなキスをしたことはなかった。

マイケルのことが頭に浮かび、マロリーははっとした。でも放心状態だったせいか、いつものような悲しみは湧きあがってこなかった。全身が快感でうずくのを感じながら、ただ呆然とその場に立ちつくした。

アダムの派手な女性関係は知っている。何人もの女性が、彼とベッドをともにしたことを、こっそり――あるいは堂々と――話すのを聞いたこともある。一度などはロンドンのパーティで、ふたりのレディがそれまでの愛人遍歴を披露《ひろう》しているのを耳にしたことがあった。ひとりは未亡人で、もうひとりは既婚者だったが、自分も夫なんかいなければいいのに、と思っている様子だった。未亡人のほうが言った――アダム・グレシャムが与えてくれる快楽にくらべたら、ほかの男はみんなかすむわ。それから、彼とベッドをともにしたのは一度だけで、その後もなんとかふりむかせようとしたけれど、向こうはまったく興味を示さなかった、と嘆いた。

どうやらアダムはひとりの相手と長く付き合うことはなく、それがかえって女性たちの気持ちをかきたてているらしい。こうしてキスをしたいま、女性にこのうえない悦《よろこ》びを与えるというアダムの評判は、けっしておおげさなものではないとわかった。顔を離してからゆうに二分がたったのに、自分はまだ頭がぼうっとしている。

「お腹が空かないかい？」アダムが言い、マロリーはふと我に返った。「念のため、今日も料理人に軽食を用意させてきたんだ」

お腹が空いた？　どうしてこの人は、こんなときに食事のことを考えられるのだろう？

マロリーはふと、さっきのアダムの言葉を思いだした。

〝きみにはキスが必要だと思ったからだ〟

つまり、あれは同情からのキスだったということだろうか。わたしをほんとうに求めていたからではなく、わたしの気をまぎらせ、励まそうとしただけだったのだ。

そういうことだったのね。

それでもアダムが友人として、よかれと思ってそうしたことはわかっている。彼はわたしを元気づけるためなら、なんでもしようと思っているにちがいない。だからわたしをとつぜん抱きしめ、ショックを与えようとした。

そう、どきどきしているのはわたしだけ。

アダムの顔を見ればわかる。いつもと変わらず冷静で落ち着いており、みじんも動じているそぶりがない。三十二年間の人生のなかで数えきれないほどの女性とキスをしてきたのだろうから、それも当然のことだ。わたしはたくさんいる相手のなかのひとりで、古くからの友人だということをのぞけば、アダムにとって特別な存在でもなんでもない。

どうりで涼しい顔をしているわけだ。

もしかすると、わたしとのキスはつまらなかったのかもしれない。だとすれば、本気で女性を求めているときのアダムは、いったいどんな感じなのだろうか。

マロリーは眉をしかめた。

アダムが首をかしげた。「ここで食事をしていくかい、それともう屋敷に戻ったほうがいいかな？」

三十分前なら、屋敷に戻るほうを選んでいただろう。だがマロリーは不思議な安らぎと、連帯感のようなものを覚えていた。アダムは悲しみを知っている。愛する人を失い、絶望を味わった。さっきいきなりキスをしてきたのも、わたしのためを思ってのことなのだから、責める気にはなれない。

それに今朝もなにも口にせずに屋敷を出たので、いまになって急にお腹が空いてきた。

「食べていきましょうか」マロリーは言った。「でも毎朝こうやって馬に乗り、ここで食事をするつもりはないわ」

「わかってる」アダムはまじめな口調で言い、それから微笑んだ。その端整な顔に浮かんだ笑みに、マロリーは思わずどきりとした。

たかがキスよ。そう自分に言い聞かせた。すぐに忘れるわ。自分たちは親しい友人どうしで、それ以上でもそれ以下でもない。アダムは友だちとして、わたしに尽くそうとしてくれているだけだ。

いまはその厚意に甘え、心の傷が癒える日が来ることを祈ろう。そこから先のことはわからない。ただ一日一日をやりすごし、将来のことを考えるのはよそう。

アダムが馬のところへ行き、ブランケットと軽食のはいったバスケットを取りだした。ブランケットを広げ、マロリーを自分の向かいに座らせてから、バスケットのふたを開けた。

「ソーセージとハム・ビスケットのどちらがいいかな」

食欲をそそるにおいに、マロリーのお腹が鳴った。「両方ともお願い。お腹がぺこぺこなの」

アダムはにっこり笑い、マロリーの皿に料理を載せた。

7

毎朝、馬に乗るつもりはないとマロリーは言ったが、翌日からもふたりは一緒に出かけ、それが日課のようになってから十日がたった。

厩舎で待ちあわせをして馬を駆り、マロリーがひそかに呼ぶところの〝ふたりの丘〟を目指した。到着するとそこで二、三時間のんびり過ごし、綿布のブランケットに座って料理人が用意したおいしい食事を味わった。そしてさまざまな事柄について、熱心に話しこんだ。

腕のなかで思いきり泣いた日から、マロリーはアダムにならなんでも話せると感じていた。だがあれ以来、どちらも自分が亡くした愛する人のことには触れなかった。おそらくふたりとも、言うべきことはすべて言ってしまったのだろう。

ときにはなにも話さず、静寂のなかで、ただ一緒にいる楽しさと心地よさを感じていることもあった。

そしてハウスパーティが始まってから十三日目の朝、マロリーは寝室の窓から外をながめ、今日の乗馬は中止だと悟った。

下のほうが黒くなった不気味な灰色の雲が空を覆い、すでに激しい雨が降りはじめている。

この様子だと、一日じゅうどしゃ降りになりそうだ。じきに地面がぬかるんで水たまりができ、芝生も濡れるだろうから、今日はみんな屋敷に閉じこもって過ごすことになるだろう。

ベッドに戻ることもちらりと考えたが、マロリーは呼び鈴を鳴らしてペニーを呼んだ。

一分もしないうちに、ドアをノックする音がした。

「どうぞ」マロリーは侍女があっというまに二階へ上がってきたことに驚いた。

だがそこにいたのはペニーではなかった。銀色がかった青い瞳が、入口からこちらをのぞいている。「お邪魔だったかしら?」メグがドアを大きく開け、丸いお腹を抱えてはいってきた。シルクの深紫色のガウンが、白い肌と淡い金色の髪を引きたてている。

「ううん、そんなことはないわ」マロリーは言った。

「今日は憂うつなお天気ね。ドアの下からろうそくの光がもれていたから、起きてるんじゃないかと思って」

「ええ、起きていたわ。でもこんな朝早くにどうしたの? まだ寝ていると思ってた」

メグは部屋の奥に進むと、立ち止まってお腹に手を当て、円を描くようになでた。「この子がいなかったらまだ寝ていたでしょうね。夜中に何度もお腹を蹴るものだから、わたしもケイドも眠れなかったのよ。それでとうとうあきらめて、ベッドを出て少し歩いたら、この子も落ち着くかもしれないと思ったの」

「ちょっとは落ち着いた?」

メグは苦笑した。「いいえ、ちっとも。相変わらず元気いっぱいよ。もうすぐ生まれるんじゃないかしら。マキシミリアンが生まれる直前も、お腹のなかでしょっちゅう動いてわたしの肋骨を蹴ってたわ。こんなにボクシングがうまいんだから、大きくなっても〈ジェントルマン・ジャクソンズ〉に入会させる必要はないんじゃないかって、ケイドに言ったのよ」

マロリーの口もとがゆるんだ。二歳になる甥のマキシミリアンはわんぱくだが、整った顔立ちと緑色の瞳で周囲を魅了している。新しく生まれてくる子もきっと兄にそっくりになるだろう。

「とにかく座って」マロリーはソファを身ぶりで示した。「ペニーがすぐに来るわ」

「いいの？　こんなお天気だから、ベッドに戻りたいんじゃない？」

「いいえ、もう寝るつもりはないわ。今日は馬に乗れないから、部屋で朝食をとろうと思ってたの。あなたも一緒にどう？」

メグの顔がぱっと明るくなった。「ええ、いいわね。このところ、四六時中お腹が空いてたまらないの。いくら食べても足りないのよ」

「座って。すぐにおいしいものを用意させるから」

「楽しみだわ」メグは用心しながらソファに腰を下ろした。「どんなおいしいものが出てくるかしら。ネヴィルも喜ぶわね」

マロリーは眉を上げた。「ネヴィル？」

メグは満面の笑みを浮かべた。「赤ちゃんよ。最近はそう呼んでるの」

マロリーはメグの隣りに座り、あんず色のシルクのガウンのすそを整えた。「ネヴィルという名前にするのね」

メグは笑い声をあげた。「ううん、でもケイドには言わないで。あの人はその名前がいやで、わたしがこの子のことをそう呼ぶたびに怒るのよ。いけないとは思っても、ついからかいたくなってしまうの。ネヴィルの前はオーソンとフィルバートだったわ。ケイドはどれもお気に召さないみたい」

「わたしも同じだわ」

メグはまた笑った。「あなたもオーソン・バイロンが家族の一員になることに反対なのね」

ノックとともにペニーがはいってきて、会話は中断された。

マロリーが朝食の用意を命じたところで、もうひとり、金髪の女性が戸口に現われた。

「話し声が聞こえたから」クレアだった。「なにをしているの？」

「あなたこそ、なにをしているの？」部屋の奥に進んでくるクレアに、メグが言った。

「育児室で早朝の授乳よ。あなたにも覚えがあるでしょう、メグ。赤ちゃんを寝かしつけて自分の部屋に戻ろうとしたら、にぎやかな声が聞こえてきたというわけ」

「そんなに大きな声を出したつもりはなかったけれど」メグが言った。「ふたりで楽しくおしゃべりしていただけよ。ああ！」びくりと腰を浮かせ、いったん落ち着いてからふたたびお腹をさすった。「ケイドは女の子が欲しいと言ってるけど、今度もまたボクサーが生まれてきそうだわ。あなたの娘のハンナみたいな、かわいい天使ではなくて」

クレアは微笑み、愛情にあふれた優しい目をした。「ハンナはわたしの宝物よ。あんなに明るくてご機嫌な赤ちゃんは見たことがないわ。もちろん、ニコラをのぞいてね」

「ニコラがどうしたの？」グレースが部屋にはいってきた。「わが子の名前はどこにいても聞こえるわ」

「ニコラとハンナはいい子たちだと話していたの」クレアが言った。

グレースの唇に笑みが浮かんだ。「ええ。ジャックに言わせると、バイロン家の女の子ほどかわいい赤ちゃんは、世界じゅうどこを探してもいないそうよ」

「ジャックの言うとおりだわ」とクレア。

「我が子を褒めたたえる会はひとまず置いといて」メグが口をはさんだ。「いまペニーが厨房に行ったから、もうすぐ朝食が運ばれてくるわ」

「あら、わたしもちょうど厨房へ行くところだったのよ」グレースが言った。

「こんな時間に厨房へ？　それに、今朝はずいぶん早起きなのね。朝食の時間まで待てないくらいお腹が空いてるの？」

「ジャックに起こされて、それから眠れなかったの」グレースの頬がかすかに紅潮した。

「ふうん、起こされたというわけね」クレアが金色の眉を上げ、公爵夫人にあるまじき、いたずらっぽい笑みを浮かべた。「わたしもよくエドワードから夜明けに起こされるんだけど、どういうわけか腹が立たないの」

「ケイドもよ。でも最近はちがうけど」メグが言った。「わたしが夜中じゅう寝返りばかり打ってるから、かわいそうに、夜が明けるころにはケイドはぐったりしているわ。寝られるときは一分でも寝ておきたいみたい」

みながどっと笑った。

だがマロリーだけは別で、耳をふさぎたい気分だった。いつもなら少しぐらいきわどい会話も平気だが、さすがに兄たちのことは聞きたくない。

マロリーの様子に気づいたらしく、グレースが申し訳なさそうな顔をした。「ごめんなさい、マロリー。これからは言葉を慎むわ」

「そうね、グレース」クレアが言った。「マロリーもだけど、ペニーのことも驚かせてしまったみたい。わたしたちの話を聞いて、顔がいつもの三倍赤くなってるわ」

マロリーはふりかえり、入口のところにたたずんでいる侍女に向かってうなずいた。「四人ぶんの朝食をお願いできるかしら」

「五人ぶんよ」グレースが訂正した。「わたしが空腹なのには、もうひとつ理由があるの。また子どもができたのよ」

みなが歓声をあげ、グレースに駆け寄って抱きしめた。メグだけはソファに座ったまま、両腕を伸ばしてグレースを抱いた。グレースもうれしそうにそれに応えた。

マロリーは頬にキスをした。「おめでとう!」

「次は男の子かもしれない」グレースの灰色がかった青い瞳は、隠しきれない喜びで輝いていた。「でも女の子でもいいわ。ああ、話しだしたら止まらなくなりそう」

マロリーは急になにかがのどにつかえたような気がしてごくりとつばを飲み、もう一度ペニーに向かってうなずいた。「じゃあ五人ぶんね。それともネヴィルを入れて六人ぶんかしら」ちらりとメグを見た。

メグは声をあげて笑い、お腹を軽くたたいた。ネヴィルとは誰かとほかの三人に訊かれ、楽しそうに説明を始めた。

「いったいなにごとなの？」インディアが顔を出した。ガウンのすそが足首で揺れ、長い褐色の髪は首筋でひとつに結ばれている。「パーティかなにか？」

「お祝いよ」クレアがグレースのことを話した。

マロリーはやれやれというように両手を上げた。「とにかくたくさん用意するよう、料理人に伝えてちょうだい、ペニー。急がないと、屋敷じゅうの人たちがここにやってきそうだわ」

ペニーは歯を見せて笑うと、お辞儀をして急ぎ足で立ち去った。

「さて、インディア」クレアが言った。「あなたはどうしてこんなに早い時間に起きたの？赤ちゃん、それともご主人？」

この雷雨では馬に乗ることはできないので、アダムはゆっくり時間をかけて入浴し、ひげをそって身支度を整えた。シャツとベストを身に着けてつややかなクルミ材の書き物机に向かい、マロリーに手紙を書こうとペンを執《と》った。だが途中まで書いたところでペンを置き、上着に袖を通した。

もしまだ寝ているようだったら、あとで会おうと侍女に伝言を頼めばいい。部屋にひとりで閉じこもらないで、自分と一緒に過ごしてくれればいいのだが。マロリーはいまでもみんなの集まりにあまり顔を出したがらない。食事の席には来るが、そのときも相変わらず硬い表情をしている。

アダムは寝室を出て、広い廊下を大またで歩いた。オービュッソンじゅうたんが敷いてあるため、ブーツの音は響かない。壁には新旧の巨匠が描いた見事な絵画がずらりとかけられ、そのなかにはカラバッジョやレンブラント、ターナーの作品もあった。磨きこまれた床や蜜蠟のろうそく、温室栽培のバラやアジサイのにおいがする。屋敷のいたるところに花を活けた大きなつぼや花びんが置かれているせいだ。

マロリーの寝室の向かいにある小さなテーブルに、ピンクと白のヒャクニチソウが活《い》けてあった。そこから一本抜いてマロリーに贈ろうかと思ったとき、女性の話し声が部屋から聞こえてきた。どうやら大勢いるようだ。

アダムは不思議に思い、半分開いたドアに近づいてそっとノックした。

「あら、メイドがクランペット（マフィンに似たパン）を追加で持ってきてくれたのかしら」メグ・バイロンらしき声がした。「最初のかごはもう空ですものね」

アダムはドアを大きく開いた。「がっかりさせて申し訳ない、マダム。ぼくは手ぶらだ。でもきみがどうしてもクランペットが欲しいのなら、ぼくがこれから厨房にひとっ走りして持ってくるよ」

アダムが部屋に足を踏みいれると、五人の女性たちから驚きの声があがった。何人かは椅子に、ほかの何人かはソファに座っている。マロリーもメグとならんでソファに腰を下ろしていた。

「アダム・グレシャム!」クレアが言った。「こんな早朝にレディの寝室の前をうろうろするなんて、さすがあなただわ」

アダムは屈託のない笑みを浮かべた。「レディの寝室の前をうろうろするのに時間は関係ないさ。日中でも夜中でもそうしている」

女性たちが忍び笑いをしたが、マロリーだけは笑っていなかった。外では相変わらず激しい雨が降って雷鳴がとどろき、風が窓ガラスを鳴らしている。だが女性たちはみなくつろいだ様子だった。

「みんなでマロリーの部屋に押しかけてきたの。これから一緒に朝食をとるのよ」クレアが笑顔で言った。「でもあなたを誘うのは作法に反することでしょうね。わたしたち、まだドレスも着ていないんですもの」

「ぼくに言わせれば、みんなしっかり服を着ているし、ここはまるで盛りの時期のバラ園のようだ。でもきみの言うとおり、ぼくがここにいるわけにはいかないな。きみたちのご主人が知ったら黙っていないだろう。こんなところを誰かに見られたら、ハーレムを作るつもりかと疑われてしまう」

マロリーを含めた全員があぜんとした顔をし、それからどっと笑った。

「ハーレムに興味があるのは、詩人のバイロンのほうだと思うわ」ようやく息が整うと、インディアが言った。「あなたは興味がないんでしょう?」

「ああ、まさか。考えるだけでもおそれ多い」アダムは大まじめな顔で言い、それからウインクをした。

みながふたたび笑った。

「そろそろ失礼するよ。朝食を楽しんでくれ。おや、ちょうどメイドが新しいクランペットを持ってきたようだ」

みながクランペットを取り分けるのに気を取られているあいだ、アダムはマロリーのほうを向いて小声で言った。「空腹で倒れそうだというんじゃなかったら、ちょっと外で話せないかな」

「ええ、いいわ」

グレースとメグが最後のイチゴの砂糖煮を取りあってふざけているかたわらで、アダムは脇によけてマロリーを通すと、そのあとについて出口へ向かった。歩きながらマロリーの後ろ姿に見とれた。ほっそりした腰がガウンの下で左右に揺れている。豊かな褐色の巻き毛が腰のあたりまで届いていた。

なるほど、長さはこれくらいだったのか。アダムは心のなかでにやりとした。体の脇でこぶしを握り、マロリーを立ち止まらせてつややかな髪に触れたい衝動を抑えた。猫のように愛撫し、彼女をうっとりさせる。それから髪に深く手を差しこみ、激しいキスをする。

寝室を出たところで、マロリーが足を止めてふりかえった。

アダムは幸い、表情を繕《つくろ》うことに慣れていた。そうでなければ、みだらな想像をしていることが顔に出ていただろう。

「もう少し向こうへ行こう」落ち着いた口調で言った。「みんな紅茶とクランペットとおしゃべりに夢中だが、ぼくたちの話が聞こえないともかぎらない」

マロリーのアクアマリンの瞳がきらりとした。うなずいてそのまま歩を進め、廊下の突き当たりの手前にある、壁から少し奥まった場所で立ち止まった。「ここでいいかしら」

アダムは窓際のベンチを見てうなずいた。「ああ、ちょうどいい場所だ。座ろうか」

マロリーはガウンのすそを整え、青いダマスク織りのふかふかした座面に腰を下ろした。アダムもマロリーのほうを向くようにして座ると、その美しい顔にさまざまな感情が浮かんでは消えるのを見ていた。

マロリー自身はなにも考えていなかったのだろうが、ここは人目につきにくい場所だ。空が暗いせいでちょうど陰になり、ひっそり静まりかえっている。ほんとうなら、ほかのところにしようと言ったほうがよかったのかもしれない。でもマロリーとふたりきりになれるこの場所を、動きたくはない。

「みんなに聞かれたくない話があるんでしょう？　なにかしら」マロリーは身を乗りだした。その目に好奇の色が浮かんでいるのを見て、アダムはうれしくなると同時にほっとした。マロリーも少しずつ、元気を取り戻しつつあるらしい。

「別になんでもない。ただ、みんながいないところできみに朝の挨拶がしたかっただけだ」

「そうだったの」マロリーはがっかりしたように肩を落とした。

アダムは口もとがほころびそうになるのをこらえた。「ほかになにかあると思ったのかい？」

「いいえ」マロリーは眉根を寄せた。「どうかしら。よくわからないわ。わたしをわざわざみんなから引き離したから、なにか……もっと大切な用事があるのかと思ったの」

「きみにおはようと言うのも大切な用事だよ。きみのことは、いつだって誰からだって引き離したいね。なにしろきみは素敵な人だから、誰かと分けあうなんてごめんだ」

マロリーはアダムの顔をまじまじと見たあと、唇に笑みを浮かべながら首をふった。「まったく調子がいいんだから。もしあなたのことをよく知らなかったら、口説《くど》かれてると思っていたところだわ」

図星を指されてアダムはどきりとした。マロリーを口説こうと意識していたわけではない。言葉が自然に口をついて出てきたのだ。だがマロリーはとてもまだ愛の告白など受ける心境ではないだろう。そこでアダムは本心を打ち明ける代わりに、にっこり笑ってみせた。

「なにを言ってるんだ」目を伏せて表情を隠した。「外はこのとおりひどい天気だし、屋敷に閉じこめられることになりそうだから、少しでもきみの気をまぎらそうと思っただけさ。どうだろう、効果はあったかな？」

よく見えなくても、マロリーが微笑むのがわかった。「ええ、閣下。そうね」

アダムは動揺を静め、ふたたびマロリーの目を見た。「よかった。今日は馬で出かけられなくて、つくづく残念だ」

「ほんとうに残念だわ」マロリーがおだやかな口調で言った。「最近はあなたとの乗馬が一番の楽しみになっていたから」

アダムの心臓がひとつ大きく打った。「ぼくもだよ」また心がかき乱されそうになり、話題を変えた。「きみの部屋を訪ねたもうひとつの理由はそれなんだ」

「なに？」マロリーが首をかしげると、豊かな褐色の髪がひと房、肩から前にすべり落ちた。曲線を描くように片方の乳房を覆い、つややかな毛先がひざまで届いている。アダムはぐっとこぶしを握り、手を伸ばしそうになるのをこらえた。

「食事のとき以外、部屋でひとりきりで過ごしたりしてほしくなくてね」アダムは小さく咳払いをして言った。

「さっき見てわかったと思うけど、今朝はひとりきりなんかじゃないわ」

「たまたまそうなっただけだろう」アダムは言った。「ぼくの勘違いでなければ」

「ええ、みんなふらりとやってきたのよ。でも楽しかったわ」

「朝食が終わってみんながいなくなったら、どうするつもりだったんだい？」アダムがそこで言葉を切ると、ふたりのあいだに沈黙が落ちた。「やはり思ったとおりだ。自分の部屋で、暗い空をながめて過ごすつもりだったんだろう」

「そんなことはないわ」

「だったら別の部屋で空をながめるつもりだったのかな」

マロリーは顔をしかめた。「ふうん、おもしろい冗談ね」

「冗談で言ったんじゃないさ。だから図書室でチェスでもしようと誘いに来たんだ。きみがそうしたいなら、カードゲームでもいい。バイロン一家のなかで、勝負に出るときと降りるときをちゃんと見きわめられるのは、ジャックだけじゃないからね」

「褒めてくれてありがとう」マロリーは小さくうなずいた。「一時間前だったら、あなたの誘いを受けていたのに」

アダムは眉を上げた。「一時間前だったら？」

マロリーは憂うつそうにため息をついた。「気がついたら、今日はみんなと一緒に居間で過ごすと約束させられていたの。ゲームかなにかをするらしいわ」

アダムはマロリーのうんざりした表情に、思わずにやりとした。「意外に楽しいかもしれないよ」

「どうしてわたしはいつも、うまく断わる口実を思いつかないのかしら」

「断わらなくて正解だ。そろそろみんなの輪に戻る頃合いじゃないかな。せめて今日の午後ぐらいはそうしたほうがいい」

マロリーはかすかに眉をひそめた。

「クレアときみの母上は、きっとカードゲームをしようと考えているだろう」アダムは言葉を続けた。「そうしたらきみとぼくとでペアになろう。きみと組みたいと、早めに申しでることにする」

マロリーの目が輝いた。「そうしてもらえるとうれしいわ」

「よし、決まりだ」アダムは微笑むと、マロリーの手を取って口もとに運んだ。

手の甲に軽くキスをするだけのつもりが、いつの間にか手のひらを上に向け、なめらかな肌に唇を強く押し当てていた。すぐに自分のあやまちに気づいたが、ゆっくりと目を閉じ、蜂蜜のような肌のにおいに酔いしれた。激しい欲望が体を貫《つらぬ》いている。このままではいつまで我慢できるか自信がない。

マロリーが愛する者を失った苦悩からようやく立ちなおりはじめたばかりの不安定な状態でなければ、手のひらへのキスよりもずっと大胆なことをしていただろう。彼女をこちらに引き寄せる。ひざの上に乗せ、息ができなくなるまで甘く激しいキスをする。

しかもマロリーはドレスさえ着ていないのだ。ネグリジェとガウンだけを身にまとい、すぐそこに座っている。ガウンのすそから手を入れ、その下に隠れているやわらかな肌を愛撫してみたい。

ああ、頭がどうにかなりそうだ。

アダムはマロリーの手がとつぜん熱い火かき棒に変わったとでもいうように、さっと唇を離した。顔をそむけて窓の外の嵐をながめ、気持ちを落ち着かせようとした。

「アダム?」マロリーは困惑顔で言った。

「この悪天候は夜まで続きそうだな」その声は、自分の耳にもわざとらしく響いた。「明日は嵐が去り、晴れてくれるといいんだが」

「そうね」

アダムは金の懐中時計の鎖を指にすべらせた。「そろそろみんなのところに戻ったほうがいいな。誰かがこっそり様子を見にくるかもしれない」

「そうかしら。あなたと一緒なら、なんの心配もないとみんな思っているわ」

〝ぼくと一緒なら、なんの心配もない？〟

まるでエズメが飼っているおとなしい猫の話でもしているようだ。猫たちは日がな一日、屋敷のなかの居心地のいい場所でのんびり過ごしている。もしこちらの考えていることをマロリーが知ったら、こんなにのんきな顔をしてはいられないだろう。それでも彼女の貞操は、まだ差し迫った危機にさらされてはいない――少なくとも、いまのところは。

「でもきみはガウン姿だ。こんなところをほかの招待客が見かけたら、なんと思うだろう」

マロリーははっとした顔をし、襟元のボタンを確かめて髪を後ろになでつけた。「あなたの言うとおりだわ。クレアのご両親にでも見られたら、どうなることかしら。しかもわたしは髪も下ろしているんですものね。部屋を出る前にピンで留めてくればよかったんだけど、長くてまとめるのが大変なの。二年前の社交シーズンのとき、クレアが髪を切ったのを覚えてる？　わたしもクレアのまねをして、男の子みたいに短くしてしまおうかしら。あの髪形は当時、〝ラ・マースデン〟と呼ばれて大人気になったわね」

「だめだ」アダムは強い口調で言った。

マロリーは一瞬黙り、アダムの目をじっと見た。「女性の短い髪は嫌いなの？」

「ああ、嫌いだ」アダムはきっぱりと言った。「絶対に切らないでくれ。考えただけでぞっとする。ぼくに約束してくれないか」

「そんなに顔をしかめるようなことじゃないと思うけど――」

「頼む、マロリー。約束してくれ。それほどきれいな髪を切るなんて、あまりにもったいない」

マロリーはしばらくアダムを見つめていたが、やがて肩をすくめた。「わかったわ、あなたがそこまで言うなら。でも、ときどき毛先をそろえるぐらいのことはするわよ。たまに切ったほうが健康な髪を保てるし、手入れも楽になるから」

アダムは表情を和らげて微笑んだ。「一インチか二インチぐらい、どうってことはない」そして後悔しそうなことを言ったりしたりしないうちに、ベンチから立ちあがった。「部屋まで送ろう」

「だいじょうぶよ。自分の寝室の場所ぐらいわかるから」

アダムは反論しようと口を開きかけたが、思いなおしてうなずいた。「そうだな。クレアと公爵未亡人がどんな娯楽を用意しているのか知らないが、またあとで会おう」

「楽しみにしているわ」マロリーは観念したような口調で言った。

アダムは笑みを浮かべた。「ただのカードゲームだよ、マル。だけどもしきみがひどく居心地の悪い思いをするようだったら、こっそり抜けだして図書室でチェスをするか、温室で

した。

「わかった」アダムはもう一度マロリーに微笑みかけると、くるりときびすを返して歩きだした。

「その言葉を忘れないでね、閣下」

散歩でもしよう」

マロリーはアダムが廊下を立ち去るのを見ていた。自分もそろそろ寝室に戻り、まだ終わっていない即席の朝食会に加わるべきなのだろう。

だがマロリーはその場を動かず、窓際のベンチに深く腰かけて絶え間なく降りつづく雨をながめた。そしてアダムとの会話に思いをめぐらせた。今日はずっとわたしのそばにいて、必要なときはいつでも助けの手を差し伸べてくれるという。

ここにやってきてから、あの人はとても優しい。わたしが不機嫌でも怒っても泣いても、辛抱強く付き合ってくれる。でもアダムはいつだってわたしに優しかった。ただ優しいだけでなく、わたしのためを思い、ときどき腹が立つような強引な手段を使ってでも、絶望のどん底からわたしを這いあがらせようとする。家族のことはもちろん愛しているが、わたしが心を開き、安心して胸のうちをさらせるのはアダムだ。

家族のような存在でありながら、家族ではないからこそ、一緒にいると気持ちが安らぐのかもしれない。それにたくさんいる友だちのなかでも、彼は特別に親しい人だ。たまに手紙やちょっとした贈り物を交換するぐらいで、何週間、何カ月も会わずに過ごすこともある。

それでもアダムが遠い存在に感じられることはない。声をかけるだけで、馬を全速力で走らせてわたしのもとに駆けつけてくる。ひと言頼めば、いつでもわたしを支え、助言と友情を与えてくれるのだ。

しかもここ一年のように、こちらからなにも言う必要すらないこともある。彼はわたしが必要としているものをちゃんと察し、ひとりにしておいてくれたり、正しい方向へそっと背中を押してくれたりする。マイケルを失った悲しみはまだ癒えず、わたしの心を暗く覆っている。だがアダムが来てからというもの、もう感情が麻痺しているようなことはない。この一年あまりではじめて、笑顔らしきものを作ることもできた――たとえかならずしも、心からの笑みというわけではないにしても。

わたしがアダムに頼りすぎだと言う人もいるかもしれない。親戚でも恋人でもないのに、厚意に甘えすぎだ、と。でもアダムは気にしていないように見える。というより、彼のほうからわたしに近づいてくる。わたしを乗馬や散歩に連れだし、夕食の席では隣りに座り、もっと分別をわきまえた女性なら失礼だと怒るような早朝の内緒話に誘う。

丘で情熱的なくちづけを交わした記憶がよみがえり、マロリーの唇がうずいた。あれ以来、あのキスのことがずっと頭から離れない。

もちろんアダムは情熱からではなく、抜け殻だったわたしにショックを与えて目覚めさせるため、キスをしてきたのだろう。なんといってもアダムは放蕩者で、その気になればいくらでも女性を誘惑できる。だがわたしに対しては、誘惑したいという気が起きないらしい。

あれから一週間以上がたち、いくらでもその機会はあったのに、一切触れようとはしなかった。

別にわたしは、そうしてほしいと望んでいるわけではないけれど。

それでもさっきのアダムの表情はとても奇妙だった。まるでわたしにキスをしたくてたまらず、それを必死で抑えているように見えた。

でもそんなことを考えるのはばかげている。アダムはわたしをそういう目で見ていないし、それはわたしも同じだ。マイケルに心のすべてを捧げているのに、どうしてアダムにくちづけてほしいなどと思うだろうか。

マロリーはふいに胸に鋭い痛みを覚え、顔をしかめて胸にこぶしを押し当てた。廊下の向こうの寝室のほうから、みんなの笑い声が聞こえてくる。

早く戻らなければ。そう自分に言い聞かせた。お風呂にはいって身支度を整え、長い一日をなんとか乗り切るのだ。

マロリーは無理やり笑顔を作り、立ちあがって廊下を歩きだした。部屋にはいると、女性たちが声をあげて明るく出迎えてくれた。驚いたことに、新たにもうひとりがパーティに加わっていた——兄のジャックがゆったりとソファに座り、妻のグレースの肩を抱いている。

「グレースを捜しに来たら、パーティが開かれているじゃないか」ジャックが言った。「ところでアダムは？　ふたりで話をしに廊下へ出ていったと聞いたが」

マロリーは眉根を寄せた。「ええ、でももう自分の部屋へ戻ったわ」

ジャックはマロリーの顔をじっと見つめ、しばらくしてからうなずいた。「クランペットがひとつ残っているんだけど、食べるかい？　ここにいる血も涙もないレディたちに、お前が戻るまで食べてはだめだと言われてね」

グレースがジャックを肘でつついた。「血も涙もないなんて、ひどいことを言うのね」

ジャックはくすくす笑い、人前にもかかわらず音をたててグレースにキスをした。

「それで、クランペットはどうする？」

「あげるわ」マロリーは言った。

そして椅子に腰を下ろすと、みなが朝食の残りをたいらげながらおしゃべりをするのを聞いていた。

8

数時間後、マロリーはカードゲームのテーブルから立ちあがった。アダムと組んでホイストをし、勝利をおさめたところだ。対戦相手は兄のドレークと、マロリーの友だちのジェシカ・ミルバンクだったが、ジェシカはゲームよりもドレークの気を引くことに集中していた。一方のドレークは唇を一文字に結び、ジェシカのゲームの下手《へた》さ加減にいらいらし、あからさまな色目にうんざりしているようだった。

ジェシカは根はいい人なのだが、デビューから三度目の社交シーズンが過ぎ、早く未来の夫を見つけなければと焦《あせ》っている。それでもなぜドレークに目をつけたのか、誰にもわからない。

社交界の人びと、とくにバイロン家の面々は、ドレークが結婚にまるで興味がないことを知っている。小耳にはさんだところによると、ロンドン市内に愛人がいるらしいので、独身主義を返上することはなさそうだ。その女性はドレークを好きにさせているという。会う時間が不規則でも、ドレークがとつぜんなにかを考えはじめて心ここにあらずといった態度をとっても、数学や科学に夢中でも、文句ひとつ言わないらしい。

もしジェシカに相談されたら、ドレークのことはあきらめたほうがいいと忠告していただろう。なにしろジェシカはさっき、許しがたい――ドレークにとっては――あやまちを犯した。アイザック・ニュートン卿の名前も、万有引力とか物理法則といった言葉も、聞いたことがないと言ったのだ。

しかも、電力を人工照明などの実用的な目的に利用できるかという話になったとき、それを笑い飛ばしさえした。「そんなおそろしいこと、頭のねじがゆるんだ人しか考えませんわ」ちょうどそのとき空に稲妻が走った。「そもそも、ろうそくがあるんだから、人工照明なんて必要ないでしょう」

ドレークの目がきらりと光るのを見て、マロリーは一瞬、兄がカードを放りだして席を立つのではないかと思った。だがドレークは紳士らしく、怒りをこらえて最後までゲームをした。そして終わると同時にその場を離れ、いまは部屋の向こうで立ったまま飲み物を飲んでいる。

ジェシカはなにも気づかず、そのあとを追った。

アダムが忍び笑いをもらした。「彼女を見ていると、あきらめることを知らない子犬を思いだすよ」

「そんなこと言うものじゃないわ。ジェシカはとてもいい人なのよ」

「ああ、そうだな」アダムはまじめな口調になった。「ミス・ミルバンクは感じがいいし、ダンスもうまい。だが彼女とドレークは水と油だ」

「わたしに言わせれば、卵とカタクチイワシだわ。最悪の組み合わせの食べ物だと思わない？」

アダムが首を後ろに反らして笑うと、何人かがふりかえった。だがすぐに部屋の反対側のテーブルから大きな声があがり、人びとの関心はそちらに移った。クレアが得意げに笑いながら、テーブルに乗った硬貨の小さな山を自分のほうへ引き寄せている。ジャックがひたすら驚いた顔をし、エドワードとクエンティンが感心したような表情を浮かべている。

「クレアがジャックを負かしたようね。家族のなかでジャックを相手にしてカードゲームを楽しめるのは、クレアだけだわ。ジャックはいつも強いんですもの」

「いつもというわけじゃなさそうだな。新しい公爵夫人は好敵手だ」アダムはマロリーを見た。「カードゲームに飽きたなら、飲み物でもどうだい」

「レモネードをいただこうかしら」

アダムはさっとお辞儀をし、飲み物を取りに行った。

隅のほうに人気《ひとけ》のないソファを見つけ、マロリーはそちらへ向かった。

ソファに腰を下ろして淡いばら色のドレスのすそを整えているとき、ダフネことレディ・ダムソンがやってきて隣りに座った。

「やっとつかまえたわ！」ダフネが言い、身を乗りだしてマロリーの頬にキスをした。「ずっとあなたと話がしたかったのに、なかなか機会がなくて」

「こんにちは、ダフネ。お元気かしら？」

「太ったわ」ダフネは贅肉《ぜいにく》ひとつない腹部を軽くたたいた。「あなたのお兄様とお義姉《ねえ》様が用意してくださるお料理は、ほっぺたが落ちそうなものばかりなんですもの。気をつけないと、まるまると太ってハロルドに捨てられてしまうわ」

「そんなことはないでしょう」マロリーは眼鏡をかけた平凡そのもののダムソン卿をちらりと見やった。エッジウォーター卿とミスター・ヒューズを相手に立ち話をしている。視線に気づいたのか、こちらをふりむくと、妻の姿を認めて目を輝かせた。

そして目立たないように手をふった。ダフネも手をふりかえした。

「心配する必要はないと思うわ」マロリーは言った。「ご主人があなたを溺愛していることは、誰が見たってすぐわかるもの」

ダフネはくすくす笑った。「ええ、そうね。あの人はわたしに夢中みたい。それより、あなたの結婚のことだけど。少佐があんなことになる前に――」そこで口をつぐみ、しまったというように目を大きく見開いた。「ごめんなさい。あなたを……その……傷つけるつもりはなかったの」

マロリーはひとつ息を吸い、微笑んでみせた。「気にしないでちょうだい。マイケルは天に召されたの。その事実をごまかすことはできないわ。それにあなたの言うとおり、あの人が亡くなる前に結婚していたら、どんなによかっただろうとわたしも思ってる」

だがマイケルは、戦争から戻ってくるまで結婚はしないと言った。ナポレオンを打ち負かし、国に戻って退役してから、新しい生活を始めたいと言ったのだ。でも自分たちが結婚することはなく、一方のナポレオンはというと、いまもヨーロッパ大陸の各地で戦争を続けている。マイケルがもう少し利己的な人だったらよかった。国のことなんかより、わたしの気持ちを優先してくれていたなら。

マロリーは祖国に不誠実なことを考えた自分に眉をひそめ、ダフネに注意を戻した。

ダフネが身を乗りだし、マロリーの手の甲を軽くたたいた。「かわいそうに。あなたがどれだけつらい思いをしたか、みんなわかってるわ。今日あなたがここにいるのを見て、どんなにほっとしたことか。これまで部屋に閉じこもっていたことを責めてるんじゃないのよ。誰もあなたを責めたりなんかしないわ」

マロリーはひざに置いた手にぐっと力を入れ、そう言うダフネ自身が一番こちらを責めているような気がするのはなぜだろう、と考えた。

「でもこうして来てくれたんですものね」ダフネは続けた。「悪天候で外に出られないおかげで、こうしてあなたとおしゃべりができるわ。話したいことがたくさんあるのよ」

「たとえばどんなこと?」マロリーは訊いたが、たいして興味があるわけではなかった。

「社交界の人たちのことよ。あなたは今年の社交シーズンに参加しなかったから知らないと思うけど、ハーコート・メーソンがヴェロニカのランカスターの屋敷を訪ねているそうなの。もう驚いたのなんのって……」

マロリーは適当にあいづちを打ち、ダフネの話を聞き流した。ダフネは楽しそうに、ほとんど息も継がずにしゃべりつづけている。以前の自分はこうしたどうでもいいような話やつまらないゴシップを、ほんとうに楽しいと思っていたのだろうか。たぶんそうだったのだろう……そう、以前は。でもいまは、ただの時間の無駄にしか思えない。社交界の人びとの多くは噂話が大好きだ。ダフネはちっとも変わっていない。相変わらずきれいで快活でわがままだ。

変わったのはわたしのほうだわ。マロリーは心のなかでつぶやいた。前にいた世界になじめなくなってしまった。

「それで、来てくれるわよね」ダフネが言うのが聞こえた。「ぜひそうしてちょうだい。ハロルドもわたしも、あなたがうちの領地を訪ねてくれるのを楽しみにしているわ。結婚相手にふさわしい男性を何人でも紹介するから。まだ早いと思うかもしれないけれど、もう一年以上たったのよ。来年の社交シーズンまで待ったら……またたくさんの若いレディがデビューしてくるわ。ジェシカをごらんなさい。来年には二十三歳になるのよ。こんなこと、ほんとうは言いたくないけれど、彼女も早くいい相手を見つけないと完全に婚期を逃してしまうでしょう」

ダフネはふたたびマロリーの手の甲に触れた。「もちろんあなたはまだ急ぐ必要はないわ。でもあまりのんびりしすぎないほうがいいと思うの。いい男性はすぐに誰かに取られてしまうし、そうなったら、その……なんと言ったらいいのかしら……あなたみたいに優雅で美しいレディには釣り合わない相手しか残っていないかもしれない」

マロリーは体をこわばらせ、唇を引き結んだ。

「もっとも、あなたがなにか——誰か——のことをわたしに話していないなら別だけど」ダフネはうながすように微笑んだ。

「なんのこと？」

「グレシャム卿のことに決まってるでしょう。あの人がここに来てからというもの、あなたたちふたりはいつもべったりじゃないの」

「アダムとわたしはただの友だちよ」マロリーは固い声で言った。

「ええ、でもそれは昔の話でしょう」

「昔って？」

「グレシャム卿がまだ富に恵まれていなかったころのことよ。けれど、いまでは財産——しかも莫大な——を手に入れたから、結婚相手として社交界でも一、二を争う人気だわ。ドーバーからダンディーまで、国じゅうの母親が娘をなんとかして嫁《とつ》がせたいと狙っているのよ。早くつかまえなくちゃ」

「そのつもりはないわ」マロリーは怒りで体を震わせた。「まだ喪が明けたばかりなのに、男性をつかまえることに興味はないの。そんなことを考えるなんて、あなたはほんとうに無神経な人ね。そのくせ、マイケルの死を悲しむわたしの気持ちがわかるなんて、よく言えたものだわ。あなたはなにもわかってなんかない。心から愛する誰かを失ったことがないんだから、それも当然のことでしょうけど」

ダフネはのどに手を当て、なにかをまくしたてた。

マロリーはさっと立ちあがった。「あなたの話はもうたくさん。それから、こんな話は誰にもしないでちょうだい。向こうで人が呼んでるから、これで失礼するわ」

誰も呼んでなどいなかったが、マロリーはそれ以上ダフネと一緒にいることに耐えられなかった。追いすがる相手を無視し、足を前に進めた。目に涙を溜め、どこへともなく歩いていると、ふいにアダムの大きな体が行く手をふさいだ。

「なにがあったんだ?」アダムは低い声で尋ね、手に持った飲み物をテーブルへ置いた。

「な——なんでもないわ。ちょっと頭痛がするだけ」

アダムはマロリーを優しくうながし、人が少ない部屋の隅へと連れていった。「そんなことは嘘だとわかってるよ。理由は頭痛なんかじゃない。さっきレディ・ダムソンと話しているのを見た。なにか傷つくようなことを言われたのかい?」

マロリーは鼻をすすり、涙をぬぐった。「なにを言われたかは問題じゃないし、そのことは話したくないわ」

アダムは肩をいからせた。「ハーグリーブスのことだね」

それにあなたのことも。マロリーは胸のうちで付け加えたが、口に出すつもりはなかった。

「ええ、そうよ」

アダムはなにも言わなかったが、体がこわばっているのがわかった。だがふっと表情を和らげ、マロリーの肩に手を置いた。「ここを出ようか。そっと抜けだせば、あまり人目を引かずにすむだろう。図書室でチェスをしてもいいし、温室を散歩してもいい。もしきみが寝室に戻りたいのでなければ」

マロリーは、ほんとうはすぐにでもその部屋を出たかった。でもアダムはだいじょうぶだと言うけれど、誰にも気づかれずに抜けだすことはむずかしそうだ。それにさっき自分がダフネと話すところを見ていた人もいる。家族は心配し、ほかの人たちはなんの話をしていたのかと興味津々になるだろう。これ以上、騒ぎを起こしたくはない。

マロリーは首を横にふった。「いいえ、ここに残るわ」

「本気かい？」

もう涙は乾いていたので、顔を上げてアダムの目を見た。「ええ。臆病者みたいに部屋に隠れているのはもうやめたの。なにを言われたって、わたしは平気よ」

アダムはマロリーの頬を指先でなでた。「それでこそきみだ」

マロリーは身震いし、アダムの優しさに罪悪感のようなものを覚えた。そこにはもうひとつ、別の感情が混じっていたが、それを認めたくはなかった。

後ろに下がってアダムの手から逃れ、テーブルに置いたままの飲み物を身ぶりで示した。

「レモネードをいただこうかしら」

「ああ」アダムは背の高い冷えたグラスを手に取り、マロリーに渡した。自分のぶんのグラスには赤ワインがはいっている。「もう一回カードゲームをしようか」

マロリーは首をふった。「それより子どもたちの遊びに興味があるわ。ジャックストロー（木切れを積みあげて山を崩さないように一本ずつ抜き取るゲーム）やビー玉遊びをしているみたい」

外は大荒れの天気なので、子どもたちも今日の午後は勉強部屋を離れ、パーティに参加することを許されていた。赤ん坊たちも連れてこられ、疲れてぐずりはじめるまで居間で過ごすことになっている。

「子どもの遊びなんて、あなたにはばかばかしくて付き合っていられないかしら」

アダムは眉を高く上げた。「おいおい、ぼくをそんなに傲慢《ごうまん》な男だと思っているのかい。ただ、ジャックストローもビー玉遊びも八歳か九歳のとき以来やっていないから、細かいルールを覚えているかどうか」

「あらためて覚えればいいわ」マロリーはアダムの腕に手をかけると、ゲームで気がまぎれることを願いながら、子どもたちのところへ向かった。


マロリーはその日をなんとか乗り切った。あまつさえ、ときどき楽しいと感じることさえあった。アダムがバイロン家とマースデン家の子どもたちをからかって身がよじれるほど大笑いさせたときは、とくに楽しかった。

みなの笑い声を聞き、双子のレオとローレンス、それにスペンサー・バイロンがやってきて、男の体面とやらも忘れて仲間に加わった。レオとローレンスは本領を発揮して十七歳のエラ・マースデンを口説き、その金色の髪の根元まで真っ赤にさせた。

マロリーは双子の弟を鋭い目でにらんだが、ふたりはかえってますます勢いづいたようだった。だがアダムがそれに気づき、静かな口調でふた言三言なにかを言うと、聖職者のようにおとなしくなった。

夕暮れが近づいてパーティはいったんお開きになり、みなそれぞれ寝室に戻って休憩をとったあと、夕食のための着替えをした。マロリーも少し休んだのち、肌色を明るく輝かせる赤褐色の紋織りシルクのイブニングドレスを着た。

ダイニングルームではアダムとケイドのあいだの席に座った。夕食はなにごともなく無事に終わった。次は女性陣が別室へ移動する時間だ。もう逃げも隠れもしないという自分への誓い――少なくともその努力はするつもりだ――を守るため、マロリーは寝室に戻りたい気持ちを我慢し、みなのあとについて居間へ向かった。

居間ではクレアとグレースとメグのそばを離れなかった。ダフネが一、二度、話しかけてこようとしたが、マロリーはそれを無視した。やがて男性陣がブランデーの残ったグラスを持ち、葉巻のにおいを服からただよわせながら部屋にはいってきた。

雨がまだ窓をたたいている状況では、庭の散歩など、屋外での娯楽を楽しむことはできそうにない。ジェシカ・ミルバンクがいそいそとピアノへ近づき、慣れた手つきで軽やかに音楽を奏《かな》でた。曲が終わると、誰かがダンスをしようと言いだし、それを歓迎する声があがった。ヴィルヘルミナがピアノの演奏を代わろうと申しでると、ジェシカは見るからにほっとした顔をした。未亡人であるヴィルヘルミナことミセス・バイロンは、ダンスをする元気があるのは若い人でしょう、と言った。

人びとがコティヨン（活発なフランス舞踏）を踊る位置につくかたわらで、マロリーはメグとならんでソファに座り、紅茶を飲んでいた。

ふいに目の前にニアル・フェイバーシャムが現われてお辞儀をした。淡い色の髪を魅力的な顔の後ろに無造作になでつけている。「レディ・マロリー、わたしと踊っていただけませんか。あなたのつま先を踏まないよう、充分注意いたしますから」

「そんな心配はしていませんわ、ミスター・フェイバーシャム」マロリーはフェイバーシャムのダンスのうまさを知っていた。「お誘いくださってありがとうございます。でも今夜は踊らないと決めていますので」

「踊りがどうしたって?」ハウランド卿がやってきた。「いや、ぜひ踊ってください、レディ・マロリー。このわたしと!」

「邪魔をしないでくれ、ハウランド」フェイバーシャムが文句を言った。「ぼくが先に申しこんだんだぞ」

「ああ、でも断わられたじゃないか」ハウランド卿はにっこり笑い、曲がった上の前歯を口もとからのぞかせた。「レディ・マロリーはぼくが誘いに来るのを待っていたんだ」

「ばかなことを言うんじゃない」フェイバーシャムが言いかえした。「ほんの一分もすれば、レディ・マロリーは考えなおしてぼくの誘いを受けるさ」

「そんなことをするぐらいなら、オランウータンの誘いを受けたほうがまだましというものだろう」

「だからこそ、レディ・マロリーがきみの誘いを受けるわけがないのさ。その頭に乗せてる赤いやつは、もしかして髪の毛かい」

ふたりが友だちどうしであることを知らなかったら、マロリーはあわてていたにちがいない。だがふたりの舌戦に、思わず口もとがほころんだ。「おふたりとも、誘っていただいたのはうれしいけれど、わたしはやはり――」

「踊るのよ」メグが口をはさんだ。「ほら、早く、マロリー。おふたりのどちらかを選んで。わたしもお腹にオズワルドがいなかったら」大きくふくらんだお腹を軽くたたく。「ダンスをしていたわ」

「その子はネヴィルという名前じゃなかった?」マロリーは訊いた。

「ええ、以前はね。いまはオズワルドよ」メグは茶目っ気たっぷりにウインクをしたが、ふたりの男性にはなんのことだかさっぱりわからなかった。

「義姉上《あねうえ》もこうおっしゃっていますよ、レディ・マロリー」ハウランド卿が言った。「さあ、ダンスをしましょう」

「そうです、レディ・ケイドの言うとおり、どちらかを選んでください」とフェイバーシャム。「どうぞわたしを」

マロリーはためらい、なぜこんな予想外の展開になったのだろうと考えた。部屋のなかを見まわし、アダムの姿を探した。そして口をあんぐり開けた。ジェシカ・ミルバンクと腕を組み、即席のダンスフロアへ向かっている。

ジェシカはどうやらドレークのことを――いまは部屋の向こうに逃げてエッジウォーター

卿とダムソン卿と話をしている——あきらめ、ほかの男性に関心を移したらしい。そのこと自体は別に驚くべきことではない。ただ、アダムがジェシカの誘いを受けたことが意外だった。

マロリーは眉をひそめ、昼間のダフネとの会話を思い浮かべた。ダフネがアダムのことで、ジェシカになにか言ったのだろうか。もしかするとわたしにアダムと付き合う気はないらしいなどと言い、それを聞いたジェシカが彼の関心を引こうとしているのかもしれない。もちろん、ジェシカがアダムに近づくのは自由だ。でもアダムとジェシカの組み合わせは……首をひねりたくなる。

マロリーは顔をしかめそうになるのをこらえ、寝室へ戻らなかったことを後悔した。でもみんなの輪に加わる努力をすると自分に誓ったのだから、目の前で開かれているパーティから逃げるわけにはいかない。

「わかりました。おふたりには負けたわ。ダンスをご一緒します」

フェイバーシャムとハウランド卿は背筋をまっすぐ伸ばして肩を張り、できるだけ見目をよくしようとした。

「どちらの誘いを受けていただけますか、レディ・マロリー？」ハウランド卿が言った。

マロリーはもう一度、アダムとジェシカをちらりと見ると、手をぐっとこぶしに握った。

ジェシカがアダムの胸を扇で軽くたたき、首を後ろに反らして笑っている。

「おふたりと踊りますわ」マロリーはフェイバーシャムとハウランド卿に視線を戻した。

「先に誘っていただいたので、まずはミスター・フェイバーシャムと。それからハウランド卿と踊ります」

マロリーを独り占めできず、ふたりとも完全に満足というわけではなかったが、わかったとうなずいた。

フェイバーシャムが腕を差しだした。マロリーはソファから立ちあがり、その腕をとって前へ進んだ。

同情の代償は高くつくものだ。アダムは胸のうちでため息をつき、にこやかな表情を顔にはりつかせたまま、ジェシカ・ミルバンクがロンドンでよく行くお気に入りの場所について得々と話すのを聞いていた――そのほとんどが服飾品店だ。

ピアノを弾く役目から解放されると、ジェシカは部屋の真ん中あたりまで歩いていき、誰かがダンスに誘ってくれるのをあきらかに待っていた。期待に満ちた目でドレークを見たものの、当のドレークはエッジウォーター卿の話に熱心に耳を傾けていた。だがアダムが知るかぎり、ドレークはトーリー党を支持するエッジウォーター伯爵とは意見が相容れないはずだ。ともあれ、ドレークからダンスを申しこまれることはないと悟ったジェシカは、ほかに誰かいないかとあたりをきょろきょろしはじめた。部屋のなかを見まわし、アダムに目を留めると、痛々しいと言ってもいいような、期待を込めた笑みを浮かべた。

マロリーはメグと一緒にソファでくつろいでいる。そこでアダムはマロリーの友人のため、ひと肌脱ぐことにした。たかが一度、一緒に踊るだけなのだから。

アダムがダンスに誘うと、ジェシカは太陽が昇ったようにぱっと顔を輝かせた。そして連れだってフロアに向かいながら、くすくす笑ったり気取った口調で話したりし、アダムの気を引こうとした。アダムはたった一度のダンスだからと自分に言い聞かせつつ、マロリーのほうをちらりと見て、思わず目を丸くした。

両脇をハウランドとフェイバーシャムにはさまれている。ふたりとも、なんとかマロリーをダンスフロアに連れだそうと奮闘しているようだ。哀れなやつらだ、と心のなかでつぶやいた。断わられるのは目に見えている。なんといっても、マロリーがこんなに長い時間、人前で夜を過ごすのは久しぶりなのだ。

ところがそれから一分もしないうちに、マロリーが立ちあがってフェイバーシャムの腕に手をかけるのが見えた。

アダムは唇をぎゅっと結んで眉をひそめた。まさか、首を縦にふったなどということはないだろう。

ふたりが前に進み、ほかの男女に交じってフロアに進みでる。なんということだ、マロリーはほんとうに誘いを受けたらしい！

「どうかなさいましたか、閣下？」ジェシカ・ミルバンクが小声で尋ね、小さな獅子鼻にかすかにしわを寄せて気遣わしげな表情をした。

アダムははっとし、自分が目の前にいる若い女性の存在をすっかり忘れていたことに気づいた。そしてすぐに笑顔を浮かべた。「なんでもありません、ミス・ミルバンク。ダンスが始まるのが待ち遠しくて」

ジェシカはほっとした顔になった。「あら、すぐに始まりますわ。見てください、たくさんのかたたちが踊るようですね」

ジェシカの言うとおり、ダンスを楽しもうと八組の男女がフロアに集まっていた。アダムとジェシカに加え、ジャックとグレース、エドワードとクレア、クエンティンとインディア、レディ・ダムソンとミスター・ヒューズ、そしてもちろん、マロリーとフェイバーシャムもいる。年若い男女の姿もあった。アヴァ・バイロンとクレアが、今夜は年長の少女も勉強部屋を出てパーティに参加していいと言ったためだ。そこでレオがエラ・マースデンに、ローレンスがいとこのアンナにダンスを申しこんだのだった。

戦争で負傷し、脚が不自由になったため、ケイドはもう踊れない。だがそれを残念がる様子もなく、さっきまでマロリーが腰かけていたメグの隣りの席に座っている。ふたりで顔を寄せてなにかをささやきあうさまは、結婚三年目を迎えた夫婦というよりも、付き合いはじめたばかりの男女のようだ。

「みなさん、準備はよろしいかしら」ピアノの前に座ったヴィルヘルミナが陽気な声をあげた。

「ああ、ばっちりです」レオが答えた。「ひとつにぎやかな曲をお願いしますよ」

レオの言葉にくすくす笑いながら、みなが所定の位置についた。アダムはマロリーが自分の反対側の離れた場所にいるのを見てがっかりした。一瞬、目と目が合った。だがすぐにピアノの音が鳴り、その数秒後にダンスが始まった。

ジェシカがふたたびぺらぺらしゃべりだした。アダムは気もそぞろだったが、それを隠して興味津々の顔で耳を傾けるふりをした。マロリーにちらりと目をやると、フェイバーシャムと陽気なステップを踏み、だんだん頰に赤みが差してきている。

一曲目が終わるころには、その瞳がきらきらと輝き、唇に笑みらしきものが浮かんでいた。マロリーは昔からダンスが大好きなのだ。アダムはジェシカ・ミルバンクとお辞儀を交わした。

そして、気まずい雰囲気にならないようにうまくジェシカをかわし、次のダンスをミスター・ヒューズと踊るように仕向けた。公爵秘書の年若いヒューズは、いきなりジェシカを紹介されてやや面食らったようだった。だがアダムがその場を立ち去るころには、ヒューズはジェシカのことをとても気に入ったように見えた。もし勘違いでなければ、ジェシカのほうもそうだ。

アダムはまだフェイバーシャムと立ち話をしているマロリーに歩み寄り、お辞儀をした。

「レディ・マロリー。誰とも約束なさっていないなら、次のダンスのお相手をしてくださいませんか」

「それがあいにく約束してるんだ」ハウランド卿が三人のあいだに割りこんできた。「次の曲はわたしと踊っていただくことになっている。そうですよね、レディ・マロリー」

マロリーの海のような色の瞳を見たところ、そのとおりだと書いてあった。「お誘いくださってありがとう。でもハウランド卿のおっしゃるとおりよ。次は閣下と約束しているの」

「そういうわけだから、あっちへ行ってくれ、グレシャム」ハウランド卿は歯を見せて笑った。「今夜はレディ・マロリーとのダンスをめぐって、フェイバーシャムとも競いあったんだ。きみまで彼女のあとをつけまわさないでほしいな」

「つけまわしてなどいない。少しは言葉を慎んだらどうだ」アダムは言いかえした。「この屋敷にはたしかにたくさんの犬がいるが、レディ・マロリーはそのなかの一匹じゃないぞ」

「ああ、当たり前だろう」ハウランド卿は声を荒らげた。「そんなことを言った覚えはない。レディ・マロリー、わたしは――」

「ええ、わかってますわ」マロリーはきらりと目を光らせ、アダムを一瞥《いちべつ》した。

アダムもマロリーの目を見返した。フェイバーシャムと、まだ自分の言葉の真意について早口でまくしたてているハウランド卿を押しのけるようにして、マロリーに近づいた。「次の曲が終わったらまた来る」耳もとでささやいた。「だから誰とも約束しないでくれ」

マロリーはあっけにとられた。

アダムはきびすを返して歩きだした。ハウランド卿が相も変わらず、マロリーの美しさと気品と優雅さを褒めそやしている。男女がまたフロアにならび、ヴィルヘルミナが次の曲を弾きはじめた。

新しいパートナーを探すことなく、アダムは部屋の隅へと向かった。フロアがよく見える場所に陣取り、彫刻が施された大理石の大きな暖炉にもたれかかった。ヘンリーともう一匹の犬——おそらくヘンデルだ——がすぐ近くのじゅうたんの上で寝ているのを見て、思わず口もとがゆるんだ。

そのまま静かに待った。ハウランド卿がステップを間違い、マロリーが足を踏まれないようあわてて後ろへ下がるのが見えた。マロリーはアダムのほうを見ると、困ったように微笑み、ふたたびステップを踏みはじめた。

ようやく曲が終わり、フロアにいる男女が動きを止めた。アダムは暖炉の前を離れ、悠々とした足取りでマロリーのもとへ向かった。

「ハウランド。今度はきみがあっちへ行く番だ。さあ、早く」

ハウランド卿は気色《けしき》ばんだが、なにも言わなかった。マロリーにうやうやしくお辞儀をすると、アダムにくるりと背中を向けて即席のダンスフロアを立ち去った。

「ハウランド卿は気を悪くしているわね」マロリーは言った。「あなたたちは友だちどうしだと思っていたのに。クラブでよく顔を合わせているんじゃなかったかしら」

「ああ、しょっちゅう会っている。だからわかるんだ。あと一日か二日はぼくをにらみつけて文句を言ってくるだろうが、すぐに機嫌を直すさ」

マロリーは首をふった。「まったく、男という生き物は。六人の兄弟と一緒に暮らしてきたのに、さっぱり理解できないわ」

「いや、男はわかりやすい生き物だよ。謎めいているのは女性のほうだ」アダムはそこで口をつぐみ、小首をかしげた。「おや、ヴィルヘルミナがワルツの出だしを練習しているようだ」

「それはないと思うわ。ワルツとはフランス人がイギリス人から道徳心を奪うために仕掛けた罠だと、ヴィルヘルミナは考えているのよ」

アダムはにやりとした。「そんな堅苦しい考えは捨てるよう、誰かに説得されたんじゃないかな」

マロリーが弟のレオをちらりと見た。堕天使さながらの笑みを浮かべ、エラ・マースデンになにごとかささやいている。エラは窯《かま》で焼かれたように顔を真っ赤にし、それから吹きだした。

マロリーはやれやれという顔をした。「ええ、誰がそんなことをしたのか想像がつくわ」

そのときヴィルヘルミナが最初の楽節を演奏し、ダンスの開始を告げた。

その曲が思ったとおりワルツであったことに、アダムは内心で小躍りした。ふつうのダンスよりもマロリーと密着できる。フランスからはいってきたばかりのその新しいダンスが物議をかもしているのは、そうした理由からだった。マロリーを抱き寄せ、くるくると小さな円を描くようにして踊ると、その唇から楽しげな声がもれた。

「どうだい、素敵だろう?」

マロリーはうなずき、アダムにリードされて踊った。赤褐色のスカートが波打つようにひるがえり、アクアマリンの瞳が隠しきれない喜びで輝いている。

アダムはマロリーをリードし、ほかの男女に交じって次々に優雅なステップを踏んだ。だがほかの人びとの姿は目にはいらず、自分の腕のなかにいる美しい女性のことで、頭も胸もいっぱいだった。

ふたたび彼女の目をのぞきこむと、そこにはずっと見たことのなかった幸せそうな表情が浮かんでいた。マロリーはもう二度と楽しむことなどできないと思っていたかもしれないが、日がたつにつれ、長いあいだとらわれていた暗闇から少しずつ抜けだしている。これから先も悲しみに暮れることはあるだろうが、幸せを感じる瞬間も増えてくるはずだ。

マロリーをもっと楽しませたくて、アダムはステップを踏む速度を上げ、大胆なターンをくり返した。だんだん脈が速くなってくる。そのときマロリーが唇をほころばせ、屈託のない笑い声をあげた。その声にアダムの心がはずんだ。

昔のマロリーが戻ってきた。あとは彼女を後戻りさせず、いまいる場所にとどめておく方法を見つけるだけだ。

9

ひんやりしたシーツのあいだにもぐりこむときも、マロリーはまだワルツの旋律をくちずさんでいた。ナイトテーブルの上に、ろうそくが一本灯されている。ほかのろうそくはペニーが自室に下がるときに消していった。マロリーは枕をたたいてふくらませると、ふかふかのマットレスに仰向けになり、やわらかな羽毛に体を預けた。ベッドの足もとのほうで丸くなっていた黒猫のシャルルマーニュが、緑色の目でじっとこちらを見ている。

「素敵な夜だったのよ」マロリーは愛猫につぶやいた。「ダンスがあんなにうっとりするものだとは、思ってもみなかったわ」

はじめてのワルツ。

社交界のなかでもとりわけ大胆な人たちのあいだで、ワルツが大流行しているのもうなずける。同時に多くの人びと、とりわけ年配の人たちが、男女が体を密着させて踊るワルツを破廉恥《はれんち》だと考えるのも無理はない。パートナーがアダムでよかった。ほかの男性が相手だったら、恥ずかしくてたまらなかっただろう。でもアダムと一緒なら、緊張することもなく安心して踊ることができた。

マロリーは目を閉じ、アダムの力強い腕に抱かれてフロアをすべるように踊ったときのことを思いだした。あの短いひととき、空に浮かび、軽い足取りで雲の上をスキップしているようだった。

まるで天国にいるみたいに。

シャルルマーニュが夏用の薄い上掛け越しに、マロリーの足首にぴたりと体をくっつけた。ごろごろのどを鳴らす音を聞いていると、マロリーのまぶたが重くなってきた。ワルツの余韻にひたっているうちに、いつのまにか眠りに落ちた……。


マロリーは軽やかに回転しながらステップを踏んでいた。空気がすがすがしく、足もとにはやわらかな芝生が広がっている。アダムがこのうえなく美しい調べに合わせ、マロリーをターンさせた。耳もとでささやかれて熱い息がかかり、肌がぞくりとしたが、声をあげて笑った。

笑うのは気分がいい。最高の気分だ。でも理由は思いだせないけれど、わたしはほんとうは笑ってはいけないのだ。

音楽が鳴りつづけ、低音楽器の音がどんどん大きくなってきたかと思うと、やがて心地よい旋律が不協和音へと変わった。低音が鳴りひびき、足もとの地面が揺れはじめた。つんとするにおいが鼻をつき、サテンのダンス用の靴がなぜかじっとり湿ってきた。ドレスに合わせたきれいな白い靴だったが、その下にあるのはもう芝生のダンスフロアではなかった。

マロリーは下を向き、白かった靴がねっとりと赤く染まっているのを見た。若草の芝生が消え、代わりにでこぼこの荒れた地面が広がっている。真っ赤に染まった服に身を包んだ人びとが、そこらじゅうでボルドーワインのような血の海に横たわっていた。うめき声に交じり、地を震わす大砲の音がする。

〝マロリー〟

混沌とした状況のなかで、なぜか自分の名前を呼ぶ声が聞こえた。マロリーは煙に視界をさえぎられながら、足を前に進めた。

〝マロリー〟

すぐ行くわ。そう叫んだが、自分が誰と話しているのかわからなかった。ただ一刻も早くあの人を見つけなければ、という思いに突き動かされていた。

地面に倒れた人びとが手を伸ばしてスカートをつかみ、助けてくれと訴える。だがマロリーは立ち止まることなく歩きつづけた。早く見つけなければ、手遅れになってしまう。

〝マロリー〟

マロリーは駆け足になり、地面にぐったりと倒れた人たちをひとりひとり確認し、そのうつろな顔をのぞきこんだ。ドレスが赤く染まり、手にもべっとり血がついたが、その血はどんなにぬぐっても二度と落ちないような気がした。

そしてとうとう彼を見つけた。横向きになって泥のなかに倒れている。軍服は裂けて黒ずんでいた。マロリーはうれし涙を流して駆け寄り、かたわらにひざをついた。

マイケルが目の前にいる。わたしのマイケル。やっと捜しだすことができた。

マロリーはマイケルを揺すり、意識を取り戻してもう一度自分の名前を呼んでくれるのを待った。とっさにその体を仰向けにし、自分がそばにいることをわからせようとした。

〝マイケル〟マロリーはマイケルの美しいグレーの瞳をのぞいた。

そのときになってはじめて、その瞳がもはやなにも見ていないことに気づいた。視線を下へ移し、衝撃のあまり目を見開いた。かつて胸だった場所に、血まみれの大きな穴が空いている。恐怖に体を貫かれ、何度も何度も絶叫した。

マロリーは震える息を吸ってベッドに起きあがった。夢に出てきた大砲のように心臓が激しく打っている。額に汗がにじんで悪寒《おかん》が走り、全身が熱くなったかと思うと、次の瞬間には冷たくなった。なにもかもが現実味を失っていた。悪夢の断片が脳裏を離れず、乱れたシーツの下で縮こまった。

やがてナイトテーブルに灯された一本のろうそくに気づいた。銀の燭台《しょくだい》の上で、いまにも燃えつきそうになっている。シャルルマーニュの輪郭がうっすら見えた。しきりに寝返りを打つ主人から離れ、ベッドの隅で横になっていたらしい。

シャルルマーニュは戸惑ったような目でマロリーを見ると、小さく鳴いた。

愛猫の優しい声に、マロリーのなかでなにかが崩れた。荒い息をつきながら、押し寄せてくる絶望感と闘った。

ひざを抱いて体を丸め、声をあげて泣きはじめた。

雨は夜のうちにやみ、朝になると明るい陽射しと青く澄みわたった空が戻ってきた。だが地面はまだ濡れており、人の足も馬のひづめも、ぬかるみにとられるのはあきらかだった。

そこでアダムはいつもの時間に厩舎へ出向く代わりに、マロリーへの手紙を近侍に託した。前日の朝、乗馬を取りやめてから、具体的な約束はしていない。それでもマロリーは昨夜別れるとき、明日の朝会えるのを楽しみにしているとはずんだ声で言っていた。

アダムがひげをそって顔を洗い、灰色のベストにならんだ銀のボタンを留めているとき、近侍が戻ってきた。

「お手紙を渡してまいりました、閣下」近侍はうやうやしく告げた。「しかしながら侍女によりますと、レディ・マロリーはまだお休みになっており、起こさないでほしいとおっしゃっているとのことでした」

アダムは手を止め、眉間にしわを寄せそうになるのをこらえた。ベストのすそを両手ですばやくひっぱって整え、ズボンとそろいの紺の上着に手を伸ばした。「ありがとう、フィンリー。もう下がってくれ」

フィンリーは主人が着替えを手伝わせてくれないことに、いつものごとく不満そうな表情を浮かべると、アダムがひげそりに使った水と濡れたタオル二枚を持って立ち去った。

ドアが閉まってから、アダムはようやく感情を表に出すことを自分に許し、眉間に深いしわを寄せた。

まだ寝ている？

それは意外なことだった。この二週間、マロリーは誰よりも早く起きるようになっていた。でももしかすると、ただ疲れているだけなのかもしれない。アダムは肩をすぼめるようにして体にぴったり合った上着をはおり、袖口を整えながら思った。昨夜は遅くまでダンスをしていたのだから、疲れているのも当然のことだろう。それにあれだけ上機嫌だった彼女が、ふたたび悲しみの沼に沈んでいるとは考えにくい。それでも……。

きっと自分の考えすぎだ。マロリーはあと二、三時間、眠りたいだけなのだ。アダムはそう結論づけ、寝室を出て図書室へ向かった。そこでコーヒーを飲みながら、朝食ができるのを待った。

マロリーは朝食の席に現われなかったが、アダムもほかの人びとも、そのことをとくに不審には思わなかった。地面がぬかるんでいて狩りには行けないため、朝食が終わると、アダムはほかの紳士と一緒に射撃の練習をすることにした。アダムとケイドが二回ずつ勝ったものの、エドワードが最後に巻きかえしてふたりを負かした。

屋敷に戻るころにはみな上機嫌になっており、酒を片手に食事をするのを楽しみにしていた。もう午後なので、マロリーも一階に下りてきて女性どうしでくつろいでいるだろう。ところがその姿はどこにも見当たらず、アダムは唇を引き結んだ。

「マロリーを見たかい？」居間にはいってまもなく、小声でクレアに訊いた。

クレアはうなずいた。「さっき本人から伝言があったの。頭痛がするんですって。お母様とわたしとで様子を見に行ったら、カーテンを引いたまま寝ていたわ」

アダムは眉をひそめた。マロリーは風邪をひいて悪寒がするとき以外、頭痛を訴えることはない。夏の疲れでも出たのだろうか。でも昨夜、元気いっぱいに踊っていたことを考えると、それもありえないような気がする。マロリーの様子を直接確かめに行きたいが、もしほんとうに具合が悪いのなら、静かに寝かせておいたほうがいいだろう。

そこでアダムは黙って待つことにし、マロリーの体調がすぐによくなることを祈った。だが昼食が終わり、夕食の時間になっても、マロリーは現われなかった。

「マロリーの具合はどうでしょうか」夕食がすんで全員で居間に移動すると、アダムは公爵未亡人に尋ねた。

アヴァ・バイロンは花柄のマイセンのティーカップを受け皿に戻した。「昼間と変わらないわ。頭が痛いと言うんだけど、でも……」

「でも？」

公爵未亡人はため息をついた。「ほんとうに痛むのは、頭じゃなくて心じゃないかという気がするの。あの子はとても暗い顔をしていたわ。でもどうしてなのかしら。つい昨夜も、この部屋で笑いながら踊っていたのに。マロリーのあんなに楽しそうな姿を見たのは、少佐が亡くなってからはじめてのことで、わたしもどれだけうれしかったことか」アダムの手を一瞬、ぎゅっと握った。「なにもかもあなたのおかげよ、アダム」

「でも、マロリーがまたふさぎこんでいるのなら、わたしの力が足りなかったということです」

「心配しないで。明日には元気になり、みんなに顔を見せてくれるでしょう」

ところが翌日もマロリーは元気にならず、部屋に閉じこもったままだった。アダムは午前と午後に寝室を訪ねてみたが、侍女はがんとして取り次いでくれなかった。

「申し訳ありません、閣下」ペニーは重苦しい口調で言った。「レディ・マロリーは体調がすぐれず、お目にかかることができません。閣下がいらしたことをお伝えしておきます」

アダムは精いっぱい愛想のいい笑みを浮かべてみせた。「頼むよ、少しぐらい会わせてくれてもいいだろう？　十分、いや、五分でいい。マロリーがだいじょうぶかどうか、確かめたいだけなんだ」

「お嬢様はお休みになっていますし、じきによくなるでしょう」ペニーはアダムと目を合わせようとしなかった。「閣下がお見えになったことはお伝えいたします」話はもう終わりだと言わんばかりに、ドアをぱたんと閉めた。

前と同じように、強引になかへはいってみようか。そう思ったものの、アダムはドアノブに伸ばしかけた手をふと止めた。いまここで無理やり部屋にはいったら騒動が起き、マロリーにとっても自分にとっても、面倒なことになるだろう。夕食のときまで待ち、それでも本人が姿を見せなかったら、そのときにまたどうするか考えればいい。

マロリーは蒸し暑い部屋のなかで寝返りを打ち、上掛けをはいだ。少し前に時計がふたつ鳴る音を聞いたが、いまだに眠れないでいる。いや、眠るのが怖いと言ったほうがいいだろう。目を閉じたら、どんな夢を見てしまうかと思うと怖いのだ。二日前の夜、かつてよく見ていた悪夢が戻ってきてからというもの、心は暗く沈み、それよりさらに厄介な感情にもさいなまれている——罪悪感だ。

わたしは楽しいひとときを過ごした。

マイケルのことを忘れて。

しかもこの一年あまりのできごとが幻で、ある朝起きたらすべてが悪い夢だったということになればいいのに、とひそかに願っている。

頭痛がすると言ったのは嘘ではない。涙と睡眠不足と落胆のせいで、頭がずきずきしていたのはほんとうだ。誰とも顔を合わせたくなくて、またしても部屋に閉じこもった。アダムにさえも会いたくなかった。というより、アダムには真実を隠せないとわかっているから、なおさら会いたくなかったのかもしれない。あの人はわたしの心をいとも簡単に見通す力を持っている。

マロリーは気をまぎらそうと、ナイトテーブルの上の本に手を伸ばした。けれどもなかなか集中できず、文字を目で追っても内容が頭にはいってこなかった。最初から読みなおそうとしていると、ドアが開閉する小さな音が聞こえ、さっと顔を上げた。

「ペニー？　あなたなの？」ベッドの向こうの暗闇に目を凝らした。

しばらく沈黙があったのち、かすかな足音が近づいてきた。「怖がらなくてもだいじょうぶだ」低くなめらかな声がした。「ぼくだよ」

ひざに置いた本が音をたてて床にすべり落ち、マロリーはぎくりとした。「アダム？」

ベッドの脇に置かれたろうそくの光を浴び、アダムの姿があらわになった。こんな時間なのに、まだ夜会用の服を身に着けている。もっとも上着はすでに脱ぎ、タイもゆるめてある。

「なんの用なの？」マロリーはあわててシーツを引きあげた。

「明かりが見えたから、きみの様子を確かめようと思ってね」

「夜中の二時に？」

アダムは彫刻の施されたクルミ材のベッドの支柱に片方の肩をもたせかけ、腕を組んだ。

「時間のことはとくに気にならなかった。いまなら門番がいないぶん、かえって好都合だったかもしれない」

マロリーはアダムがペニーのことを指しているとわかっていた。「ええ、ペニーはもう寝ているわ。ほかのみんなと同じようにね。あなたもそうするべきだと思うけど。部屋に戻って休んだらどう？」

「そう言うきみのほうこそ寝ていないじゃないか。ところで体調はどうだい？　少しはよくなったかな？　クレアと母上から、頭痛がすると聞いた」

マロリーは夏用の薄い上掛けに視線を落とし、その生地を指でもてあそんだ。「そのとおりよ」

アダムが音もなくすばやく動き、マロリーのそばに立ってその額に大きな手を当てた。

「なにをするの」

「熱があるかどうか調べているんだ」それから彼女の頬に交互に手を当てた。「それほど熱くない」

「病気じゃないもの。少なくとも、あなたが言っているような意味では」マロリーは体を後ろに引いた。「ただの頭痛で、悪い病気じゃないわ」

アダムは優しい笑みを浮かべた。「それを聞いて安心したよ」

「さあ、わたしが瀕死の重体じゃないとわかったんだったら、早く自分の寝室に戻ってちょうだい」

「いや、まだだ。なにがあったのか話してくれるまでは戻らない」

「別になにもないわ」

「それは嘘だ。ぼくには嘘をつかないでくれ、マロリー」

「なんでもないの」マロリーは肩をすくめた。「ちょっと疲れただけ」

「それなのに、不思議なことにきみは真夜中まで眠らずに本を読んでいる。どうしてだ？」

「お願い、出てって」

アダムは首を横にふった。「ぼくは簡単に引き下がる男じゃない」そう言うとマロリーに断わることなく、ベッドに腰を下ろした。シーツと上掛けの生地越しに、ふたりの腰が触れている。アダムは手を伸ばしてマロリーの髪をなでた。「話してくれ」

「たいしたことじゃないのよ」マロリーはつぶやき、上掛けに指をはわせた。

「そんなにつらそうな顔をしているのに、たいしたことはないと言われても、信じられるわけがないじゃないか。隠しごとはしないと、ぼくに約束してくれたんじゃなかったかな」

アダムの言うとおりだった。それに彼にはもうすべてを話しているのだから、あとひとつ秘密を打ち明けたところで、どうということもないだろう。「また悪い夢を見たの」震える声で言った。

「なるほど」

マロリーは顔を上げ、アダムと目を合わせた。「な、な、なるほどですって？　どういう意味？」

「ただの〝なるほど〟だよ」アダムはかすかに微笑んだ。「それにきみが悪夢を見たとしても、それは別に驚くべきことじゃない。それで、どんな内容だったんだい？　今度は適当なことを言ってはぐらかそうとしないでくれ。話せばきっと楽になる」

「そうかしら」マロリーは消えいりそうな声で言った。脳裏に悪夢の場面がよみがえってきた。「誰にも話してないの」

「だったら、いまがそのときだ」

マロリーはアダムの力強い肩に頭をもたせかけて目を閉じた。自分を勇気づけるようにひとつ大きく息を吸い、ごくりとのどを鳴らした。

「戦場にいたの」小声で切りだした。「白いドレスを着ていたのに、血でべっとり赤に染まったわ。そこいらじゅうに、瀕死の人とすでに死んでしまった人が倒れていた」

ところどころつかえながらも、静かな口調で最後まで説明した。アダムは途中で言葉をさえぎったり質問したりすることなく、黙ってマロリーの話に耳を傾けていた。マロリーはすべてを話し終えると、全身がぐったりして首や背中から力が抜けるのを感じた。

「きみが苦しむのも当然だ」アダムは低くかすれた声で言った。「そんな夢を見れば、大人の男でも眠れなくなる」

「あなたでも?」マロリーは思わず訊いた。

アダムはうなずき、マロリーの背中を慰めるようにさすった。「ああ、ぼくでも。身震いが止まらず、強い酒を飲まずにはいられないだろう」

「あなたが震えるなんて考えられないわ。でもお酒のことは……わたしも早く思いつけばよかった。エドワードのブランデーでももらっておけば、この二日間、もう少しまともに眠れたかもしれないのに」

「ひと口かふた口飲むだけならいいさ。でも酒は問題を解決してくれない。むしろ、また別の悪夢をもたらすこともある」

マロリーはため息をつき、体を少し後ろに引いてアダムの顔を見た。「だったら、なにが解決してくれるの? だってわたしは……」

アダムは心配そうに眉をひそめた。「きみは、なんだい? いいからぼくに話してごらん」

「こ——怖いの。眠るのが怖い。今度また悪夢を見たら、二度と立ちなおれなくなりそうで」

「そんなことはない」

マロリーは疑わしげにアダムを見た。

「ぼくはきみが二度と悪夢を見ないと言っているわけじゃない。でも、そのために立ちなおれなくなることはないと請けあっているんだ。前にぼくが言ったことを覚えているだろうか。きみは強い人間だ。きっとこの試練を乗り越えられる。それに、きみはひとつ忘れている」

「なにを?」

アダムの褐色の瞳が頼もしく輝いた。「夢は現実ではないことを。どんなに生々しく、胸が張り裂けるようなつらい夢であっても、それは幻にすぎない」

「でもあの人はほんとうに戦場で亡くなったのよ」

「ああ、だがきみが頭のなかで作りあげた戦場じゃない。夢は現実ではないんだ。今度また悪夢を見ることがあったら、そのことを思いだしてほしい。それがただの夢にすぎないということを」

「口で言うほど簡単なことじゃないわ」

「簡単なことだとは言わないが、悪夢はいつか消え去るものだ。そのことをどうか信じてほしい、マル。またいつか安らかに眠れる日が来ることも」

マロリーはうなずいた。アダムの言うとおりであると、頭ではわかっている。それでも心のなかには不安とおそれが残っていた。考えてみるとマイケルを失って以来、唯一安らかに眠れたのは、アダムの腕に抱かれたあの日だけだった。彼がそばにいると安心できる。アダムと一緒なら、世界がそれほど荒涼とした場所に感じられない。

「今夜あなたが来てくれてよかった」マロリーは言った。「とても不道徳なことではあるけれど」

アダムの顔にゆっくり笑みが広がった。「きみも知ってのとおり、ぼくは不道徳じゃないことはめったにしないのさ。しきたりを守るなどのつまらないことばかり気にしていたら、人生を楽しめないと思わないか？」

マロリーも思わず微笑んだ。心に垂れこめていた深い霧がいくらか晴れ、二日ぶりに気持ちが軽くなった気がした。

「それでこそきみだ」アダムはうれしそうな顔をした。「もっと早くぼくを部屋に入れるよう、ペニーに言えばよかったのに。そうすれば、ここまで不安や悲しみにさいなまれずにすんだだろう」

「でもそれだと、こんなふうには話せなかったわ」マロリーはアダムのベストのボタンに指をはわせた。「誰かが部屋にいるのに、悪夢のことを打ち明けたりなんかできなかったでしょう。そしてわたしは、きっといまでも苦しんでいた」

「ああ、きみの言うとおりかもしれない。今夜はふたりきりでよかった」アダムはマロリーの手を握って自分の胸に押し当てると、その指を無造作になでた。マロリーは肌がぞくりとし、静電気でも起きたのだろうかと思った。

アダムも同じように感じているらしく、魅惑的な褐色の瞳が暗い輝きを帯びたかと思うと、とつぜん眠くなったようにまぶたがなかば閉じた。でもアダムが眠気を覚えているわけでないことはわかっていた。こちらをじっと見る目に、鋭い光が宿っている。

マロリーはふと、自分が薄い綿のネグリジェしか着ていないことを思いだした。首まできっちりボタンがならんだ控えめなデザインではあるが、それでも薄い布一枚隔てたところに、アダムの視線と手があることに変わりはない。しかも自分たちはベッドの上にいて、アダム自身も完全に服を着ているわけではない。あまりに近いところにいるので、あごの下が力強く脈打っているのが見えるほどだ。

ところがマロリーはなぜかその場を動く気になれず、そのまま無言で座っていた。自分の心臓が激しく打つ音が聞こえる。アダムがマロリーの髪に手を差しこみ、首の後ろを支えた。そしてその顔をほんの少し傾けると、自分はそれと反対側に首をかしげた。

まさかキスをしようとしている?

そしてわたしはそれを望んでいるの?

マロリーは吸いこまれるようにアダムの瞳を見つめた。数秒後に答えが出て、その刹那《せつな》と目の前にいる男性に身も心もゆだねた。アダムが顔を近づけ、唇を重ねてきた。

あらがいようのない悦びが全身を包んでいる。前にも一度、アダムにキスをされたことがある。でもあのときとはくらべものにならないくらい、いまのほうがずっと素敵だ。アダムがかっしりした長い腕を背中にまわし、マロリーをぐっと抱き寄せると、ますます情熱的にくちづけた。

舌の先で下唇に火をつけられ、マロリーははっと大きく息を呑んだ。その唇が開いた瞬間、アダムが舌を差しいれ、やわらかな頰の内側をじらすように愛撫して彼女を身震いさせた。全身が火照り、部屋がどんどん暑くなってきた。薄いネグリジェでさえもうっとうしく感じられる。

いっそ脱いでしまいたい。

アダムが手伝ってくれたらいいのに。

マロリーはぱっちり目を開け、乱れた息をつきながら顔を離した。

わたしはなにを考えているの？

アダムのほうは？

キスをやめたにもかかわらず、彼はマロリーを放そうとしなかった。背中にしっかり腕をまわし、髪に手をからませたままだ。

「ど――どうしてこんなことを？」マロリーは息を切らしながら訊いた。さまざまな思いが頭のなかをぐるぐると駆けめぐっている。「わ――わたしには、また、キ――キスが必要なように見えたの？」

アダムの瞳の奥で荒々しい炎が燃えているのが見えた。「いや。今回キスを必要としていたのは、ぼくのほうだ」

10

アダムはすぐさまマロリーを放すべきだとわかっていた。

すでに充分すぎるほど深みにはまっており、このまま下半身のうずきにしたがえば、ますますぬきさしならない状況に陥ることは目に見えている。すぐにやめたほうがいい。なにしろバイロン家の六人の兄弟が、廊下のすぐそこの部屋で寝ているというのに、自分は真夜中にマロリーの寝室にいるのだ。だがどうしても、腕の力をゆるめることができない。

もう一度、マロリーの甘く熟《う》れた唇を味わいたい。ふっくらとしたやわらかな唇は、極上の果物よりもみずみずしい味がする。本人が気づいていないときでさえ、男たちが蜂のようにマロリーのまわりに群がっているのも当然だ。

アクアマリンの瞳が熱帯の海のように美しく透きとおっている。もしそのなかで泳げるなら、迷わず飛びこんでいるだろう。マロリーの瞳が欲望でうるむのを見て、アダムの全身を熱い血が駆けめぐった。

いや、頭から血の気が引いているのかもしれない――それに理性も。気がつくとアダムは腰をかがめ、またマロリーに唇を重ねていた。

ああ、なんて甘い唇だろう。それにいいにおいがする……バラとシャンパンのようだ。このにおいを嗅いでいると、頭がくらくらして体が燃えあがる。

アダムは彼女の唇を大きく開かせて舌を差しこんだ。マロリーが子猫のような声を出して背中をそらし、彼の肩に手をかけて首筋をなでた。

アダムは低いうめき声をあげた。マロリーがキスを返し、こちらのすることをおずおずとまねて舌をからませている。夢のようなキスではあったが、まもなくアダムはそれだけでは満足できなくなった。もっと彼女が欲しい。この先に待っている極上の世界の扉を開けたい。

アダムは唇を離すことなく、マロリーを仰向けに倒した。つややかな褐色の髪が暗い川のように枕に広がった。ほっそりした首から下へと指をはわせながら、ネグリジェのボタンをひとつひとつはずしていった。そして指でなでたあとをゆっくり唇でなぞり、すべすべした肌に一インチ刻みで軽く触れるようなキスをした。

ネグリジェの前が開かれ、むきだしの乳房にアダムの手が触れると、マロリーはびくりとして腰を浮かせた。驚きで目を見開いたが、快感のあまりまたすぐに閉じた。唇から荒い息がもれている。

アダムはマロリーの肌に触れるこのときを、ずっと昔から夢見てきた。だがこうして実際に経験してみると、想像していたよりもずっと素晴らしい。彼女の乳房はベルベットのようになめらかで温かく、手で包むのにちょうどいい大きさだ。

マロリーの乳首がつんととがって愛撫をせがんでいる。アダムがその望みをかなえてやると、彼女がすすり泣くような声を出した。その声にアダムの欲望がますますかきたてられ、ズボンがきつくなった。全身で脈が激しく打つのを感じながら、マロリーの乳房を口に含んだ。

マロリーが悲鳴にも似た小さな声をあげ、やめてと言うように彼の髪に手を差しこんで頭をつかんだ。だがアダムはそれにもかまわず、舌の先で乳首を転がした。マロリーは身震いし、手の力を抜いて天上にいるようなひとときに身をまかせた。

アダムは微笑み、さらに情熱的な愛撫をした。いいにおいのするやわらかな肌に舌をはわせ、その感触を楽しんだ。いったん顔を離してもう片方の乳房に唇を移すと、彼女が枕の上でしきりに顔の向きを変えた。マロリーが彼の髪に片手を差しこんだまま、空いたほうの手でその首や肩をなではじめた。

アダムは情熱に命じられるまま、胸を口で愛撫しながら手を下へ進め、ネグリジェのすそをつかんで夢中でめくりあげた。マロリーが熱い息をこぼし、美しい形をした脚をしきりにもぞもぞさせている。だがアダムの手が秘められた部分に触れようとすると、反射的に太ももをぴったり閉じた。

彼女はまだ無垢なのだから、その緊張を解いてやればいいだけだ。アダムは手と唇を動かし、マロリーの欲望を高めようとした。愛の営みのことなら熟知している。もう少し愛撫を続ければ、彼女はまたもや身もだえし、喜んで自分を迎えいれてくれるだろう。

ところがそのとき、アダムはかすかに良心の呵責《かしやく》を覚えた。

お前はなにをしているのか。相手はマロリーだぞ。お前が心から愛している女性ではないか。まだ純潔を失う準備などできていない女性だ。

この場で彼女を自分のものにすることはできるだろうが、あとでどれほどの代償を支払うことになるのか。たしかにマロリーの体は情熱の炎に包まれ、解放のときを待っている。だがいったん結ばれたあと、彼女はきっといまとはちがう思いを抱くはずだ。

現実に戻ったマロリーは、弱みにつけこんで純潔を奪うという卑怯なことをした男を軽蔑するにちがいない。今夜のことで、ふたりがこれまで分かちあってきたもの、とりわけ友情が、ずたずたに引き裂かれたと感じるだろう。そしてこちらのことを憎むようになるかもしれない。そんなことになったら、とても耐えられない。

アダムはみぞおちを殴られたような気がし、苦しげなうめき声をあげると、さっと体を起こしてベッドの端に座った。ベッドの太い支柱を、まっぷたつに折れるのではないかと思うほど強く握りしめ、懸命に欲望を抑えた。

「アダム？」マロリーがささやいた。「どうしたの？　ど——どうしてそんなところに？」

アダムはなにも答えず、目をすがめて彼女を見た。マロリーがゆっくりと起きあがり、ネグリジェの前が開いていることに気づいて眉をひそめた。あわてて上げた手にむきだしの乳房が触れると、はっとした顔で身をすくめた。まるでそのときはじめて、自分が半裸であることがわかったようだ。震える手でネグリジェの前を合わせながら、乱れたすそを整えて脚を隠そうとしている。肌が夏の夕陽のように赤く染まった。その様子を見てアダムは、途中でやめて正解だったとあらためて思った。

「行かなければ」かすれた声で言った。

マロリーは顔を上げ、ネグリジェの身頃の生地を握りしめた。「行く？　でも――」

「もう時間も遅い。思ったより長居してしまった」

「ええ、でも――」

「眠るんだ」アダムは立ちあがり、一歩後ろに下がった。「また明日、昼食のときに会おう。おやすみ、マロリー」

ネグリジェを握るマロリーの手に、ぐっと力がはいった。「お――おやすみなさい、アダム」

その声ににじんださびしげな響きに胸を突かれ、アダムは立ち止まった。心を鬼にしてさっさと出口に向かったほうがいいことはわかっていたが、どうしてもできなかった。「どうしたんだ？」

マロリーはまっすぐアダムの顔を見た。「怖いの」

アダムはごくりとつばを飲んだ。「だいじょうぶだよ」

「でも、もしまた悪い夢を見たら？　眠れなかったらどうすればいいの？　行かないで」

「マル」アダムはうめき、まぶたを閉じた。

「お願い。少しのあいだでいいから。ひと晩じゅういられないのはわかってるけれど、あと二、三分ならいいでしょう。ひとりになりたくないの」

アダムは手を伸ばし、またもやベッドの支柱をつかむと、体を火照らせている欲望と闘った。

「お願い、アダム」

断わるんだ。アダムの理性がそう告げていた。おやすみと言って、すぐに立ち去ったほうがいい。

「じゃあ椅子に座っている」

「で――でも、それだと遠すぎるわ。ベッドに座ってもらえないかしら？　わたしから離れたところに。このベッドは大きいもの。きっとわたしがいることすら忘れるわ」

マロリーはなにを言っているのだろう？

ベッドに座れだと？　気はたしかか？　ほんの数分前まで、あんなことをしていたベッドに戻れというのか。だがアダムはそのとき、マロリーの頰から赤みが消え、目に不安の色が浮かんでいることに気づいた。おそれという感情は強い力を持っている。欲望と同じくらい強い力を。

「三十分だけだ」アダムは食いしばった歯のあいだから言った。「それ以上はいられない」

〝お前こそ気はたしかなのか〟

「ネグリジェのボタンを留めて、上掛けの下にはいってくれ」

マロリーはふたたび頰を赤らめ、言われたとおりにした。あごまで上掛けを引きあげたことを確認してから、アダムはベッドの反対側へ歩いていき、隅のほうに腰を下ろした。上体を後ろにそらし、支柱に肩をもたせかける。

しばらく沈黙があった。

「その姿勢だとつらいでしょう」マロリーが小声で言った。

「そんなことはないさ」アダムは嘘をついた。腰の位置を変えつつ、楽な姿勢を探した。

ふたたび沈黙が落ちた。

「ベッドは大きいわ」マロリーは蚊の鳴くような声で言った。「横になったら?」

「いいから眠るんだ」

「あなたが離れていると眠れないわ」

「ほんの数フィートしか離れていない。さあ、目をつぶって」

短い間があった。

「ごめんなさい、やっぱり無理みたい」マロリーは言った。「怒らないで」

アダムはまたもや目を閉じた。「怒ってないさ」

「でも――」

「わかった。ぼくが横になったほうが眠れると言うのなら、そうしよう」

なんてことだ、これではまるで拷問ではないか。アダムは嘆息し、いったん立ちあがってからベッドの空いた側に横たわった。

「靴を脱いで」

アダムはのどの奥で低くうなり、正装用の革靴を蹴るようにして脱いだ。脚をさっとマットレスの上に乗せると、完全には横にならずに枕に背をもたせかけた。胸の前で腕を組む。

「これで満足かな？」

マロリーはアダムの目を見て小さくうなずいた。「ありがとう、アダム」

その言葉にアダムの怒りが和らいだが、欲望が満たされないいらだちは消えなかった。

「いいから眠って」

マロリーはうなずいて目を閉じた。

眠ったのがわかったらすぐに出ていこう、とアダムは思った。

五分がたち、やがて十分が過ぎた。

アダムがベッドを出ようとしたとき、マロリーが目を覚まして小声でなにかを言った。アダムはうめき声をあげ、枕にもたれかかった。マロリーが寝ぼけ眼《まなこ》で寝返りを打ち、アダムのほうを向いた。そしてなかば眠ったまま、彼の腕に手をかけた。アダムは自分の愚かさにあきれつつ、その手に自分の手を重ねた。マロリーは満足そうにため息をつき、枕に顔をうずめた。

五分もすれば、彼女はぐっすり寝入るだろう。あと十分たったら、約束の三十分だ。

アダムは待ちながらあくびをした。ろうそくが短くなり、部屋はほぼ暗闇に包まれている。

マロリーの呼吸が深く一定になってきた。アダムの呼吸もおだやかになり、まぶたが重くなった。

もう少ししたら出ていこう。あと数分の辛抱だ。

そう思いながら、いつのまにか眠りに落ちていた。

マロリーは枕に顔を深くうずめた。隣りで寝ているアダムの大きな体にしっかり守られ、安らかで満ち足りた気分だ。そばにいてほしいという自分の頼みを、彼は聞いてくれたのだ。マロリーは微笑み、アダムの肩に頬を寄せた。シャツの生地越しに体温が伝わり、男らしい肌のにおいがする。アダムが寝返りを打ち、マロリーの背中に腕をまわして抱き寄せた。マロリーは安心し、その腕のなかでまどろんだ。ここなら悪夢が忍びこんでくることはない。

しばらくしてアダムが小声で悪態をつくのが聞こえ、目を覚ました。「しまった」アダムがゆっくりと起きあがろうとしている。

「どうしたの？　なにがあったの？」マロリーは眠そうな声で訊いた。

「起こしてしまったかな」アダムは抑えた声で言った。「さあ、また眠るといい」

マロリーはぼんやりした頭で、アダムはなぜあわてているのだろうと思った。「いま何時？」

「もうすぐ夜が明ける。使用人が起きてきて仕事に取りかかる前に、ここを出ていかなければ。うっかり眠ってさえいなければ、もっと早く出ていけたのに。まいったな、靴はどこだ」

マロリーは暗闇のなかで横たわり、アダムがごそごそと靴を捜す音を聞いていた。すぐには見つからなかったらしく、ふたたびベッドに腰掛けてろうそくに火をつけようとした。火打ち石を打ったところで、ドアを小さくノックする音がした。

ふたりは凍りつき、かすかな明かりのなかで顔を見合った。アダムがとっさに火を吹き消した。

「返事をするんじゃない」そうささやいた。「そうすれば、あきらめていなくなるだろう」

ところが、かちりという小さな音がしてドアが開き、明るいろうそくの光とともに誰かが部屋へはいってきた。マロリーの心臓が胸を破って飛びだしそうなほど激しく打ち、眠気が一気に吹き飛んだ。

アダムがここにいるのを見られるわけにはいかない。どこか隠れられる場所があるといいのだけれど。でもアダムにはベッドの下は狭すぎるし、シーツの下にもぐりこんだところで意味はない。上掛けが大きくふくらみ、誰かいるのがひと目でわかってしまう。

「マロリー？」優しい声が呼びかけた。「グレースよ。起こしてごめんなさい。でもどうしても伝えたいことがあったものだから。メグのお産が始まったの——まあ！」

ネグリジェを着た長身で赤毛のグレース・バイロンが、ベッドの足もとで立ち止まった。手に持ったろうそくの明かりがベッドを照らしている——マロリーとアダムの姿を。

グレースは青みがかったグレーの瞳をふくろうのように丸くした。

マロリーとアダムもグレースを見つめかえした。

沈黙を破ったのはアダムだった。「レディ・ケイドのお産が始まったって？」落ち着いた声だった。いまさらなにをしても手遅れだと観念し、枕にもたれかかって腕を組んだ。

一方のマロリーは、身じろぎひとつしなかった。

「え——ええ」グレースは言った。「さっき陣痛が始まって……あの……あなたたち、なにをしているの？」さっと手をふった。「いいえ、答えなくていいわ。見ればわかるもの……だって……ああ、なんてことかしら！」

「ちがうの、誤解よ」マロリーはようやく口を開いた。

「なにが誤解だって？」ジャックが部屋にはいってきた。「メグのことを教えたかい？ いま母さんが付き添っている。ケイドは酒をやめたことをいくぶん後悔しているよ。なんでも、一杯欲しい気分だそうでね。——これはどういうことだ！ アダム？ きみか？」

「おはよう、ジャック」アダムはマロリーの寝室ではなく、朝食室で顔を合わせたかのようにおだやかな口調で言った。

「ここでなにをしているんだ」ジャックは言った。「こんな早朝に。しかも、妹のベッドの上で！」

　重苦しい沈黙が落ちた。炉棚に置かれた時計の針が動く小さな音が、マロリーの耳には鐘の音のように大きく聞こえた。

　アダムは平静を失わず、靴下を履いた足を軽く組んで言った。「慰めていたと言ったら信じてくれるかな」

　ジャックはアダムとマロリーを交互に見た。「慰めていただと！ よくもそんな白々しいことを。お前というやつは——」

「アダムはほんとうにわたしを慰めてくれていたの」マロリーが口をはさんだ。「眠れずにいたわたしを助けてくれたのよ」

ジャックの険しい表情を見て、マロリーは身震いした。「助けてくれた？　いったいどんな助けなんだか」ジャックは手をこぶしに握りしめ、アダムをにらんだ。「妹に触れたのか？」

アダムは臆することなくジャックと目を合わせた。「マロリーとぼくがなにをしようと、なにをするまいと、きみには関係のないことだろう。それはぼくたちふたりのあいだの問題だ」

ジャックは気色ばんだ。「ふたりのあいだの問題だと！　大切な妹がからんでいるというのに、そういうわけにいくものか。それで、マロリーに触れたのか？」

アダムがなにも答えないのを見て、ジャックはマロリーに視線を移した。「話してごらん、ペル・メル」昔の愛称を使い、優しい声音で言った。「怒らないと約束するから。こいつになにかされたのか？」

マロリーはちがうと言おうとして口を開きかけたが、情熱的なキスと愛撫を受けた記憶がよみがえってきた。むきだしの胸に触れられ、口に含まれたときのうっとりする感触を思いだし、また乳首がとがった。知らず知らずのうちに肌がかっと火照り、暖炉の石炭のように赤くなった。

「この悪党め！」ジャックが怒鳴った。「お前のようなやつを信用したぼくがばかだった。

家族はみんなお前を信じていたからこそ、この数週間というもの、マロリーとふたりきりにしても安心していたんだ。お前と一緒なら安全だと思っていたのに、妹に対して下心を抱いていたのか。お前はマロリーの友だちだと信じていた。それなのに、まさか自分のベッドに連れこむことしか考えていなかったとはな」

「これは彼女のベッドだ」アダムは静かに言った。

ジャックの目の横の筋肉がぴくりとした。「ふざけるな」

「きみのほうこそ、自分のことを棚に上げて偽善者ぶるのはやめろ」

グレースが悲しそうに夫をちらりと見た。「アダムの言うことにも一理あるわ」

ジャックののどにかすかに赤みが差し、頬がぴくりとした。「ぼくのことは関係ないだろう。話をそらすんじゃない」

「そんなことをしているつもりはないが」アダムはゆっくりと言った。

「いいか、グレシャム……」ジャックはこぶしを自分の手のひらに打ちつけたが、ほんとうは別のなにか――誰か――を殴りたがっているのはあきらかだった。

「ジャック」アダムは嘆息した。「怒りで血管が切れないうちに、説明を聞いてくれないか」

「説明！　なんの説明だ？　目の前にある動かぬ証拠を見れば、なにも聞く必要はない」

「ねえ、ジャック」グレースがジャックの腕に手をかけた。「アダムにも説明する機会を――」

「こいつには介添人を指名する以外のチャンスをやるつもりはない。こうなった以上、決闘を申しこむべきだろうな。その頭に銃弾を撃ちこんでやる」

アダムはベッドの上で起きあがり、挑むようにあごを上げた。「やってみるといい」

「やめて！　ふたりとも」マロリーが叫び、腕をさっと伸ばしてアダムをかばった。「決闘や暴力の話はしないで」

マロリーが取り乱していることに気づき、アダムは身を寄せた。「ジャックは頭に血がのぼっているだけだ。本気で言ってるわけじゃない」

「勝手に決めつけるな、グレシャム」

「ジャック！」グレースが言った。

マロリーの目に涙があふれ、のどが締めつけられた。「この戦争で、たくさんの血が流れて大勢の人が犠牲になっているわ。わたしは、マ——マイケルを失ったの。もう誰も失いたくない。とくに決闘みたいなばかげたことでは。ふたりとも、そんなおぞましいことは二度と口にしないで。ず——ずっといい友だちだったのに、た——闘ったりしないでちょうだい。考えただけで耐えられないわ。わたしのせいで……」

マロリーはわっと泣きだした。アダムが彼女を胸に抱き寄せた。

「ほら、きみのせいだぞ」マロリーを強く抱きしめて言った。「出ていけ、バイロン。マロリーにこれ以上、つらい思いをさせないでくれ」

「出ていくのはお前のほうだ」

「泣いているマロリーを残して、どこにも行くつもりはない。話ならあとでしよう——」

「いったいぜんたい、なんの騒ぎだ」エドワードの威厳のある低い声がした。「招待客が何人か、廊下に集まっているが」

それを聞いてマロリーはいっそう激しく泣きじゃくった。

「ただでさえメグが産気づいて、屋敷は大騒ぎだというのに」エドワードはそこで言葉を切った。「グレシャム、きみか？」

「おはよう、クライボーン」アダムは言った。「そろそろきみが現われるころじゃないかと思っていた」

エドワードの顔にどんな表情が浮かんでいるか、簡単に想像がつく。マロリーはアダムが両手を離すだろうとなかば思っていた。だがアダムはマロリーをしっかり抱きしめたまま放さなかった。マロリーは震える息を吸い、泣くのをやめようとしたが、涙は次から次へとあふれて止まらなかった。

「騒動の原因については、あらためて訊くまでもなさそうだ。だがこの場ですぐに解決できることでは――」

「ぼくが解決してやる」ジャックがエドワードの言葉をさえぎった。「このこぶしを使って」

マロリーの頬をまた涙が伝い、アダムは体をこわばらせた。「マロリーにこれ以上、つらい思いをさせないでくれと言っただろう」

「そっちこそ、妹を放せ――」

「ふたりとも、いい加減にしないと――」エドワードが冷たい口調で言った。

「うわっ！」ドアのほうからまた別の声が聞こえた。

「驚いたな！」それとそっくりの声が続いた。

ああ、なんということかしら。マロリーは胸のうちでつぶやいた。双子の弟たちまでやってきた。そのうち家族がひとり残らず、ここに集まってくるのではないだろうか。

そのとき新たに何人かの足音が聞こえてきた。そのうちひとりは、かすかにぎこちない歩きかたをしている。「みんなこんなところでなにをしているんだ」ケイドだった。「さっき医者が到着して――どうしてグレシャムがマロリーのベッドにいるのか？」

「それは答えを必要としない修辞的疑問文だな」ドレークが言った。

いまや六人の兄弟全員が寝室にいる。マロリーは屈辱のあまり、床に沈んでしまいたい気分だった。せめてシーツを頭からかぶって隠れたい。だがそうする代わりに、アダムから手渡されたシルクのハンカチで顔を覆った。

「これできみにハンカチを貸すのは二度目だな。それとも三度目だっけ？」アダムがマロリーだけに聞こえるようささやいた。「心配しなくていい、マル。なにもかもうまくいくから」

どうしたらなにもかもうまくいくというのだろう。もう万事休すだというのに。

「お客様の半分が廊下に集まっているわよ」そう言いながら、クレアが部屋にはいってきた。「メグが大変だというのに、こんなところでなにを――まあ！」

顔を上げなくても、クレアが自分たちを見ていることがわかった。

「クレアの言うとおりだ」エドワードが言った。「さあ、もういいだろう。廊下にいる人たちにも話を聞かれている。そろそろみんな出ていくんだ」

「でもネッド、この状況に目をつぶるわけにはいかないだろう」ジャックがふたたび口を開いた。

「当然だ。グレシャムには責任を取ってもらうことになる」ケイドが言った。

レオとローレンス、それにドレークが、そのとおりだとつぶやいた。

「グレシャムはきっと正しいことをすると信じている」エドワードはおだやかだが、きっぱりとした口調で言った。「でもその話はあとだ。いまはメグと新しく生まれてくる赤ん坊のことのほうが大事だろう。それから朝食もとらなければ。だがこの青ざめた顔を見ると、ケイドはとても食べられそうにないな。コーヒーだけでも飲むといい。砂糖なしのブラックだ。ドレーク、ジャック、ケイドを連れていってくれ」

マロリーはハンカチを少しずらし、ドレークとジャックとケイドが、これですむと思うなとでも言いたげな顔でアダムをにらむのを見た。ジャックがグレースの頰に軽くキスをしてなにかをささやき、ドレークとケイドと一緒に出ていった。

「お前たちも」エドワードは双子に向かって言った。「もっとほかにすることがあるだろう」

レオとローレンスはなにかを企んでいるような笑みを浮かべ、顔を見合わせた。マロリーはふたりがまた面倒なことを起こさなければいいのだけれど、と思った。

エドワードはクレアのほうを向いた。「マロリーの侍女を呼んで、着替えを手伝わせてくれないか。それからみんなでメグのところへ行くといい」

　クレアがうなずき、グレースが自分も服を着替えようと部屋を出ていった。

「グレシャム、朝食のあとでぼくの書斎に来てくれ」エドワードは言った。「九時でどうだろう」

「ああ、閣下」アダムはさらりと答えた。「では九時に」

　エドワードはくるりときびすを返し、誰もいなくなった廊下へ出ていった。さっきまで集まっていた招待客たちも、分別を心得て寝室へ戻っていったらしい。

　マロリーとアダムはふたたびふたりきりになった。クレアは気をきかせてベッドのそばを離れ、部屋の反対側の窓際に立っていた。

「アダム、ごめんなさい――」マロリーは涙でかすれた声で言った。

「だいじょうぶだ」アダムはマロリーの顔にかかった髪をはらった。「きみが謝ることはなにもない。なにもかもうまくいくと言っただろう」

「でも――」

　アダムはマロリーの唇に指を当てた。「ぼくにまかせておいてくれ。心配はいらない」クレアが部屋にいるにもかかわらず、指をどかして身をかがめ、そっと唇を重ねた。「服を着替えて食事をすませたら、メグのところへ行くんだ。またあとで話そう」

「ああ、アダム――」

「ほら、ペニーが来た」アダムは言った。ペニーがあぜんとした顔をし、部屋の奥へと進んでくる。アダムはまるで毎晩マロリーのベッドで寝ているかのように、すました顔で立ちあがって靴を捜した。窓から差しこんでいる朝日のおかげで、靴は簡単に見つかった。アダムはタイも上着も着けていない状態でまたさっと腰をかがめ、マロリーを安心させるように優しくキスをした。

マロリーは頭がしびれたようになり、ペニーがはっと息を呑む音もほとんど聞こえなかった。

アダムが部屋を出ていった。

濡れたハンカチを握りしめ、マロリーはクレアを見つめた。

「ブラックコーヒーをふたつお願いするわ、ペニー」クレアは言った。「今朝はみんな、強いコーヒーが必要みたい」

11

その日の夕方六時過ぎ、屋敷じゅうに響きわたる元気な泣き声をあげながら、ザカリー・ジョージ・バイロンがこの世に誕生した。長時間にわたるお産に付き添ってへとへとではあったが、マロリーは満足感に包まれ、またひとり甥が増えたうれしさを噛みしめた。

部屋の向こう側のベッドでメグがまどろみ、ケイドがそのそばに座ってしっかり手を握っている。愛妻の寝顔を見つめるケイドの表情には、安堵と喜びがにじみでていた。

もうすぐ生まれるというとき、ケイドはかわいそうに幽霊のように青ざめた顔をし、もしや妻が死ぬのではないかと心配して寝室の入口に現われた。クレアとグレースと公爵未亡人とで、すべて順調だからだいじょうぶだとケイドを慰めていると、メグが口に出すのもはばかられるような言葉を立てつづけに叫んだ。海軍大将だったいまは亡きメグの父も、それを聞いたらきっと赤面していただろう。その十分後、ケイドがそばで見守るなか、次男が産声《うぶごえ》をあげた。

大喜びしているメグとケイドを残し、マロリーは兄弟にそのことを伝えようと廊下へ出た。そして兄弟と一緒にアダムがいるのを見て驚いた。今朝の騒動などなかったかのように、くつろいだ表情をしている。

アダムと会ったのは、その日の朝別れて以来はじめてだった。エドワードとの話がうまくいったにちがいない。兄たちは少なくとも、屋敷の地下にある昔の土牢にアダムを閉じこめることはしなかった。それがいい兆候なのか悪い兆候なのかはともかく、赤ん坊誕生の一報を聞いてみなが興奮し、マロリーはアダムとふたりきりで話す機会がなかった。

兄弟たちはザカリー――ネヴィルでもオーソンでもオズワルドでもない――をしばらく目を細めてながめたあと、ケイドをひきずるようにして一階へ連れていき、祝杯を挙げて両切り葉巻を吸った。女性陣もお腹がぺこぺこだったため、家族用の居間へ行って遅い夕食をとったが、公爵未亡人だけはメグのそばに残った。

そしていま、十一時近くになり、マロリーはメグと赤ん坊の様子を見に行った。ドアを軽くノックして部屋へはいると、メグが眠っているのが見えた。ケイドがすぐそばの椅子に座り、愛妻の手を握っている。赤ん坊はマホガニー材の大きな手彫りのゆりかごで、毛布にくるまれてぐっすり寝ていた。

マロリーは足音を忍ばせて部屋を出ると、静かにドアを閉め、ふりかえったところで跳びあがった。「アダム！　どこにいたの？」

「すまない、脅《おど》かすつもりはなかったんだが」アダムは小声で言い、身ぶりでドアを示した。

「みんな元気だったかい？」

「ええ、とても元気そうよ。もし明日メグがベッドを出て、マキシミリアンに弟を紹介したとしても驚かないわ」

「マキシミリアンはまだ二歳だから、赤ん坊を見てもぼくたちほど感動はしないだろうな」

「ええ、そうね」マロリーは胸の前で両手を組み、廊下に敷かれたじゅうたんの柄《がら》を見つめた。「アダム、今朝のことだけど――」

アダムがマロリーに軽く触れると、マロリーは言葉を切って彼の目を見た。「今日は長い一日だった。きみも疲れただろう」アダムは言った。「明日話そう」

「エドワードはなんて言ったの？ それにジャックは？ さっき見たときはふつうに話をしているようだったけど、今朝、ジャックは激怒していたでしょう」マロリーはアダムの上着の袖をつかんだ。「ジャックは決闘の申し込みを取り消したのね？ 決闘なんかやめてちょうだい――問題を解決する方法なら、きっとほかにもあるわ。ふたりが闘うなんていやよ。どちらかが血を流すのを黙って見ているなんて、わたしにはできない」

「だいじょうぶだ」アダムはマロリーをなだめた。「決闘も殴り合いもしない。ジャックとは昼間、ちゃんと話がついた」

「どんな話が？」

「そのことも明日話す」アダムは腕にかかった手に自分の手を重ね、マロリーの寝室に向かって廊下を歩きだした。「さあ、部屋に戻って、なにも考えずに眠るんだ」

「でももしそれができなかったら？」マロリーはアダムとならんで歩きながら言った。「眠れないかもしれないし、それに……」〝また悪夢を見てしまったら？〟そもそも今回の騒動は、すべて悪夢が原因だったのだ。

マロリーはごくりとつばを飲んだ。

「眠れなかったら、ペニーを呼んでミルク酒（熱いミルクをワインなどで凝固させた飲み物）を作ってもらうといい。それでもだめだったら、ジャックとぼくを呼んでくれ。三人で居間へ行き、カードゲームでもしよう」

「でもアダム――」

「もう〝でも〟はなしだ。ほら、着いた」アダムはマロリーの寝室の前で立ち止まった。そして彼女に向きあい、指先で頬をなぞった。

マロリーの全身で脈が激しく打った。「なにを隠しているの？」

アダムの瞳の奥に謎めいた光が見えた。腰をかがめ、マロリーの額にキスをする。「ぐっすりおやすみ、マロリー。眠れなかったら、ペニーを呼んでミルク酒を用意してもらうんだよ」

「ええ、そうするわ」

アダムは後ろに下がった。「よかった。ペニーがなかで待っているだろう。じゃあまた明日」

「おやすみなさい」

アダムは大またに歩いて立ち去った。

マロリーはアダムを呼び戻したい衝動をこらえ、寝室へ足を踏みいれた。

翌朝、目を覚ましたマロリーは、自分が夢も見ずにぐっすり眠ったことに気づいて驚いた。ベッドにはいる前は絶対に眠れないだろうと思っていたのに、シーツのあいだにもぐりこんだとたん、ペニーがろうそくの火を消すようにふっと意識が遠のいた。よほど疲れていたのだろう。悪夢がはいりこむすきもないほどに。

上掛けをはがし、裸足のままオービュッソンじゅうたんの上を歩いて呼び鈴へ向かった。三十分後、細かい緑の葉模様がついた生成《きな》り色の綿モスリンのデイドレスに身を包み、寝室に隣接した居間の小さなテーブルについた。紅茶を飲みながら、アダムから届いた手紙を開けた。

十時半に音楽室で会おう。待っている。

アダム

時計をちらりと見ると、指定された時間まであと二十分しかなかった。ふいに不安がこみあげて胃がむかむかし、手をつけていないトーストと卵料理の皿を脇へ押しやった。アダムはエドワードといったいなにを話したのだろう。その答えはもうすぐわかる。

アダムは音楽室のハープの弦を一本はじき、空気を振動させるその美しい音を聞きながらマロリーを待った。

彼女は昨夜、ちゃんと眠れたにちがいない。ペニーが呼びに来なかったのが、なによりの証拠だ。マロリーのためにはそれが一番いいことだ。だが深夜にカードゲームをすることも、ジャックを起こして愛妻のいるベッドから引きはがすことも、自分はふたつ返事で引き受けていただろう。

ジャックにはそれくらいしても当然だ。

いまでもあのときの彼の態度を思いだすと腹が立つ。ジャックはアダムがマロリーを誘惑し、後先のことも考えずに純潔を奪ったと即座に決めつけたのだ。たしかにその寸前まで行ったのは事実だが、ジャックに節操のない悪党同然だと思われてプライドが傷つき、侮辱された気分になった。自分は世間では放蕩者と噂されており、そのことを否定するつもりはさらさらないが、それを言うなら結婚前のジャックも同じではないか。

とはいえ、もし妹が親友とベッドにいるところを目撃したら、自分も同じことをしただろう。デリアが生きているとき、彼女を守るためならどんなことでもした。ジャックもマロリーを守ろうとしているだけなのだ。ほかの兄弟たちも同じで、女王の護衛のように手を組んで妹を守ろうとしている。

そのことはよくわかっているし、だからこそアダムはマロリーへの思いをずっと隠してきたのだった。だがもう、彼女への気持ちはあかるみに出てしまった。バイロン家の兄弟はそれを知ったいま、アダムをタール羽の刑（上半身にタールを塗り、羽毛をつけてさらし者にする大衆による刑罰）に処したり、決闘場に呼びだしたりするつもりはないという。

マロリーが心配したように、決闘などということにならず、ジャックたちがこちらの話を聞く気になってくれて助かった。みな――知的なドレークでさえ――腕力が強く、こぶしや銃や剣のあつかいに長《た》けている。アダムも力には自信があり、闘うことをおそれてはいない。自分の身を守るためなら、たとえ相手がバイロン家の兄弟であっても果敢に立ちむかうだろう。

だが友人と闘うのには抵抗がある。それにもし自分が兄弟の誰かに怪我を負わせたら、マロリーはけっして許してくれないはずだ。暴力ではなく言葉で解決することができて、ほんとうによかった。

アダムがまたハープの弦をはじいていたとき、小さな音をたててドアが開いた。顔を上げると、マロリーが部屋へはいってくるのが見えた。アダムは腕を脇に下ろした。「おはよう」

マロリーははにかんだ笑みを浮かべ、何歩か前に進んだ。「おはよう」

アダムはマロリーの美しさにしばし見とれた。だが顔色は少し青ざめ、アクアマリンの瞳は心もとなげに見える。近づいて手を取り、甲にキスをした。当惑した表情を浮かべるマロリーの手を放し、出口に歩いていってドアを閉めた。

「こんなことをしてだいじょうぶかしら。ふたりきりでいるところをジャックに見られたら、また決闘しようと言いだすかもしれないわ」

アダムはマロリーを安心させるように微笑んだ。「それはまずありえない。そもそも、ここは音楽室だ――きみの寝室ほど刺激的な場所じゃない」

「それはそうだけど」マロリーは落ち着かない様子でスカートをなでつけた。「ところで、ネッドの話はなんだったの? あの夜、どうしてあなたがわたしの寝室にいたのか、納得してくれた? まさか兄はわたしたちが……その、わかるでしょう――」

「さあ」アダムは日当たりのいい窓際に置かれた二脚の椅子を、身ぶりで示した。「あそこで話そう」

マロリーは一瞬ためらったのち、アダムに言われたとおりにした。マロリーが座ったのを確認してから、アダムも向かいの椅子に腰を下ろした。「きみも知ってのとおり、ぼくと閣下は昨日の朝会って、ぼくたちのあいだにあったこと、そしてその後起きた騒動について話をした。ぼくがどうしてきみの寝室へ行ったのか、なぜすぐに立ち去らなかったのかを説明したよ」

「わたしの悪夢のことも話したの？」

「ああ。きみが不安を覚え、ひとりになるのを怖がっていたことも話した」

「じゃあ兄は納得してくれたのね」マロリーは安堵し、肩から力が抜けるのを感じた。「わたしからもネッドに説明しておくわね。でも取り返しのつかないことが起きたわけじゃないとわかってもらえて、ひとまずほっとしたわ」

アダムの片方の眉が高く上がった。「それはどうだろうか」

血の気のなかったマロリーの頬に赤みが差した。「まさかキスのことは話してないわよね？　一緒にいるのを見つかったこととは直接関係ないんだし、わざわざ言う必要のないことだもの」アダムは懸命に理屈をつけようとするマロリーの様子に、思わず苦笑した。

「それに」マロリーは言葉を継いだ。「わたしとあなたがなにをしようと、兄には関係がない、それはわたしたちふたりのあいだの問題だと、あなたはジャックに言ってたわ。ほかの兄弟、とくにネッドにとってもそれは同じことでしょう」

アダムはこらえきれずに吹きだした。「心配しなくていい。キスをしたことは言ってない——それから、ほかのことについても。ぼくが口にするまでもなかった」

マロリーは眉根を寄せた。「どういう意味？」

「エドワードもジャックもばかじゃない。きみに触れたのかと訊かれたとき、きみはルビーのように真っ赤になった。たとえぼくがきみに指一本触れていなかったとしても、それで事態が変わるわけではない」

「どうして？」

「きみもわかっているはずだ」アダムは優しく言った。

だがマロリーの目を見ると、わかっていないようだった。未婚の若いレディが男とふたりきりになってはいけないという社交界のしきたりを、マロリーも知っているはずだ。それでも彼女は、今回のことがそれほど重大な問題として尾を引くとは思っていないらしい。

アダム自身にも今回のことを後悔する気持ちがあった。マロリーのベッドにいるところを見つかったのは失敗だった。もしうっかり眠ってさえいなければ、グレースが訪ねてくるずっと前にマロリーの寝室を去っていただろう。

でも自分は寝入ってしまった。

そして見つかった。

その事実を取り消すことはできない。

ほんとうはじっくりと時間をかけて、マロリーに求愛するつもりだった。マロリーが婚約者の死から立ちなおり、自分を友人以上の存在として見てくれるまで辛抱強く待つ予定だったのだ。たしかに彼女は情熱的にキスに応えてくれたが、まだこちらの気持ちをまるごと受けとめられる段階ではない。

だがもうそんなことを言っていられる状況ではなく、マロリーにも現実を受けいれてもらう必要がある。そしてアダム自身は、今回のことを心のどこかで喜んでいた。

マロリーが欲しい。

愛している。

どんなことをしてでも、彼女を手に入れたい。

マロリーが問いかけるような目でアダムを見た。「わたしがなにをわかっているって?」

「この問題を解決する方法が、ひとつしかないということを」

アダムは椅子から立って片ひざをつき、マロリーの手を取った。

「マロリー・バイロン、ぼくと結婚してくれないか」

12

マロリーはアダムの顔を穴があくほどまじまじとながめた。「いま、け——結婚と言ったの?」

アダムはマロリーをまっすぐ見すえ、低くはっきりした声で言った。「ああ、そうだ」

「で——でも、アダム、あなたは結婚なんか望んでないでしょう。そんなことをする必要はないわ」

アダムは眉を上げた。

マロリーは眉をひそめた。「ネッドとそのことを話しあったの?　だから兄たちは決闘の話をしなくなったのね。あなたが責任を取ってわたしと結婚することにしたから」

「もしそうでなかったら、今日ここでこうしてきみに会うこともかなわなかっただろう」

マロリーはひとつ大きく息をついた。「でもあまりにひどい話だわ。ばかげているし、まったく意味のないことよ。わたしには触れていないことを、エドワードに説明したんでしょう?　わたしは無垢のままだし、重大な決断をしなくちゃならないことは起こらなかった、と」

「ベッドの上でのことをくわしく話したりはしていない。そもそも、そのことはたいした問題じゃない」

「たいした問題じゃないですって！」マロリーは胸が苦しくなった。「問題に決まってるじゃないの。ねえ、お願いだから立ってちょうだい。目の前にひざまずかれていたら、落ち着いて話ができないわ」

「きみのほうこそ、とても落ち着いているとは言えないと思うが」アダムは静かな口調で言った。それでもしばらくして立ちあがり、ふたたび椅子に腰かけた。「マロリー、結婚する以外に選択肢はないんだ」

マロリーははじかれたように立ちあがった。「ネッドとジャック、それにほかの家族にも、事情を説明すればいいのよ。なにもなかったんだから、数日もすればみんな今回のことを忘れるわ」

「廊下で聞き耳をたてていた、詮索好きな招待客たちは？　きみの純潔を奪ったとジャックがぼくを責めたて、決闘を申しこんだことを、みんな忘れてくれると思うかい？」

「でもあなたはわたしの純潔を奪っていないわ」

「ああ、ぼくはただきみにくちづけ、素肌に触れたあと、同じベッドで眠ってしまっただけだ。考えてみてくれ、マル」アダムは言った。「きみはみんなの目には、もうきずものも同然なんだ。それを変えることはできない」

マロリーは何歩か前に進んだ。「でもあなたはこの前、ここにいる人たちはみんな親しい友人だと言ったわ。ほんとうのことを話せば――」

アダムは哀れむような目でマロリーを見た。

「みんなちゃんとわかってくれて、なにも言わないはずよ」

「ダフネ・ダムソンが黙っていられると思うかい？　彼女は舌を切られるとわかっていても、今回のことを誰かに話さずにはいられないだろうな」アダムは椅子から立ち、マロリーに近づいてその手を取った。「結婚しよう。それしか道はない。もしきみと結婚しなかったら、ぼくは恥知らずの悪党だと後ろ指をさされるだろう。だがなによりも問題なのは、きみの評判に取りかえしのつかない傷がつくことだ。いくら血筋が優れていて莫大な持参金があっても、いい相手との縁談には恵まれなくなる」

わたしはいい相手など求めていない。マロリーは心のうちでつぶやいた。

縁談などごめんだ。

少なくとも、いまは。

アダムのタイを見つめながら、胃がぎゅっと締めつけられるのを感じ、ごくりとつばを飲んだ。アダムの言うとおりだ。ふしだらな女性として社交界でつまはじきにされる覚悟があれば別だが、ほかに道はない。アダムのプロポーズを断わったら、おおげさでもなんでもなく身の破滅だ。

「ぼくと結婚することが、そんなにいやなのか」アダムが尋ねた。「ぼくは結婚相手としてそれほど悪い相手じゃないと、最近言われたこともあるんだが」

顔を上げると、アダムの褐色の瞳の奥が傷ついたように光っているのが見えた。マロリーは一瞬考えこんだ。まさかアダムは傷ついている？　だが彼がまばたきをした次の瞬間、その光は消えた。

きっと気のせいだわ。いまのは見間違いだったにちがいない。アダムは強い男性だ。わたしが結婚を渋っているのは、彼自身のことが問題ではないとちゃんとわかっているだろう。それでもマロリーは優しく誠実に語りかけた。「もちろんあなたと結婚するのが、いやでしかたがないというわけじゃないわ。ただ、わたしは……」

「ただ、なんだい？」

マロリーはまぶたを伏せ、消えいりそうな声で言った。「まだ誰とも結婚する気になれないの。少なくともいまは。もしかすると、永遠になれないかもしれない」

アダムはマロリーのあごに指を当ててくいと顔を上げ、その目をのぞきこんだ。「でもきみはひとつ忘れている。ぼくはどこの馬の骨ともわからない男じゃない。アダムだ。きみの友だちで、きみのことをよく知っている。いつでもそばにいてきみを守り、きみを笑顔にしたいと思っている男だ」

「でもこれは間違ったことだわ。わたしにとっても、あなたにとっても。あなたには義務感からの結婚なんかしてほしくない。愛する女性を見つけて、その人と自由に結婚する権利があるのよ。たった一度、軽はずみなことをしてしまったせいで、あなたからその権利を奪いたくないわ」

マロリーは震える息を吸って続けた。「あの晩、わたしがそばにいてほしいと頼まなかったら、こんなことにはならなかった。わたしが悪夢におびえたりしなければ、こうして結婚の話なんか出なかったはずなのに」

「それを言うなら」アダムはマロリーの言葉をさえぎった。「そもそもぼくがあの晩、きみの寝室に行かなければ、今回のことは起きていなかった。でもぼくは自分の意思できみの寝室を訪ねた。そしてきみにそばにいてほしいと言われたときも、やはり自分の意思で部屋に残ることにしたんだ。すべて自分で決めてしたことであり、その結果は喜んで引き受けるつもりだよ」

アダムはマロリーの手を放し、ウエストに手を当てた。「ぼくを結婚で縛りたくないというきみの気持ちはうれしいが、ぼくは自由でいることを望んでるわけじゃない。正直に言うと、そろそろ結婚する頃合いだと思っている。少し前からグレシャム・パークの修復に取りかかり、もう一度人が住めるようにしているところだから、ちょうど屋敷を管理する女主人が必要だったんだ。そしてなにより、屋敷には家族が必要だ。長いあいだ静まりかえっていた部屋や廊下に、ふたたび人の笑い声が響くようにしたい。きみはぼくが罠にかかったようなものだと思っているかもしれないが、それはちがう。たしかに理想的な状況での結婚とは言えないだろうが、きみは素晴らしい花嫁になると確信している」

「いまはそう思っていても、いつか後悔したらどうするの？　そのうち素敵な女性と出会い、その人と結婚したかったと思うかもしれないわ」

「そんなことはない」アダムは目を伏せて表情を隠した。「社交界のレディと知りあう機会なら、これまで数えきれないほどあったが、興味を引かれた女性はひとりもいなかった。それに学校を卒業したばかりの若い娘が相手だと、自分が年寄りになった気がしてしまう」視線を上げ、マロリーの目を見た。「信じてくれ、マロリー。少なくともぼくは、自分を犠牲にしてきみと結婚しようとしているわけじゃない」

マロリーは混乱し、なにも言えなかった。

「きみの心の傷がまだ癒えていないことも、いますぐ結婚したいと思っているわけじゃないこともわかっている。でも考えてみてほしい。ぼくたちはお互いをずっと昔から知っている。きっとうまくやっていけるはずだ」

ええ、きっとうまくやっていけるわ。マロリーは思った。自分たちはお互いのことをよくわかっている。長年にわたって、たくさんのことを分かちあってきた。アダムと暮らせば、楽しく安らかな日々が送れるだろう。

「それにきみには自由が与えられる」アダムは続けた。「伯爵夫人として自分の屋敷を持ち、好きなように取り仕切ることができるんだ。内装も家具も、すべてきみの望みどおりにしてくれてかまわない。それに率直に言うと、環境が変わることはいまのきみにとって必要なことだと思う」

「どういうことかしら？」

「ブラエボーンにいるのは楽だろう。でもここでの暮らしは少し快適すぎるのかもしれないし、思い出も多すぎるんじゃないだろうか。つらい思い出も含めて」

マイケルのこと、そしてこの十五カ月間のつらかった記憶がよみがえり、マロリーはのどになにかがつかえたような気がした。

「新しい場所にある新しい屋敷で、一から始めるんだ。そこに過去はなく、ぼくたちふたりで作りあげる未来しか存在しない。それにもうひとつ、ぼくには欲しいものがある」

マロリーは首をかしげた。「なに?」

「子どもだ」

マロリーは、今度は胸が締めつけられるような気がした。

「子どもを持つのにふさわしい女性がいるとしたら、それはきみだよ、マル。これまでずっと見てきたが、小さな子どもたちと一緒にいるときのきみはとても素晴らしい。昨日ザカリーを腕に抱いていた姿は、まるで完璧な絵画のようだった。きみが我が子を持たないなんて想像できない」

「持つかもしれないわ。いつかそのうちに」

だがあらためて考えてみると、ほんとうにそうだろうかという気がした。マイケルを失って以来、また男性と知りあい、結婚相手を探すことなど想像もできなかった。しかし夫がいなければ、子どもは生まれない。

その点についても、やはりアダムの言うとおりだ。わたしはたしかに子どもが欲しい。自分の子どもを持てないと考えただけで、胸が張り裂けそうになる。

でもふたたび社交界に出入りし、結婚相手を探すことはむずかしいだろう。レディとしての評判に大きな傷がついたいま、結婚して子どもを作るにはアダムが唯一の頼みの綱だ。アダムと結婚しなければ、これから先も家族を持てないかもしれない。そのうち適齢期を過ぎ、我が子を抱くことができなくなる。

永遠に。

甥や姪《めい》を自分の子どものようにかわいがることはできる。でもわたしはそれで満足できるだろうか。心にぽっかり空いた穴を、甥や姪の存在だけで埋めることができるのか。

「それにもうひとつ、ぼくにはきみと結婚したい大きな理由がある。おそらくそれが一番の理由だ」アダムが言い、マロリーの腰に手を当てた。

「なにかしら?」

「これだ」アダムはマロリーの頰を手で包み、唇を重ねた。

マロリーの心臓がどきりとし、肌がかっと火照った。心は乱れていたものの、体が勝手に反応した。まぶたが重くなってやがて閉じ、全身が悦びに包まれる。情熱的なキスで頭がぼうっとし、体がとろけてひざから力が抜けそうになった。

アダムの腕に背中をしっかり支えられていなければ、床に崩れ落ちていただろう。マロリーは彼に求められるまま、唇を開いてその舌を招きいれた。官能的な舌と唇の動きに、肌が熱く燃えあがる。

アダムがマロリーのヒップに手を当て、その体をぐっと引き寄せた。「体の相性については心配する必要がなさそうだ」

マロリーは目を開け、全身がぞくりとするのを感じた。

「これはまだほんの入口だ。ぼくと結婚すれば、もっと大きな悦びを教えてあげよう。きみが想像すらできなかったような、素晴らしい世界に連れていってやる」

ふたたび唇を重ねられ、マロリーははっと息を呑んだ。欲望で体が火照り、力がはいらない。キスに夢中になるあまり、なにも考えられなくなった。

だがアダムは返事を欲しがった。

「イエスと言うんだ、マロリー」軽いくちづけをはさんで言った。「ぼくの花嫁になってくれ」

マロリーは懸命に気持ちを落ち着かせようとしながら、アダムの優しい目を見つめた。

この目をわたしはよく知っている。

わたしが全幅の信頼を置いている目だ。

アダム。わたしの友だちであり、なんでも話せる人。世界じゅうで誰よりも頼れる人。アダムならわたしを大切にしてくれるだろう。彼と一緒なら、なにもおそれることはない。たしかに女性関係の噂は耳にするけれど、彼が聖なる結婚の誓いを守り、けっしてわたしを裏切らないことは、あらためて訊かなくてもわかっている。

それにアダムと結婚すれば、もう一度笑うことができるかもしれない。彼が望むように、静まりかえった屋敷を笑い声で満たすのだ。そしてその腕のなかで快楽に溺れ、悲しみを心の奥深くに葬ることができる。

さあ、返事をしよう。

ここでイエスと言うだけだ。

「ほんとうにこれがあなたの望みなの？」マロリーは小声で訊いた。心臓が早鐘のように打っている。「あなたに後悔してほしくない」

アダムの瞳に情熱の炎が燃えているのが見えた。「後悔などしない」かすれた声で言う。「これがぼくの望みだ。きみが欲しい」

アダムの腕に抱かれたまま、マロリーはいっとき間を置いてから答えた。「ええ、アダム。あなたと結婚するわ」


アダムは内心ですっかり舞いあがり、喜びと情熱に包まれてマロリーにふたたび唇を重ねた。あまりにうれしくて、その気持ちが表に出すぎているのではないかと気になったが、どうしても自分を抑えることができなかった。

彼女はぼくのものだ。もうけっして離さない。

アダムは完全に我を忘れ、マロリーのドレスの背中に指をはわせると、ひとつめのボタンをはずした。

そのときなんの前触れもなくドアをノックする音がし、取っ手がまわった。だがアダムがそのことに気づいたときはもう遅かった。

「結婚式の鐘の音はほんとうに鳴るんだろうな」ジャックが部屋にはいってきた。「そうでなければ、今度こそ決闘を申しこむぞ」

マロリーは驚きで小さく叫び、アダムから離れようとした。だがアダムはマロリーを放さず、自分の脇に立たせて肩を抱いた。「きみは最近、ノックもせずにいきなり部屋にはいってくるんだな」

ジャックは茶化すように眉を上げ、部屋の奥に進んできた。「ノックはしたさ。きみたちがほかのことに夢中になっていなければ、ちゃんと聞こえたはずだ」

「ジャック！」マロリーは頬を赤く染めた。

ジャックはマロリーを無視し、アダムをじっと見つめた。「一時間近くここにふたりきりでいたということは、マロリーとの話はついたんだろうな。そうだろう？」

アダムはうなずいた。「ああ、祝福してくれないか。きみの妹君は、ぼくの妻になることを了承してくれた」

ジャックはアダムとマロリーの顔を交互に見たあと、相好《そうごう》を崩した。前に進んでアダムの腕からマロリーを引き離し、その体を抱きしめて頬にキスをした。「幸せを祈ってるよ、ペル・メル」

「ありがとう、ジャック」マロリーもジャックを抱きしめた。

「もしこいつに泣かされるようなことがあったら、真っ先にぼくに言うんだぞ」ジャックはマロリーを放し、一歩後ろに下がった。「すぐに駆けつけてこいつを痛めつけ、改心させてやる」アダムに向きなおった。「一度しか言わないから、よく覚えておけよ、グレシャム」

「ああ、わかった、バイロン」

アダムは目の隅で、マロリーが眉をひそめているのを見た。アダムとジャックが殴りあいのけんかを始めるのではないかと、心配になっているらしい。

だがそれは杞憂《きゆう》だった。次の瞬間、ジャックがアダムの腕に触れ、その体を抱きしめて背中をぽんとたたいた。アダムも同じようにした。

「おめでとう。我が一族へようこそ！」ジャックは体を離し、笑いながら言った。「ぼくたちは長年、兄弟も同然だった。これで正真正銘の家族になれるな」

「ありがとう。こんなにいい家族ができて、ぼくもうれしいよ」

さっきまでの緊張感が嘘だったように、アダムとジャックは声をあげて笑った。

「まったく、男の人ときたら！」マロリーはあきれた。「ふたりでお祝いをしたいみたいだから、わたしは寝室に戻るわね」

マロリーは出口に向かおうと歩きかけたが、二歩も進まないうちにアダムがその手に触れて止めた。「ちょっと待ってくれ」

「どうしたの？」

「まず」アダムは優しくマロリーの腕を引き、自分の前に立たせた。「昼食のときに会えるのを楽しみにしている。来るだろう？」

マロリーは表情を和らげ、小さな声で答えた。「ええ。行くわ」

アダムは微笑み、マロリーの額にキスをした。「それからもうひとつ」

「なに?」

アダムはマロリーにそっと後ろを向かせた。そして無言のまま、ドレスの一番上のボタンを手早くかけた。ジャックの視線を避けるようにして背中から抱き寄せ、首筋にキスをした。

「これでよし」耳もとでささやく。「もう人前に出てもだいじょうぶだ。でもできることなら、ボタンを留めるより、もう少しはずしてみたかったな」

マロリーの肌が火照り、首と耳が赤くなった。

「じゃああとで会おう」アダムは背筋を伸ばしてマロリーを放した。

マロリーはアダムの顔を見ることができず、そのままドアに向かった。

「みんなに教えなければ」マロリーが部屋を出ていくと、ジャックが言った。「みんなどうなったか知りたくて、うずうずしているだろう。もっとも、マロリーが先に伝えなければの話だが」

「マロリーは寝室に戻ると言っていた。昼食のときまで、みんなの前に姿を見せないだろう」

ジャックはうなずき、ポケットに両手を入れた。「最後にもうひとつ、言っておきたいことがある」

アダムは腕を組みたくなる気持ちを我慢した。「なんだい?」

「今回の結婚はきみたちふたりにとって——その、考えてもみなかったことだろう。事態が急転して、妹は動揺しているはずだ」

「望まぬ結婚というわけか」

「さっきここに来たとき目にしたキスの場面や、ふたりがベッドにいたことを考えると、そうとも言いきれないだろうな」そのときのことを思いだし、ジャックのあごが一瞬こわばった。「ぼくが訊きたいのは——」

「ぼくがマロリーを心から大切に思っているかということだろう？」アダムはジャックの言葉をさえぎった。「ただの肉欲ではなくて」

ジャックはアダムの目を見つめ、眉間にしわを寄せた。「まあそういうことだ」

「ぼくは彼女を愛しているんだ、ジャック。マロリーのためなら命も惜しくないと思っている」

ジャックはしばらくのあいだ、アダムをしげしげと見ていた。そしてふっと表情を和らげた。「本気なんだな。グレースが前にそう言っていたことがあった。やはりそのとおりだったのか。グレースはなんでもほんとうのことを言い当てるから参るよ」

アダムの唇の端が片方上がった。「きみの細君は賢くて観察眼が鋭い」

ジャックは微笑み、うっとりした表情を浮かべた。「グレースは驚くべき女性だ。ぼくは毎日、我が身の幸運に感謝している」

「ぼくもマロリーに対し、同じように感じている。マロリーを幸せにするためなら、どんなことでもするつもりだ」

ジャックはふたたびアダムと目を合わせた。「ああ、そうだろうな」

「ところで、ひとつ頼みがある」アダムは真剣な口調で言った。「今日ここで話したことを、マロリーにもグレースにも言わないでもらえないだろうか。マロリーはつらい日々を過ごしてきた。状況の変化を受けいれられるまで、もう少し時間が必要だろう」

「自分の気持ちをまだマロリーに打ち明けていないのか？」

「ああ。いずれ時機が来たら打ち明けるつもりだ」

ジャックは納得できない顔をしていたが、やがて思いなおして言った。「わかったよ、きみの好きにすればいい」そこで言葉を切り、手を差しだした。「昨日は怒ったりしてすまなかった。まさかきみが妹のベッドにいるところを目にするとは思わなかったから」

「ぼくがきみでも、同じことをしていただろう。気にしないでくれ」友人と和解できたことにほっと胸をなでおろしながら、アダムはジャックの手を握った。

「祝杯といこうか」ジャックが言った。

アダムは満面の笑みを浮かべた。「そうしよう」

13

マロリーはその日ずっと、自分はいったいなにをしてしまったのだろうと考えていた。わたしはアダムと婚約している。その事実が頭から片時も離れなかった。誰とも結婚するつもりなどなかったのに、アダムと婚約した。

でもそのことについてはふたりで話しあい、いまさら後戻りはできない。みなから祝福の言葉をかけられているとなれば、なおさらだ。

最初にやってきたのは公爵未亡人で、寝室のドアを軽くノックする音がした。「はいってもいいかしら」

「どうぞ、お母様」マロリーは窓際の椅子に座り、シャルルマーニュをひざに乗せていた。

「たったいまエドワードから聞いたわ」公爵未亡人はドアを閉めて部屋の奥に進み、マロリーの向かいの椅子に腰を下ろした。「アダムはなすべきことをしたのね。あなたに結婚を申しこんだんでしょう」

「ええ、そうよ」

「そしてあなたは承諾した」

シャルルマーニュの黒い毛をなでる手の動きが遅くなった。「ええ」

公爵未亡人は一瞬黙り、澄んだ緑色の瞳に優しい表情を浮かべた。「そうするしかないものね。あんなことになった以上、結婚しないわけにはいかないわ。もっと早く話ができればよかったんだけど、遅くなってごめんなさい。昨日はメグのお産で屋敷じゅうが大騒ぎで、みんなくたくただったでしょう。夜遅くにあなたを訪ねて話をするより、寝かせておいたほうがいいだろうと思ったの」

「いいのよ、お母様。話しあったからといって、状況が変わるわけでもないし」

「そうね。それでも、もっと早く話したかったわ」

マロリーがあごをなでてやると、シャルルマーニュが気持ちよさそうにのどを鳴らした。

「スキャンダルを起こしてごめんなさい。怒ってるでしょう？」

「怒ってる？　いいえ、まさか。たしかにグレシャム卿があなたの寝室にいたと聞いて驚きはしたけれど、ネッドが事情を説明してくれたわ。悪い夢を見たんですってね」

マロリーはのどになにかがつかえたような気がし、こくりとうなずいた。

「つらいときはわたしを頼ってくれればよかったのに。そうでなければ、お兄様たちかお義《ね》姉《え》様たちでも。でもあなたはそうせず、苦しみをアダムに打ち明けることにした。そのことには大きな意味があるわ」

そうかもしれない、とマロリーは思った。家族とは強い絆で結ばれているが、心のうちを洗いざらい打ち明けられるのはアダムだ。

「だからわたしは」公爵未亡人は言葉を継いだ。「あなたとアダムが結婚することを、ちっとも心配していないの。少佐を失った悲しみから立ちなおるには、もっと時間が必要だとあなたは思っているかもしれないけれど、わたしはこうなってかえってよかったという気がしているわ。ふたりはずっと仲が良かったし、環境が変わるのはあなたにとっていいことだと思うの。自分の屋敷を持って切り盛りすることもね。毎日忙しくしていれば、忘れたほうがいい過去を思いだすことも少なくなるでしょう」

「アダムも同じことを言ってたわ」

「彼の言うとおりよ」公爵未亡人は手を伸ばし、マロリーの手をぎゅっと握りしめた。「愛する人を失うのはつらいけれど、人生にはそういうことも起きるわ。少佐は天へ召されたの。ちゃんと旅立たせてあげなければ」

マロリーはそのとき、自分がまだほんとうの意味でマイケルを旅立たせていないことに気づいた。地中に掘られた穴に棺《ひつぎ》が下ろされるところを見たかもしれないが、真の意味で葬ることはできていなかった。マイケルの思い出にしがみつき、その死がなにかとんでもない間違いで、いつかドアを開けて彼がはいってくるような気がしていた。

でもマイケルがわたしの前にふたたび現われることはない。

あの人は亡くなった。

けれどアダムは死んでいない。

生気にあふれている。マロリーの唇には、いまでもまだキスの余韻が残っていた。もう一度くちづけてほしい。そしてもっとじっくり愛撫を受けてみたい。

マロリーははっとして目をしばたたき、顔が赤くなりませんようにと祈った。目の前に母が座っているのだ。

「あなたたちはお似合いだわ。アダムならきっとあなたを幸せにしてくれる。その確信がなかったら、わたしもあなたを手もとから放さず、一緒に周囲の白い目に耐えることを選んでいたでしょう」

マロリーは微笑み、それから声をあげて笑った。「愛してるわ、お母様」

公爵未亡人は立ちあがり、腰をかがめてマロリーを抱きしめた。押しつぶされてはかなわないと、シャルルマーニュがひざから飛び降りた。

「わたしも愛してるわ、マロリー」公爵未亡人はマロリーの頬にキスをした。

背筋を伸ばしたとき、その瞳には涙がにじんでいた。公爵未亡人はまばたきをして涙をこらえ、マロリーも同じことをした。

「さてと」母は言った。「これから準備で忙しくなるわね」

「準備？　なんの準備かしら」

「結婚式に決まってるじゃないの！　ずっと前からあなたの結婚式は一年以上かけて準備するつもりでいたのに、この状況を考えると、二週間でなんとかしなければいけないでしょうね」

「二週間なんて――」

「それ以上先延ばしにすれば、また新しいスキャンダルになりかねないわ。アダムが本気であなたと結婚するつもりなのかどうか、みんなが疑いはじめるかもしれない」

「もちろん結婚するわ。でも結婚式の準備に二週間は、あまりに短すぎるんじゃないかしら」それに、アダムの妻になる心の準備を整えるのにも。

「なんとか間に合わせましょう。そうしないとハウスパーティが終わってダフネ・ダムソンのようなおしゃべり好きがロンドンに戻り、あなたが窮地に陥っていると言いふらすわ」

公爵未亡人はふたたび椅子に腰を下ろした。「たしかに大変なことはわかっているけれど――まったくわたしの子どもたちときたら、そろいもそろってあわただしく結婚するんだから――どうにかするしかないわ。きっとできるはずよ」

指をからませながら、段取りを口にした。「ブラエボーンの礼拝堂で式を挙げるのが一番理にかなっているわね。アダムが結婚の特別許可をもらえば、結婚予告をする必要はなくなるわ。それからウェディングドレスは、ロンドンのマダム・モレルに頼みましょう。マダムならあなたの寸法がわかっているものね。もっとも、最後にお店に行ったときにくらべると体重が落ちているから、少し小さくしなくちゃならないでしょうけれど」

「でもマダム・モレルもお針子も、そんな短期間でドレスを縫ってほしいと言われても困るでしょう。手持ちのドレスでなんとかなるかもしれない。ウェディングドレスとして使えそうなものが、なにかあるはずよ」

公爵未亡人は首をふった。「いいえ、それではだめよ。豪華な結婚式を準備する時間はないかもしれないけれど、あなたにはちゃんとしたウェディングドレスを着てほしいの。仕立代をはずめば、マダムはどんなことをしてでもあなたのために素敵なドレスを作ってくれるわ」

「仮縫いはどうするの？」

「マダムとお針子をここへ招待すればいいわ。きっと喜んで来てくれるはずよ」

それはそうだろう、とマロリーは思った。マダム・モレルもお針子も、クライボーン公爵夫妻の主領地の館を訪れる機会をみすみす逃すはずがない。一年かそこいらは、ことあるごとにその話でもちきりになるだろう。

「わかったわ、お母様」

「そんなに心配しないで」公爵未亡人は身を乗りだし、安心させるようにマロリーの手を軽くたたいた。「かならずうまくいくわ。あなたは昔から、催し物の計画を立てるのが好きだったじゃないの。考えたらわくわくするでしょう。ドレスのことだって、自分のウェディングドレスを作るんだから、いくらお金をかけたってかまわないのよ」

マイケルが亡くなる以前、マロリーはおしゃれが大好きで、いつも流行最先端のドレスに身を包んでいた。だが喪に服してからというもの、おしゃれにすっかり興味がなくなった。あれから一年以上が過ぎ、手持ちのドレスはどれも流行遅れになっている。

「新しいドレスを作れるのはうれしいわ」マロリーは言った。

「そうでしょう。去年ロンドンを離れてから、なにも買ってないものね。そろそろ買い物をしたほうがいいんじゃないかしら」

マロリーの唇にゆっくり笑みが浮かんだ。「そんなふうに言われると、なんだか買い物が義務みたいに聞こえるわね」

「そうよ。エドワードはあなたの欲しいものを、なんでも喜んで買ってくれるわ」

エドワードが妹のために買い物をするのは、これが最後の機会になる。いったん結婚すれば、経済的なことも含め、アダムがマロリーの面倒を見るのだ。アダムが最近、莫大な富を得たことは知っている。それはいったいいくらぐらいなのだろうか。でも財産の大部分は領地の再建に費やしているはずだ。だが自分にもそれなりの持参金がある。ともかく、使えるお金がいくらであろうとも、そのなかでやりくりして暮らしていこう。アダムは結婚したいと言ってくれたが、あの人の重荷にはなりたくない。わたしと結婚したことを、アダムに後悔してほしくない。

「さてと」公爵未亡人が言い、マロリーの思考は中断された。「招待客のリストを作らなくてはね。どなたをご招待しましょうか。いまここにいるお客様よりあまりにも人数が多いと困るけど、少しぐらい追加でお招きしてもかまわないわ。ペンと紙を持ってくるから、さっそく取りかかりましょう」

マロリーはシャルルマーニュをひざに乗せ、椅子にもたれて母と計画を練りはじめた。

その日、夕食が終わってから、マロリーは居間へ足を踏みいれた。結婚式の準備についてずっと話しあっていたおかげで、まだ頭がくらくらしている。おまけに一日じゅう友人や家族から抱きしめられ、祝福の言葉を浴びつづけた。

クレアから紅茶のはいったカップを受け取り、誰も座っていないソファに向かった。最初のひと口を飲んだところで、ダフネがやってきて隣りに腰を下ろした。

「あなたったら隅に置けない人ね」ダフネは目を輝かせた。「グレシャム卿に興味はないと言ってたくせに、いつのまにか婚約してるんですもの。ただの友だちどうしだと言ってたふたりに、いったいなにがあったの？」

マロリーはカップを受け皿に戻した。「わたしとアダムは友だちよ。でも事情が変わったの」

「そうでしょうね。先日の朝、みんなの叫び声を聞き、アダム・グレシャムがあなたのベッドにいると知ったときはほんとうに驚いたわ！　うまくやったわね」

「うまくやったつもりなんてないわ」マロリーは顔をしかめた。「わたしがすべてを仕組んだと言ってるわけじゃないわよね」

「まさか。わたしはただ、運命がふたりを同じ部屋に導き、あなたがその機会を利用したと言っているだけよ。グレシャム卿がこれまでどんな女性にもなびかなかったことを考えると、あなたがそうするのは当然だわ。しかもあの人はいまや大金持ちなんだし、魅力を感じないほうが不思議じゃない？」

「アダムがお金を持っていようといまいと、わたしにはどうでもいいことよ」マロリーは言いかえした。「村のくず拾いと同じくらい貧乏だとしても、アダムに対するわたしの見方は変わらないわ」

「それを聞いて安心したよ」アダムがふいにソファの背後から現われた。「でもどんな状況に置かれても、くずを売るよりはましなことができると思うが」

「ええ、わかってるわ」マロリーは驚きのあまり、もう少しで紅茶をドレスにこぼしそうになり、カップと受け皿をテーブルに置いた。「ただのたとえ話よ。それからもうひとつたとえるなら、あなたは猫のように足音を消せるのね。相手に気づかれず、こっそり忍び寄ることができるんですもの」

「きみが猫好きでよかった」アダムはソファの脇をまわり、マロリーの隣りに腰を下ろして身を寄せた。「ニャーオ」マロリーの耳もとに熱い息を吹きかけてささやいた。

マロリーの脈が速くなり、肌がぞくりとすると同時に乳首がとがった。胸の前で腕を組みたくなるのを必死でこらえた。平静を取り戻そうとしながら、上目遣いにアダムを見ると、自分の言葉を誰かに聞かれているかどうかということなど、まるで気に留めていないようだった。むしろ、誰かに聞かれるのを楽しんでいるようにすら見える。

「レディ・ダムソン、失礼しました」アダムはそのときはじめてダフネに気づいたような顔をし、のんびりした口調で言った。「わたしがお邪魔する前に、レディ・マロリーになにかお話をなさっていましたね。どうぞ続けてください」

ダフネはしばらくのあいだ、黙ってアダムの顔を見ていた。「わたしは……その……どうかお幸せにと言っていただけです」

「おや、そうでしたか。声の調子からすると、そんなふうには思えませんでしたが、立ち聞きなどするものではありませんね」

ダフネの顔が赤くなった。「マロリーには幸せになってほしいと願っていますわ、閣下。あんなに悲しい目にあったんですもの、マロリーにはその資格があります」

アダムはマロリーの手を取ってくちづけた。「おっしゃるとおりです。マロリーには愛される資格がある。わたしがその役目を担うことができ、心からうれしく思っていますよ」

ダフネはふたりの顔を交互に見ると、ふっと表情を和らげた。「つまり、おふたりはほんとうに恋愛結婚なんですね？　マロリー、もっと早く教えてくれればよかったのに。恥ずかしがったりしないで」

マロリーは否定しようと口を開きかけたが、アダムがその前に言った。「周囲には黙っていようと話していたんですが、状況が変わりましてね。あなたにもおわかりでしょう」

「ええ、もちろん」ダフネは胸に手を当てた。「真実の愛は隠せないし、情熱も同じですわ。ああ、なんてロマンティックなのかしら。さっそくジェシカに教えなくては。ジェシカに話してもかまわないでしょう？　わたしたち、大の仲良しですものね」

マロリーの返事を待たず、ダフネは勢いよく立ちあがると、ふたりに短い挨拶をしてその場を立ち去った。

アダムはこちらの声が聞こえないところまでダフネが離れるのを待ってから、ふたたびマロリーに身を寄せた。「誰もぼくたちがやむをえず結婚することになったとは思わないだろう。きみの評判に傷はついていないから、安心していい」

「でもアダム、ダフネはわたしたちが情熱的に愛しあっていたと誤解しているわ。その、まったくの誤解というわけじゃないけれど」マロリーはあの夜のことを思いだして言い添えた。

「レディ・ダムソンは、ぼくがきみにすでにプロポーズしていて、初夜まで待てなかったのだと思いこんでいる。彼女が言ったとおり、みんなぼくたちの結婚をロマンティックだと思うだろう。社交界きっての堅物たちも、態度を和らげてきみを許してくれるさ。きっと山のようにお祝いの贈り物が届くんじゃないかな」

「みんなに誤解されたまま、贈り物を受け取るのは気が引けるわ」

「だったらきみは、家族が相手の男に無理やり結婚を迫ったきずものの娘と思われるほうがいいのかい？」

「ちがうわ。あなたって鈍感な人ね、閣下」

アダムは笑った。「ぼくが鈍感だって？　自分では気のきく男のつもりでいたんだが」

「いいえ、いまのあなたは間違いなく鈍感よ」ふたりの目が合い、マロリーの頬がふいにゆるんだ。それまで自分が緊張していることに気づいていなかったが、急に肩から力が抜けるのを感じた。「ありがとう」

「なにが？」

「なにもかも。いい妻になるよう努力するわ」

アダムが真剣な面持ちになり、瞳の奥が光った。「きみはかならずいい妻になるよ、マロリー」

アダムがなにかを言いかけたように見えたが、そのとき部屋の向こうでエドワードがワイングラスをスプーンでたたいて鳴らし、みなの注意を引いた。

「少しお時間をよろしいでしょうか」エドワードは笑顔で部屋のなかを見まわした。「みなさまもすでにご存じのとおり、妹がアダム・グレシャム卿と結婚することになりました。グレシャム卿は立派な人柄で、わたしたち家族の古い友人でもあります。家族の一員としてグレシャム卿を歓迎します。ふたりの婚約を祝し、みんなで乾杯をいたしましょう」

「いいぞ！」ジャックとケイド、それに招待客の何人かが叫んだ。

「ふたりの健康と幸せを祝して乾杯」エドワードがグラスを掲げた。「アダムとマロリーに！」

部屋にいる全員がグラスを持ちあげた。女性たちのなかにはティーカップを掲げた者もいる。「アダムとマロリーに！」

歓声があがり、みながお祝いの言葉をマロリーとアダムに浴びせた。その日の夜は、それきりアダムとふたりきりで話す機会がなかった。

数時間後、マロリーはベッドにもぐりこみながら、アダムはあのときなにを言おうとしていたのだろうと考えた。大事なことならそのうちまた言ってくるだろうと思い、シーツの下で丸くなって眠りについた。

14

それからの二週間はあわただしく過ぎ、屋敷じゅうがもうすぐやってくる結婚式への期待と興奮に包まれていた。ハウスパーティの招待客は全員、結婚式までブラエボーンにとどまることにし、地元の人たちも、遠くに住む人、近くに住む人を問わず、式に招かれることを期待してとつぜん訪ねてきたりした。

マロリーは台風の目にほうりこまれた気分だった。周囲の世界が回転するようにめまぐるしく動き、それについていくのがやっとというありさまだ。毎日、朝から晩まですることがいっぱいで、ベッドにはいるころにはすっかり疲れはて、すぐさま眠りに落ちた。

はじめのころはまた悪夢を見るのではないかと心配だったが、幸いなことに、あれ以来うなされることはなかった。代わりに、座席表や招待状、披露宴会場の飾り、テーブル・セッティング、献立などが夢に出てきた。

二週目のはじめ、ウェディングドレスを仕上げるためにマダム・モレルとお針子がやってきた。マロリーはドレスの夢も見ていた——シルクの生地の山に埋もれ、無数の待ち針につつかれる夢だ。

だがなんといっても、アダムの夢ほど強烈な印象を残すものはなかった。おそらくそのおかげで、二度と悪夢を見なくてすんでいるのだろう。

夢のなかでマロリーはアダムの腕に抱かれ、キスと愛撫を受けて至福のひとときを味わう。夢の世界でも現実でも、全身で脈が速く打つのを感じる。ふと目覚めると、枕を胸に抱きしめていることが一度ならずあった。そしてマロリーは、それが温かな体ではなく羽毛であることにがっかりするのだった。

あれからアダムと実際に唇を重ねたことは数えるほどしかなく、しかもそれは情熱的なくちづけからはほど遠い、人目を盗むようにして交わす短いキスばかりだ。毎日顔を合わせてはいるが、ふたりきりになる機会はほとんどない。日中は結婚式の準備で忙しく、夜は夜で招待客の相手をしなければならなかった。しかもみなが自分たちに注目しているので、ふたりで話しあい、結婚するまでアダムがマロリーの寝室を訪ねるのはやめることにした。

とはいえマロリーは、自分がアダムに寝室へ来てほしいと思っているのかどうか、よくわからなかった。たしかに自分たちは婚約しているし、アダムの腕に抱かれると情熱の炎に包まれる。それは夢のなかでも同じだ。だがマロリーはまだ、一変してしまったふたりの関係に慣れようと努力しているところだった。長年友だちとして付き合ってきたので、アダムを婚約者として見ることにはまだときどき違和感を覚えてしまう。

そしていま、マロリーは居間に立ち、ウェディングドレスの仮縫いをしてもらいながら、あと一日でアダムと夫婦になるという事実をあらためて嚙みしめていた。あと二十四時間たつと、アダムは神が認めたまうた夫となる。そしてわたしのベッドへやってきて、わたしのすべてを手に入れるのだ。

「痛い！」マロリーは鋭い痛みに物思いから引き戻された。

「失礼いたしました、お嬢様」マダム・モレルが言った。たくさんの待ち針が刺さった紙が、マロリーの肩にかかっている。「ですがじっとしていただかないと、仮縫いがちゃんとできませんわ」

「え――ええ、そうね。ごめんなさい」マロリーは、ぼんやりしてはいけないと自分に言い聞かせた。とくにアダムのことを考えるのは危険だ。「彫像みたいにじっとしていることにするわ」

「ふつうに呼吸をしていただいてかまいませんよ」マダム・モレルは、マロリーの上げた腕の下の生地をつまみながら言った。「わたくしがいいと申しあげたときは。さあ、息を吸って止めてください」

　マダムに言われたとおり、マロリーは息を吸って止めた。マダム・モレルが針を手早く二度、生地に刺す。

「はい、結構ですわ。どうぞ腕を下ろしてください」

　マロリーはほっとして腕を下ろし、仮縫いはあとどれくらいかかるのだろうと考えた。

　マロリーのそんな心の声がマダム・モレルに聞こえたのか――あるいは天が哀れに思ったのか――マダムが後ろに下がり、マロリーの全身をしげしげとながめた。「はい、どうぞ《エ・ヴォワラ》！

できましたわ《フィニ》！」片方の腕をさっと伸ばし、マロリーを示した。「みなさま、花嫁の完成です」

椅子を半円にならべて座っていた五人のバイロン家の女性たちが顔を上げ、感嘆のため息をついた。

「まあ、なんて素敵なの」公爵未亡人が言った。

「とてもきれいだわ」とグレース。

「完璧ね」インディアが微笑む。

クレアは胸の前で両手を握りあわせた。「祭壇へ歩いてくるあなたを見て、アダムはどんな顔をするかしらね。きっと息を呑むわよ」

「目が釘づけになるでしょうね」メグが赤ん坊のザカリーを抱きなおし、ケープの位置を整えて授乳を続けた。

ひとりだけみなから離れ、窓際の席に座っていたエズメも、スケッチ帳を持ったまま顔を上げた。「王女よりきれいよ」

「公爵の娘でも充分だけど、とにかく褒めてくれてありがとう」マロリーは妹に微笑みかけた。「それにみんなも。とくにマダムには、いくらお礼を言っても足りないわ」

マダム・モレルはフランス人らしく肩をすくめ、誇らしげな顔をした。「でもまだお嬢様自身はご覧になっていないでしょう」ポプリンのスカートを揺らして衣擦れの音をたてながら、マダム・モレルはマロリーに後ろを向かせた。そこには床まで届く鏡があり、マダムの助手のふたりが手早く角度を整えていた。

マロリーは鏡をのぞいたが、そこに映っているのが自分であると、一瞬わからなかった。もう長いこと鏡をじっくり見たことがなかったせいか、まるで他人が映っているようだ。だがとてもおしゃれな他人であることは間違いない。そのドレスのデザインは次の社交シーズンで大流行すると、マダムは請けあった。

ドレスは極薄の白いシルクのオーガンザでできており、体を優しく包むようにふわりと広がっている。透きとおるほど薄い半袖には小粒の真珠が縫いつけられ、光を反射してやわらかな輝きを放っている。胸のすぐ下をサテンのリボンがぐるりと囲み、そこに白いシルクでできた繊細なバラのつぼみが散りばめられていた。リボンは背中で結ばれ、すそまでならんだ二列の白い葉のあいだに垂れるデザインだ。それと同じ白い葉が、小粒の真珠とともにすそにも飾られている。

当日は髪を高く結いあげ、そこに二連の真珠を巻きつける予定になっている。そして子ヤギ革の白い手袋をはめ、クリーム色の優美なシルクの靴を履く。

「それで？　感想は？」公爵未亡人が隣りに立った。

「マダムは今回もまた素晴らしい仕事をしてくれたわ。これほど美しいドレスを、こんなに短期間のうちに作ってくれるなんて」

マダム・モレルがさっと前に進みでた。「あなたならどんなドレスをお召しになっても、きっと美しい花嫁になりますわ、レディ・マロリー。でも気に入っていただいて大変うれしく存じます。わたくしどもの店をお選びいただき、ありがとうございました」

「マダム以外の人に頼む気はなかったわ」

マダム・モレルは顔を輝かせた。それからふいにふりかえり、手をたたいた。「さあ、あなたたち！　レディ・マロリーがドレスを脱ぐのをお手伝いしてちょうだい。さっそく仕事に取りかからなくちゃ。明日までにやらなくてはならないことが、たくさん残ってるのよ」

マロリーの肌を針で刺さないよう注意しながら、お針子たちがドレスを脱がせた。マロリーはシュミーズとペチコート姿でその場に立ち、マダムと助手がスカートをひるがえしてあわただしく部屋を出ていくのを見送った。

それまですぐそばの化粧室で静かに待っていた侍女のペニーが、桃色のデイドレスを腕にかけて近づいてきた。マロリーは両腕を上げ、ペニーの手を借りてドレスを身に着けた。

侍女がいなくなると、マロリーは義姉たちのところへ行った。みなはいつものように、結婚式とそれに続く豪華な披露宴の内容についておさらいをしていた。ロンドンから運ばれてくる温室栽培の果物の代わりに、地元でとれるリンゴを出そうかどうしようかという話には加わらず、マロリーはメグの隣りの空いた椅子に腰を下ろした。

「眠ってるの？」マロリーはメグに抱かれている赤ん坊を見ながら、小声で尋ねた。

メグはうなずいた。「お腹がいっぱいになったら、すぐに眠ったわ。育児室に連れていこうかと思ってるんだけど、ゆりかごに寝かせたとたん、目を覚ましそうな気がして。でもどちらにしても、もう少したったら上に行かなくちゃ。昼寝の前に本を読んであげると、マキシミリアンに約束したの。うまくいけば、ふたりともすぐに眠ってくれるかもしれない。そうしたらわたしも自分の部屋へ行き、夕食の前に少し横になることにするわ」

「抱っこしてもいい？」

「もちろんよ。でもそっとお願いね。機嫌を損ねて泣きだしたら大変だもの」マロリーはメグと笑みを交わし、赤ん坊を受け取ろうと身を乗りだした。赤ん坊は一瞬、顔をしかめてむずかりそうになったが、マロリーの温かな胸に抱かれたとたんにおとなしくなった。

「かわいいわね」マロリーはザカリーのばら色の頬をそっとなでた。

「あなたにもそのうち子どもができるわ。もしかすると、来年のいまごろ、この部屋であなたの赤ちゃんを一緒にあやしているかもしれないわね」

　マロリーの胸に温かいものが広がり、唇にはにかんだ笑みが浮かんだ。「ええ、そうね」

　それからしばらく、ザカリーを抱いていた。みながそのかたわらで、翌日の結婚式のことについて話し合いを続けている。マロリー自身はなにも言わず、黙ってそれを聞いていた。やがてメグが赤ん坊を育児室に連れていく時間になり、マロリーも階下《した》へ行き、結婚式に参列するため新たに到着した招待客を出迎えることにした。

　当初、四十人の予定だった招待客は、最終的に百人以上にふくれあがり、しかも披露宴にはさらに七十五人が招かれていた。マロリーはいまさらながら、自分の家族とアダムのごく親しい友人だけを招いて内輪で式を挙げられたらよかったのに、と思った。アダムの父親と妹はすでに他界しているし、親戚は数えるほどしかいない。旅をするには年を取りすぎている伯母と、クリスマスに手紙をやりとりする程度の付き合いしかないいとこが数人いるだけだ。

かつてのマロリーは、盛大な結婚式を挙げることを夢見ていた。でもいまは、小さな教区教会で、司祭の妻と娘だけを証人にして結婚式を挙げたエドワードとクレアがうらやましかった。どんなにおだやかでロマンティックな式だったことだろう。

アダムとふたりでこっそり逃げだしたい誘惑に駆られるが、みんなが明日の結婚式を楽しみにしている。屋敷じゅうの人たちが、一生懸命に用意をしてくれた——掃除をして料理を作り、たくさんの客室の準備を整えた。マダム・モレルと助手のお針子たちも、ときには夜遅くまでせっせと針を動かし、ウェディングドレスとハネムーン用のドレスを縫ってくれた。家族や友人も喜んで力を貸そうとしてくれる。とくに母は、明日が娘の人生で最高の日になるよう、全力を尽くしてくれた。

ふたりで逃げだそうと言えば、もしかするとアダムも賛成してくれるかもしれないが、そんなまわりの人たちをひとりだって失望させるわけにはいかない。それに明日は長い人生のなかのたった一日にすぎないのだ。みんなが自分たちのためにしてくれたことを考えたら、わがままを通すわけにはいかない。

でもそのたった一日を境に、自分の人生は永久に変わる。

マロリーはふいに不安で胸がざわつくのを感じたが、それをなだめて立ちあがった。母たちのあとについて部屋を出ようとしたとき、エズメが近づいてきた。

「これを描いていたの」エズメは画用紙を手にしていた。「新しいお屋敷に住むようになっても、この絵を見てここのことを思いだしてね」

マロリーは慎重な手つきで画用紙を受け取り、それに視線を落として胸を打たれた。なんと美しく、細部まで見事に表現された絵なのだろう。それはマロリーの寝室からのながめで、自分の名前と同じくらい慣れ親しんだものだった。大勢の庭師により丹精に手入れされた広大な庭が、前景に描かれている。木々にはまだ青々とした葉が茂り、色とりどりの晩夏の花が咲いている。もうすぐ寒い季節がやってくれば、来年の春まで見られなくなる花々だ。

東側の小さな湖のそばにある装飾用の美しい建物には小鳥が群れていた。一方、西側には、そこだけ場違いな印象を与える空き地がある。エドワードが結婚してまもなく、新妻クレアのために作った庭地だ。エドワードはそこをクレアの〝モグラ畑〟と呼び、それを言われるたびにクレアはばつが悪そうに笑ったが、ほかの家族にはなんのことだかさっぱりわからなかった。

その向こうには豊かな自然が広がり、ゆるやかに起伏した丘陵と老齢の並木が見える。子どものころはよくそこへ行き、木陰で本を読んだりとりとめのない空想にふけったりしたものだ。

マロリーにとって愛着のある風景で、エズメはそれを完璧に再現している。

まばたきをして涙をこらえ、マロリーは妹をぎゅっと抱きしめた。「こんなにうれしい贈り物はないわ。ありがとう」

エズメは微笑み、口もとからかわいい白い歯をのぞかせると、マロリーの背中にしっかり腕をまわしてしばらくのあいだそのままじっとしていた。

「額に入れて、グレシャム・パークの寝室に飾るわね」体を離すとマロリーは言った。「そうすれば毎朝、ふたつの我が家からの景色が見られるわ」

「もうひとつ、あげたいものがあるの」エズメの顔から笑みが消え、真剣な表情が浮かんだ。「ずいぶん考えたんだけど、シャルルマーニュを連れていって」

「でもあなたの猫じゃないの」

エズメは首をふった。「シャルルマーニュはたしかにわたしのことが好きだけど、愛しているのはお姉様よ。お姉様がいなくなったら、悲しくてやつれてしまうと思うわ。もちろんわたしもシャルルマーニュがいなくなったらさびしいけれど、動物はほかにもたくさんいるもの。それにお姉様とアダムには猫がいたほうがいいと思うし、シャルルマーニュはいい子よ。お願い、連れていくと言ってちょうだい。そうじゃないとわたしの気がすまないわ」

マロリーの目に涙があふれ、のどが締めつけられたようになった。「ほんとうにいいの？ ええ、ぜひ連れていきたいわ。シャルルマーニュとわたしは、もう大の仲良しなの」

「わかってるわ。よくなついているものね」

マロリーはまたエズメを抱きしめた。「あなたほど素晴らしい妹はいないわ。誰かにそう言われたことはない？」

エズメは顔を上げ、唇に笑みを浮かべた。「いいえ、お姉様だけよ。だってほかに姉妹はいないもの」

「もしほかにも姉妹がいたら、きっとあなたを褒めたたえるわ」マロリーは顔をそらし、袖で涙をぬぐった。「みんなわたしがどこにいるのかと、不思議に思ってるかもしれない。あなたもよ。仮縫いを見学してきていいと言われたんでしょうけど、そろそろ勉強部屋に戻らないと」

エズメはしかめ面をした。「今日は歴史の本を読むことになってるの」

「じゃあ早く取りかからなくちゃ」マロリーは書き物机に近づいて絵を置き、もう一度それをながめた。

「マロリー？」

マロリーはふりかえり、妹の目を見た。「ええ、なに？」

「グレシャム卿と一緒なら、きっと幸せになれるわ」

「そう思う？」

「だってグレシャム卿は、お姉様をとても愛しているもの」

〝わたしを愛している？〟そう、たしかにアダムは友だちとしてわたしを愛してくれている。それはわたしも同じだ。でもそれ以上の感情は……。

マロリーはみぞおちのあたりがうずうずするような、奇妙な感覚を覚えた。アダム・グレシャムに本気で情熱的に愛されたら、どんな気分がするだろう。あの人の人格のすべて、心と魂のすべてで求められたなら。

だがそんなことを考えるのはばかげている。エズメは今回の予定外の結婚について、深読みしすぎているだけだ。自分たちはたしかにお互いのことが好きだが、なりゆきで結婚することになったにすぎない。アダムとならきっとうまくやっていけるだろう。でも情熱的でロマンティックな愛は……。かつてわたしはそれを手にしていたことがあったが、それはあまりに短い期間で終わった。もう二度とあんな思いはしたくない。誰かを愛し、幸せの絶頂にあったかと思うと、次の瞬間には奈落の底に落とされる。そんな経験はもうごめんだ。

友だちでいるほうがいい。

友だちであると同時に、恋人でもあったらもっといい。

マロリーは笑みをたたえ、手ぶりでドアを示した。「誰かが捜しに来る前に行きましょう。明日までにやらなくちゃならないことが、まだたくさん残ってるわ」

15

　翌日の朝、アダムは最高級の濃紺の上着と淡黄褐色のズボンを身に着け、バイロン家の礼拝堂の祭壇に立っていた。クリーム色のベストには金の鍵の柄が織りこまれ、純白のシャツの襟もとを複雑なトロン・ダムールに結ばれたタイが飾っている。黒い靴は、近侍の手でまばゆいばかりに磨かれていた。

　今朝、主人の身支度を手伝うことを許され、近侍のフィンリーはうれしさと驚きを同時に覚えた。まずアイロンのかかった一本のタイを差しだし、主人が満足する結びかたができるまで、新しいタイを手渡すことをくり返した。次に体にぴったり合った上着を着せ、背中や肩にブラシをかけて糸くずをはらった。

　アダムはいつも、ひとりで気ままに身支度を整えることを好んだが、なにしろ今日は自分の結婚式なので多少の窮屈はしかたがない。マロリーのため、最高の自分でありたかった。祭壇に立っている自分を見て、この人と結婚することにしてよかったと、マロリーに誇らしさと喜びを感じてもらいたい。

　アダムは懐中時計を取りだして時間を確かめたい気持ちをこらえた。きっと、もうまもなくだ。着席している大勢の参列者の話し声が、優美な礼拝堂の壁や高い円蓋に響いている。壁や天井には美しい天使と青い空、白い雲が描かれ、それがなめらかな白い大理石の床のすぐ上まで続いていた。

深呼吸をすると、大きな花びんにあふれるほど活けられた白いジャスミンとあんず色のジャコウバラの甘い香りが、鼻腔をくすぐった。

隣りでジャックが時計を取りだしているのが見えた。花婿の付添人を務める彼も、どうやらさっきのアダムのように時間が気になっているらしい。ジャックの向こう隣りには、同じく付添人のケイドとドレーク、それにニアル・フェイバーシャムが立っている。フェイバーシャムはつい先日までマロリーにのぼせあがっていたが、もうすっかり熱は冷めたようだ。よかった、とアダムは思った。マロリーはぼくのものだ。ほかの男にけっして渡しはしない。今夜、彼女は永遠に自分のものになる。

「あと五分だ」ジャックが言った。「緊張してるかい？」

「いや」アダムは答えたが、それは本心だった。早く式を挙げたくてしかたがない。世の多くの男性とちがい、アダムは結婚式を待ちわびていた。マロリー・バイロンは世界じゅうの誰よりも愛する女性であり、これからともに人生を歩むのだと思うと、うれしくてたまらない。「指輪は持ってるだろうな？」

ジャックはにっこり笑い、ベストのポケットを軽くたたいた。「ああ、ちゃんとここにある」

アダムはうなずき、今夜マロリーとベッドをともにすることについて、それ以上考えまいとした。少しでも気を抜くと、その光景がまぶたに浮かんでしまう。マロリーが裸でシーツに横たわり、褐色の波打つ髪を枕に広げている。情熱的なキスでぽってりと赤く濡れた唇で、もっとこっちへ来てと誘う……。

アダムはふと我に返り、頭のなかからその光景をふりはらった。ただでさえ大きなスキャンダルを起こしているのだ。もうじき結婚式が始まろうとしているのに、百人以上の参列者の前でエロティックな夢想にふけっている場合ではない。

唇を結んで顔を上げた。

そのときオーク材の大きな両開きの扉のところに、マロリーが立っているのが見えた。この世のものとも思えない美しさに、アダムの呼吸が一瞬止まった。彼女の愛らしさには、天使でさえかなわないだろう。全身を白いドレスに包まれた姿に、目がくらむようだ。

清らかな花嫁。

非の打ちどころがない。

純真そのものだ。

付添人のグレースとインディア、メグ、クレアが通路を進みはじめると、エドワードがマロリーの隣りに立ち、耳もとでなにかをささやいた。マロリーはかすかに微笑み、エドワードの腕に手をかけた。そして一行は伝統にしたがい、ゆっくりと前へ進んだ。

それを見守りながら、アダムの鼓動が激しくなった。まるで心臓が胸を破って飛びだすのではないかと思うほどだ。これから始まる式を無事に乗り切るため、ひとつ深々と息を吸いこむと、気持ちを落ち着かせて頭をすっきりさせようとした。

マロリーが横で立ち止まり、こちらを見た。その海のような瞳に緊張の色がにじんでいる。そこにはもうひとつ、別の感情が浮かんでいる気がしたが、それがなんなのかアダムにはわからなかった。エドワードがマロリーの手をほどき、アダムに託そうとした。だがアダムはマロリーのことで頭がいっぱいで、エドワードがいることにもほとんど気がつかなかった。

それからふたりはトーマス教区司祭に向きなおった。

〝親愛なるあなたがた……〟

教区司祭が儀式を始め、おごそかな声が響くのを、アダムはどこか遠くで聞いていた。参列者の席はしんと静まりかえり、ときおり誰かが咳をしたり、椅子の上で身じろぎして衣擦れの音をたてる以外、なにも聞こえない。

アダムはしかるべきときにちゃんと誓いの言葉を口にできるよう、式に集中するのだと自分に言い聞かせた。だがマロリーがほんの二インチしか離れていないところにいるとあっては、それがなかなかむずかしかった。いますぐ彼女に触れてキスをし、この想いの深さを伝えたい。

それでもその衝動をこらえ、両手を体の脇に下ろしたまま、背筋をまっすぐ伸ばして前を向いていた。目の端でマロリーを見ると、あんず色のバラの花束を握りしめた両手がこわばり、青白くなっている。

アダムは心配しなくていいと安心させるようにマロリーを見た。だがマロリーが顔を上げる前に、教区司祭が誓いの言葉をうながした。

アダムははっきりと力強く、マロリーに永遠の愛を誓った。それは一言一句、嘘いつわりのない心からのものだった。次にマロリーが目を伏せたまま、低く小さな声で誓いの言葉を暗唱した。

〝この女を嫁がせる者は……〟司祭の言葉にエドワードが前に進み、マロリーの手をアダムの手に重ねた。クレアがマロリーの花束を受け取った。アダムは司祭や付添人や参列者が少しずつ視界から遠ざかり、この場にいるのが自分たちふたりきりであるような錯覚にとらわれた。

アダムの温かな手のなかで、マロリーの冷たい手がかすかに震えている。その手をぎゅっと握りしめ、顔を上げるよう優しくうながした。だがアダムが誓いの言葉の続きを口にし、次に自分の番になっても、マロリーは彼の胸もとより上に視線を上げようとしなかった。

やがて指輪を交換するときになり、ジャックが楕円形《だえんけい》のアクアマリンの指輪をアダムに手渡した。それはアダムが結婚の特別許可を得るため、ロンドンにとんぼ返りしたときに買ってきたものだ。小さなダイヤモンドがまわりに散りばめられたデザインのその指輪を選んだのは、アクアマリンの色合いがマロリーの瞳を思わせるからだった。視線を上げてさえくれれば、どれだけ色が似ているかわかるのに、とアダムは思った。

指輪を薬指にはめるとき、マロリーの手がまた少し震えた。これで彼女は正真正銘、自分の妻になったのだと思うと、アダムは感無量だった。

死がふたりを分かつまで、ずっと一緒にいる。胸のうちでつぶやくと、心臓がまたひとつ大きく打った。

マロリーが幅広の金の指輪をアダムの薬指にはめた。新婦が新郎に指輪をはめるのはかならずしも必要な儀式ではなかったが、アダムは喜んでそれを受けいれた。それから司祭が、ふたりが夫婦になったことを宣言した。

だが式はまだそこで終わりではなかった。

アダムが微笑みながらマロリーの両腕に手をかけ、その体を手前に引き寄せた。マロリーは不安そうに大きく目を見開いた。

アダムは腰をかがめ、頬に軽くキスをした。「心配することはなにもない」耳もとでささやく。「目の前にいるのはぼくだよ。きみがまだ少女だったころから、よく知っているアダムだ」

マロリーはかすかにうなずいた。その目から不安の色が薄らいでいった。

「きみを大切にし、ずっと守っていく。なにも怖がらなくていい」

そう言うとアダムはしきたりも周囲の人びとの目も気にせず、マロリーを抱きしめて唇を重ねた。

アダムの唇が触れた瞬間、マロリーは教会の鐘が鳴るのを聞いたような気がした。だが礼拝堂に鐘はないので、きっと胸の鼓動が耳の奥で聞こえたのだろう。今朝起きたときからずっと感じていた寒気も、真夏の太陽の下に置かれた氷のように消えてなくなっている。アダムの力強い腕に抱かれ、その温かな体に触れているせいだ。

自分たちが舞台上の俳優のように注目されていることはわかっていたが、マロリーは甘いキスにあらがうことができなかった。もう誰が見ていようとかまわない。頭には彼のことしかない。

目の前にいるのは、ずっと友だちだったアダムだ。

空気と同じように慣れ親しんでいる相手。

わたしはなにを不安がっていたのだろうか。

どうしてこの人と結婚することを怖がっていたのだろう。

マロリーは夢のように素敵なキスに、それ以上なにも考えられなくなった。肩に手をかけようとしたそのとき、アダムがとつぜん顔を離した。

マロリーはいきなり現実に引き戻された――バラの芳香がただよい、九月の太陽の光が礼拝堂の窓からそそぎこんでいる。百を超える興味津々の目が、じっとこちらを見ている。

顔を赤くしてマロリーはうつむいた。参列者のあいだから笑い声がもれた。上目遣いにアダムを見ると、温かみのある濃褐色の瞳とぶつかった。白い歯を見せてにっこり笑った顔は、少年のように無邪気な喜びにあふれている。

マロリーも小さく吹きだし、知らず知らずのうちに笑顔になっていた。アダムはもう一度さっと短いキスをすると、マロリーの腕を取って通路を戻りはじめた。

次に披露宴が始まったが、それはマロリーが最初に想像していたよりずっと大がかりなものだった。来賓《らいひん》用のダイニングルームにはたくさんの人が集まり、数多くの椅子とテーブルがならべられている。それぞれのテーブルには白いクロスがかかり、金縁のマイセンの磁器に花が活けてあった。

マロリーとアダムは上座についた。まわりの席には家族や付添人が座っている。食事がまだ始まらないうちに、マロリーはシャンパンのグラスを渡された。甘く冷たいワインが口のなかに広がり、泡がはじけて鼻をくすぐった。

召使いが贅《ぜい》を凝らした料理を運んできた。半熟卵添えのバタートースト、糖蜜とホイップクリームを塗ったパンケーキ、スモークサーモン、ローストビーフ、ハム、焼き菓子、プディング、チーズ、みずみずしい温室栽培のベリー、新鮮な黄金桃にリンゴなどだ。

アダムは自分のフォークに料理を載せてマロリーの口に運んだ。召使いが絶えず目を配り、シャンパンをグラスに注ぎ足している。そのためいくら飲んでも、グラスのシャンパンが一定の量以下に減ることはなかった。

「口を開けて」アダムが宝石のように輝いている糖衣がけのイチゴを差しだした。

マロリーは言われたとおり口を開け、イチゴをかじった。甘い味が口のなかに広がり、果汁が一滴垂れてあごに流れた。マロリーはくすくす笑いながら、ナプキンに手を伸ばそうとした。

「ぼくがやってあげよう」アダムが言い、親指の先でマロリーのあごをぬぐった。そして指をナプキンでふく代わりになめた。マロリーと目を合わせたまま、彼女がかじった残りのイチゴをゆっくりと食べている。

見えない手でなでられたように、マロリーの背中がぞくりとした。

誰にも見られていないといいのだけれど。これではまるでアダムがイチゴではなく、わたしを食べているように見える。

周囲の人びとに表情を見られないよう、グラスを手に取ってシャンパンを飲んだ。壁や床がかすかにまわっているような気がし、手が揺れてシャンパンがもう少しでこぼれそうになった。マロリーは用心しながらグラスをテーブルに置き、ふたたび忍び笑いをもらした。

「どうやら酔ったようだね、レディ・グレシャム」

マロリーはアダムの顔を見つめ、眉間にしわを寄せた。「レディなに？」

「グレシャム」

「誰のこと？」

アダムは愉快そうにマロリーを見た。「きみに決まってるだろう」

マロリーは一瞬なにを言われているのかわからなかったが、すぐに笑いだした。「そうよね。すっかり忘れてた。わたしは伯爵夫人になったんだわ。なんだか不思議な気分」

アダムはマロリーの手を取って甲にくちづけ、結婚指輪を指先でなでた。「いい響きだな。マロリー・グレシャム」

「そうだったわ。わたしはもうバイロンじゃないのね」

「ああ。きみはぼくのものだ」

アダムの思いつめたような真剣な表情に、マロリーはどきりとしたが、シャンパンのせいだろうと思うことにした。「もうこれ以上、飲まないほうがよさそうだわ」

「そうだな」アダムは言った。「でも飲んでくれ」

「飲む？　どうして？」

アダムの魅惑的な唇にゆっくりと笑みが浮かんだ。「いまのようなきみを見るのは大好きだ」

「酔っぱらってるわたしを？」マロリーはしゃっくりをして手で口を覆った。シャンパンの泡のように、また笑いがこみあげてくる。

アダムは首をふった。「そうじゃなくて、楽しそうなきみだ。きみが笑うところをもっと見たい」

マロリーにその言葉の意味について深く考える暇を与えず、アダムは皿からもうひとつ糖衣がけの果物――今度はブラックベリーだ――をつまみ、彼女の口に運んだ。マロリーはそれを食べ、やめたほうがいいとわかっていながら、もうひと口シャンパンを飲んだ。

三時間後、ペニーの手を借りて旅行用ドレスに着替え終えたときも、マロリーはまだ料理とシャンパンとウェディングケーキでお腹がいっぱいだった。

そのドレスはマダム・モレルがウェディングドレスと一緒に大急ぎで作ってくれたうちの一枚で、黄色いサーセネット生地でできており、上からそろいの半袖の上着をはおるようになっている。頭にかぶった淡い色合いの愛らしい帽子《コテージ・ボンネット》は手桶をななめに倒したような形で、縁が顔の輪郭をすっぽり覆い、あごの下でリボンを結ぶデザインだ。

すぐそばの椅子の上から、シャルルマーニュがじっとこちらを見ていた。いつもとなにか様子がちがうことに気づいているのか、耳をぴんと立てている。マロリーはシャルルマーニュに近づき、そのすべすべした頭をなでた。「わたしが来月ハネムーンから戻ってくるまで、エズメとここでお留守番しててね。それから一緒にグレシャム・パークに行きましょう。わたしたちふたりを冒険が待ってるわ」

シャルルマーニュはのどを鳴らした。

冒険。

マロリーはアダムとの結婚をそう思うことにしていた。それ以外に今回の結婚を表現する言葉は……いまのところ見つからない。シャンパンの最初の一杯を飲んだときから、アダムの口にふざけてウェディングケーキを押しこむまでのあいだのどこかで、これから冒険に乗りだすのだと思うことに決めたのだった。

船を出して、未知の海へと漕《こ》ぎだす。たしかに夫はよく知っている人ではあるが、今後の人生がどうなるかはまったくわからない。

ドアをノックする音がし、マロリーはふと我に返った。

バイロン家の女性たちがみんなでやってきて、忘れ物はないかと尋ねた。そしてマロリーを抱きしめてキスをし、ほろ酔いの花嫁を優しくからかった。

数人のがっしりした体格の従僕が、荷物の詰まったかばんを運びだした。マロリーが階段を下りたところで、別れの儀式がまた新たに始まった。だが今回、抱きしめてキスをし、幸せを祈る言葉をかけてくれたのは、兄や弟たちだった。

アダムが一行に加わり、みなにさよならの挨拶をすると、マロリーの腕を取って馬車へと向かった。招待客も屋敷から出てきて新婚夫婦を見送っている。母が目に涙をため、ハンカチを握りしめた手をふるなか、馬車の扉が閉まって馬が動きだした。

馬車が進むにつれ、ブラエボーンの屋敷がどんどん遠ざかって小さくなっていく。まもなく完全に見えなくなった。マロリーは窓の外をながめるのをやめ、クッション張りの座席の背にもたれかかってアダムを見た。

「だいじょうぶかい?」アダムは座席の向こう側の隅にもたれかかっていた。

マロリーはうなずいたが、感情がこみあげて、のどになにかがつかえているような気がした。

アダムは腕を広げ、こっちへおいでと合図した。マロリーはアダムのそばへ行き、その肩に頬をうずめた。「これからどこへ行くの?」

「北だ」

「まだ目的地を教えてくれないつもり?」

アダムは首を縦にふった。「それは着いてのお楽しみだ。きっと気に入ってもらえると思う」

「じらさないで教えてちょうだい、閣下」マロリーは顔を上げてアダムの目を見た。

アダムはマロリーの鼻を軽くつまんだ。「きみはわくわくすることが好きだろう。さあ、目を閉じて眠るんだ。まだ先は長い」

「眠れそうにないわ」あれだけシャンパンを飲んだにもかかわらず、マロリーは興奮で目がさえていた。「どれくらい遠いの？」

アダムは謎めいた笑みを浮かべた。「とても遠い」

「山はある？」

「ああ、たぶん」

「湖は？」

「おそらく」

「ヘザーは生えてる？」

アダムは片方の眉を上げた。「ぼくを質問攻めにして行き先を当てようとしても無駄だ。きみはぼくがスコットランドに持っている狩猟小屋に行くつもりだと思っているのかもしれないが、それはちがう。あそこは男にとってはいいところだが、レディをハネムーンに連れていくのにふさわしい場所じゃない」

「そうなの？　どうして？　動物の頭の剝製《はくせい》がたくさん壁にかかってて、その死んだ目を見てわたしが怖がるだろうと思ってるから?」マロリーはわざとらしく身震いしてみせた。

アダムは吹きだした。「いや、剝製はひとつもかかってない。きみも知ってのとおり、そうした気味の悪い戦利品を壁に飾る趣味はなくてね」

「それを聞いて安心したわ。グレシャム・パークに着いても、動物の頭を壁からはずして屋根裏部屋の隅にしまわなくてもすむのね」

アダムはマロリーに微笑みかけた。「グレシャム・パークに住むようになったら、きみは片づけよりも買い物で忙しくなるはずだ。だがともかく、屋敷のどこにも剝製はないから安心していい」

マロリーは自分がアダムの主領地であるグレシャム・パークのことを、スコットランドの狩猟小屋と同じように、ほとんどなにも知らないも同然であることに気づいた。先祖代々受け継いできたその館を、アダムは長年訪ねていなかったそうだ。本人が前に屋敷のことを〝朽ちはてたれんがの塊〟と言うのを聞いたことがある。だがアダムは領地の再建に懸命に取り組んでいるところだし、屋敷がいまどんな状態であっても、ふたりで力を合わせてくつろげる家庭を作るつもりだ。

「だとしたら、狩猟小屋のなにが問題なの?」マロリーは話をもとに戻した。

「なにも問題はないさ。でも狭くて質素なところだから、ゆったり快適に過ごせるとは言いがたい。きみには独身男の殺風景な隠れ家などではなく、もっと豪華な館のほうがふさわしいと思ってね」

「わたしならどんなところでもかまわなかったのに」

アダムはマロリーを抱き寄せた。「きみにはなにも我慢してもらいたくない。なんでも好きなようにしてほしいんだ」

「それじゃあまるでわたしが、甘やかされて育ったわがままな人間みたいだわ」マロリーはアダムの肩を軽くたたいた。

「ああ、ぼくはきみを甘やかすつもりだ」アダムはマロリーの手を取り、手のひらにくちづけた。「望みのものがあったら、なんでも言ってくれ」

「わたしのいまの望みは、行き先を教えてもらうことよ」

「さっき教えただろう。北だ」

マロリーが舌を突きだすと、アダムが笑って肩が揺れ、その振動がこちらにも伝わってきた。やがてアダムの顔からゆっくりと笑みが消えた。マロリーの顔をしげしげとながめ、視線を落として唇に目を留める。アダムがどんなときにこうした表情を浮かべるか、マロリーは知っていた。

キスをしようとしているのだ。

心臓の鼓動が激しくなり、わずかに残っていた酔いが一気に醒《さ》めた。くちづけてほしいと思う反面、どこかためらう気持ちがあった。アダムとふたりきりになったことなら、これまでも数えきれないほどある。だが夫婦になったいま、自分たちのあいだにはもうなんの制約もない。

アダムはわたしになんでもできる。

なにをしても、誰にもとがめられることはない。

だがいくらなんでも、夜が来るのも待たず、使用人がすぐ近くにいる馬車のなかで一線を越えるつもりはないだろう。

そうに決まっている。

不安と期待を同時に覚えながら、マロリーはアダムの顔が近づいてくるのを見ていた。

そのときなんの前触れもなく、あくびが出た。

目の端に涙がにじみ、口を手で覆った。「ごめんなさい」聞き取りにくい声でつぶやいた。

アダムはがっかりした顔でマロリーを見た。「さっきは眠くないと言ってなかったかな」

「ええ、眠くないわ」

だがその言葉とは裏腹に、マロリーはとつぜん強い疲労感に襲われた。

「今日は朝から大忙しだった」アダムは理解を示すように言った。

それからマロリーのあごの下のリボンをほどいて帽子を脱がせ、向かいの座席にそっと置いた。指で頬をなで、額と唇に優しくキスをしてから、肩を抱き寄せた。「眠るんだ」

「で――でも、だいじょうぶよ。ちょっとだけ待って」

「いいから目をつぶって。時間ならあとでたっぷりある」

あとで。

アダムは夜のことを言っているのだ。

寝室でのことを。

アダムにうながされて肩に頭をもたせかけると、驚くほど心地よかった。マロリーはあっというまに眠りに落ちた。


アダムはうめき声をあげそうになるのをこらえた。これまでの人生のなかで、もっともつらい旅になりそうだ。マロリーにキスをすると考えただけで体が反応し、股間が硬くなっている。

このところずっと誰ともベッドをともにしていないせいだろう。でも自分は欲望を抑えてマロリーを待つことに決めた。ほんとうに求めている女性は、彼女だけだからだ。

披露宴のときに、あんなにシャンパンを勧めなければよかった。もちろん、馬車のなかで結ばれるつもりなどさらさらない。マロリーにとってははじめての経験とあればなおさらだ。それでもキスと愛撫を楽しむぐらいのことはいいのではないか。自分でも驚いたことに、アダムは眠っているマロリーを起こしてその体に触れたい衝動に駆られた。

でもそれはやめておいたほうがいいのかもしれない。そんなことをしても、ますます欲望が燃えあがって苦しくなるだけだ。どのみち、もうじき夜になる。

もう少しの辛抱だ。

いまはマロリーの肩を抱いていられる幸せを噛みしめよう。

愛するマロリー。

ついに自分の妻になった。

マロリーが寝やすいよう、その体の位置をほんの少しずらすと、アダムは座席にもたれかかって窓外に流れる森や野原をながめた。


数時間後、マロリーは帽子をかぶってあごの下でリボンを結び、窓の外に目をやった。馬車は古びた低い石壁が両脇にならんだ細い田舎道を走っている。

夕陽が空を金色に染め、迫りくる宵闇に自然が最後の抵抗をするように、地平線近くに薄紅や紅《くれない》、銅《あかがねいろ》色の光の筋が見える。その空を背景に、緑豊かな丘陵が広がっていた。遠くにヘビのように曲がりくねった小川があり、灰色の玉石や茶色い岩石、砂色の小石の上を水が流れている。

マロリーはもっとじっくり景色を見ようとしたが、まもなく馬車は森のなかの小道にはいり、車体がはずみはじめた。最後の角を曲がると、とつぜん視界が開け、丘の中腹に巨大な建物が見えた。

「お城だわ」マロリーは石造りの大きな正面《ファサード》、塔や小塔、ツタで覆われた銃眼つき胸壁をしげしげとながめた。吊りあげ橋と濠《ほり》まである。

「気に入った？」

マロリーはうなずいた。「素晴らしいわ」

アダムは微笑んだ。「よかった。これから一カ月を過ごす場所へようこそ」

「ここに泊まるの？　お城に？」

「驚いたかい？」

「ええ」マロリーはハネムーンの行き先が古城であることなど、想像もしていなかった。

「わくわくする？」

「ええ、とても。でもここはどこなの？　もうそろそろ教えてもらえるでしょう」

「ウェールズだ」

「どうしてここに来ようと思ったの？　そもそも、持ち主は誰？　あなたのものじゃないわよね。ウェールズにお城を持ってるなんて話は聞いたことがないもの」

アダムはにっこり笑い、瞳を輝かせた。「もしほんとうにぼくの持ち物なら、とっくにきみの耳にもはいっていたはずだ。ここはウェイブリッジ公爵の館だよ。もちろん主領地ではないが、古くから一族が所有してきた館だ。先祖のひとりが九世紀に建てた城だと聞いている——いや、八世紀だったかな。でももう千年もたってるんだから、百年ぐらいの差はたいしたことがないだろう」

マロリーは眉を片方上げた。「つまりここは、クエンティンとインディアのお屋敷なのね」

「ふたりは結婚のお祝いに、この館を使ってほしいと言ってくれたんだ。申し出を受けてよかったかな」

マロリーはもう一度、堂々とした石造りの建物に目をやった。馬車が吊りあげ橋を渡り、中庭へはいっていく。アダムの目を見て微笑んだ。「ええ、もちろんよ。とても……素敵な贈り物だわ」

マロリーはいっとき目を閉じ、耳をすませてにおいを嗅いだ。「海の近くなの?」

「ここは北部の海岸沿いの場所だ。目を凝らせばアイルランドが見えるかもしれないと、ウェイブリッジが言っていた」

マロリーはアダムに抱きついた。「ありがとう」

「お礼を言うのは早い。まだなかを見ていないだろう」アダムはからかうように言った。「内装は現代的にしてあるそうだが、もしかするとウェイブリッジは、窓にかけてあるのは蠟《ろう》を塗りこんだ動物の皮革じゃなくてカーテンだ、という意味で言ったのかもしれない」

マロリーは笑った。「窓にはガラスがはいっているようだから、少なくとも凍えることはないわ」

「どちらにしても」アダムはマロリーの頰を手で包んだ。「きみが夜、寒い思いをしなくてすむ方法はある」

マロリーはどきりとした。ゆっくりと優しくくちづけられ、またひとつ心臓が大きく打った。アダムはしばらくして顔を上げた。「なかへはいろうか、レディ・グレシャム?」

マロリーは息を切らしながら、アダムの目をのぞいてうなずいた。「ええ、閣下」

16

さっきアダムはああ言っていたが、館の内装は外観よりさらに素晴らしかった。クエンティンの言葉どおり、公爵夫妻は部屋を現代的な調度でまとめていた。床にはやわらかなオービュッソンじゅうたんが敷かれ、家具もみな贅を尽くしたものばかりだ。それでも時代を感じさせる部分は残っており、中世の鎧《よろい》や剣、戦斧《せんぷ》などの武器が飾られ、勝利の栄光と敗北の両方の物語を伝える手の込んだタペストリーが壁にならんでいる。

マロリーはアダムにいとまを告げ、眼鏡をかけた気さくな女中頭に案内されて上階の寝室へ向かった。なかへはいると、ペニーがすでに到着し、マロリーの荷物をせっせと片づけていた。そこは見事な部屋だった。片側の壁一面に藤紫色のタペストリーがかけられ、石でできた暖炉は、なかに立てるのではないかと思うほど巨大だ。褐色のサクラ材でできた大きなベッドの天蓋《てんがい》から、優雅な金のシルクのカーテンが垂れさがっている。

だがゆっくり室内をながめる間もなく、ペニーが旅行用ドレスを脱がせようと近づいてきた。かつては休憩室だったのだろう、隣接する洗面室でふたりの従僕が銅の浴槽に熱い湯をそそいでいた。

ふたりが出ていくと、マロリーは頭の高い位置で髪をまとめて裸になった。浴槽にはいり、ほっとひと息ついた。湯気がゆらゆらと立ちのぼっている。昨夜、結婚式に備えて髪を洗っておいたのは正解だった。この長い髪を乾かしていたら、夕食の時間にとても間に合わない。しばらくしてから、ぬるくなった湯を出てタオルで体をふいた。

そろそろ夕食用のドレスに着替える時間だ。

ペニーの手を借り、シンプルで上品な玉虫織りの紫のドレスに袖を通した。小さな真珠のペンダントをつけ、ドレスとそろいのシルクの靴を履いた。

時計がダイニングルームへ行く時間だと告げた。

マロリーはそれまで、アダムとふたりきりになることに不安を感じたことなど一度もなかった。でも今夜はちがう。シャンパンの酔いはとっくに醒め、階段を下りながら胃がぎゅっと縮むのを感じた。一階に下りたところで、召使いがやってきてマロリーをダイニングルームへ案内した。なかへはいると、アダムはすでに席についていた。

マロリーを見て立ちあがり、微笑みながら近づいてきて手を取った。「今夜はいつにもまして美しい」

あなたこそ美しいわ。マロリーは心のなかで言った。黒と白の夜会服が褐色の瞳と小麦色の肌を引きたてている。もちろんいままで、その言葉を口に出して言ったことはない。アダムのように強靭《きょうじん》でたくましい男性を褒める言葉としては、〝ハンサム〟がふさわしいとされている。

それでもアダムを形容するには、美しいという言葉がぴったりだ。世の女性をうっとりさせる人。少しでも彼の気を引こうと、女性たちは目の色を変えてあとを追いかける。

そんな人がわたしの夫なのだ。

マロリーはふいに、自分がアダムを満足させられるのかどうか心配になった。無垢なわたしは、夫婦のことなどなにも知らないも同然だ。アダムを失望させたらどうしよう。これまでずっと友だちだったのに、妻としてちゃんとやっていけるのだろうか。

考えてみると、自分たちはなりゆきで結婚することになったにすぎない。お互いに自分のほんとうの気持ちを見つめ、結婚が自分たちの人生にどういう意味を持つかということをじっくり考える暇もなく、せかされるようにして祭壇に立った。

マロリーはふたたび不安を覚えた。心の準備ができていようがいまいが、これから初夜を迎えるのだと思うと、ますます落ち着かなくなった。

アダムがいぶかしげな目で見ながら、ぎこちなく歩くマロリーをテーブルにエスコートした。

「座って」椅子を引いて言った。

マロリーはほっとして椅子に腰を下ろし、ナプキンを広げた。アダムがその右側の席についた。

「ワインを」召使いに向かって言い、食事を始める合図をした。

「け――結構よ。飲めないわ。というより、やめておいたほうがいいと思うの」マロリーは自分のグラスに手をかぶせた。「披露宴のとき、たくさん飲んだから」

アダムはまた探るような目でマロリーを見た。「一杯ぐらいだいじょうぶさ」

マロリーの手の下からグラスをゆっくり引きだし、召使いにワインを注がせた。

召使いがいなくなると、マロリーはグラスを手に取り、ボルドー産のなめらかで芳醇《ほうじゅん》な赤ワインをひと口飲んだ。「わたしを酒びたりにでもするつもり？」

アダムは歯を見せて笑った。「そんなことはないさ」そこで言葉を切り、グラスを口に運んだ。「でももしその心配が出てきたら、きみの飲み物はかならず水で薄めることにしよう」

「水で薄めるですって！　そんな、ひどい……」

アダムは忍び笑いをし、もうひと口飲んでからグラスをテーブルに置くと、マロリーにウインクをした。

マロリーは唇を結んで目をそらした。

「おや、一皿目が来た。スープか。おいしそうだな」

魚介のクリームスープはいいにおいだったが、マロリーはふた口ばかり飲んだだけで、あとは残した。

アダムはそのことについてなにも言わなかった。スープ皿が下げられ、二皿目の料理が運ばれてきた。やわらかな根菜の蒸し煮に、バターで仕上げたワインソースがかかっている。

それに続き、さまざまな付け合わせとともに魚料理と肉料理が出てきた。マロリーはそれぞれの料理をなんとかひと口は食べ——少なくともそのふりはした——アダムと他愛のない会話を交わした。

食事のあいだじゅう、自分が料理にほとんど手をつけていないことや、無理に明るくふるまっていることについて、アダムからいつなにを言われるだろうかと思っていた。アダムはマロリーのことをよく知っており、いくら表面をとりつくろっても、すぐにそれを見抜くのだ。だがアダムは彼女の胸のうちがわかっているかのように、そのことにはまったく触れなかった。

マロリーはワインを飲み終え、デザートに出てきたホイップクリーム添えのリンゴのタルトをじっと見た。とても食べられそうにない。いつもの自分なら、大喜びでたいらげていただろう。リンゴとホイップクリームはどちらも大好物だ。

でも今夜はまるで食欲をそそられない。

一杯だけ飲んだワインも、不安を和らげる役目を果たしてはくれなかった。昼間は酔っていたが、いまはまったくのしらふも同然だ。もうすぐ起きることを考え、なぜかひどく緊張している。

わたしはどうしてこんなに不安になっているのだろう。アダムとのキスはとても素敵で、わたしはすっかり夢中になった。でも今夜は、キスとひざから力が抜けるような愛撫だけでは終わらない。

アダムを満足させることができなかったらどうしよう。今夜、引きかえすことのできない一線を越えたあと、自分たちはいったいどうなるのだろうか。明日の朝目覚めたら、アダムはもうただの友だちではなくなっているのだ。

「それは残したらいい」アダムは手をつけていないデザートを身ぶりで示した。「先に寝室へ行っててくれ。ぼくももう少ししたら行く」

マロリーはためらった。言われたとおり食事を終え、寝室へ向かうべきなのだろう。だがすぐには席を立とうとせず、指先でテーブルクロスをなぞった。さまざまな考えが駆けめぐり、頭がすっかり混乱している。

「アダム、ほ――ほんとうに申し訳ないんだけど……その、今夜はわたしの寝室へ来ないでもらえないかしら？　長い一日だったし、とても……疲れてるの」

マロリーは目の隅で、アダムが一瞬、ぐっとこぶしを握りしめたのを見た。「緊張しているんだろう？　心配しなくてもだいじょうぶだ」

マロリーはひとつ大きく息を吸った。「あなたの言うとおりかもしれないわ。でも今夜はそうしてほしいの。明日なら――」

「わかった。きみがそう望むなら」アダムは感情のこもらない声で言った。

マロリーは胃がねじれるような感覚を覚え、とんでもないことを言ってしまったと後悔した。できることならいまの言葉を取り消したい。ちらりとアダムを見ると、あごをこわばらせ、険しい表情の浮かんだ目をこちらに向けようともしていない。

「あの、やっぱり――」

「寝室へ下がるんだ、マロリー」アダムは低い声でさえぎった。「ゆっくり休んだらいい。今夜はもうこれ以上、きみの邪魔はしないから」

マロリーはがっくり肩を落とし、椅子を引いて立ちあがった。出口に向かうあいだも、アダムはマロリーのほうを見ずにワインを飲んでいた。

アダムは空になったワイングラスを、割れるのではないかと思うほど強く握りしめた。なるほど、今夜はベッドに来ないでくれというわけか。疲れているから寝たいらしい。いくら馬車で仮眠をとったとはいえ、マロリーが疲労を感じているのは事実だろう。この二週間は目がまわるほど忙しかったし、今日はとくにそうだった。それでもアダムには、マロリーが自分とベッドをともにしたくない理由が、疲れにあるのではないとわかっていた。ダイニングルームにやってきたときから、マロリーはいままでに見たことがないほど緊張して落ち着かない様子だった。そしてそれはたんに、初夜を迎える花嫁の不安などではないような気がした。

不安が原因なら、自分が和らげてやることができる。

じっくり時間をかけ、優しく導いてやればいい。

マロリーの側に情熱が欠けているというわけでもない。まだ無垢な彼女だが、何度か抱きしめたときの反応からそれがわかる。女性のことなら、なにをすれば悦びを感じるのかということも含め、よくわかっているつもりだ。マロリーがこちらに欲望を覚えているのは間違いない。体に触れたとき、彼女は情熱的に応えてくれた。それは自分のうぬぼれなどではない。

そう、マロリーのおかしな態度の原因は、筋違いの忠誠心と罪悪感にある。今日、祭壇で誓いの言葉を交わす前、彼女はハーグリーブスに永遠の愛を約束していた。マロリーはその約束に縛られているのだ——ハーグリーブスが墓石の下で眠るいまもなお。

おそらくマロリーは、自分でもそのことに気づいていないのだろう。ただ、自分たちの関係が変わることに迷いとためらいを感じ、恋人よりも友だちでいるほうが楽だと思っているにちがいない。いまより深い関係になることを、ひそかにおそれている。友だちのままでいれば、マイケル・ハーグリーブスの思い出を無理に葬らなくてもいいからだ——そして彼への愛も。

問題はまさにそこにある。

たしかにマロリーは結婚したかもしれないが、自分の意思で相手を選んだわけではない。夫婦になりはしたものの、法律がなにをどう定めようと、マロリーがしたがうのはみずからの心だけだ。そして彼女の心は、別のところにある。

もっとも、マロリーも彼女なりにこちらのことを愛してはいるのだろう。だが男として愛しているわけではない。欲望も感じているかもしれないが、それは〝わたしの少佐〟と分かちあった純粋で一途《いちず》な愛にくらべたら、なんの価値もない後ろめたい悦びだ。

完全無欠なハーグリーブス少佐、というわけか。アダムは心のなかで毒づき、椅子の肘掛けをぐっと握りしめた。高潔で無私無欲の英雄の思い出は、汚れることも色あせることもない。

生きている男が相手なら、こちらにも勝つ見込みはある。だが亡霊が相手では、戦いようがない。マロリーは死んだ男の思い出を大切に胸にしまっている。マロリーのなかで、ハーグリーブスは永遠に変わらない姿で生きつづけるのだ。それなのに、どうやって彼女の愛を勝ち取ればいいというのだろう。

マロリーにまだほんとうの気持ちを伝えていなくてよかった。それは銀の盆に載せてまず心を、次にそれをまっぷたつに切り裂くことのできるナイフを差しだすのも同じことだ。少なくとも侮辱を味わうことだけは免れた。ささやかなプライドを守ることもできたので、それでよかったと思うしかない。

それにしても、とんだお笑い種《ぐさ》だ。

新婚初夜をひとりのベッドで過ごすことになるとは。

花嫁が疲れているという理由で。

マロリーは自分といるよりも、ひとりで別の男のことを考えながら眠りにつき、その男の夢を見たいらしい。

アダムは全身に毒がまわったかのような苦痛を覚えた。震える手を伸ばし、召使いが最後の料理とともにテーブルへ置いていったブランデーのデカンターをつかんだ。クリスタルガラスの栓をはずしてグラスになみなみと中身を注ぐと、のどが焼けるようなブランデーをひと息に飲み干した。咳が出るのにもかまわず、ふたたびグラスを満たし、自分をいたぶるように酒をのどに流しこんだ。

グラスとデカンターを持ち、勢いよく立ちあがった。頭のなかはマロリーのことでいっぱいだった。いまごろは薄いネグリジェを着て、ベッドに横たわっているのだろう。やわらかな肌からいいにおいがし、波打つ褐色の髪が枕に広がっている。

その姿を想像しただけで激しい欲望がよみがえり、空気や水や餌《えさ》を取りあげられて苦しむ獣《けもの》のように、アダムの体に鋭い爪をたてた。

そう、自分は長いあいだ待ちこがれていたものを取りあげられたのだ。彼女の心を得ることができないとしても、せめて体だけは手に入れられるはずだった。なのに、それすらもかなわないとは。

もちろんこのまま寝室へ行き、マロリーを誘惑することはできる。アダムにはその自信があった。長年の経験から、女性を快楽の世界へ導く方法なら熟知している。甘い言葉をささやき、感じやすいところに触れれば、マロリーを欲望で身もだえさせることができるはずだ。経験のない彼女だが、極上の悦びを味わわせてやれることはわかっている。

アダムは召使いが見ていることにも気づかず、つかつかと歩いて廊下へ出た。大またで階段を上がり、寝室へと向かった。マロリーの部屋へはいるのは簡単だ。ふたりの寝室は、それぞれの洗面室にあるドアでつながっている。マロリーがそのことに気づいているかどうかは知らないが、アダムはあとで使おうと思い、あらかじめ調べておいた。

主寝室へ着いてなかにはいった。じゅうたん敷きの石の床を踏み鳴らすようにして歩くと、主人が来るのを待っていた近侍のフィンリーが驚いた顔をした。

「閣下、お食事はいかがでしたか」

アダムは低い声でなにごとかつぶやいた。すぐそばのテーブルに歩み寄り、ダイニングルームから持ちだしたブランデーとグラスを乱暴に置いた。

「お召し物と洗面用のお湯を用意しております。お着替えを手伝いましょうか」

アダムは険しい顔でフィンリーを見た。「いや、いい」

フィンリーはためらいがちに言った。「特別な夜ですから、ぜひお手伝いを――」

「着替えなら自分でできる。おやすみ、フィンリー」

フィンリーは一瞬、反論したそうな顔をしたが、少し間を置いてからうなずいた。「かしこまりました、閣下。なにか必要なものがございましたら、呼び鈴を鳴らしてください」

「わかった。でも今夜はもうなにもない」

自分がいま必要としているのはマロリーだけだ。アダムは心のなかで付け加えた。

フィンリーは小さくお辞儀をし、部屋を出ていった。

アダムは靴を脱ぎ捨て、洗面室へ行って湯を洗面器にそそいだ。タイをはずしてほうり投げ、シャツをさっと頭から脱いだ。

上体をかがめて顔と胸と脇の下を洗った。タオルで水分をふきとり、新しい湯をそそいで歯ブラシと歯磨き粉を手に取る。歯磨きを終えると歯ブラシを脇に置き、ローブを取りに行った。ズボンを脱いで茶色のシルクのローブをはおり、腰の位置できつく腰ひもを結んだ。

マロリーの寝室に通じるドアへと向かい、取っ手をつかんだ。だがそれをまわそうとしたところで、さっきのマロリーの言葉がふと頭によみがえった。

〝ほんとうに申し訳ないんだけど、今夜はわたしの寝室へ来ないでもらえないかしら？〟

アダムは手を止めた。

自分はいったいなにをしようとしているのだろう。

今夜は本人の望みどおり、寝室を訪ねることはしないと約束したはずだ。それなのに、強引に押しかけて起こすつもりなのか。いまここでベッドにもぐりこんでマロリーを誘惑すれば、取りかえしのつかないあやまちを犯してしまいそうな気がする。

いくらマロリーが欲しくとも、彼女を傷つけることだけは絶対にしたくない。体も心もずいていたが、アダムのマロリーへの愛は、それよりもずっと強いものだった。

目を閉じて悪態をつきながら取っ手を放した。くるりと後ろを向き、髪の毛をめちゃくちゃにかきむしった。

寝室へ戻り、グラスとデカンターを持って、暖炉のそばに置かれた大きな椅子へ向かった。ブランデーをグラスに注ぐと、椅子に腰を下ろして暖炉の火をながめながら、あとどれくらいしたら眠れるだろうかと考えた。

マロリーはため息をつき、こぶしで枕をたたいて寝返りを打った。目を大きく開けて闇を見つめ、ふたたびため息をついた。

眠れない。

気持ちが高ぶってどうしても寝つけない。今日が――もちろんこの数週間も――どれだけ忙しかったかを考えれば、ベッドにはいったとたんに眠りに落ちていてもおかしくないはずだ。

でもこうして横たわったまま、二時間が過ぎた。夕食のときにアダムに言ったことを思いだし、ずっと悶々としている。あのときのアダムのこわばった表情とうつろな目が、まぶたに焼きついて離れない。あれは傷ついたことを隠している顔だった。

そんなつもりはなかったとはいえ、自分はアダムを拒んだのだ。初夜だというのに、ひとりでいたいと言ってしまった。あなたのことは欲しくない、と。でもそれは本心ではない。わたしはアダムを求めている。

ただ、さまざまな想いや感情がこみあげて頭が混乱し、純潔を捧げる心の準備ができなかったのだ。だがもしかすると、わたしにいま一番必要なのは、彼の腕のなかでなにもかも忘れてしまうことなのかもしれない。

それでもわたしは、自分でもよくわからないおそれを抱いている。アダムを拒んだのはそれが理由だった。その結果、こうして彼とのあいだに溝ができた。

もしあのときに戻ってやりなおせるなら、絶対にあんなことは口にしない。アダムに言われたとおり、おとなしく寝室に下がっていただろう。いま着ているのと同じ、びっくりするほど薄いシルクのピンクのネグリジェ――マダム・モレルと母がこっそり旅行かばんに入れておいたらしい――を身にまとい、アダムを待っていた。

でもわたしはそうしなかった。そしてアダムを怒らせた。

なによりもつらいのは、彼を傷つけてしまったことだ。

誇り高いアダムを、わたしは結婚したその日の夜にはねつけた。いつになったらアダムはわたしを許してくれるだろう。そもそも、許してくれる日は来るのだろうか。

マロリーはまた嘆息し、仰向けになって上掛けを両手でたたいた。眠れさえすれば、こんなふうに堂々めぐりを続けることもないのに。夢の世界に逃れられれば、アダムとのことをいっとき忘れられる――たとえそれが悪夢だったとしても。でも幸いなことに、一緒にいてほしいとアダムに頼んだあの夜以来、悪夢は一度も見ていない。

あの夜のことが原因で、自分たちは意に反して結婚するはめになった。

それなのにアダムは文句も言わなければ、抵抗しようともしなかった。ただ黙って自分の置かれた状況を受けいれ、わたしを妻として迎えてくれたのだ。マロリーの胸がぎゅっと締めつけられた。ごくりとつばを飲み、ベッドの上で起きあがった。わたしも抵抗をやめればいいのかもしれない。あれこれ考えるのをやめ、不安も迷いも捨ててあの人の妻になればいい。

アダムはもう寝ているだろうか？　もしかして、わたしと同じように眠れずにいるということはないだろうか。

さっき階段を上がって廊下を歩く足音が聞こえたので、寝室に戻ってきたことはわかっている。ドアが開閉する音がし、近侍と低い声で言葉を交わしているのも一瞬だが聞こえた。まもなく近侍が立ち去り、屋敷のなかはしんと静まりかえった。

マロリーはベッドの端に腰かけ、すぐ脇のテーブルに置いてある火口《ほくち》を手に取ってろうそくを灯した。金色の光が闇を追いはらい、ガウンのある場所がわかった。

それ以上迷う暇を自分に与えず、ガウンをはおってろうそくを持った。

胸の前で掲げた炎が揺れている。寝室を横切って洗面室に向かいながら、ペニーが言っていた隣室に続くドアというのは簡単にわかるだろうか、そしてなによりも、鍵がかかっていないだろうかと考えた。

ドアは少し探しただけで見つかった。洗面室の奥にある、木製のふつうのドアだった。マロリーは裸足《はだし》で近づき、ドアノブに手をかけた。指先にひんやりとした金属の感触が伝わってくる。心臓が早鐘のように打つのを感じながら、最後の最後でためらった。

もう寝ていたらどうしよう。

もしまだ起きていたら？

それを確かめるには、このドアを開けるしかない。マロリーは覚悟を決めてドアノブをまわした。蝶番《ちょうつがい》にちゃんと油が差されているらしく、ドアは音もなく開き、マロリーはほっとした。だがろうそくの光が、かがり火のように闇を照らしているので、アダムに気づかれたかもしれない。

化粧室を進み、寝室の手前で立ち止まってベッドに目をやった。

空だ。

ということは、アダムは起きている。

心臓がふたたび胸を破りそうなほど強く打ちはじめたが、それが安堵からなのか緊張からなのか、自分でもよくわからなかった。そのときアダムの姿が目にはいった。暗くて顔はよく見えないが、ローブをはおって暖炉のそばの大きな椅子に座り、長い脚を投げだしている。

気づかれただろうか？

なにを言えばいいのだろう？

マロリーが迷っていると、アダムがかすかに身を乗りだしてこちらを見た。「どうしたんだ」低くかすれた声で言った。

長い沈黙があった。「また悪夢を見たのか」その声には思いやりではなく、どこか苦々しい響きが感じられた。

「ちがうわ。話をしに来たの」

アダムは乾いた笑い声をあげた。「話を？　それならまた今度にしてくれないか。いまはそんな気分じゃないんだ。さっきのきみと同じように」

マロリーは身の縮む思いだった。こんなに機嫌の悪いアダムは見たことがない。状況は自分が思っていたよりはるかに悪いようだ。怒っているだろうとは思っていたが、まさかこれほどだったとは。

アダムは椅子にもたれかかり、ブランデーのはいったグラスを揺らした。マロリーがそこにいることなど、眼中にないといった様子だ。

ろうそくを持つマロリーの手に力がはいり、胃がねじれる感覚に襲われた。アダムは飲んでいたらしい。でもお酒に強いと評判の彼のこと、酔っているのかどうかはわからない。

「まだいたのか」アダムが言い、マロリーをぎくりとさせた。「疲れているんじゃなかったかな」

「ええ、疲れてるわ」

「だったら早く戻ったらどうだ」アダムはふとため息をついた。観念したような暗い声だった。「ベッドにはいるんだ、マロリー」

マロリーは寒気を感じ、一瞬ためらったのち言った。「わかったわ、閣下」

アダムはふんと鼻を鳴らし、相手が出ていくのを待った。だがマロリーは、どこにこんな勇気が残っていたのかと自分でも不思議に思いながら、部屋の奥へと足を進めた。

「なにをしているんだ?」アダムは渋面を作った。

マロリーはアダムと目を合わせることなく、そのまま寝室の奥にあるマホガニー材の大きな天蓋つきベッドへ向かった。マロリーの部屋にあるものよりも大きなベッドだった。そして上掛けをめくり、なかにはいった。

17

アダムは目を丸くし、ベッドとその上に横たわっている女性をじっと見た。

これはきっと錯覚にちがいない。あるいはアルコールの影響か。だが幻影を見るほどたくさん飲んではいない。マロリーがシーツに仰向けになり、さっき想像したのと同じように、長い髪を枕に広げている。

アダムは眉根を寄せ、どうして急に気が変わったのだろうといぶかった。

これまでマロリーが嘘をつくのを聞いたことは一度もないが、悪夢を見たわけではないというのは、はたしてほんとうなのだろうか。

夢におびえて誰かと一緒にいたくなったけれども、ここに来てみたら、とても慰めてもらえる雰囲気ではないと思ったのではないか。

ハーグリーブスの夢を見たのに、自分をますます怒らせるのが怖くて言えなかったのかもしれない。もしそうだとしたら、いますぐベッドを出て隣りの部屋へ戻るべきだ。

こちらが夫としての権利を行使することなく、宦官《かんがん》のように黙って横にいてくれると思ったのなら、それは大間違いだ。眠りたいなら自分のベッドで寝ればいい。誰かにそばにいてほしければ、ペニーを起こせばいいだろう。そして朝まで一緒にいてもらえばいい。もっとも、ペニーを呼んだりすれば、使用人のあいだでまた別の噂が広がることは目に見えている。

でもそんなことはもうどうでもいい。使用人には勝手に噂させておけばいいのだ。マロリーの家族以外、周囲はみな自分たちがすでに一線を越えたと思いこんでいる。夫婦仲がおかしいという噂が立ったところで、社交界の面々の大半は、ああ、やはり、としか言わないだろう。とはいえ世間では、マロリーと自分は愛しあって結婚したと思われている。一方だけが相手を愛しているという意味で、それは半分真実だ。

とにかく、どういうつもりでここへ来たのか、すぐにほんとうのことを聞きだしてやろう。そのあとでどうするかを決めればいい。

アダムはグラスをテーブルにたたきつけるように置いて立ちあがった。ローブのすそをひるがえしながら大またに歩き、数歩でベッドに着いた。脇に立ってマロリーを見下ろすと、その瞳に不安の色が浮かんでいるのがわかった。

「気が変わったということか」自分がマロリーの上にのしかかるように立っていることを、気にも留めずに言った。「疲れているから、てっきり今夜はひとりでいたいのかと思っていたが」

「疲れていたのはほんとうよ。でも眠れなくて」

「ああ、さっきそう聞いた。隣りに行ってもいいかい？」

「あなたがそうしたいなら」マロリーは震える声で言った。

アダムは彼女の体の脇に両手をつき、身をかがめた。「ぼくにはたくさんしたいことがあるんだよ、マロリー・グレシャム。このままベッドにとどまるなら、それはわかっておいてくれ。ぼくの妻になる決心がついたということでいいのかい？」

「え――ええ」マロリーは蚊の鳴くような声で言った。

「だったら、まずガウンを脱いでくれ。いつもそんなものを着て寝ているわけじゃないだろう」

マロリーの頬が赤く染まり、さっきにもまして愛らしくなった。「で――でも、ネグリジェが」

「ネグリジェがどうしたんだ」

「とても……薄いの」

アダムは一瞬黙った。脈が速く打ち、下半身がかっと熱くなる。「どれくらい薄いんだ？」

「ろうそくを消してもらえないかしら？」

アダムは好奇心をそそられ、首を横にふった。「いや、消さない」

「アダム――」

「言っておくが、ぼくが見たいのはネグリジェだけじゃない」アダムはそこでいったん言葉を切った。「それでもここにいるつもりかな」

マロリーは眉根を寄せた。「もちろんよ」

「悪夢を見たわけじゃないんだね？」

マロリーは目を丸くした。「ええ」

「目が覚めて怖くなったわけじゃないと？」

「だって寝てないもの。さっき言ったでしょう、まったく眠れないのよ」マロリーは探るような目でアダムを見た。「そんなふうに思ってるの？　わたしがここに来たのは、ひとりでいるのが怖かったからだと？」

「ちがうのか？」

「ちがうわ！」

「だったらどうして来たんだ？　少し前まで、ぼくと一緒にいたくないと言っていたくせに」

「後悔しているの」

「後悔？」

「ええ。夕食のときに言ったことは本心じゃないわ。緊張と不安でついあんなことを口にしてしまったけれど、せっかくの新婚初夜を台無しにしてしまったことを、心から申し訳なく思ってる。あなたを傷つけることだけはしたくなかったのに、ほんとうに悪かったわ。怒らないで、アダム。お願い」

「別に怒ってるわけじゃない」マロリーの言葉に、アダムは複雑な気持ちになった。

「いいえ、怒ってる。でもそれは当たり前のことだわ」マロリーは手を伸ばし、隣りに座るようアダムをうながした。アダムがベッドに腰を下ろすと、起きあがって後ろから抱きつき、肩に顔をうずめた。「わたしはあなたの妻よ。一緒にいるのが自然なことでしょう」

「じゃあ罪悪感が理由かな。妻としての義務を果たそうというわけか」

「そんな……ちがうわ、わたしもあなたが欲しいの」

だがアダムには、マロリーがここに来たのは欲望だけでなく、罪悪感を覚えたのも理由のひとつだとわかっていた。彼女は自分と仲直りがしたいらしい。こちらの機嫌をなだめるために、体を捧げようとしているのだ。不安だったというのはほんとうだろう。はじめての経験なのだから、怖いと感じるのは当然のことだ。

マロリーが義務感と罪悪感から自分とベッドをともにしようとしているのなら、そんなことははねつけるべきだとも思う。

だが頭のどこかで、ばかなことをするなという声がする。

彼女が同じベッドにいるのだ。それ以上、なにを望むことがあるだろうか。

愛?

でもいまはまず、ずっと欲しかったものを手に入れればいい。それ以外のことは、またあとで考えたらいいだろう。なんといってもマロリーは妻なのだ。彼女をふりむかせる時間なら、これから先、何日も何カ月も何年もある。いつかかならずマロリーの愛を手に入れてみせよう。たとえ一生かかったとしてもかまわない。

アダムはそれ以上、貴重な初夜の時間を無駄にするまいと、マロリーの髪に手を差しこんでそっと上を向かせた。そして相手になにも言う暇を与えず、唇を重ねて舌を入れた。

マロリーは身を震わせ、情熱的にそれに応えた。アダムは舌をからませながら、むさぼるように唇を吸った。彼女の肌はやわらかくて温かく、バラのにおいがする。やがて頭がぼうっとし、なにも考えられなくなってきた。

しばらくして顔を離し、マロリーの宝石のようにあざやかな色の瞳を見つめながら、その体をゆっくり仰向けに倒した。

「さて」かすれた声で言った。「ネグリジェを見せてもらおうか」

マロリーは肌がぞくりとし、全身で脈が激しく打つのを感じた。

アダムが許してくれたことに、ほっと胸をなでおろした。さっきまでの怒りが情熱に変わっている。マロリーの不安もまた情熱に変わっていた。彼のキスには迷いやおそれをぬぐいさり、欲望に変える力があるようだ。アダムの腕に抱かれていると、ほかのことはもうどうでもよくなってくる。彼と一緒なら、なにも心配することはないと思えるのだ。そのことをもっと早く思いだしていたら、いさかいは避けられたはずだった。明日の朝、自分の心になにが浮かび、ふたりの関係がどう変わっていようと、それをちゃんと受けとめて前に進めばいい。

そう覚悟を決めたものの、アダムにガウンの前を開かれると、マロリーの体は緊張でこわばった。薄手のガウンを肩から脱がされ、生来の慎み深さが戻ってきた。まぶたを閉じてじっと待つ。彼はこちらの全身に視線を走らせているにちがいない。透きとおるほど薄いシルクとレースのネグリジェに包まれた、ほとんど裸も同然のわたしの体に。

「きれいだ」アダムは感に堪《た》えない声で言った。マロリーの首筋に手を当てると、のどから鎖骨、そして乳房のあいだへゆっくりすべらすように指をはわせた。マロリーははっと息を呑んだ。指先からつま先まで震えが走り、彼の手が触れたところの肌が火照っている。

アダムは手をさらに下へ進め、平らな腹部に触れると、円を描くようにへそのまわりをなでた。

そしていったん手を離し、下腹部に手のひらを当てた。マロリーは驚きでぱっちり目を開けた。

「いいネグリジェを選んだね。想像力をかきたててくれる。残念なことに、あまり着る機会はないだろうが」

「着る機会がない？」マロリーは息を切らしながら言った。

「ああ」アダムはふたたび手を上に向かわせると、徐々にその速度を落として胸に触れた。「ぼくがすぐに脱がせるから」親指で乳首をなでる。「そしてずっと脱がせっぱなしにする」

マロリーはまたもや息を呑み、衝撃と快感で身を震わせた。

だがアダムはすぐにはネグリジェのすそへ手を伸ばそうとせず、唇を重ねて甘く濃厚なキスをした。優しく、そして激しく。ゆっくりと、そして速く。マロリーは恍惚《こうこつ》とした。

そのあいだもずっとアダムは両手を動かし、胸や腹部、腰や太ももをなでていた。薄いシルクの生地が軽く肌をこする感触に、マロリーの欲望がますます高まった。あらがいがたい悦びに包まれ、体から力が抜けていく。

まわりの景色がどんどん遠くなっていった。世界には自分とアダム、そしてふたりで横たわっているベッド以外、なにも存在していないようだ。

アダムがいったん唇へのキスをやめ、頬やまぶた、こめかみやあご、そして首筋にくちづけた。耳の後ろのとくに感じやすい場所を探りあて、舌の先でゆっくり円を描くように愛撫してから、そっと息を吹きかけた。その温かい息に、マロリーは体の芯《しん》までぞくりとした。

アダムが唇を下に向かわせ、乳房にキスをする。

レースの生地越しに乳首を口に含まれ、マロリーは背中を弓なりにそらした。体じゅうが熱く燃え、脚のあいだに熱いものがあふれている。ほんとうなら恥ずかしさでいたたまれなくなっているか、少なくとも困惑を覚えているところだろう。でもそれどころか、マロリーはもっと彼が欲しいという思いに突き動かされていた。もっとわたしにくちづけ、もっと触れてほしい。そしてわたしを奪ってほしい。

マロリーの心の声が聞こえたかのように、アダムは片方の手をネグリジェのすそからなかに入れ、シルクの生地を手首にまとわりつかせながら上へ進めた。ふくらはぎからひざ、太ももへとなであげている。マロリーの肌が焼けるように熱くなった。やがてアダムは太ももの内側に手を入れると、親指を広げ、敏感な部分の肌を大きく弧を描くようになでた。マロリーはとろけそうになり、燃えあがる情熱の炎に身をくねらせた。

開いた唇のあいだからあえぎ声がもれる。快感とは裏腹に、ふと恥ずかしくなって脚を閉じたい衝動に駆られたが、それをこらえた。まもなくアダムの手が太ももの内側から離れ、さっきネグリジェ越しになでたところを逆にたどりはじめた。

胸の下まで来ると、乳房から口を離して大きな手で包んだ。マロリーの目を見つめ、その唇から甘いため息がもれるのを聞きながら、大胆に愛撫する。「さわってくれ」そうささやいた。

マロリーは愛撫に夢中になるあまり、すぐには言葉が出なかった。

アダムはふたたび唇を重ね、有無を言わさぬような激しいキスをした。「ぼくの体に触れてほしい」

「ど――どこに？」

「好きなところに」アダムは熱いキスとキスの合間に返事をした。「どこでもいい。きみにさわってほしいんだ」

マロリーは自分に快楽を与えてくれているアダムを悦ばせたくて、震える手でその頬に触れた。伸びはじめたひげで少しざらざらしている。だがむしろその感触が、キスをさらに素敵なものにしていた。

頬をなでているだけなのに、アダムが気持ちよさそうに目を閉じた。次に下唇にさわってみると、温かくてすべすべしていた。

とつぜん指を一本口に含まれて、マロリーは跳びあがるほど驚いた。飴《あめ》でも転がすように指をなめられ、体に電流が走った。

アダムはじらすように軽く噛んでから、マロリーの指を放した。「続けて。もっとさわってくれ」

ああ、どうすればいいのだろう。狂おしい愛撫を受けつづけ、頭がどうにかなりそうだ。マロリーは自分を奮い立たせ、彼ののどから下へと手をはわせた。ローブの前が少し開き、毛の生えた胸がのぞいている。自分でもどこからそんな勇気が湧いてきたのかわからなかったが、ローブの下に手を入れて引き締まった体をなでた。毛でざらついた胸と、なめらかなみぞおち。彼の体はとても温かい。

アダムが大きく息を吸いこんだ。彼女の初々しい愛撫に陶然としているらしく、もっと続けてくれと表情で訴えている。マロリーは無意識のうちに、彼の乳首をそっと指先でなでていた。

アダムがそれに応えるように、彼女の乳首を指先で軽くつまんだ。マロリーは下腹部がうずくのを感じ、脚をしきりにもぞもぞさせた。

アダムがあっというまに、まずガウンを、次にネグリジェを脱がせて床にほうった。そしてマロリーに恥ずかしさを感じる暇も与えず、太ももを開いて長い指を一本、彼女のなかに入れた。

マロリーはぱっちり目を見開き、小さな悲鳴をあげたが、それはすぐにすすり泣くような声に変わった。大きな悦びに包まれ、体の奥から熱いものがあふれだしている。

アダムはマロリーを仰向けにすると、ふたたび乳房を口に含み、彼女を官能の世界へいざなった。その間もずっと一定のリズムで指を出し入れし、魂が奪われるような愛撫を続けた。

アダムがもう一本、指を入れた。マロリーはなすすべもなく快楽の波に呑みこまれ、頭が真っ白になった。ずっとこの感覚を味わっていたい。彼の指に魔法をかけられ、すべての抑制が消えていく。

アダムはマロリーの脚をさらに大きく開かせ、ますます彼女をさいなんだ。マロリーはあえぎ声を止めることができなかった。爪が食いこんで破れそうになるほど強く、シーツを握りしめた。そのときなんの前触れもなく、アダムが手のひらのつけ根で敏感な部分をさすった。マロリーのまぶたの裏で、無数の星がきらめいた。

部屋がまわり、激しい快感の渦に体を投げこまれた。マロリーはもっと愛撫を求めるように腰を浮かせた。このうえない悦びが全身を貫き、現実の世界が遠ざかっていった。

マロリーはため息をつき、ベッドにぐったりと倒れこんだ。

まるで空に浮かんでいるようだ。

唇に笑みがこぼれるのを止められない。

だがそれは、まだほんの序章にすぎなかった。アダムが体を下にずらし、マロリーの脚のあいだに体を割りいれた。マロリーはぼうっとし、口をきくことができなかった。アダムが彼女の片方の脚を肩にかけ、腰を手で持って位置を整えている。

いよいよだわ。マロリーは心のなかでつぶやいた。これから愛の営みが始まるのだ。でももしそうだとしたら、どうしてアダムはまだローブを着ているのだろうか。それに、マットレスに腹ばいになっているのはなぜだろう。

マロリーの裸の体越しに、ふたりの目が合った。アダムが大きな手で彼女の腰をしっかりつかんでいる。「きみはとても小さいから、このままではおそらく痛みが強すぎるだろう」しゃがれた声で言った。「だからそれを少しでも和らげたいと思う。びっくりしないでくれ。絶対に気に入ると保証するから」

気に入る？

だがマロリーが口に出して尋ねる前に、アダムが頭をかがめ、秘められた場所にくちづけた。マロリーの目が大きく見開かれ、呼吸ができなくなった。

とっさに身をよじったが、アダムは彼女の腰を放さず、なかば強引に愛撫を続けた。舌を出したり入れたりしながら、ゆっくり口を動かしている。

びっくりしないでくれと言われても、とても無理だ。

アダムは絶対に気に入る、と断言した。彼の言ったとおりだ。言葉にできない快感が体じゅうに広がり、骨の髄までしみわたっていく。

マロリーの唇から熱に浮かされたような声がもれた。激しい欲望に、わずかに残っていた慎みも消えた。枕の上でしきりに顔の向きを変えながら身もだえする。お願い、もっと、もっと。

アダムの髪に手を差しこみ、その顔をぐっと自分のほうへ引き寄せた。アダムはくすりと笑い、さらに情熱的に舌と唇を動かして彼女を高みへと導いた。

何度も何度も、禁断の愛撫をくり返す。自分が何度絶頂に達したのか、マロリーにはもうわからなかった。心も体も、官能の悦びの虜《とりこ》になっている。アダムが口を離すころには、手足から完全に力が抜け、へとへとになっていた。

マロリーは彼が起きあがってローブを脱ぐのをぼんやりと見ていた。ローブの下からたくましい体が現われ、股間から硬くなった大きなものが突きだしている。それがぴくりと動き、先端が濡れたように光るのを一瞬見た気がした。

ほんとうなら不安を覚えてもおかしくないところだが、マロリーは心身ともにすっかり満たされ、アダムの見事な肉体にただ見とれていた——そして生まれてはじめて目にする男性の部分にも。

アダムが隣りに横たわり、マロリーを抱き寄せた。

「アダム、わたし、もう無理かもしれない……その、わかるでしょう」マロリーはささやいた。

「もう一度絶頂に達することが？」

マロリーはうなずいた。「でも準備はできたわ。わたしを奪ってちょうだい」

アダムは微笑んだ。「ああ、そうするさ。だが、きみにもちゃんと悦んでもらうつもりだ。かならず絶頂を迎えさせてやる」

そう言うと彼女を強く抱きしめ、荒々しく唇を重ねて濃厚なキスをした。もう後戻りはできないと、マロリーはわかっていた。ふたりのあいだにある激しい情熱の炎を消すことはできない。もちろんわたしは、それを消したくなどない。

アダムを悦ばせたくて、マロリーは熱いキスを返した。アダムはわたしに極上の快楽を与えてくれた。今度は彼がそれを味わう番だ。

だがアダムの巧みな愛撫を受けているうちに、マロリーのなかに欲望がよみがえってきた。身をよじりながら彼に抱きつき、その温かくなめらかな背中や肩に手をはわせた。背中をなでおろすと、筋肉がさざ波のように震えるのが伝わってきた。

マロリーは陶然としながら、ブランデーの味のする唇を吸い、うっとりする肌のにおいを楽しんだ。くらくらめまいがし、体じゅうが火照っている。情熱に命じられるまま、アダムの髪に手を差しこんで頭を引き寄せ、むさぼるようにキスをした。

自分の荒い息遣いが聞こえる。高まる欲望にマロリーはもだえた。やがてアダムが彼女の脚を開き、上に覆いかぶさってきた。

そしてマロリーのなかに分けいり、彼女の体が耐えられるところまで腰を沈めた。いったん動きを止め、震える唇にそっと優しくキスをすると、もう一度腰を進めた。

マロリーは激しい痛みに悲鳴をあげた。あまりの苦痛に、考えることも息をすることもできない。それでも必死に自分を抑え、痛みに耐えようとした。彼の男性の部分はあまりに大きくて、奇跡でも起きないかぎり、とてもひとつになどなれそうにない。

ところが不思議なことに、やがて痛みが引きはじめ、マロリーの体にふたたび火がついた。

彼女の変化に気づいたように、アダムがいったん腰を引き、それからふたたびぐっと深く突いた。マロリーの入口はさっきよりも潤《うるお》っており、なんなく彼を受けいれることができた。ようやくひとつになれた。

アダムが耳もとで甘い言葉をささやき、両脚を自分の背中にまわすようながした。マロリーが言われたとおりにすると、ふたたび腰を動かしはじめた。マロリーのつま先が快感でぎゅっと丸まり、心臓が早鐘のように打った。

あえぎながら彼の大きな肩に両手をかけて目を閉じ、押し寄せる大波のような快楽に酔いしれた。アダムが頭をかがめ、彼女の口のなかに舌を差しこんでとろけるようなキスをする。ふたつの場所に彼を迎えいれ、マロリーは恍惚とした。体が炎に包まれ、あまりの悦びにどうにかなってしまいそうだ。

アダムが片方の乳房を手で包み、とがった先端を愛撫しながら、喜悦の声をあげる彼女の体を速く激しく貫いた。

マロリーは身震いし、狂おしさで叫びそうになるのをこらえた。アダムが彼女のヒップに手を当てて腰の位置を整え、奥まで深くひと突きした。

マロリーの背中が弓なりにそり、唇から歓喜の声がもれた。世界がふたつに裂け、その暗い割れ目に呑みこまれそうな錯覚にとらわれた。そして天上にいるような悦びに包まれ、快楽の波間をただよった。天国がどういうところかは知らないが、そこにいるときっとこんな気持ちになるのではないだろうか。

アダムが腰を動かす速度を増した。まもなくかすれた叫び声をあげ、マロリーの頭の横で枕をつかんでクライマックスを迎えた。

しばらくのあいだ、部屋のなかで聞こえるのはふたりの荒い息遣いだけだった。アダムの大きな重い体がマロリーの上に覆いかぶさっている。だがマロリーはそれを気にも留めず、彼の肩に顔をうずめて温かな肌のにおいを胸いっぱいに吸いこんだ。

それから一分もしないうちに、アダムが上から下りて仰向けになった。マロリーを優しく抱き寄せる。

「眠るんだ」そうささやき、こめかみと頬にキスをした。

「そうね」マロリーはまだ夢見心地だった。

「またすぐに起こして疲れさせるつもりだから、いまのうちに少し眠っておくといい」

「まあ。わかったわ」

アダムは忍び笑いをし、彼女の背中や腕をそっとなでた。すでにうとうとしはじめていたマロリーは、彼の胸に頬をすり寄せた。

それからしばらくして、マロリーはアダムが髪に顔をうずめてなにかつぶやくのを聞いたような気がした。それはどういうわけか、愛の言葉のようにも聞こえた。だがマロリーは睡魔に襲われ、それ以上なにも考えることができなかった。

おぼろな意識のなかで、アダムが上掛けをひっぱって上にかけるのを感じた。マロリーの髪を後ろになでつけ、もう一度、額にキスをする。

マロリーはそこで眠りに落ち、記憶がとだえた。

18

数時間後、マロリーが目を覚ますと、アダムが隣りで片肘をついてこちらを見ていた。カーテン越しに朝の陽射しが差しこみ、昨夜は闇に包まれていた部屋の隅々まではっきり見える。マロリーはかすかに眉根を寄せた。すぐに昨夜のことを思いだし、顔が火照るのを感じた。そんなマロリーの頭のなかを読んだように、アダムがにっこり笑った。「おはよう」

「おはよう」

上半身があらわになっていることに気づき、マロリーは上掛けを引きあげようとした。アダムがそれを手で止めた。「その必要はない」マロリーの胸に視線をはわせた。「とてもいいながめだ」目を輝かせ、乳首をなでてつんととがらせる。「そのままでいい」

マロリーの肌が快感でぞくりとし、脚のあいだがうずいた。しきりに身じろぎしながら、たくさん愛しあったばかりだというのに、どうしてこんなに早くまたアダムが欲しくなるのだろう、と思った。ちらりと目をやると、彼の下半身にかかったシーツが一部分だけ盛りあがっている。アダムが微笑み、頭をかがめて唇を重ねてきた。甘く情熱的なキスだ。

「午前中はずっとベッドにいることにしようか」かすれた声で言う。「でもいまは体が痛くて、愛しあうのは無理かな」

　マロリーは脚をもぞもぞさせ、太もものあいだが痛むことにあらためて気づいた。あれだけ激しく愛しあったのだから無理もない。そのときのことを思いだしただけで体が震えた。昨夜のことは、きっと一生忘れられないだろう。

「返事をしないところを見ると、我慢したほうがよさそうだな。少なくとも夜までは」アダムは言った。「とりあえず風呂にはいろう。ペニーを呼ぼうか?」

　マロリーはこくりとうなずいた。

「支度をしているあいだに、今日はなにをしたいか考えておいてくれ」

「今日?」

「ああ、そうだ。一日じゅうベッドで抱きあうことができないなら、ほかになにをして過ごすか考えなければ。乗馬は論外だろうから、海岸へ散歩をするか、村に出かけるのはどうだろう。ここから一マイルも離れていないところに、そこそこ大きな村があると聞いている」アダムはもう一度マロリーにくちづけ、耳もとでささやいた。「買い物のできる場所があるそうだ」

「お店があるの?」

「ああ。ふたりで襲いに行こうか?」

　マロリーは吹きだし、胸がぱっと明るくなるのを感じた。それは長いあいだ、忘れていた感情だった——マイケルがいなくなってから、ずっと……。ふいに黙りこみ、いつものように冷たい風が体を吹きぬけるのを待った。だが予想に反し、悲しみは湧きあがってこなかった。アダムの優しい視線と温かな肌が、マロリーの心をしっかり支えていた。

アダムと一緒にぶらぶら歩き、買い物をするのは楽しそうだ。いや、わくわくすると言ってもいい。素敵な一日の過ごしかただ。「あなたがどうしてもそうしたいなら」マロリーははずんだ声を出した。「いやとは言えないわね」

今度はアダムが笑い声をあげたかと思うと、ふたたび情熱的なキスをした。やがて羽がつむじ風を受けて散るように、マロリーの頭からなにもかも吹き飛んだ。

顔を離すころには、心臓の鼓動が激しくなり、欲望で体が燃えあがっていた。

マロリーはうっとりした笑みを浮かべながら、やはり今日はずっとベッドにいようかと考えた。

片方の脚をアダムの脚にかけたが、すぐにやめたほうがいいと思いなおした。

マロリーの体がかすかにこわばったことに気づき、アダムは上体を起こした。「呼び鈴を鳴らしてくるよ。さあ、自分の寝室に戻るんだ。すぐにペニーが来るだろう」

そう言うと、もう一度キスをしてベッドから立ちあがった。マロリーはしぶしぶ上掛けをはぎ、アダムに言われたとおりにした。

アダムはローブをはおりながら、マロリーが隣室へ続くドアの向こうに消えるのを見ていた。一瞬、彼女を呼び戻し、一緒に風呂にはいって召使いをぎょっとさせてやろうと誘いたくなった。だがそんなことをしたら、マロリーに触れずにいられるわけがない。魂を奪われ、息が止まるほど情熱的な愛の営みを経験したあとでは、なおさらのことだ。

もちろん素晴らしい時間になることはわかっていたが、まさかあれほどだとは予想していなかった。しかもマロリーは、昨夜がはじめてだったのだ。これから自分の手ほどきで経験を積み、女として大きく花開いたあとのことを想像すると、楽しみでたまらない。互いの腕に抱かれ、互いの体を味わい、至福のひとときを過ごす。

それにいつかマロリーも、こちらを愛するようになるかもしれない。さっきすでに彼女は笑顔を見せ、笑い声までたてていた。結婚してまだ一日しかたっていないのに、明るく茶目っ気がある昔のマロリーが戻ってきたようだった。

もちろん、あの表情に気づかなかったわけではない。アダムは自分も風呂を用意させようと呼び鈴に向かいながら、マロリーの目につかのま、悲しみの色が浮かんだときのことを思いだした。あれはいつも彼女が、ハーグリーブスのことを考えているときに浮かべる表情だった。だがそれも長くは続かず、キスを交わすとあとかたもなく消えた。そのときのアダムは、ほかのことはなにも考えられなくなるまでマロリーを悦ばせてやろう、という思いに突き動かされていた。

夫である自分のこと以外は、なにも考えられなくなるまで。

これから彼女とともに人生を歩み、子どもを産み育て、やがて年老いて白髪だらけになるまで幸せに暮らしていく。朝日が昇るたび、マロリーのなかでマイケル・ハーグリーブスの記憶はどんどん遠ざかっていくだろう。そして夕陽が沈むたび、自分が彼女の心と魂を震わせる。

　そのときドアをノックする音がした。アダムは使用人にはいるよう声をかけると、立ちあがって身支度を始めた。

「ああ、決められないわ」その日の午後、マロリーは地元の服飾品店で、帽子をあれこれ試しながら言った。すぐ後ろでアダムが気長に待っている。鏡に向かうマロリーのそばで、女店主が帽子選びを手伝っていた。

「このリボンの色はなんてきれいなのかしら」マロリーは麦わら帽子をかぶり、鏡をのぞいてさまざまな角度に首を傾けた。

「シーフォーム・ブルー（澄んだ海の泡の色）ですよ」女店主が誇らしげな笑みを浮かべた。「ここの海の色に合わせて、わたしが染めたんです」

　マロリーは微笑んだ。店のなかは海水と編んだ麦わら、シルクとダチョウの羽の入り混じった、いいにおいがする。「でもリンゴの花の飾りがついた帽子も素敵だし」マロリーは別の帽子をながめた。「それにこっちのつばを折りためる帽子も捨てがたいわ。どうしよう、選べない」

「選ぶ必要はないさ。全部もらおう」アダムが前に進み、女店主に向かって言った。「包装して城に届けてくれないか」

「でもアダム、全部で六つもあるのよ！」

「どれもきみによく似合っている」アダムはマロリーに言うと、ふたたび女店主に向きなおった。「この麦わら帽子は、妻がそのままかぶっていく。リボンの色が彼女の瞳にそっくりだろう。ここへ来るときにかぶってきた帽子を代わりに包装し、ほかのものと一緒に城へ届けてもらえるとありがたい」

「かしこまりました、閣下」女店主は満面の笑みを浮かべた。「喜んでそういたしますわ。わたしが自分で包装し、今日の午後じゅうに息子に二輪馬車で届けさせます」

「アダム」女店主が帽子を持ち、包装のために店の奥へ消えると、マロリーは低い声で言った。「なにを考えているの？　ひとつかふたつで充分なのに」

「ああ、そうかもしれないな。でもみんな気に入ったんだろう？　だったらいいじゃないか。もともと、ふたりで店を襲おうと言っていたんだし」

マロリーは眉間にしわを寄せた。「ええ、そうだけど、でも――」

「節約を心がけようというきみの気持ちはうれしいが、その必要はまったくない」アダムは上体をかがめ、さっとキスをした。「そもそも、請求書が兄上のところに送られていたときは、費用の心配なんてしてなかったんじゃないのかな」

「ええ、でもそれはネッドがほとんどの小国よりもお金持ちだからよ。王族と同じくらい裕福なんじゃないかしら」

アダムはマロリーをちらりと見た。「王族より裕福かもしれない。とにかく心配しないでくれ。きみに帽子を買ってやるぐらいの余裕はある」

「ごめんなさい」マロリーはアダムのプライドを傷つけたのではないかと気になった。「そんなつもりじゃ――」

「わかってるさ。でもほんとうにだいじょうぶだ。最近はぼくもそれなりに金を持ってるし、そのうちの一部をきみのために使うのはぼくの喜びでもある。ここが宝石店じゃなくてよかったと思おう。もしそうだったら、いまごろきみは宝石を六つ買ってたかもしれない」アダムはからかった。

マロリーの肩からふっと力が抜け、口もとに笑みが浮かんだ。「六つ？　どうして七つじゃないの？　曜日ごとに宝石を替えたいわ。用心しないと、いつかおねだりするかもしれないわよ」

「次にロンドンへ行ったとき、〈ランドル・アンド・ブリッジ〉で買い物をしよう」

「アダム――」

「マロリー、」アダムは彼女の目を見つめて眉を上げた。

マロリーは吹きだし、手袋をした手で口を覆った。だがアダムはその手を下ろし、自分の手で包んだ。

「ぼくになにか言うことはないのかい？」

その言葉の意味はわかっていたが、マロリーはさっきからかわれたお返しをすることにした。「いいえ」そしらぬ顔で答えた。「別になにもないわ」

「ほんとうに？」アダムはわざと不機嫌そうな声を出した。「そういう態度をとるのなら、店主に言って帽子をすべて返すことにしようか」

「でもそんなことをしたら、このお店の一日分の売上が台無しになってしまうでしょう」

「いや、一週間分の売上だろう。ふだんなら帽子を六個売るのに、一週間ぐらいかかるんじゃないか」

「そんなひどいことはできないわ」マロリーは声を落とした。

アダムはマロリーとの距離を詰めた。「ああ、できないな」

マロリーもさらに彼に近づいた。「ありがとう、アダム」

「どういたしまして。さあ、ほかにも感謝の気持ちを示す方法があるだろう？」アダムはマロリーの手をぎゅっと握った。

マロリーは目を丸くした。「ここでできることはないわ」

「店主は店の奥で帽子を包装している。ここにいるのはぼくたちだけだ」

「でもそんなことは無理よ」昨夜の記憶がよみがえり、マロリーの心臓の鼓動が速くなった。

アダムの目がきらりと輝くのを見て、彼がこちらの胸のうちを見抜いていることがわかった。周囲の人間にしてみれば、つくづく厄介な才能だ。「あなたってほんとうにいけない人ね」

アダムは歯を見せて笑った。「そしてきみはほんとうに魅力的な人だ。さあ、店主が戻ってくる前にキスしてくれ」

「そろそろ行きましょう。海岸を散歩したいわ」

「ああ、キスしてくれたら出かけよう。ほら、早く。ちゃんと舌も使うんだぞ」

「アダム！」

「急いで。時間がない」

「あなたをひっぱたいてやりたい」

アダムはマロリーの手をつかみ、その体をぐっと引き寄せた。「きみにそんなことはできないさ」

ええ、そうよ。マロリーは胸のうちでつぶやいた。あなたをひっぱたいたりなんかできない。たたかれたように動揺しているのは、わたしの心のほうだ。

アダムはわたしにこの場でキスをしろと言う。これから先も、とんでもないことを言いだすにちがいない。

だがマロリーは、自分がアダムの求めを拒むことはできないとわかっていた。おおやけの場であれ、ふたりきりのときであれ。ベッドのなかでも、外でも。

頬を火照らせて店の奥のカーテンにちらりと目をやり、つま先立ちになった。「さあ、頭をかがめて」

アダムはくすくす笑いながら言われたとおりにした。

マロリーは唇が触れると目を閉じ、ちょうどいい角度を探した。アダムが片方の腕を腰にまわしてしっかり抱いた。そっと優しく唇を重ねあわせたあと、マロリーは体を離そうとした。だがアダムはマロリーを放そうとしなかった。

「舌はどうした？」

「舌なら口のなかにあるでしょう」

アダムはにやりとした。「もう一回。もっと気持ちを込めて」

「気持ちを込める?」

「そうだ」

マロリーは後ろをふりかえって誰もいないことを確認すると、背伸びをしてくちづけ、唇を開いてアダムの舌を招きいれた。今度も短い時間にとどめるつもりだったが、アダムのキスはあまりに素晴らしく、途中でやめることができなかった。

あと数秒だけ。それなら問題はないだろう。

ところがキスに夢中になっているうちに、数秒のつもりがいつのまにか一分を過ぎていた。

「あらまあ」おだやかな声がした。「お邪魔して申し訳ありません。包装が終わりました」

マロリーはあわてて顔を離し、後ろに下がろうとした。だがアダムはマロリーの腰にまわした手を離さず、彼女をその場にとどめた。

女店主は眉をひそめるどころか、またもや満面の笑みを浮かべた。「お城に新婚のご夫婦が滞在なさっていると聞きました。心から愛しあっている若いご夫婦を見るのは、とてもうれしいものですわ」

愛しあっている? 自分たちはそんなふうに見えるのだろうか? マロリーは驚いた。

キスをしているところを目にしたのだから、店主がそう思うのも不思議ではない。だが往々にしてものごとは、見かけとはちがうものだ。アダムはわたしを愛してなどいない——

少なくとも、ひとりの女性としては。

昨夜は心配していたが、自分たちの友情はいままでとまったく変わっていない。アダムは相変わらずわたしに好意を示してくれている。それにベッドの相手としても、気に入ってくれたようだ。でも友情と情熱以外の感情が、ふたりのあいだにあるとは思わない。自分たちは現実的な理由で結婚した。アダムがわたしと結婚したのは、愛のためではない。

だがマロリーは店主の夢を壊さないことにし、ただ黙って微笑んでみせた。

「ご結婚おめでとうございます。これからもどうぞお幸せに」店主はふたたびにっこり笑った。「ほかになにかご用はありますか?」

「ああ、ひとつある」アダムが言った。「このあたりに評判のいい宝石店があったら教えてもらえないかな。妻に新しい宝石を贈ろうと思ってね」

それから三時間後、ふたりは宝石をふたつ持って城へ戻った。本人はいらないと言ったが、アダムはどうしてもマロリーに宝石を買ってやりたくて、見事な金とサファイアのネックレス、それにエメラルドと真珠とイエローダイヤモンドが、ウェールズの国花であるラッパズイセンをかたどったデザインのブローチを選んだ。

男としてのプライドだと言われればそうかもしれない。でもマロリーにはもっとたくさん、いろんなものを贈りたい。さっき本人にも言ったとおり、それくらいの費用はどうにでもなる。マロリーにはいままでどおり、思う存分、流行最先端のおしゃれを楽しませてやるつもりだ。

「ハネムーンの記念に」アダムは言い、マロリーのドレスの胸もとにブローチを留めた。「そうすれば、今日のことをいつまでも忘れないだろう」

マロリーがうれしそうに微笑み、瞳をきらきら輝かせた。アダムが我慢できずにキスをすると、その頬がピンクに染まった。

宝石店の袋を携《たずさ》え、アダムは約束していた港の散歩にマロリーを連れていった。やがて帰る時間になり、馬車へ乗りこんだ。

その日の夕食の席は、前夜とは一八〇度ちがい、おしゃべりと笑い声の絶えないなごやかなものだった。マロリーは旺盛な食欲を見せ、次々と出てくる料理を堪能《たんのう》した。そのあいだもアダムはマロリーに触れずにはいられず、テーブル越しに手を握ったり頬を指でなでたりした。

食事が終わっても、慣習にしたがってひとりでポートワインを飲む代わりに、マロリーと一緒に音楽室へ行って新妻の奏でるピアノに一時間ほど耳を傾けた。美しいピアノの音色に聞きほれながらも、マロリーを裸にしてベッドに連れていくときが待ち遠しくて、じれったくもあった。それでも、ところかまわず誘惑するわけにはいかないと思いなおし、マロリーをひとりで部屋に下がらせると、数分後に自分も寝室へ向かった。

顔を洗ってひげをそり、ローブをはおった。それ以上待ちきれず、マロリーの寝室に通じるドアを軽くノックして足をなかへ踏みいれた。

マロリーはネグリジェ姿で鏡台の前に座っていた。ペニーが後ろに立ち、髪にブラシをかけている。

「こんばんは。ペニー、あとはわたしがやるから、もう下がってくれ」アダムは部屋の奥へ進んだ。

ペニーはつかのま、ためらったような顔をしたが、すぐにブラシを置いてうやうやしくお辞儀をした。「かしこまりました、閣下。おやすみなさい、奥様」

「おやすみなさい」マロリーは言った。

ペニーが出ていき、アダムとふたりきりになった。

「もう少しで終わるところだったのに。あと一、二分もかからなかったわ」

アダムは鏡台に近づき、ブラシを手に取った。「そうか。続きはぼくがやってあげよう」

マロリーの背後に立つと、やわらかな豚毛のブラシで長い髪をとかし、そのあとを手でなでつけた。最高級の中国産のシルクにも似たなめらかな髪が、肩と背中に波打つように広がっている。まるで輝く黒いカーテンだ。

マロリーが目を閉じるのが鏡越しに見えた。髪をとかしてゆっくりとなでるたび、その肌がばら色に染まっていくさまがなまめかしい。アダムはゆたかな髪を小分けにしてひと束を手に持ち、根元から毛先までブラシをかけた。同じことをくり返すうちに、髪はさらに輝きを増してもつれもなくなった。最後に何度かブラシを動かし、鏡台に置いた。

髪を片側にまとめ、腰をかがめて首筋に顔をうずめた。「いいにおいがする」アダムはマロリーの肌のにおいを吸いこんだ。

「石けんのにおいよ」

「いや、きみのにおいだ」耳の後ろのとくに感じやすい部分に、鼻を押し当ててつぶやいた。「きみは蜂蜜のように甘く、蜂蜜の二倍もおいしい。隅々まで味わったから、よく知っている」

マロリーの肌がぞくりとし、小さな声がのどからもれた。

アダムは首からのどへとキスをし、上体に手をまわして自分のほうへ引き寄せた。そして乳房を両手で包んだ。

マロリーはため息をついて背をそらし、愛撫を受けながらふたたび甘い声を出した。アダムは顔の角度を整えて唇を重ね、とろけるようなキスをした。体じゅうを熱い血が駆けめぐり、下半身がうずいている。

もっと彼女が欲しい。

ふいに我慢できなくなり、手をネグリジェの下にすべりこませてむきだしの肌に触れると、乳房をじっくりとなでさすった。先端が愛撫をせがむように、つんととがっている。アダムがそれに応えて手を動かすと、マロリーがしきりに脚をもぞもぞさせて浅い息をついた。

彼女の背中に当たったアダムの股間が硬くなった。いますぐマロリーが欲しい。

彼女のすべてが。

その素晴らしい体の隅々まで。

アダムは背筋を伸ばし、マロリーを立たせた。マロリーの顔は紅潮し、足もとが一瞬ふらついた。

「これはもう必要ない」アダムはネグリジェに手をかけた。そしてあっというまに、薄いシルクの生地でできたそれを脱がせて床にほうった。

生来の慎み深さが顔をのぞかせ、マロリーはとっさに体の前を手で隠そうとした。だがアダムはそれを止め、マロリーの手を脇に下ろした。

「隠さないでくれ。恥ずかしがる理由はなにもない。きみは女神のように美しい、マロリー・グレシャム。だから女神と同じように、天から与えられたものを堂々と見せたらいいんだ。その美しさを隠そうなどとはしないでほしい。とくにぼくの前では」

「気をつけないと、あなたにふしだらな女にされてしまいそうだわ」

「だったら気をつけないでくれ」

マロリーは笑いとも甘いため息ともつかない声を出した。アダムが彼女を抱きかかえ、ベッドへと連れていく。めくられたシーツの上にマロリーを横たえ、自分もローブを脱いでベッドにはいった。

情欲に駆られた激しいキスをしながら、彼女の体じゅうに手をはわせ、その肌を燃えあがらせた。

マロリーは極上の悦びに包まれた。さっきネグリジェを脱がされたときは、急に気後れを覚えた。でもアダムに触れられるたび、自分のなかから抑制が解かれていく。彼の唇や舌が動くたび、どんどん欲望が高まっていく。マロリーは情熱的なキスを返し、めくるめく官能のひとときに溺れた。自分たちのあいだにタブーはなにもない。快楽の追求だけがふたりのルールだ。

早くわたしを奪い、喜悦の世界に連れていってほしい。だがアダムは昨夜とはちがい、まるでマロリーをもてあそぶように、彼女が絶頂に達しそうになると、するりと手を引くことをくり返した。マロリーは満たされない欲望に身もだえした。

彼はこれでもまだわたしの準備が足りないと思っているのだろうか？　それともわたしに懇願させようとしている？　でももうそんなことはどうでもいい。このままでは頭も体もおかしくなりそうだ。

「抱いて、アダム。お願い、あなたが欲しいの」

アダムはくすりと笑って仰向けになった。「ぼくが欲しいなら、きみから来てくれ」

マロリーは困惑してアダムを見た。「ど——どういう意味？」

「男女がひとつになる姿勢はたくさんある。昨日試した姿勢だけじゃない。ほら、ぼくの上に乗って。教えてあげるから」

マロリーはアダムの上にはいあがり、両手を胸についたが、なにをすればいいのかさっぱりわからなかった。

「脚を開いてぼくの腰にまたがるんだ。今夜はきみが上になる番だよ」

上に、です、って！

マロリーはアダムの魅力的な褐色の瞳をのぞきこみ、次に太もものあいだから突きだしている硬く大きなものを見つめた。自分の視線を受け、それがぴくりと動いたような気がした。

「手伝ってちょうだい」マロリーは言われたとおり、アダムにまたがった。

「ああ、喜んで」アダムは手を伸ばし、大きな手のひらで彼女の腰をしっかり支えた。「きみから始めてくれ」

マロリーはアダムの手ほどきを受けながらちょうどいい角度を見つけ、何度か軽く腰を落とした。いったん動きを止めたときには、心臓の鼓動が信じられないほど速くなっていた。こめかみと下半身がつながっているように、どちらも激しく脈を打っている。

でもこれではまだ不充分だ。もっと深く彼を迎えなければ。

「ここから先はお願い」マロリーは息を切らして言った。「もう無理だわ」

アダムが歯を食いしばり、彼女の腰をつかんで大きくひと突きすると、ふたりは完全に一体になった。

マロリーののどからあえぎ声がもれ、彼を包んだ部分の筋肉がぎゅっと締まった。だが痛みはまったく感じない。

その正反対だ。

マロリーは狂おしさに唇を嚙みしめた。「ああ、なんて言ったらいいの」

アダムはうめき声をあげた。「気持ちがいいだろう」

そしてふたたび腰を動かしはじめ、一定のリズムで彼女を下から揺さぶった。マロリーは体が燃えあがって灰になるのではないかと思いながら、アダムのリズムに合わせて腰を動かし、高まる悦びに打ち震えた。

アダムは彼女の顔を引き寄せ、息の止まるような濃厚なキスをした。マロリーは無我夢中でキスを返した。あまりに素晴らしい感覚に、もうなにも考えられない。体じゅうに火がつき、頭も心も爆発してしまいそうだ。

そのときなんの前触れもなく絶頂に達し、マロリーは激しく体を震わせた。喜悦の叫び声をあげ、快感が電流のように全身を貫くのを感じた。

アダムも同時にクライマックスを迎え、温かいものを彼女のなかにそそぎこんだ。

マロリーはぐったりして彼の上に倒れこみ、肩で息をした。

どのくらいのあいだ、そうしていたかはわからないが、すべてがふわふわと宙に浮かんでいるようだった。アダムに髪をなでられ、ますますいい心地になった。

しばらくしてようやく動けるようになると、マロリーは起きあがってアダムの目をのぞきこんだ。「とても……素晴らしかったわ」

アダムはゆっくりと笑みを浮かべた。「最高だったろう」

「ええ」マロリーは微笑みかえした。

アダムの首筋に顔をうずめ、まだ快楽の波間をただよいながら、その胸を指先でなぞった。ふと、さっきの彼の言葉を思いだした。好奇心に駆られ、顔を上げて訊いた。「ところでさつき、愛しあうときの姿勢はひとつだけじゃないと言ってたでしょう。全部でいくつあるの？」

その質問に欲望がよみがえったのか、マロリーのなかにはいった彼のものが大きくなった。

「無数にある」アダムはかすれた声で言った。「実際に数えたことはないが」腰を突きあげると、マロリーの唇から熱い息がこぼれた。「一緒に数えてみようか。これでふたつだから、まだまだ先は長いな」

19

それからの一カ月あまり、日々は流れるように過ぎていった。マロリーはなにも考えず、ただ一日一日をありのまま受けとめて暮らすよう、自分に言い聞かせていた。

ときどきマイケルの思い出がよみがえることもあったが、日がたつにつれてその頻度は減っていった。はじめのころはマイケルのことを忘れている自分に気づくと、罪悪感で胸がいっぱいになった。だがそんなとき、すぐにアダムがなにかを言ったりしたりして、マロリーの気をそらしてくれた。そして情熱的な愛撫やキスを受けているうちに、やがてアダムが与えてくれる快楽以外のことは、すべて頭から消え去った。

あとになってマイケルに後ろめたさを感じたことを思いだすと、今度はまた別の罪悪感に苦しめられた。マイケルのことを考えるのは、アダムを裏切っていることにならないだろうか。アダムは夫であり、恋人であり、そして以前にもまして強い絆で結ばれた友人でもある。自分は彼に忠誠の義務を負っているはずだ。でもそうだとしたら、マイケルはどうなるのだろう？　彼を忘れ去ってしまうことも、やはりひとつの裏切りということになる。

それはあまりに複雑で、簡単に手に負える問題ではなかった。そこでマロリーは、ハネムーンのあいだはそのことについてできるだけ考えないように努めた。ただときが流れるにまかせ、この素晴らしい場所でアダムとふたり、楽しく過ごすことにした。

日中は馬車での外出や乗馬や散歩を楽しんだり、近隣の村や静かな教会、それに遺跡を訪ねたりした。ウェールズの美しい自然を満喫し、その奥深さと多様性に驚いた。ある日の午後など、アダムに誘われて釣りに出かけたこともある。そしてうながされるまま、裸足になってドレスをひざまでたくしあげ、水のなかにはいった。じっと動かずに立っていれば、そのうち魚が岩と間違えて足をつつくかもしれない。

だが先にちょっかいを出してきたのは、魚ではなくてアダムだった。マロリーを岸辺へ連れていくと、首筋に顔をうずめて甘いくちづけをした。

そしてあらかじめ草の上に敷いておいたブランケットに彼女を横たえ、また新しい愛しあいかたを教えた。

アダムはしょっちゅう官能の世界へマロリーを連れていった。ふたりは毎日、少なくとも朝と晩の二回は愛しあったが、それだけでは終わらないときもあった。アダムの新妻への欲望は、時間がたつにつれてますます強まっていくようだった。

ある午後のことを、マロリーはけっして忘れないだろう。昼食の席でアダムはテーブルの下でこっそり靴を脱ぎ、靴下を履いた足で彼女の脚をなではじめた。マロリーは気もそぞろで、料理の味もよくわからないありさまだった。やがてアダムが召使いに下がるよう命じたころには、頭がすっかりぼうっとしていた。だがアダムはマロリーを上階の寝室へ連れていくのではなく、ダイニングルームのドアに鍵をかけ、まずテーブルの上で奪った。次に椅子に座って彼女をひざに乗せると、ズボンの前を開き、スカートをウエストまでたくしあげてひとつになった。

ぐったりして肩にもたれかかるマロリーに、アダムはこれが三十六個目の姿勢であり、今夜、三十七個目の姿勢を教えるつもりだとささやいた。夜になってその約束が果たされたとき、マロリーはへとへとになりつつも極上の快楽を味わった。しかもアダムは三十八個目の結ばれかたまで教え、骨までとろけそうな悦びを与えてくれた。

だがついにハネムーンが終わり、領地へ帰る日がやってきた。

ペニーが最後に残った荷物をかばんに詰めるのをながめながら、マロリーはいつまでもアダムとふたりでここにいられたらいいのに、と思った。クエンティンとインディアに手紙を書き、もう少しここに置いてもらえるように頼んでみようか。でも本人はなにも言わないが、アダムがそろそろグレシャム・パークに戻らなければならないことはわかっている。もう一カ月以上、伯爵としての仕事や領地の改修の監督を休んでいるのだ。

いやでも現実の世界へ戻らなければならない。

マロリーはため息を呑みこみ、手袋と帽子を手に取った。美しい緑に染められたつばの短いベルベットの帽子で、白いダチョウの羽飾りが目のすぐ上で揺れている。地元の服飾品店でアダムに買ってもらった、六つの帽子のうちのひとつだ。ちょうどいま着ている淡黄褐色の旅行用ドレスにぴったりだった。知らない人が見たら、ドレスに合わせて買ったものだと思うだろう。

「これで終わりです、奥様」ペニーが言い、かばんのふたを閉じて革ひもを締めた。「従僕を呼んで運ばせましょうか」

「ええ、お願い」

「これまでグレシャム・パークをお訪ねになったことはありますか？」従僕を呼ぶために呼び鈴を鳴らすと、ペニーは訊いた。「どんなところなんでしょう」

マロリーは首をふった。自分も以前、そのことについて考えていた。「一度も行ったことがないの。でもきっと美しいところだと思うわ」

そう願うばかりだ。

ブラエボーンとロンドンのクライボーン邸にしか住んだことがない侍女のために、マロリーはアダムが前に屋敷を〝朽ちはてたれんがの塊〟と評したことについては、言わないでおこうと決めた。どんな屋敷が待っているにせよ、ペニーも自分も折り合いをつけてやっていくしかない。

それでもマロリーはアダムのことを信じていた。屋敷の状態がどうであれ、アダムはわたしが――そして使用人も――快適に過ごせるよう、最善を尽くしてくれるだろう。

荷造りがすっかり終わり、マロリーはあらためて部屋のなかを見まわした。思い出が一気によみがえってきた。とくに、ここでアダムと過ごした夜のことはずっと忘れられそうにない。たとえ百歳まで生きたとしても、ひとつひとつの夜のことをすべて覚えているだろう。

そして今日からグレシャム・パークで、たくさんの新しい思い出を作るのだ――これから一生をかけて。

それらを素晴らしい思い出にしよう、とマロリーは心に誓った。

アダムにはもともとわたしと結婚するつもりなどなかったし、わたしもアダムと結婚するつもりはなかった。それでもきっとふたりの結婚はうまくいく。かならずそうしてみせる。アダムのため、精いっぱいいい妻になろう。こうして一カ月以上を一緒に過ごし、アダムが最高の夫になるであろうことはわかっている。だからここを去ることになったからといって、悲しく思うことはない。これから先、何十年もの満ち足りた結婚生活が待っているのだから。

そう、幸せな歳月が。その言葉が頭に浮かんだとたん、マロリーははっとした。

わたしはここにいるあいだ、ずっと幸せだった。

もう長いあいだ、そんな気持ちになったことはなかった。

いつかまたアダムとこの場所を訪ねてこよう。クエンティンとインディアは喜んで館を貸してくれるにちがいない。もしふたりもここへ来る予定があるのなら、四人で一緒に滞在するのも楽しいかもしれない。

いや、それはだめだ。マロリーはアダムとさまざまな結ばれかたを試したことを思いだし、ひそかに苦笑した。しかもそれは、寝室のなかだけではない。ここへ来たら、そのときの記憶がよみがえって顔が真っ赤になり、とてもクエンティンとインディアの目を見られないだろう。

マロリーは頬をかすかに赤らめ、ペニーに気づかれていないことを祈りながら、下を向いて手袋をはめなおした。

だがペニーは、荷物のことで従僕に指示を出すのに忙しく、まったく気づいていないようだった。マロリーもそろそろ部屋を出ることにし、廊下を進んで階段を下りた。

玄関ホールでアダムが近侍のフィンリーと話をしていた。フィンリーはマロリーに気づくと、お辞儀をして立ち去った。

アダムが微笑みながら近づいてきて、手を差しだした。「準備はできたかい？」

マロリーは最後にもう一度、城のなかを見まわしてうなずいた。「ええ、閣下。領地に帰りましょう」

馬車は一日じゅう走りつづけ、ブリストルの宿で一泊したあと、翌朝早く出発した。午後遅い太陽が地平線のすぐ上でまぶしい光を放つころ、ようやくグレシャム・パークに到着した。

アダムのバッキンガムシャー州の領地は美しいところだった。豊かな緑の野原が見わたすかぎり広がり、小さな森が点在している。よく見てみると、ところどころに草に覆われた荒れた土地や休閑《きゅうかん》中の農地があった。だがアダムは目下、土地の改良に全力で取り組んでいるところだ。土地を再開拓することで、自分自身や小作人だけでなく、地域に住む人びとの生活を広く向上させたいと前に語っていたことがある。

　まもなく馬車が屋敷の正面玄関の前でとまった。たしかにれんが造りの建物だが、アダムが言っていたようなあばら家などではない。二階建てのジャコビアン様式（重厚なエリザベス朝様式を踏襲しながら明るさを取りいれた十七世紀前半の建築様式）の邸宅で、きちんと手入れがなされているように見える。堂々としたファサードには縦仕切りのついた窓と透かし細工が施された欄干《らんかん》があり、明るい陽射しを受けてやわらかな赤に輝いている。

「なんてきれいなの」マロリーはため息交じりに言い、アダムの手を借りて馬車から降りた。私道に敷かれた細かい砂利が靴の下で音をたてた。アダムは謎めいた笑みを浮かべると、マロリーの手を取って腕にかけ、荷物を御者にまかせて屋敷へ向かって歩きだした。

　マロリーはてっきり使用人が入口で待っているものと思っていたが、アダムが自分でドアを開けた。大きな玄関ホールには、重厚なオーク材の鏡板が張られている。床も板張りで、きれいに掃除して磨かれてはいたものの、じゅうたんは敷かれておらず、長い歳月のあいだに靴に踏まれてすり減ったあとがうかがえた。大理石の天板にひびがはいったテーブルがひとつあるだけで、玄関ホールはがらんとしている。

　使用人の姿も見えない。

「執事はどこにいるの？」マロリーは手袋をはずした。「どうして出迎えてくれないのかしら」

　アダムは一瞬、ばつが悪そうな顔をした。「いまは執事がいないんだ。雇う時間がなくてね」

マロリーは執事がいないという事実に、つかのま言葉を失った。いままでずっと、たくさんの使用人に囲まれて暮らしてきた。ブラエボーンにはいつでも最低三百人の使用人がいて、家族と屋敷の世話をしていたのだ。

「そうなの」マロリーはアダムに微笑みかけた。「すぐになんとかしなくちゃね」

アダムも微笑んだ。「そうだな。さあ、寝室に案内しよう」腕を伸ばし、マロリーの後ろにある階段を示した。やはり濃褐色のオーク材でできており、厚みのある四角い手すりには、リンゴとイチジクと牡鹿の美しい彫刻が施されている。

「そうね、服を着替えてさっぱりしたいわ。でもそれより先に、屋敷のなかを少し見せてもらえないかしら」

アダムは眉間にしわを寄せたかと思うと、またすぐに笑顔になった。「長旅で疲れただろう。ペニーに手伝ってもらって着替えをし、ひとまず休憩したらいい。屋敷を見てまわる時間なら、あとでいくらでもある」

子どものころからアダムを知っているのでなければ、その言葉にうなずいていたところだろう。だがマロリーは彼の声音に、どこかおかしな響きがあるのを感じとった。なにかこちらに知られたくないことがあるようだ。

アダムの目をまっすぐ見て言った。「いますぐ見たいわ。全部じゃなくていいの。明日、女中頭にゆっくり案内してもらうから」

アダムはポケットに両手を入れ、ふと目をそらした。「女中頭もまだいないんだ。執事と一緒に雇わなければ」

マロリーは眉をひそめて腕を組んだ。「使用人は誰がいるの？　いちおう聞いておかなくちゃ」

アダムのあごがこわばった。「屋敷を維持するのに必要なだけの人数はいる。御者と従僕、料理人、メイドがふたり、それから庭師だ。それからもちろん、フィンリーとペニーも」

マロリーは使用人の少なさについて考えた。でもアダムはグレシャム・パークを留守にすることが多かったし、それほどたくさんの人手はいらなかったのだろう。肩をすくめて微笑んだ。「とりあえず、それだけいればなんとかなるわ。わたしの気に入った人を新しく雇う楽しみもあるし」そこでいったん言葉を切った。「わたしが決めてもいいのかしら？」

アダムはふっと表情を和らげ、口もとに笑みを浮かべた。「ああ、もちろん。きみはこの屋敷の女主人になったんだ。きみが思うとおりに切り盛りすればいい」

「よかったわ。じゃあこれからわたしが切り盛りする屋敷を、もう少し見せてもらうわね」

アダムの顔からふたたび笑みが消えた。「マロリー、とにかくまずは寝室に行って休んだほうがいい。屋敷ならあとでぼくが案内するから」

「どうしてなの？」マロリーは声をひそめた。「わたしに見せたくないものがあるのね？」

「そんなものはない」

「いいえ、あるわ。はっきり言ってちょうだい、アダム・グレシャム」

アダムは反論したそうな顔をしたが、すぐにあきらめて言った。「わかった。好きなようにまわればいい。自分の目で見れば、きみも納得するだろう」

マロリーは屋敷のなかはいったいどうなっているのだろうと、ふと不安になった。玄関ホールのそばにある部屋に近づき、両開きの扉の前でためらった。アダムの言うとおり、寝室へ行ってペニーを呼んだほうがいいのかもしれない。いや、彼がなにを隠そうとしているのか、やはりこの目で確かめたい。

いくらなんでも、そこまでひどい状態ではないはずだ。

ドアノブに手をかけ、片方の扉を開けた。

部屋は広く、壁一面にならんだ窓から、自然光がたっぷりそそぎこんでいた。玄関ホールと同じく、手の込んだ彫刻が施された木材が内装に使われ、旧世紀の雰囲気を色濃くただよわせている。力強く男性的と言ってもいい趣《おもむき》の部屋で、天井が高く、作りつけの戸棚と大きな大理石の暖炉があった。奥のほうは天井が吹き抜けになっており、二階の高さに回廊があって、そこから一階が見下ろせるようになっていた。屋敷が建てられた年代を考えると、かつて一族の婦人たちが、よくそこに座って階下をながめていたにちがいない。豪華な柱や手すりに囲まれたその姿は、一枚の絵画のように見えたことだろう。

素晴らしい部屋だったが、ひとつだけ気になることがあった。

空っぽなのだ。

むきだしの木材の床や柱しかない。家具と呼べるものはまったく見当たらず、敷物の一枚も本の一冊もなかった。暖炉の火床にもたきつけのかけらすらなく、がらんとしている。窓にカーテンもかかっておらず、ひどく殺風景だ。

見事になにもない。

後ろをふりかえると、アダムが胸の前で腕を組んで壁にもたれかかっていた。

「家具はどこ？　どうしてなにもないの？」

「家具はない」アダムは苦い笑みを浮かべた。「父が全部、売りはらった」

亡き伯爵の芳《かんば》しくない噂なら、マロリーも耳にしていた。ギャンブルや酒に溺れ、いかがわしい女性と付き合い、それ以外にも放蕩のかぎりを尽くしていたという。でもまさか、家具まで売りはらっていたとは。アダムが屋敷の案内をしぶっていたことを思いだし、マロリーの頭にあることがひらめいた。「ほかの部屋も同じなの？」

「ああ、そうだ」アダムは壁から離れ、ぶらぶら歩きだした。「わが親愛なる父上は、釘や接着剤で固定されていないものを、片っぱしから小銭に替えたんだ。そのとき欲しいものを手に入れるためなら、なんでも喜んで差しだした。昔、使用人のひとりから聞いた話によると、酔っぱらった父は十個の卵と引き換えに、寝具をすべて手放したらしい。ニワトリはとっくに売りはらっていて、腹が減っていたんだろうな。もう少し粘って交渉すればよかったと思わないか。せめて卵二十個とベーコンぐらい、もらうべきだった」

窓辺に歩いていき、外をながめた。「父は先祖から代々受け継がれてきた財産のほとんどを、ギャンブルにつぎこんだ。エリザベス女王から贈られた銀食器一式も、商人にカードゲームで負けて失った。その商人は食器を溶かして銀貨にしたと聞いたよ。一族の肖像画も屋敷から消えたが、そのなかには結婚した直後に描かれた母の肖像画もあった。でもそのころにはもう母は亡くなっていたから、売ってもなんの問題もないと父は思ったらしい」

「問題ないですって！　そんなの冷血漢のすることだわ」

「そのとおり」アダムは感情のこもらない、冷めた口調で言った。「父はまさにその表現がふさわしい人物だった」ふいに嘆息し、マロリーに向きなおった。「きみをここに連れてくるべきじゃなかったのかもしれない。いったんブラエボーンに連れて帰り、屋敷の改装が終わるまで、兄上に面倒を見てもらえばよかったんだ。なのにぼくは身勝手にも、きみと長いあいだ離れていたくないと思った」

マロリーは知らず知らずのうちに、胸に手を当てていた。

「きみがブラエボーンに帰りたいなら、止めはしない」アダムはマロリーの目を見ずに続けた。「でももし床で寝ることを心配しているなら、安心してくれ。きみと結婚することが決まってから、大急ぎで伯爵夫人の寝室を改装させた。必要なものはすべてそろっているはずだが、なにか気に入らないところがあったら言ってほしい。すぐにやりなおすから」

「アダム――」

「ダイニングルームと居間のひとつにも家具を入れてあるから、それほど困ることはないと思う。書き物机も用意しておいた。きみがいつでもご家族に手紙を書けるように」

アダムはそこでいったん黙り、髪を手ですいた。「きみがこれまで暮らしてきた環境からはかけ離れているし、ここが目も当てられない状態であることはわかっているが、いまは領地の再建に全力をそそいでいるんだ。小作人の家を改築し、小川から障害物を取りのぞき、用水路の底をさらい、道路を修理し、来年の春には作物を植えられるようにしたいと思っている。

屋敷の外観もこの部屋と同じくらいひどいものだったが、そっちは先に補修しておいた。まず外壁をきれいにして、それから内装にかかろうと思ってね。独身の男には、寝る場所と食事をする場所さえあればことは足りる。ところがこうしてあわただしく結婚が決まり、内装に手をつける時間がなかった」

ふたたび口をつぐみ、床に視線を落とした。「最初に寝室を見てもらえば、ほかの場所を見てもそれほどショックを受けないんじゃないかと思ったんだ。だがもしきみがブラエボーンに帰りたいと言っても、責めるつもりはまったくない。すぐに馬車を出させようか。ペニーに言って、もう一度荷造りをしてもらおう。それとも、今夜はここに泊まっていくかい？明日の朝、明るくなったらすぐに――」

「ばかなことを言わないで」マロリーはアダムの言葉をさえぎり、ふたりのあいだの距離を詰めた。「わたしはどこにも行かないわ。たとえどんな状態であっても、ここはもうわたしの家なの」

アダムはマロリーの目を見た。

「寝室とダイニングルームと居間が使えれば、充分快適に暮らせるわ」マロリーはアダムの背中に腕をまわした。「ベッドが床に敷いたわらでさえなければ」

アダムは眉間にしわを寄せた。「サクラ材のベッドに、ガチョウの羽毛の大きなマットレスが敷いてある」

「ダイニングルームでは、木箱じゃなくてちゃんとテーブルと椅子で食事ができるんでしょう？」

アダムの口の端が上がった。「ああ、テーブルも椅子もそろっている」

「食器やリネンは？」

アダムはマロリーを抱き寄せた。「きみがそうしたいなら、手づかみで食べてもいいさ。でもナイフやフォークも用意してある」

「居間にソファとテーブルがあれば、寝る前にお茶が楽しめるわね。それともあなたはもっと強い飲み物のほうがいいのかしら」

「きみがいれば、強い酒は必要ない。きみはぼくにとって最高の寝酒だ」

マロリーは笑い声をあげ、アダムの胸に顔をうずめた。「これで話は決まりね。このお屋敷は、わたしにとって真っ白なキャンバスのようなものだわ。好きなようにしていいと言ってくれたわよね」

「ああ、きみの思うとおりにしたらいい。なんでも自由に欲しいものを買ってくれ」

「その言葉を忘れないでちょうだいね」

アダムはにやりとし、マロリーにキスをした。「ちゃんと覚えておくよ。いまロンドンから、家具の見本帳をいくつか取り寄せているところだ。それを見て計画を練りはじめるといい」

マロリーは満面の笑みを浮かべた。「まあ、楽しみ。あなたとの結婚は冒険だと、前からわかっていたわ」

「冒険だって？　どう解釈すればいいのか、よくわからないな」

「いい意味で言ったのよ。さあ、寝室へ案内してちょうだい。あなたがわたしのためにどんな部屋を用意してくれたのか、早く見たいわ」

「気に入ってくれるといいんだが。色合いやらなにやら、きみの好きそうなものでまとめたつもりだ」

マロリーはアダムの背中にまわした腕に、ぐっと力を入れた。「気に入るに決まってるじゃない。見なくてもわかるわ」

アダムは微笑み、頭をかがめて甘くとろけるようなキスをした。ハーフブーツのなかで、マロリーのつま先がぎゅっと丸まった。

「夜になってベッドの寝心地を確かめるのが待ち遠しいな。マットレスはどれくらいやわらかいだろうか」

「ロープはどれくらいしっかり張ってあるかしら」

アダムは首を後ろに倒して笑った。「ふたりで思いきりロープをきしませてやろう」

20

マロリーが新しい寝室をひと目で気に入ったことに、アダムは安堵と喜びを覚えた。サテンウッド材とカエデ材でできた上品なチッペンデール様式の家具や、淡いクリーム色の壁紙、あんず色のカーテンを見て、マロリーは感嘆の声をあげた。寝室に隣接した伯爵夫人専用の居間には、クッションのきいたソファと椅子が置かれている。マロリーに言わせると、やわらかな金色のダマスク織りの張り地が、部屋にとりわけ豪華さを添えているそうだ。

アダムはポケットに両手を入れ、マロリーがはずんだ足取りで部屋のなかを見てまわるのをながめていた。そこここで立ち止まっては、ひとつひとつの調度品にうっとりと見とれている。アダムが彼女のために選んだ紫檀《したん》材の書き物机の前でも足を止めた。アダムは微笑みながら、マロリーが引き出しを開けるのを見ていた。そこにインクやペン、伯爵夫人の紋章のついた便箋《びんせん》がはいっているのを見つけ、新妻の顔がぱっと輝いた。

マロリーはペニーに、自室へ下がって自分の荷物をほどいたらどうかと言った。そして侍女がいなくなると、ドアに鍵をかけてアダムを驚かせた。ベッドへ向かい、クリーム色をしたサテンの上掛けの上に横たわって、手をこちらに差し伸べている。断わる理由はどこにもなく、アダムは喜んでマロリーの誘いに応じ、さっそく新しいベッドを使った。

こうしてグレシャム・パークでの生活が始まり、三週間があっというまに過ぎていった。アダムは毎朝早起きし、愛馬のエリックにまたがって領地を見てまわった。結婚式が終わったあと、マロリーの愛馬であるパンジーと一緒にここへ連れてこさせていたのだ。そうして小作人の家々を訪ねて相談に乗り、土地の改良工事の進行状況を確認した。

マロリーもときどき同行していたので、すぐに近隣の人びとや小作人と親しくなり、すれちがうとにこやかに挨拶したり手をふったりするようになった。病人や貧しい人の世話をすることが美徳だと教えられて育ったマロリーは、その教えをグレシャム・パークでも忠実に守った。

料理人に協力してもらい、貧しい人たちに食べ物を届けさせた。また、村に住む医者と相談し、年老いた人や病気の人が必要な治療を受けられるようにした。アダムはあるとき、生まれたときからずっとその土地に住んでいる老女から、新しい伯爵夫人は神が自分たちに遣わした天使だ、と言われたことがある。アダムはまじめな顔で、そのとおりだと返事をした。

昼食を一緒にとったあと、ふたりはたいてい午後を別々に過ごした。アダムは書斎にこもり、領地に関する書類に目を通したり、書簡に返事を書くなど、雑多な仕事をした。エドワードに太鼓判をおされて新しく雇った秘書の手を借りることも多かった。熱心に仕事に取りくみ、誠実で進歩的な考えの持ち主だ。最初は秘書を雇うことに乗り気ではなかったアダムだが、いつしかその手助けをありがたいと思うようになっていた。

マロリーはというと、屋敷を難なく取り仕切っている。まるでずっと昔からそうしていたかのように、女主人の役目を見事に果たすさまを見て、アダムは誇らしさを覚えた。

使用人もみな明るい笑顔でマロリーを褒めたたえ、新しい女主人を心から歓迎しているようだ。また、マロリーが雇った執事のブルックと女中頭のミセス・デイリリーはどちらも優秀で、すぐにみなの指揮をとって仕事が円滑に行なわれるようにした。

ある晩の夕食のとき、マロリーはアダムに、もっと使用人を雇うつもりだと言った。人が増えたので、メイドと従僕をそれぞれ数人ずつ、料理人の助手ひとり、それに台所女中をひとりかふたり雇わないと、とても手が足りないのだという。アダムは長年つましい生活を送ってきたせいか、使用人を増やす必要性について考えたことがなかった。だがほかでもないマロリーがそう言うのなら、この屋敷にはもっと使用人が必要なのだろう。有能な新妻にまかせておけば安心だ。

屋敷にはほかにも新しい居住者がいた。猫のシャルルマーニュで、アダムとマロリーが到着した一週間後にやってきた。籐のバスケットに閉じこめられ、ブラエボーンから長時間馬車に揺られてきたせいで、着いた直後はひどく不機嫌だった。目をらんらんと輝かせ、威嚇《いかく》するように尻尾をふった。だがマロリーに抱きかかえられたとたん、そこにいるのが誰であるかわかり、すっかり機嫌を直してのどを鳴らした。

アダムはそれを見ながら、自分もマロリーの腕に抱かれるとうっとりすることに思いをはせた。彼女の抱擁にはあらがいがたい魅力がある。マロリーと離れているとさびしくてたまらず、一緒にいると彼女のすべてが欲しくなる。

順調な結婚生活だが、たったひとつだけ、アダムの心に暗い影を落としていることがあった。マロリーは自分を愛していない。少なくとも、こちらが望むような意味では。

それでもアダムは、マロリーがなにかすぐに伝えたいことがあって書斎にやってくるとき、色っぽい会話をしながら楽しそうに笑ったり自分をからかったりするとき、希望の光が胸に灯るのを感じずにはいられなかった。そしてもちろん、ベッドのなかでも。

マロリーの腕に抱かれ、その温かくやわらかな体に包まれて過ごす長い夜。だが何度彼女を抱いても、何度その隣りで眠っても、これで満足と思うことはない。

あたりがしんと静まりかえったそのひとときだけは、ほんとうの自分でいられる。そのときだけは言葉にすることのできない彼女への愛を、情熱というかたちで伝えることを自分に許している。

もちろんアダムも、ほんとうの気持ちを打ち明けようと思うことが何度もあった。少なくとも日に十回以上、その場面を想像している。〝マロリー、愛してる〟彼女を抱きしめてそう言うのだ。〝ずっと前から好きだった〟

マロリーは顔を輝かせ、喜びを爆発させるだろう。それからふたりで、頭が空っぽになるまで熱いくちづけを交わそう。

だがもしかするとマロリーは、まったく別の反応を示すかもしれない。最初に浮かんだ驚きの表情が、やがて憐れみと、愛情を返せない後ろめたさをたたえた表情に変わる。

アダムが愛を告白できない理由はそこにあった。

臆病者と言われてもしかたがないが、自分たちはとてもうまくいっている。いまの関係を壊す危険は冒したくない。一緒にいられるだけで幸せなのだから、それ以上のことを望むのは身勝手というものだ。

でもほんとうにそうだろうか。

アダムは机から顔を上げ、猫のすべすべした黒い頭をなでた。机の端で寝そべっていたシャルルマーニュがまばたきをし、物言いたげな緑色の目をドアのほうへ向けた。マロリーは今日、屋根裏部屋を調べている。一緒に連れていってもらえなかったので、シャルルマーニュはご機嫌ななめだった。

「すぐに終わるよ」アダムは声をかけた。「ご主人様が戻ってきたら、思う存分甘えるといい」

自分もシャルルマーニュと同じように、愛されている確信があればどんなにいいだろう、とアダムは思った。でもその確信があろうとなかろうと、アダムはいつもひとつの言葉を心のなかで言いつづけていた。

〝マロリー、愛してる〟

アダムは深呼吸をし、ペンドラゴンから届いた投資報告書にふたたび目を落とした。現在の投資の状況や、今後の見通しについて書かれたものだ。

それから十分が過ぎ、ようやく仕事に集中できるようになったころ、ドアを軽くノックする音がした。

「お邪魔かしら？」マロリーが小声で訊いた。「忙しかったらまたあとで来るけど」

アダムは顔を上げて微笑み、ペンを置いた。「いや、だいじょうぶだ。はいってくれ。シャルルマーニュもぼくも、きみが屋根裏でどうしてるだろうかと考えていたんだ。惨憺《さんたん》たるありさまだったろう」

そうでないわけがない。少しでも金になりそうなものなら、父が根こそぎ持ちだしたに決まっている。爵位を継いだあと、アダムは一度だけ屋根裏部屋に行ってみたことがあったが、そこには壊れた家具となんの価値もないがらくたしかなかった。その惨状に苦い思い出がよみがえり、ざっと見ただけで早々にそこを立ち去った。それ以来、屋根裏部屋に上がったことはない。だがマロリーは、ごみとして全部処分する前に、なにが残っているのか調べておきたいと言ったのだ。

「見てみないとわからないでしょう？　もしかすると、まだ使えそうな家具のひとつかふたつ、残っているかもしれないわ」

そんなことをしても無駄だと言う代わりに、アダムはマロリーの好きなようにさせることにした。

そういうわけで今朝、アダムが見守るなか、マロリーは洗面室でペニーの手を借りて一番くたびれた服を身に着けた。次に洗いたてのスカーフを頭にかぶり、料理人から借りただぶだぶのエプロンを腰に巻いた。アダムはにっこり笑ってキスをし、新妻を見送ってから階段を下りてきた。廊下にメイドがふたりとたくましい体格の従僕がひとりいたところを見ると、マロリーはその三人に手伝いを命じたにちがいない。

そしていま、マロリーが書斎にはいってくるのを見ながら、アダムはふたたび笑顔になった。汚れてもいい粗末な服を着ているにもかかわらず、とても愛らしい。ゆるやかに波打つ褐色の髪がいく筋か、スカーフから飛びだし、白かったエプロンが埃《ほこり》やすすで汚れている。

シャルルマーニュが起きあがり、主人の注意を引くように伸びをした。マロリーがなでてやると、うれしそうにのどを鳴らした。

「たしかにひどいありさまだったわ」マロリーは言った。「足の踏み場もない状態だったから、すぐにきれいにするようメイドに命じたの。最後に掃除してから、二十年はたってるんじゃないかしら」

「たぶんもっとたっているだろう。屋根裏部屋のことを気にかけていたのは、おそらく母が最後だったから。それより、顔に汚れがついている」

マロリーは反射的に頰に手を当てた。「ほんとうに？　どこ？」

「鼻の横だ」アダムはポケットに手を入れてハンカチを取りだした。「ぼくがやってあげよう」

マロリーは腰をかがめ、アダムに顔をふいてもらった。汚れが取れると、アダムは新妻を抱き寄せてキスをした。真珠のようになめらかでしっとりした唇だ。やがて顔を離したとき、その瞳はきらきらと輝いていた。

「ところで」アダムはにっこり笑い、椅子にもたれかかった。「なにか使えそうなものは見つかったかい？　それともみんながらくたばかりだったかな」

「ほとんどががらくただったわ。でもひとつだけ、あなたに見てほしいものがあるの。従僕に言って一階に運ばせてあるわ。ちょっと待ってて、いま持ってくるから」

マロリーは急ぎ足で書斎を出ていったかと思うと、絵画らしきものを持ってすぐに戻ってきた。裏返しに持っていたため、アダムから絵の表は見えなかった。

「隅の暗いところで、箱の山の後ろにあるのをメイドが見つけたの。あなたにどことなく似ているから、身内のかたじゃないかと思って」マロリーは絵を表に向けた。

アダムの息が一瞬止まり、心臓が早鐘のように打ちはじめた。肖像画に描かれた少女に目が釘づけになった。

「誰かわかる？」

アダムは絵から目を離さずにうなずいた。「ああ」低い声で答える。「デリアだ。ぼくの妹の。てっきりあいつが売りはらったものだとばかり思っていた」

あるいはずたずたに引き裂いているか。あの老いぼれが、デリア自身をそうしたように。

「お父様のことね？」

アダムは声を出せず、うなずいて答えた。

「きれいだわ。まだあどけないわね。この絵が描かれたとき、デリアはいくつだったの？」

「十五歳だ」アダムはようやく口がきけるようになると言った。「夏だったと記憶している」

いま思えばあれが、デリアが迎えた最後の夏だった。あのあと自分は、翌年にどんな悲劇が起こるかということなど知りもせず、大学へ行くために家を出た。

アダムは無言のまま、妹の整った顔立ちをじっとながめた――優しい茶色の瞳、形のいいあご、ふっくらした小さな唇。疑うことを知らない無邪気な笑顔を、筆と油絵具が永遠にキャンバスのなかにとどめている。

その絵を見ながら、アダムは自分が妹の顔立ちを細かいところまでよく思いだせなくなっていたことに気づいた。どうしてこんなに早く忘れてしまえるのだろうか。

あのときデリアを置いてさえいかなければ、こんなことにはならなかった。あの男がなにをするかわかっていたら、悲劇が起きる前に屋敷から連れだしていただろう。

「どこに飾りましょうか」アダムの暗い気持ちが伝わったのか、マロリーがことさら明るい声を出した。「やっぱり居間がいいかしら。肖像画の回廊を修理して、デリアの絵を第一号としてかけるのもいいわね」

アダムはしばらくのあいだ、マロリーの顔を見ていた。「きみはそれでも気にならないのかい？」

「気になる？　なにを気にするの？」マロリーは困惑した。

「デリアの肖像画を回廊に飾ることを。妹がどうやって死んだかを考えると、きみが絵をかけるなら目立たない場所にしたいと思っても無理はない。たとえば、この書斎とか」

マロリーは唇を結んだ。「そんなことを思うはずがないでしょう。あなたがここに飾りたいのなら、そうすればいいわ。でも、人目につかないところに隠したいという理由だけで書斎に置くのなら、わたしは反対よ。デリアの肖像画を飾ることを、まさか恥ずかしいなんて思ってないわよね?」

「思うわけがない」アダムは強い口調で言って立ちあがった。

マロリーは慎重な手つきで絵を置いた。「だったらどうして、わたしが気にすると思うの? どういう亡くなりかたをしていても、デリアがあなたの愛する妹であることに変わりはないでしょう」

アダムは窓辺へ近づき、胸の前で腕組みして外をながめた。

マロリーもそこへ行き、そっとアダムの隣りに立った。しばらくして彼の腕に手をかけた。

「教えてちょうだい。なにがあったのか」

「きみも知ってるだろう」アダムは吐きだすように言った。

マロリーはうなずいた。「ええ、どうやって亡くなったかは知ってるわ。でも理由は聞いてない」

「知らないほうがいい。このことはもう忘れてくれ、マル」

よけいことを言ってしまった。アダムはひそかに自分を呪った。黙っていればよかったものを。

ただひと言、デリアの肖像画は書斎にかけると告げればよかったのだ。マロリーは疑問を感じることもなく、そのまま絵を置いていっただろう。だがいま、彼女は知りたがっている。

いままで誰にも打ち明けたことのない、忌まわしい真実のすべてを知りたいと言う。そのことはジャック・バイロンにさえ話していない。ジャックほどアダムのことを知っている人間は、ほかにいないというのに。

マロリーをのぞいては。

マロリーはアダムのことをよく知っている——長年にわたる付き合いで、いろんなことを分かちあってきた。

打ち明けてもいいのだろうか。

打ち明けるべきか。

真実を知ったとき、彼女はどう思うだろう。

マロリーはアダムの言葉を無視し、自分の体を両腕で抱いてあごを上げると、相手の目をまっすぐ見すえた。「教えて、アダム。絵のなかのデリアはとても若くてきれいだわ。未来のある少女が、自分で命を絶つほど絶望したのはなぜ？」

片手をアダムの胸に当てた。「本人から手紙が届いたと言ってたわよね。そこになにが書いてあったの？　ひとりで抱えこまないで、そろそろ誰かに打ち明けるべきだわ」

アダムは皮肉っぽく片方の眉を上げた。「ぼくが誰にも話したことがないと、どうして言いきれるのかな」

「もし誰かに話したことがあるのなら、そこまで口が重くならないはずよ。もっとも、あなたがわたしを信用していないのなら話は別だけど」

「もちろん信用しているさ」

マロリーは黙ってアダムの胸に頰を寄せた。

アダムは組んでいた腕をふいにほどき、マロリーの背中にまわした。「妹のことを悪く思わないでほしい」

「ええ。約束するわ」

アダムはマロリーと目を合わせ、しばらくその顔を見ていた。こみあげる感情を抑えようとし、のどがぐっと詰まった。「父が借金を抱えていたこと、ギャンブルと酒に溺れ、たちの悪い連中と付き合っていたことはきみも知っているだろう」

「だからこのお屋敷にはなにもないんでしょう。家具や貴重品を売りはらってしまったから」

アダムは目をそらした。「父が売ったのはそれだけじゃなかった」

「どういう意味？」

「あいつはデリアを売ったんだよ、マル。ぼくが家を出てから、父は借金を返せなくなると、ギャンブル仲間に娘を売るようになった」

マロリーは小さな悲鳴をあげた。「まさかそんなことが――」

「ああ、そのまさかだ」アダムはふたたびマロリーの顔を見た。「あいつは汚れを知らない自分の娘を、娼婦に仕立てあげた」

「でもデリアはまだほんの子ども――」

「だからこそ、あの男たちはデリアを欲しがったのさ。畜生にも劣る連中だ。父も畜生以下の人間だった。あいつが自分の父親だと思うと恥ずかしい。でも信じてくれ。ぼくはなにも知らなかったんだ。父があそこまでおぞましいことのできる人間だとわかっていたら、ぼくはなにがなんでもデリアを連れだし、あいつには指一本触れさせなかっただろう。でも妹はぼくになにも言わなかった。そしてぼくがようやく真実を知ったときには、すべてが手遅れだった」

「ああ、アダム――」マロリーはアダムの腕のなかで体を震わせた。

「やがてデリアは自分が身ごもったことに気づき、絶望のあまり湖に身を投げた。妹からの手紙が届くと、ぼくはすぐに馬車を駆ってグレシャム・パークへ戻ってきた。父を殺すつもりだったよ。もう少しでそうするところだった。瀕死の状態になるまで殴っていると、召使いがふたりやってきて、ぼくをあいつから引き離したんだ。あんな男のためにぼくが絞首刑になることを、デリアは望まないだろうという思いだけが、ぼくを踏みとどまらせた」

アダムはひとつ大きく息を吸い、ゆっくり吐いた。「妹は自分をもてあそんだ男たちの名前を手紙に書いてなかったが、見当はついていた。ぼくはそいつらの居所を突きとめた。でも連中は、一対一で戦う勇気もない臆病者だったよ。ぼくは馬のむちでやつらを打ちつけ、妹のことをひと言でも口外したら、かならず殺してやると脅した。やがて日頃の悪行がたたったのか、やつらはみんな早死にした。もし正義というものがあるなら、いまごろは地獄で火に焼かれているだろう」

「そうに決まってるわ。当然の報いよ」

「一番の悪党は父だ。あの男には、悪魔が特別な責め苦を与えていると信じたい」アダムはそこで黙り、悪夢そのものの当時の記憶をよみがえらせた。「その日、グレシャム・パークを出て以来、父には一度も会わず、連絡もとらなかった。ぼくにとって父は死んだも同然で、二度とかかわるまいと心に決めていた。あのときから、ぼくには家族もいなければ、帰る家もなかったのさ」

マロリーはアダムの胸をなで、アクアマリンの瞳をきらりと光らせた。「あなたにはずっと、わたしたちがいたじゃないの。夏休みやクリスマスになっても、あなたがどうして故郷に帰らずにわたしたちと一緒にいたのか、これでようやくわかったわ。もう少し早くわかっていたら、もっといろんなことがしてあげられたのに」

アダムは微笑んだ。「きみたちはぼくに充分すぎるほどのことをしてくれた。ぼくにとってバイロン家は、嵐から身を守れる場所だったんだ。そしていま、きみはそれ以上の存在になっている。妻であり、新しい家族だ」

「そしてここはあなたの新しい家よ。お父様の記憶をすべて追いはらい、このお屋敷をいい思い出で埋めつくしましょう。もしも屋根裏部屋からお父様の肖像画が出てきたら、ほかのがらくたと一緒に燃やすよう、召使いに命じるわ」

アダムの気持ちがふっとやわらぎ、唇から笑い声がもれた。「火口はぼくが用意しよう」

「デリアの肖像画は回廊に飾ることにしましょう」マロリーはきっぱりと言った。「わたしたちふたりの肖像画ができあがったら、その隣りにならべるの。父親におぞましい仕打ちをされた娘としてではなく、美しく立派なレディとしてみんなの記憶に残るのよ。世間は事故死だと信じているんだから、そのままにしておけばいいわ。あなたはデリアを愛し、大切に思っていた。世間の人たちは、そのことだけを心にとどめておけばいいの。わたしも一度会ってみたかったわ。きっといいお友だちになれたでしょうね」

アダムは笑うのをやめた。胸に温かいものが広がっている。マロリーを抱きしめて夢中で唇を重ね、甘いキスに酔いしれた。

やがてアダムはこみあげる熱い思いを抑えきれなくなった。「きみと出会えたのは奇跡だ」唇を重ねたままささやいた。「ああ、マロリー、愛してる」

アダムは自分がその言葉を頭のなかではなく、実際に口に出したことに、すぐには気がつかなかった。マロリーが腕のなかで体をこわばらせ、唇を動かすのをやめた。アダムは顔を離して彼女の目をのぞいた。そして自分が愛の言葉を口にしてしまったこと、しかもそれを本人に聞かれてしまったことに気づいた。

マロリーが目を丸くして、じっとこちらを見ている。

アダムは心がずきりとうずくのを感じたが、それを無視し、無理やり笑ってみせた。「きみは社交界のしきたりよりも、自分が正しいと思うことを大切にする愛すべき女性だ。これからも古いしきたりを破ってくれることを期待しているよ。デリアの味方をしてくれてありがとう——それに、ぼくの味方も」

「ええ……あの……わたしは誰の味方もしてないけれど」マロリーは口をつぐみ、困惑した表情でアダムを見た。

マロリーがそれ以上なにか言う前に、アダムはまたその唇をふさいだ。「しきたりを破ると言えば、昼下がりの逢引《あいびき》はどうだろう？　どうせ汚れた服を脱がなくちゃならないだろうから、ぼくが手伝うよ」

マロリーの目がふたたび丸くなったが、今度はまったくちがう理由からだった。アダムは返事を待たず、さっと彼女を抱きかかえた。

マロリーの愛を得ることがかなわないのなら、せめて体だけでも欲しい。プライドのかけらもない考えかもしれないが、体だけだろうとなんだろうと、彼女を自分のものにできるならそれでいい。

使用人のけげんそうな視線を無視し、アダムは新妻を抱えたまま階段を上がった。マロリーの寝室にはいり、ドアを蹴って閉めた。彼女を下ろして床に立たせ、まずエプロンのひもをほどいた。エプロンを床にほうり、次にドレスのボタンをひとつずつはずす。強引に奪うようなキスをしながら、服を一枚一枚脱がせて全裸にすると、マロリーが身震いして熱い息をこぼした。

ふたたび彼女を抱きかかえてベッドへ連れていき、その体をむさぼるように味わった。

それから数時間後、マロリーはすっかり満たされ、乱れたシーツの上に横たわっていた。

快楽の余韻で全身がまだ火照っている。アダムが隣りで仰向けになり、すやすやと寝息をたてていた。あれほど激しく愛しあったのだから、疲れているのも無理はない。ふたりでこれまでいくつの結ばれかたを試したのか、正確な数は覚えていないが、今日また新たにふたつの姿勢がリストに加わった。

マロリーは満足げなため息をつき、目を閉じてまどろんだ。この甘美で怠惰な時間をもう少しだけ楽しんでも、罰《ばち》は当たらないだろう。

ところがそれから一分もたたないうちに、マロリーの目がぱっちり開いた。さっきのアダムの言葉が、頭によみがえってきた。

〝ああ、マロリー、愛してる〟

最初は聞き間違いだろうと思った。

わたしを愛してる？

そんなはずがない。

それとも……？

マロリーが驚きのあまり声を出せずにいると、アダムが情熱的なキスをしてきて、そこで思考が中断された。次にアダムはデリアのことでお礼を言い、それからマロリーを抱きかかえてここへ連れてきた。マロリーはなにも考える暇もなく、またたくまに快楽に呑みこまれた。

でもいま、アダムが眠っている横で、自分はこうしてひとり起きている。そして彼の言葉、彼の気持ちについて考えている。

自分自身の気持ちについても。

アダムは友情以上の気持ちを抱いているわけではなく、さっきの言葉はおそらくはずみで口から出たにちがいない。

けれど、もしほんとうにそれ以上の気持ちを抱いているとしたら？　アダムがわたしに恋をしているということはあるだろうか？　かりにそうだとして、わたしは彼のことをどう思っているのだろう。

アダムのことはもちろん大好きだけれど、それは愛なのだろうか。

マロリーははっとし、みぞおちに置いた手を強く握りしめた。隣りに寝ているアダムの存在を、ふいに強く意識した。彼の大きな体はとても温かくて力強く、自分にとってすっかり慣れ親しんだものになっている。わたしはいまやアダムの恋人であり、妻なのだから。

でも、愛は……？

わたしはもう二度と人を愛さないと自分に誓っていた。誰も愛さなければ、心がずたずたに引き裂かれることもない。それでも……アダムと恋に落ち、不安や迷いを捨てて心のすべてを捧げることができたなら、どんなにいいだろう。

そこにわたしの葛藤《かっとう》がある——そう、わたしはおそれを抱いている。

マイケルを亡くしてから、いつか悲しみが癒えるときが来るとはとても思えず、ただこの苦しさから解放されたいと祈りながら、一日一日をどうにか生きてきた。あんな思いをふたたび味わうのだけはごめんだ。もしアダムになにかあったら……わたしはとても耐えられないだろう。

だが一方で、わたしは自分がまたこんなふうに幸せを感じるときが来るとも思っていなかった。新しい人生、新たな喜び、そして虹のように輝く未来が自分を待っているなどとは、想像もしていなかった。

みんなアダムが与えてくれたものだ。

アダムはわたしを暗闇から救いだしてくれた。もう一度生きること、愛することを教えてくれた。

マロリーのあっという小さな声が部屋に響き、心臓がのどから飛びだしそうなほど激しく打ちはじめた。

もう手遅れかもしれない。わたしはすでにアダムを愛しているのだろうか。

そのときマロリーは真実に気づいた。わたしはたしかに彼を愛している。その思いはあまりにゆっくり心に芽生えたため、自分でもわからなかったのだ。なんという素敵な皮肉、甘い驚きだろう。自分の夫であり、友でもある人に恋をするなんて。

マロリーの口もとがゆるみ、小さな笑い声がもれた。だがすぐに不安がよみがえり、真顔になった。アダムになにかおそろしいことが起きたらどうしよう。彼を失ったら、どうやって生きていけばいいのだろうか。

でもアダムはマイケルとちがって軍人ではない。日常的に危険に身をさらし、文字どおり運命に命をゆだねているわけではない。まだ若く、さっきの営みの激しさからすると健康そのもので、長い人生がこれから先に待っている。もちろん災難はいつ誰にふりかかるかわからないものだが、アダムがいままでどおりの生活を送っているかぎり、わたしが出産で命を落とす確率のほうが高いだろう。ふたりのうちどちらかが残されるとしたら、それはきっとアダムだ。

でもいまそんな暗いことを考えるのはよそう。どんなに不安でも、わたしが彼を愛していることに変わりはない。

マロリーは寝返りを打ち、アダムの胸に顔をうずめた。温かくなめらかな肌に、ざらざらした毛が生えている。まず肩にくちづけ、それから腕や胸にキスをした。アダムは体をよじったが、目を覚ました様子はなく、枕の上で顔の向きを変えた。どうやら夢を見ているらしい。

それが楽しい夢であることをマロリーは願った。でも夢よりもいいものを、アダムに与えてあげたい……もっと素晴らしいものを。がっしりした体に手をはわせ、あちこちにキスの雨を降らせた。

本人が目覚めるより先に、股間が反応した。マロリーが硬くなったそれを手のひらで包むと、アダムがうっすらと目を開け、うめき声をあげた。こちらを見る目が暗い色を帯び、欲望でぎらぎらしている。

「なにをしてるんだ?」アダムは反射的に腰を浮かせ、かすれた声で言った。

マロリーは微笑み、さらに強く彼を握った。「なにをしていると思う?」

アダムはうめいた。

「やめてもいいのよ」マロリーはからかうように言った。

「やめないでくれ!」アダムの腰がふたたび浮きあがり、手に包んだ彼のものが動いた。マロリーはくすくす笑いながら、アダムの乳首を口に含んだ。舌の先で先端をなめると、彼が身震いするのが伝わってきた。アダムが彼女の髪に手を差しこみ、頭をぐっと自分のほうに引き寄せる。マロリーは思いきって乳首をそっと軽く嚙んでみた。アダムののどからふたたびうめき声がもれ、電流が走ったかのように筋肉が収縮した。

アダムが驚いているのがわかる。マロリー自身もまた驚いていた。いままでこちらから誘ったことはなく、いつもアダムが主導権を握っていた。でも今日はちがう。わたしが主導権を握るのだ。

アダムはあきらかに喜んでいるらしく、もっと愛撫をせがむように体をくねらせた。マロリーはそれに勇気づけられ、さらに大胆に手を動かした。

だがアダムは黙って愛撫を受けていることに我慢できなくなったのか、それからほどなくして主導権を奪いかえした。彼がいったんそうなったら、マロリーは降伏するしかない。アダムは新妻を自分の上にまたがらせると、相手に息をつく暇も与えず、いきなりその体を硬くいきりたったもので貫いた。

マロリーは喜悦の声をあげ、めくるめく快感に身をゆだねた。体のなかにはいった彼のものが激しく動き、彼女を恍惚の世界へと導いていく。

やわらかな午後の陽射しのなかで、マロリーはアダムの目を見つめた。全身が熱く燃えているのは欲望のせいだけではない。心は彼への愛でいっぱいだ。愛してるという言葉がのどまで出かかったが、ふと不安が頭をもたげ、どうしても口にすることができなかった。そこでマロリーはキスを返し、唇と体を使って精いっぱい思いのたけを伝えた。

マロリーの変化を感じとったのか、アダムが唇を離し、彼女の顔を両手で包んでじっとその目をのぞきこんだ。「どうしたんだ、マル？」

だがマロリーは黙って首をふり、目を閉じてアダムの手のひらにくちづけた。

ふたりはもういっときも待てなくなった。アダムが腰を突きあげるのと同時に、彼女が腰を落とした。ふたりの熱に浮かされたような声が部屋を満たしている。マロリーの濡れた肌が彼をしっかり包みこんでいる。それは激しくも、どこか深遠さを感じさせる愛の営みだった。

次の瞬間、マロリーは頭が真っ白になり、岸に打ちつける大波のような悦びに全身を呑みこまれた。快楽の叫び声をあげながら絶頂に達し、まぶたの裏にまぶしい光を見た。マロリーは口もきけず、アダムの上に崩れ落ちた。それからすぐに彼もクライマックスを迎えた。

部屋は静寂に包まれた。聞こえるのは、重なったふたりの胸で打つ心臓の音だけだ。愛の言葉がまたのどまで出かかったが、マロリーはすっかり満たされて疲れはて、口を開くことすらできなかった。

あとで打ち明けよう。近いうちに、その機会を見つけて。

マロリーはため息をつき、アダムの首筋に顔をうずめて眠りに落ちた。

21

「ロンドンに行かないか?」二日後、アダムはダイニングルームで、テーブルに置かれた大皿から卵料理とハムを皿につぎたした。

マロリーはアダムがそれをフォークですくい、おいしそうにほおばるのを見て、さらにお代わりして食べるのではないかと思った。今朝、激しく愛しあったばかりとなればなおさらだ。洗面室の壁にもたれかかって結ばれたのは今回がはじめてだったが、とても素敵な経験だった。

でもそれを言うなら、自分ももっと食べて栄養をつけたほうがいいのかもしれない。マロリーはうっとりし、心のなかでつぶやいた。

「ロンドンへ?」こんがり焼けたトーストに手を伸ばしながら言った。「どれくらい?」

「四、五日か一週間ぐらいかな。なんなら二週間でもいい」

「いつ発《た》つの?」

「明日はどうだろう。でもきみが荷造りにもっと時間が必要なら、あさってにしようか」アダムはカップを手に取り、コーヒーをひと口飲んでから受け皿に戻した。「ロンドンでやらなくてはならない仕事があるんだ。きみも一緒にどうかと思って」テーブル越しに手を伸ばし、マロリーの手を取ってくちづけた。

マロリーの口もとに笑みが浮かび、脈が速く打ちはじめた。

「買い物ができるよ」アダムは言葉を継いだ。「ここで見本帳を見ながら頭をひねるよりも、生地や調度品を直接見て決めたほうが早いだろう。ロンドンにはたくさん店があるし、気に入るものをじっくり選んだらいい」

マロリーはにっこり笑い、アダムの手を握りかえした。「もちろん一緒に行くわ。あなたの言うとおり、お屋敷の内装を整えるのに、またとない機会ですもの。たしかに自分の目で見て決めたほうがずっと早いものね。それにこのつまらない磁器も、新しいものに替えたいし」

「つまらないだって？」アダムはマロリーの手を放し、ふたたび料理を食べた。「充分、実用的だと思うが」

「そう、そこが問題なのよ。実用的すぎて、伯爵の肩書にふさわしい風格がないの。セーブルかウェッジウッドのほうがずっといいわ。そうだ、特別に注文して作らせましょうか。グレシャムの〝G〟の文字をあしらったデザインはどうかしら」

「あるいはマロリーの〝M〟か。そっちのほうがいいな」アダムはウインクをした。

マロリーは首を横にふった。「ところで、ロンドンではどこに泊まるの？　あなたが独身のときに住んでいたお家？」

「そこには泊まらない」アダムはコーヒーカップを持ちあげ、椅子にもたれかかった。「あの家はもう手放したし、かりにまだ持っていたとしても、狭すぎてとてもきみが快適に過ごせるところじゃない。いずれ屋敷《タウンハウス》を買うつもりだが、とりあえず今回は別のところを手配した」

「そう。〈クラリッジズ〉とか？　わたし、まだ一度もホテルというものに泊まったことがないの」マロリーは興味をそそられた。

「いや、ホテルじゃない。エドワードに手紙を書いたら、好きなだけクライボーン邸に泊まってくれという返事が来た。そのほうがきみも落ち着けるだろうと思って、ありがたく申し出を受けることにしたよ」

マロリーは身を乗りだし、またもやアダムの手を握った。「わたしのためにありがとう」

アダムの顔から笑みが消え、真剣な表情が浮かんだ。「きみのためならなんでもする」カップを置いて目をそらした。「ペニーに言って、荷造りを始めたらどうかな。きみさえよければ、明日の朝に発とう」

「ええ、わかったわ」

アダムが手を離した。マロリーはひざの上に手を置いて切りだした。「アダム――」

アダムは濃褐色の瞳でマロリーを見た。「なんだい？」

「わたし――」

〝あなたを愛してる〟

ところがどういうわけか、いまはそれを言うべきときではないような気がして、マロリーは口をつぐんだ。この二日間、何度も伝えようと思っているのに、どうしても言えずにいる。それでも近いうちに、その機会がめぐってくるだろう。不安や迷いが消え、勇気が湧きあがるときがきっと来る。

「た——楽しみだわ」

アダムは微笑んで立ちあがった。テーブルをまわってマロリーに歩み寄り、腰をかがめて優しくキスをした。「ぼくもだよ」手を取って立たせた。「さあ、準備に取りかかって。昼食のときに会おう」

マロリーはつま先立ちになってアダムにキスをした。「ええ。じゃあ昼食のときに」

翌日の午後遅く、ふたりはグローブナー・スクエアのクライボーン邸に到着した。馬車がとまるとすぐ、ふたりの従僕が玄関の踏み段を駆けおりてきた。執事のクロフトがブラエボーンにいるため、副執事のデントンがふたりを出迎えた。デントンの骨ばった顔と見慣れた満面の笑みに迎えられ、マロリーはほっとした。

家族は誰もいなかったが、がらんとしたさびしい感じはしなかった。部屋にも廊下にも生花が飾られ、磨きこまれた床からレモンのにおいがする。木材の柱や調度品は昔のままで、暖炉では薪《まき》がぱちぱちと音をたてている。心地よく温かみのある雰囲気だ。

自分も一緒に行くとアダムに言ったあと、マロリーはほんとうにそうしてよかったのだろうかと、少し心配になっていた。久しぶりにロンドンへ戻ったら、どんな気持ちがするだろうと思うと怖かった。マイケルが戦死したという知らせがとつぜん届いたのは、前回ロンドンにいたときだった。そしてマロリーはどこか遠いところへ行きたいという一心で、逃げるように街を離れたのだ。

だがいざクライボーン邸に足を踏みいれてみると、なつかしい我が家へ戻ってきた喜びで胸がいっぱいになった。マロリーはずっとここにいたような錯覚にとらわれた。幼いころからのたくさんの楽しい思い出が、つらい記憶を追いはらってくれるかのようだ。

でもその一方で、この屋敷を離れてから永遠とも思える時間がたち、自分が以前とはまったくちがった人間になったような気もする。ここに住んでいたとき、わたしはまだ少女だった。社交界でちやほやされ、男性に言い寄られ、家族のみんなから大事にされていた。だがいま、わたしは一人前の女性になった。悲しみを乗り越え、さまざまな経験を経て成長し、結婚生活とアダムへの愛で、昔よりずっとおだやかな大人の女性へと変わった。

マロリーは大きな階段をのぼり、慣れ親しんだ廊下を進みながら、ロンドンでの生活を楽しもうと心に決めた。ここから新しく始め、たくさんの思い出を作ろう――アダムとふたりだけの思い出を。そこでマロリーは、かつての自分の寝室ではなく、たくさんある来客用の寝室のひとつを使おうと提案した。続き部屋となった広い寝室で、ふたりで過ごすにはこちらのほうがずっと快適だ。アダムの寝室にはかなり大きなベッドがあり、ふかふかした羽毛のマットレスが敷いてある。きっと素晴らしい寝心地にちがいない。

「さっそく使ってみようか？」アダムは耳もとでささやき、召使いがせっせと荷物を運びこんでいる横で、マロリーを後ろから抱きしめた。頰や首筋にくちづけられ、マロリーはぞくりとした。「召使いを追いだして、ドアに鍵をかけようか。服は脱がなくてもいい。ベッドに押し倒してスカートをまくりあげるから。いますぐベッドに行くのと夜まで待つのと、どっちがいいかな？」

マロリーの乳首がつんととがり、脈が激しく打ちはじめた。

「言っておくが」アダムはマロリーをわずかに引き寄せ、背中に硬くなったものを押しつけた。「ぼくを夜まで待たせる気なら、それなりの覚悟はしておいてくれ。使用人が起きるくらい、大きな声をあげさせてやるから」

マロリーは背中がぞくぞくするのを感じ、もう少しで召使いに出ていくよう命じそうになった。でも自分たちがどこにいるのか、いまが何時であるのかを思いだした。

自分の大胆さに驚きつつ、アダムの腕のなかで体の向きを変え、小声で言った。「夜まで待つほうがいいわ」手を伸ばし、アダムの下唇をなぞった。「でも大きな声を出すのは、わたしだけじゃないわよ。あなたもそうなると覚悟してちょうだい」

アダムの目に欲望の炎が燃えるのが見え、マロリーは一瞬、そのままベッドに連れていかれるのではないかと思った。だがアダムはしぶしぶ手を離した。「きみのせいでぼくはサテュロス（ギリシャ神話の好色な森の神）になってしまった」

マロリーは微笑み、背伸びしてアダムに耳打ちした。「セイレン（美しい歌声で近くを通る船人を誘い寄せて難破させたという海の精）と結婚したからよ。でもサテュロスを夫に持った女は幸せね」

アダムは首を後ろに反らして笑った。「風呂にはいって服を着替えるといい。じきに脱がせてやるから」

「楽しみにしているわ」

アダムはまたもや声をあげて笑い、隣室に続くドアを開けて出ていった。

マロリーは震えるため息をつくと、近くのソファに深々と腰を下ろし、そろそろやってくるであろうペニーを待った。

その日の夜、アダムは昼間の宣言どおりのことをした。マロリーも同じことをし、ふたりは夜が更けるまで互いの体をむさぼった。自分たちの歓喜の声で使用人が目を覚ましたかどうかはわからない。でもマロリーとの愛の営みがあまりに素晴らしく、アダムはそんなことはもうどうでもいいという気分だった。

翌朝、窓からそそぎこむ十一月のすがすがしい朝の光で目を覚ますと、アダムは静かに起きあがった。ベッドの脇をまわり、新妻に上掛けをかけなおした。昨夜の疲れのせいか、マロリーはまだぐっすり眠っている。額にくちづけ、彼女を起こさないように侍女に言わなければ、と思った。

洗面と着替えをすませ、簡単な朝食をとると、さっそく最初の仕事にかかるため屋敷を出た。来年の春に植えつける作物の種のことで小売商ふたりを訪ね、手紙をやりとりしていた農業の専門家から新しい耕作方法について話を聞き、それから最新の農業器具や機械を作っている工場に立ち寄る予定だ。最近できたその工場で作っている機械を、アダムは二、三カ所の農場で試そうと考えていた。

また、今週中にレイフ・ペンドラゴンを訪問し、投資に関する見解や情報を聞きたいとも思っている。伝え聞いた話によると、ペンドラゴンも最近、結婚したらしい。つまり自分たちはふたりとも、この数カ月のうちに独身生活に別れを告げたことになる。自分と同じように、ペンドラゴンも幸せな結婚生活を送っていることを願うばかりだ。

アダムは手綱をあやつって通りを進んだ。まだ朝の早い時間だというのに、通りはすでに人や馬や馬車で混んでいた。馬の背に揺られながら、マロリーのことを考えた。

ロンドンへ一緒に来ないかと誘ってみてよかった。久しぶりの都会に、彼女は興奮で目を輝かせている。アダムは最初、マロリーがハーグリーブス少佐の悲報を受けたときのことを思いだし、また悲しみに沈むのではないかと心配していた。だがそれは取り越し苦労だったようで、マロリーはとても楽しそうにしている。しかも昨日は、刺激的な言葉と行ないでアダムを驚かせもした。マロリーが大胆さを増しているのは、歓迎すべきことだ。

うまく説明できないが、最近の自分たちの関係はどこか変わった。肉体的にも精神的にも、以前より絆が深まった気がする。ときどきマロリーの目を見ていると、もしかしたら彼女はこちらのことを深く愛しているのではないか、と思えることがある。もちろん本人からそう言われたわけではないし、彼女の愛を求めるあまり、頭がありもしないことを勝手に作りあげているのかもしれない。だが自分はほんとうに、マロリーの愛を勝ち取りつつあるのではないだろうか。

アダムは頬をゆるめ、南のテムズ川の埠頭《ふとう》へ向かった。そこには小売商のひとりの倉庫がある。もし用事が早く終わったら、午後からマロリーの買い物に付き合おうか。そして夜は芝居でも観に行こう。ドルーリー・レーン劇場でなにかおもしろい芝居を上演しているはずだ。

今回のロンドンの滞在はきっと楽しいものになる。来月はクリスマスだし、時間を見つけてマロリーへの贈り物を探すことにしよう。そういえばハネムーンのとき、〈ランドル・アンド・ブリッジ〉でネックレスを七つ――曜日ごとにつけかえられるように――買う話をしていた。さすがにそれは無駄遣いだとマロリーも眉をひそめるだろうから、なにか特別なものを作らせるのもいいかもしれない。マロリーがはっと息を呑むような素晴らしいものを。

アダムは今週中に宝石店に行くことを頭のなかに書きとめ、鼻歌を歌いながら埠頭へ向かった。

それからの数日間で、マロリーはロンドン市内にある店という店を訪ね、グレシャム・パークの屋敷に必要なものをたくさん買いそろえた。一度にひとつの部屋を思い浮かべ、そこに合う家具やじゅうたん、カーテン、花びん、壁紙をそろえるというやりかたで、次々に品物を選んでいった。燭台やシャンデリア、暖炉用の道具、鏡、リネン類、洗面器、食器、ガラス器なども山のように注文した。それから空っぽも同然の図書室のため、絵画や本も買いこんだ。

ある日は、セント・ジェームズ・スクエアにあるウェッジウッドの展示室で心躍る午後を過ごし、正式な晩餐《ばんさん》用の磁器を注文した。マロリーはいろいろ考えたすえ、クリーム色と気品ある青《リーガルブルー》の地に、盾をかたどったグレシャム家の紋章を金色であしらうことにした。また、ふだん使いにする優美な花柄の磁器一式もそろえた。家族が訪ねてきたときにも使うつもりの磁器だ。

たまに仕事がないときには、アダムが買い物に同行することもあった。アダムは自分からあれこれ口出しはせず、求められたときだけ的確な意見を言ってくれるので、一緒に買い物に行くには最高の相手だった。それに世の多くの男性のように、退屈したそぶりを見せたり、早く帰りたがったりすることもない。マロリーが納得するまで付き合い、けっしてせかしたりしなかった。

買い物が終わると〈ガンター〉へ行き、ココアを飲んでバター添えのビスケットを食べた。やがてマロリーは笑いながら、もうこれ以上食べられないと言った。

この時期、上流階級の人びとのほとんどが領地へ帰っているため、社交界は閑散としていた。だがマロリーは、つまらないとは思わなかった。いまはパーティや夜会などの派手な催しに行く気分ではない。それよりもアダムと一緒に静かな夜を過ごすほうがいい。家で夕食をとるのでも、ふたりしかいないボックス席で芝居を観るのでも。

その日の朝、アダムは出かける前に、今夜はオペラに行こうとマロリーを誘った。まだベッドにいたマロリーは、甘いキスの合間にようやく返事をした。やがてふたりの抱擁は激しさを増し、アダムはもう少しで約束の時間に遅れそうになった。

そのときのことを思いだし、マロリーは口もとに笑みを浮かべながら馬車から降りた。午後の冷たい風にスカートをはためかせ、玄関の踏み段を上がる。にこやかに出迎えたデントンに挨拶を返し、召使いのひとりに帽子と手袋とマントを渡した。今日もまたいい買い物ができたと、マロリーは上機嫌だった。「閣下はもう戻ってきてるかしら？」デントンに尋ねた。

「いいえ、まだです。ですが少し前に、紳士が訪ねていらっしゃいました。勝手ながら、居間にお通ししてお待ちいただいております。名刺をお渡ししておくと申したのですが、どうしてもお目にかかりたいとおっしゃいまして」

「名前はお聞きした？」

デントンは眉をひそめ、いつになく硬い表情を浮かべた。「いいえ、奥様。ただ、奥様のお知り合いだとおっしゃっていました。もしよろしければ、わたしからお帰りいただくようにお願いいたしますが」

マロリーはいっとき黙り、こんなふうにいきなり訪ねてくるのはいったい誰だろう、と考えた。「いいえ、お会いするわ。でも厨房にお茶の用意を命じるのは待ってちょうだい。必要だったら、呼び鈴を鳴らすから」

おそらく古くからの知人の誰かがロンドンへ戻ってきて、結婚のお祝いを言いにやってきたのだろう。少しだけ会って帰ってもらえばいい。そのころにはアダムも戻ってくるはずだ。マロリーは玄関ホールを横切って一階にある居間へ向かうと、入口のところでいったん足を止め、それからなかへはいった。

男性は窓際に立って外をながめ、こちらに背中を向けていた。マロリーは歩調をゆるめて部屋の奥へ進みながら、その後ろ姿に視線を走らせた。引き締まった肩の線と波打つ金色の髪に、どこか妙に見覚えがある。

「こんにちは」マロリーは、誰だろうとますます不思議に思った。背筋がなぜかぞくりとした。「わたしを訪ねていらしたと、執事から聞きました。長くお待たせしたのでなければいいのですが」

男性がゆっくりとふりかえった。マロリーは足もとの地面が崩れ落ちていくような気がした。心臓が狂ったように打つ音が耳の奥で聞こえる。ぼう然として男性を見つめ、一瞬、自分は頭がおかしくなったのではないかと思った。それとも、目の前にいるのは亡霊だろうか。

きっとそうだ。本物のはずがない。そうに決まっている。

「マ、マイケル？」マロリーはつぶやいたが、それは自分の声ではないように聞こえた。

「マロリー」マイケルは微笑み、手を差しだした。「帰ってきたよ」

22

足もとがふらついて激しい耳鳴りがし、マロリーはこのまま気絶するのではないかと思った。これまで気を失ったことはないが、どんなことにもはじめてのときがある。

マロリーがじゅうたんの上に崩れ落ちるのを心配したらしく、マイケル・ハーグリーブスが駆け寄ってきてその体を抱きとめた。「マロリー、だいじょうぶかい？　きみがショックを受けることはわかっていたが、ほかにどうしようもなかったんだ。ほら、椅子に座って。それとも横になったほうがいいかな。気つけ薬を持ってこようか。どこか近くにあるかい？」

マロリーは震える手で額を押さえ、首を横にふった。「いいえ、ないわ。でもだいじょうぶよ」気つけ薬のにおいが大嫌いなのだ。

ひとつ深呼吸をして顔を上げ、マイケルの目を見た。全身に衝撃が走った。銀色がかったグレーの瞳。この明るく澄んだ瞳の色を、自分はもう忘れかけていた。感じのいい、いかにも貴族らしい顔立ちも。秀でた額、ほっそりした頬、まっすぐな鼻に彫刻のような形の唇。だが最後に会ったときにくらべ、ずいぶんやせたようだ。それに、やつれて前より年を取ったように見える——重い病か、つらい経験を乗り越えつつある人のように。

　マロリーは身震いし、ふたたびマイケルの瞳を見た。まだ自分の目が信じられなかった。

「マイケル」蚊の鳴くような声で言った。「ほんとうにあなたなの？」

　マイケルは微笑み、小さくうなずいた。「ああ、そうだ」

「で——でも、どうして？　あなたは死んだはずよ。戦闘で命を落としたと聞いたわ。たくさんの部下と一緒に」

「そのことならぼくも聞いている」マイケルは暗い声で言った。「ぼくもみんなと一緒に死んでいてもおかしくなかったが、ひどい傷を負っただけで命拾いした。戦闘が一番激しかったとき、戦場泥棒がやってきて、ぼくの身ぐるみをはいでいったのさ。ぼくは瀕死の状態で意識ももうろうとし、そいつに軍服を脱がされても、先祖代々受け継がれてきた印章指輪《シグネットリング》を取られても、抵抗することができなかった。軍はそのせいで、そいつの遺体をぼくのものだと断定したんだろう」

「でもそれがほんとうだとしたら——」

「墓に埋葬された男はぼくじゃない。ぼくの遺体は損傷が激しかったと聞いた。いや、戦場泥棒の遺体と言うべきだろうな。そいつは大砲による連続攻撃で命を落としたらしい」

　マロリーはぞっとした。「でも怪我をしたのなら、どうして誰も知らなかったの？　なにがあったのか教えて、マイケル。いままでずっとどこにいたの。もう一年以上たつのよ」

「ほとんどの月日を、不潔なフランス軍の牢で過ごしていた。戦闘が終わったあと、あたり一面は血の海で、ぼくはそこに横たわってただ死を待っていた。まわりには何百人もの死傷者がいたよ。多くの兵士が倒れ――」マイケルはそこで言葉を切り、忌まわしい記憶を飲みくだすように、ごくりとのどを鳴らした。

「まさに地獄絵図だった」言葉を継いだ。「でも神の恵みか、地元の親切な夫婦がぼくを見つけて看病してくれ、なんとか一命を取りとめることができたんだ。ふたりはぼくをかくまってくれたが、ある日、夫妻の農場が襲撃され、ぼくはとらわれの身となった。フランス軍のやつらに自分は将校だと言ったら、鼻で笑われたよ。たぶんぼくが釈放されたい一心で、嘘をついてると思ったんだろう」

「わたしはあなたが死んだものだとばかり思っていたわ。その間ずっと、あなたは敵にとらわれていたの?」

マイケルはうなずき、慰めるようにマロリーの頬をなでた。「もうここから出られる日は来ないとあきらめかけていたとき、ウェリントン将軍率いる軍が町を攻略した。それでついにぼくは自由の身になり、ようやく自分の身許を明かすことができたんだ。ぼくがほんとうは死んでいなかったと知ったときの、みんなの驚いた顔を想像できるだろうか。それに、ぼく自身もひどく驚いた。家族や友だちは、ぼくが行方不明ではなくて戦死したと思いこんでいるというじゃないか」

「ああ、マイケル」マロリーの体が震え、頬にひと筋の涙が伝った。

マイケルは手を伸ばし、親指の先でそれをぬぐった。「泣かないでくれ。もうだいじょうぶだ。ぼくはこうして無事に帰ってきた。またここからふたりで始めよう。帰国して真っ先にきみに会いに来たんだ。まだ両親にも会っていない。最初にきみに伝えたかったから」

マロリーの胸が罪悪感で締めつけられた。

「きみに会うため、まずはロンドンを訪ねることにした」マロリーが口を開く前に、マイケルは言った。「もしきみがここにいなかったら、ブラエボーンに行ってみるつもりだった。公爵や公爵未亡人もロンドンに滞在中かな。ふたりとも、ぼくを見たらさぞびっくりするだろう」

マイケルは知らないのだ。マロリーは胃がねじれるような感覚に襲われた。すべてが変わってしまったことに、この人はまだ気づいていない。

「マイケル、あなたに話さなくちゃならないことが――」

「あとでゆっくり聞くよ」マイケルはマロリーをぐっと抱き寄せた。「話はもう充分だ。いまはきみを抱きしめてキスをし、この愛を伝えたい。会いたかった、マロリー。ひとりの女性をこんなに恋しく思う男は、世界じゅうのどこを探してもいないだろう」

そう言うといきなり唇を重ね、情熱的なキスをした。マロリーはまた泣きたくなった。ほんのつかのま、まぶたを閉じて、ずっと待ちこがれていたマイケルの抱擁に身をまかせた。だがすぐに、やめなければと自分に言い聞かせた。マイケルのキスに、もう心が震えることはない。

アダムのキスとはちがう。

マロリーはマイケルの胸に両手を当て、その体を押しのけようとした。

そのとき背後から足音が聞こえてきた。

「おい、なにをしてるんだ」アダムの怒りに満ちた声がした。「妻から離れろ!」

マロリーはマイケルの胸を強く押し、ぱっとふりかえってアダムを見た。

アダムは目をらんらんと光らせ、あごを砕けそうなほど強く嚙みしめている。

マロリーは心臓が胸を破って飛びだすのではないかと思いながら、懇願するように手を差し伸べた。

だがアダムはそれを無視し、新妻の隣りにいる人物をじっと見ていた。とつぜんその目が大きく見開かれ、顔からさっと血の気が引いた。「ハーグリーブス? いったいなぜ――死んだはずじゃなかったのか?」

「いや、ご覧のとおり生きている」マイケルは困惑したように眉をひそめ、マロリーとアダムを交互に見てから、マロリーに視線をすえた。「どういうことなんだ、マロリー? きみが妻だって? そもそも、どうしてグレシャムがここにいるんだ。遊びに来ているのか?」

「遊びになど来ていない」アダムは言った。「ぼくはここで暮らしているんだ。ロンドンにいるあいだだけ、マロリーとふたりでこの屋敷を使っている。それから妻と言ったのは、ぼくたちが夫婦だからだ。ぼくとマロリーは、二カ月少し前に結婚した」

今度はマイケルの顔が青ざめ、目に苦悩の色が浮かんだ。「グレシャムが言ったことはほんとうなのか? きみはほんとうに彼と結婚したのかい?」

マロリーは胸に切り裂かれたような痛みを覚えた。心臓がこぼれおちるのを防ごうとでもいうように、両手で胸を押さえた。「ええ。アダムはわたしの夫よ」

マイケルは耐えられず、一瞬、顔をそむけた。そしてすぐにまたマロリーを見た。「どうして」消えいりそうな声で訊いた。「ぼくと婚約しているのに、どうしてグレシャムと結婚したんだ」

「妻はきみが死んだと思っていた」アダムは言い、マロリーの隣りに立った。彼女は自分のものだと言わんばかりに、その肩に腕をまわして自分のほうへ引き寄せた。「マロリーを責めないでほしい。彼女はきみを失い、心が引きちぎれるほど嘆き悲しんでいたよ。でもマロリーには前へ進む権利があった。いまも前へ進もうとしている——ぼくと一緒に」

ひざががくがく震えて立っていられる自信がなく、マロリーはアダムの力強い腕にもたれかかった。マイケルの絶望した表情を見るのがつらくて、アダムの胸に顔をうずめたい衝動に駆られたが、逃げてはいけないと自分を奮い立たせた。

「マイケル、ごめんなさい」か細い声で言った。「あなたを傷つけるつもりはなかったの」

肩にまわされたアダムの腕が、鋼《はがね》のようにこわばるのがわかった。

ああ、どうしてこんなことになったのだろうか。マイケルは死んでいなかった。そしてアダムはわたしに対してひどく怒っている。わたしがマイケルの腕に抱かれているのを見て、裏切られたと勘違いし、傷ついたにちがいない。

でも事情を説明すれば、きっとわかってくれるはずだ。気がついたときには、マイケルの腕のなかにいたのだから。正直に言うと、自分でもなぜそうなったのかよくわからない。「もう帰ってくれ」アダムがマイケルに向かって言った。「これ以上、説明する必要はないだろう」

マイケルは背筋を伸ばし、いかにも軍人らしく肩をそびやかした。「それを決めるのは彼女だ。マロリー、きみはぼくにどうしてほしい？」

〝帰って〟

〝いいえ、帰らないで〟

自分の気持ちがわからない。マロリーはなにも答えなかった。

「黙っているのが彼女の答えだ」アダムが言った。「さあ、帰ってくれないか」

だがマイケルは立ち去ろうとしなかった。必要とあらば力を使ってでも、その場にとどまろうとしているかのようだ。「マロリー？」

「あの……」マロリーは声を詰まらせ、マイケルの目を見た。「アダムの言うとおりよ。か――帰ってちょうだい」

マイケルの瞳から光が消えるのを見て、マロリーの胸にナイフで切りつけられたような鋭い痛みが走った。「わかった」マイケルは言った。「どうか元気で」

「あなたも」マロリーはつぶやいた。

マイケルはきびすを返し、部屋を出ていった。

デントンがやってきてマイケルを出口へ案内するまで、アダムもマロリーも微動だにしなかった。

「アダム――」マロリーは口を開いた。

アダムが肩にまわしていた腕をとつぜん離し、マロリーはよろけそうになった。

「やめてくれ、マロリー。いまはなにも話したくない」

「でも――」マロリーが言いかけると、アダムは彼女からそっと離れ、体の脇で両のこぶしを握った。マロリーの胸が締めつけられ、涙が出そうになった。

「寝室へ行くんだ」アダムはかすれた声で冷たく言った。「ペニーに命じて、荷造りをしてくれ。明日の朝、グレシャム・パークへ帰る」

マロリーはあぜんとした。「帰る？　どうして？」

アダムは声を荒らげた。「もう充分、ロンドンでの滞在を満喫しただろう。屋敷にはいりきれないぐらいの家具やらなにやらも買いこんだ。ぼくの仕事もほとんど終わったし、残りは郵送で事足りる。さあ、早く行くんだ。さもないと、ぼくは――」そこで口をつぐんで後ろを向き、窓の外をながめた。「行ってくれ、マロリー。頼む」

マロリーは全身に震えが走るのを感じ、両腕で胸を抱いた。説明さえ聞いてくれれば、さっき目にした光景にはなんの意味もないとわかるはずなのに。でもアダムは、わたしから裏切られたと思いこんでいるようだ。

マイケルが生きていたのは、わたしのせいじゃない。

彼がこの屋敷を訪ねてきて、わたしにキスをしたのも。

マイケルはいきなり唇を重ねてきたのだ。わたしはどうすればよかったというのだろう。ひっぱたけばよかったとでも?

いまのアダムを説得しようとしても無駄だとあきらめ、マロリーは出口へ向かった。ドアの前で足を止め、ちらりと後ろをふりかえったが、アダムはこちらに背中を向けたままだった。早く出ていけということらしい。

マロリーはあふれそうになる涙を懸命にこらえ、逃げるように廊下へ出て階段を上がった。

23

その日の夜、アダムはまったくと言っていいほど口をきかず、夕食の席はしんと静まりかえって気まずい空気に包まれていた。ふたりは予定していたオペラにも行かなかった。今朝、甘く楽しいひとときを過ごしたのが、はるか遠い昔のことのように感じられる。それでもマロリーは、アダムがいつものように寝室にやってくるだろうと思っていた。

ところがアダムは寝室の前で、マロリーにおやすみと告げた。「ゆっくり眠ってくれ。明日の朝早くここを発つ」そしておざなりに額にくちづけると、くるりと背を向けて大またでその場を去り、一度もふりかえることなく自分の寝室へはいっていった。

マロリーは結婚してからはじめて、ひとりの夜を過ごした。冷えきった体でがらんとした大きなベッドに横たわり、なんとか眠ろうとしたが、心が千々《ちぢ》に乱れて寝つけなかった。アダムはわたしに激怒している。長い付き合いのなかで、あの人がわたしに対してこれほど強い怒りを見せたことはない。でも今日のできごとをふりかえっても、自分がどうふるまえばよかったのかわからない。

マイケルの姿を見て、わたしは大きな衝撃を受けた。

彼が生きていたことが、いまでもまだ嘘のようだ。ずっと前、戦死の報を受けとったときと同じように現実感がない。もし直接本人と会って言葉を交わし、体に触れていたのでなければ、とても信じることはできなかったにちがいない。でもマイケルはたしかに昼間、この屋敷にいた。元気な姿で、まぎれもなく生きていた。

これを奇跡と呼ばないでなんと呼ぼうか。ほんの数カ月前までなら、わたしは文字どおり歓喜の涙を流していただろう。

でもいまは、自分がなにを感じているのかわからない。

混乱？

悲しみ？

罪悪感？

マイケルとアダムの顔には、どちらも激しい苦悶の表情が浮かんでいた――そんなふたりを見ていると、心がひきちぎれそうになった。

アダムの寝室へ行き、あのときのキスはなんでもなかったと説明しようか。少なくとも、自分にとってはなんの意味もなかったのだ、と。だがそのとき、さっきのアダムの冷ややかな声を思いだした。それに彼の目は、無言のうちにこちらを拒絶していた。

マロリーはごくりとつばを飲んだ。目に涙があふれて頬を濡らした。シーツの端でぬぐい、横向きになって体を小さく丸めた。ひと晩ぐっすり眠れば、なにかいい考えが浮かぶかもしれないと自分に言い聞かせた。明日になったら、少しは状況がよくなっているかもしれない。

それでも長いあいだ眠れず、暗闇のなかで悶々と過ごしていたが、しばらくしてようやくうとうとしはじめた。浅い眠りのなかで、アダムとマイケルの夢を見た。ふたりともこちらに懇願したかと思うと、今度は怒りをぶつけてくる。そして自分の愛と忠誠をめぐって争っている。

夜が明けてまもなくペニーに起こされた。マロリーは目を充血させ、疲れた体をひきずるようにしてベッドを出ると、ペニーの手を借りて洗面と着替えをした。

いまの気分にぴったり合った灰青色のウールの旅行用ドレスに袖を通し、ちょうど身支度を終えたとき、山盛りの食べ物が載ったトレーを持ってメイドが部屋にはいってきた。「おはようございます、奥様。今朝はお部屋に朝食をお持ちするようにと、閣下から言いつかりました」

マロリーは片方の眉を上げた。「あの人がそう言ったの？　なんて優しいのかしら」

メイドはマロリーの口調に込められた皮肉に気づかなかったらしく、テーブルに皿をならべて出ていった。

なるほど、わたしと一緒に食事をする気にもなれないというわけね。マロリーはとつぜん、みぞおちがかっと焼けるような怒りを覚えた。

怒る権利があるのはアダムだけではない。これではまるで、わたしが取りかえしのつかないあやまちを犯したようではないか。マイケルがわたしにキスをしたのはたしかだけれど、わたしがそれを望んだわけではない。それにマイケルの腕のなかから逃れようとしていたとき、たまたまアダムが居間にやってきたのだ。現われるのがあと三十秒遅かったら、彼があの場面を目にすることはなかった。

マロリーは一瞬、アダムへの抗議の手紙を添えて、朝食を突きかえそうかと考えた。だがすぐに思いなおしてテーブルにつき、卵料理とトーストを少しだけ食べて紅茶を飲んだ。

夫婦の関係はこじれているが、それでもアダムは自分と一緒に馬車に乗るはずだ。そのときに、昨日ほんとうはなにがあったのかを説明すればいい——マイケルの存在が、自分たちの結婚生活を脅《おびや》かす心配などないことも。

ところがマロリーの予想に反し、アダムは馬車に乗ってこなかった。窓から外を見たところ、どうやら馬を駆って帰るつもりらしい。まもなく馬車はロンドンの街を離れた。アダムと愛馬のエリックはその少し前を走っている。つまりアダムは、自分と話をすることを拒んだのだ。マロリーはひざに置いた手をぐっとこぶしに握りしめた。黒いベルベット張りの座席にもたれかかり、怒りがふつふつと沸きあがるのを感じた。

道中は不愉快そのものだった。馬を替えるために途中で何度か止まったものの、休憩らしい休憩といえば混んだ宿屋で一時間ほど昼食をとっただけで、しかもアダムはマロリーをひとりで個室に置いていった。

グレシャム・パークに到着するころには、マロリーのいらだちは頂点に達していた。アダムが馬車に近づいてきて手を差しだしたのを無視し、ひとりで地面に降りたつと、いかにも公爵の娘らしくつんと肩をそびやかしてその横を通りすぎた。

ブルックと二、三言、挨拶を交わしてから、足のまわりをうろついていたシャルルマーニュを抱きあげ、さっさと階段を上がって寝室へ向かった。

少なくともシャルルマーニュはわたしに腹をたてていない。マロリーは暖炉の前にちょうどいい角度に置かれたソファへ腰を下ろした。「あなただけはわたしにつんけんしないでくれるのね」愛猫をひざに乗せ、そのなめらかな黒い毛をなでた。シャルルマーニュがのどを鳴らす音に少しだけ気持ちが慰められたが、むしゃくしゃした心は晴れなかった。

どうしてこんなことになったのだろう。マロリーはのどになにかがつかえたような気がした。とつぜんこみあげてきた涙をこらえ、熱いお湯につかって温かい紅茶でも飲めば、すっきりするかもしれないと考えた。シャルルマーニュをそっと床に下ろして立ちあがり、ペニーを呼ぼうと呼び鈴のところへ行った。

七時二分前、マロリーは光沢がある淡黄色のサテンのイブニングドレスに身を包み、階段を下りてダイニングルームへ向かった。どうせアダムは食事のあいだじゅう、むっつりと黙りこんでいるのだろう。もっとも、それも夕食の席に現われれば、の話だ。昼食のときと同じように、自分と一緒に食事をとることを拒んだとしても、いまさら驚きはしない。

だがアダムはそれから一分もしないうちにやってきて、いつものようにテーブルの上座についた。昼間にくらべると少しだけ機嫌がよく、とりとめのない世間話をしている。昨日のことを切りだそうかという考えが、マロリーの頭をちらりとよぎったが、やめておくことにした。今日はひどく疲れているので、また口論になるのはごめんだ。そこであたりさわりのないない会話を交わし、ようやく夕食が終わると、ほっとして寝室へ戻った。

ぐったりしてネグリジェに着替えると、ペニーがナイトテーブルの上の一本を残してろうそくの火を吹き消し、おやすみなさいと言って出ていった。

マロリーがちょうどシーツのあいだにもぐりこんだとき、続き部屋のドアが開いてアダムが寝室へはいってきた。マロリーはベッドの上で起きあがり、上掛けを胸まで引きあげて、アダムが裸足でこちらへやってくるのを見ていた。

がっしりした大きな体に黒いウールのローブをはおっているが、その下になにも着ていないことはあきらかだ。濃褐色の髪が闇に溶けこみ、黒檀のように輝いている。不機嫌な表情は、分け前を取りに来た海賊のように尊大だ。

昨夜と今日の昼間、アダムから拒絶されたときのことを思いだし、マロリーは体をこわばらせた。いくら怒っていても、せめて話ぐらい聞いてくれてもよかったはずだ。それなのに、こうして平気な顔をしてやってきて、なにごともなかったようにベッドにはいろうとしている。

マロリーはアダムが、名前ぐらい呼ぶだろうと思って待った。だがアダムはなにも言わず、ベッドの脇で立ち止まると、ローブの腰ひもに手をかけた。

「今夜はわたしの寝室へ来ることにしたわけね」マロリーは言った。「あいにくだけど、いますぐ自分の寝室へ戻ってちょうだい。あなたをここで寝かせるつもりはないわ」

アダムは手を止め、マロリーを見た。「ぼくがここに来たのは寝るためじゃない」

「それもお断わりよ！」マロリーは上掛けを抱きしめるようにしてぐっと引きあげた。

「それというのは夫婦の営みのことかな。そう、それがぼくの目的だ」アダムは上体をかがめ、上掛けを強くひっぱった。そして手首をさっとふり、上掛けをベッドの足もとへほうった。「ネグリジェを脱ぐんだ」

そう言うとマロリーがおとなしくしたがうと決めつけているように、さっさと腰ひもをほどいてローブを脱いだ。近くにあった椅子の背におもむろにローブをかけ、ベッドへ上がってきた。一糸まとわぬ姿で、股間から硬くなったものが突きだしている。

「まだネグリジェを脱いでないじゃないか。手伝おうか？」

「いいえ、結構よ。脱ぐつもりはないから」マロリーはふたたび胸の前で腕を組んだ。「わたしを脅すのはやめてちょうだい、アダム・グレシャム。そんなことをしても無駄よ。あなたの態度はとても許せないわ。昨日のあのときから――」

「――きみがほかの男にキスをしているのを見たときからか？」

マロリーの顔がかすかに青ざめた。「わたしがキスしてたわけじゃないわ。向こうからしてきたのよ」

アダムはマロリーをにらみつけ、ますます険しい表情を浮かべた。「ほう、そのふたつには大きなちがいがあるというわけか」

「ええ、あるわ」マロリーは身震いしそうになるのをこらえた。「マイケルはとつぜんキスをしてきたの。まだわたしと婚約してると思ってて、自分がいないあいだに大きく状況が変わったことを知らなかったのよ。わたしとあなたが結婚していることも」

「それできみは、あいつが当然のようにきみを抱きしめてキスをするまで、そのことを話そうとはしなかったんだな」

「もちろん話そうとしたわ」マロリーはアダムの嫌みたっぷりの言いかたには目をつぶった。「でもマイケルは最後まで聞いてくれなかったの。説明しようとしたら、いきなり唇を重ねてきたのよ。やめようとしていたところへ、あなたがやってきた」

「デントンの話によると、ハーグリーブスときみは、少なくとも三十分は一緒に過ごしていたそうだが」アダムは冷たく責めるように言った。

マロリーはデントンを恨《うら》めしく思った。今度エドワードとクレアに会ったら、解雇するように言おうか。

手のひらをアダムに向け、待ってというしぐさをした。「戦争でなにがあって、どうしてみんなから死んだと思われていたのか、マイケルからくわしい事情を聞いていたの。フランス兵につかまってずっと牢に入れられていたけれど、ほんの二、三週間前に英国軍がやってきて、ようやく解放されたんですって」

アダムの褐色の目に冷酷な表情が浮かんだ。「ハーグリーブスが悪魔から黄泉《よみ》の国へひきずっていかれ、そこから無事に逃げてきたのだとしても、ぼくの知ったことではない。あいつにはきみにくちづける権利などない。そしてきみは、あいつに唇を許すべきじゃなかった」

「わたしが許したわけじゃないと言ったでしょう」マロリーは声を震わせた。「どうしようもなかったの。ごめんなさい、アダム。心から申し訳ないと思ってるわ」

「よかった」アダムは冷たい口調で言った。「だったら、これから償いをしてもらおうか。早くネグリジェを脱いでくれ」

マロリーはさっと顔を上げてアダムの目を見た。「でも――」

「わかった。ぼくが脱がせてやろう」アダムは手を伸ばしてネグリジェの襟をつかむと、生地をまっぷたつに引き裂いた。

マロリーは小さな悲鳴をあげた。「アダム！」

「よし」アダムは破れたネグリジェを脇にほうった。「これでいい」

マロリーの片方の足首をつかんでひっぱり、その体を仰向けにした。それから彼女の上にのしかかり、手首を頭の上でつかんだ。暗い輝きを帯びた瞳で新妻の目をのぞきこむ。その鬼気迫るまなざしに、マロリーは目をそらしたくてもそらすことができなかった。

「きみはぼくのものだ」アダムは耳ざわりなかすれ声で言った。「ほかの誰にも渡さない」手首をつかんでいないほうの手でマロリーの頬をなで、次にのどから肩へと指をはわせると、最後に震える乳房を手のひらで包んだ。「ハーグリーブスが墓場から戻ってきたことなど知るものか。ぼくはきみを手に入れた。きみの居場所はぼくのそばだ。たとえなにが起きようとも、きみがぼくの妻である事実はけっして変わらない」

そしてマロリーに口を開く暇も与えずに唇を重ねた。舌で下唇を情熱的に愛撫し、それから口のなかに差しこんだ。マロリーはいつものようになすすべもなく、息が止まるほど素晴らしいアダムのキスに酔いしれた。

しばらくしてアダムは唇を離すと、今度は額や頬、首筋にキスをしながら、乳首のもっとも敏感な部分を親指でさすり、左右の胸の先端を硬くとがらせた。

マロリーは背中を浮かせ、手首をつかまれたまま身をよじった。自分も思う存分キスを返し、彼の体じゅうに手をはわせたい。

だがアダムはマロリーの手首をしっかり握ったまま放さず、激しいキスと愛撫で彼女の欲望を燃えあがらせた。マロリーはあえぎ声をあげて身もだえした。彼の手が下へと向かっていく。情熱の炎で骨まで焼きつくされ、灰になってしまいそうだ。

アダムは欲望のおもむくままに手を動かしながら、ふたたび唇を重ねて濃厚なキスをした。「ぼくは一度、あいつのためにきみをあきらめた」マロリーの首筋にくちづけながらささやいた。「でももう二度と同じことをするつもりはない。今度はハーグリーブスがあきらめる番だ。彼には身を引いてもらう」

マロリーは恍惚としながらも、その言葉にふとひっかかるものを感じた。「ど――どういう意味なの？」ほんとうは黙って快楽に溺れたかったが、どうしても訊かずにはいられなかった。「いつ……いつ、あなたがわたしをあきらめたと言うの？」

アダムがマロリーの上に覆いかぶさったまま、動きを止めた。ふたりの荒い息遣いだけが聞こえている。そのまま長い時間が過ぎた。嵐の空に走る稲妻のように、アダムの目の奥が光るのが見えた。

「もう何年も前だ」

「何年も？」マロリーは眉根を寄せた。「でも……わからないわ」

アダムはふいにマロリーの手首を放し、目をそらした。「ぼくはずっと前からきみのことが欲しかったんだ、マロリー。でもいまはそのことは重要じゃない」ふたたびマロリーの目を見る。「いま重要なのは、ハーグリーブスが戻ってきたからといって、ぼくたちの関係はなにも変わらないということだ。ぼくたちの幸せな結婚生活を邪魔できるものはなにもない。そう、なにも」

「そのとおりだわ」マロリーは熱を帯びた口調で言った。「ほんとうよ。いままで伝えたことはなかったけれど……あなたを愛してる」

アダムの表情が崩れた。「ああ、マル」彼女の頬を温かな手で包むと、ありったけの思いを込めて、こめかみと頬、そして唇にキスをした。「きみがぼくを？　ほんとうに？」

マロリーは微笑んだ。「ええ、ほんとうよ。あまりにゆっくり芽生えた思いだったから、最初は自分でも気がつかなかったの。でもいまははっきりわかるわ」

アダムはつかのま目を閉じた。まぶたを開けたとき、その瞳はきらきらと輝いていた。

「ぼくも愛してる。心の底から」

甘くとろけるキスをされ、マロリーはなにも考えられなくなった。しばらくしてアダムが顔を離した。乱れた息を整えているうちに、マロリーはふと、こうして愛を確かめあうきっかけを作ったのがなんであったか——誰であったか——を思いだした。

「これでわかってくれたでしょう」そうささやいた。「マイケルのことで心配したり怒ったりする必要はないのよ。昨日あの人を見たときは驚いたわ。正直に言うと、いまでもまだその事実を完全には受けとめられずにいるの。なにしろ一年以上、戦死したと信じていたんですものね。もちろん生きて帰ってこられて、ほんとうによかったと思ってる。でも、わたしのせいであの人がまた苦しむことになったかと思うと、とてもつらいわ。それでもマイケルが帰ってきたことは、わたしたちには関係のないことよ。わたしとあなたのあいだはなにも変わらない」

アダムはマロリーの髪に手を差しこみ、ゆっくりとかした。「ハーグリーブスとのことはきみのなかで終わったんだね？　もう愛情は感じていないと？」

マロリーは一瞬ためらった。罪悪感がよみがえり、心が激しく乱れた。戦争に行く前、わたしはマイケルのことを深く愛していた。でもあのときから、いろんなことが大きく変わった。なかでも一番変わったのは、自分の気持ちだ。

アダムを愛している。

夫であるアダムを。

昨日、マイケルが帰ってくるまで、わたしはとても幸せだった。自分がまたあんなふうに幸せを感じられるとは思ってもみなかった。けれどもいま、マイケルが帰ってきた。あの人はまだわたしを愛している。マイケルをどれだけ傷つけたかと考えると、心が引き裂かれそうだ。故郷に帰ってきてこんな結末が待っているとは、マイケルは想像もしていなかっただろう。

マロリーはそれ以上考えるのをやめ、優しいアダムの目をのぞきこんだ。「マイケルとわたしのあいだになにがあったとしても、もう終わったことだわ」心からそう言った。「過去のわたしの気持ちがどうであれ、夫はあなたよ。あなたがわたしの人生のすべてなの」

アダムの褐色の瞳がまた輝いた。「きみもぼくの人生のすべてだ。約束してくれないか。ハーグリーブスには二度と会わないと」

「なんですって？」

アダムはマロリーの肩から腕へと手をはわせた。「彼にはもう会わないでほしい。ひどいと思われるかもしれないが、きみがかつて婚約者だった男と二度と会わないと言ってくれたら、ぼくは心おだやかでいられる。きみがあいつにキスをしているのを見たとき、ぼくは頭に血がのぼって、自分を抑えられなくなりそうだった」

「向こうがわたしにキスをしてきたと言ったでしょう」

「わかった。ハーグリーブスがきみにキスをしたんだったな。でも、あんな場面を見るのはもうごめんだ」

「絶対に見ることはないわ」

「ああ。きみが彼に会わなければ、ああしたことはもう起きない」アダムはマロリーの目をまっすぐ見すえた。「マイケル・ハーグリーブスとの関係を一切断つことを、夫婦としての絆と愛に誓ってほしい。手紙が届いたら送りかえすんだ。もし向こうが会いに来たら、適当に言い訳してすぐにその場を去ってくれ」

「で——でも、少なくともわたしには、あの人に説明する義務があるわ。理由も告げずにいきなり無視するなんてできない」

アダムの手の動きが止まった。「ハーグリーブスは聡明な男だ。すぐに理由を察するだろう」

マロリーは眉をひそめた。「そうかもしれないけど——」

「きっぱり別れるのが一番だ」アダムはぶっきらぼうに言った。「あいつとの関係は終わったと、きみは自分で言ったじゃないか」

「ええ、そのとおりよ。でもわたしとマイケルは、一度は婚約していたの。そしてしかたのないことだったとはいえ、わたしはあの人を深く傷つけた。マイケルにはわたしときちんとお別れをする権利があると思うわ」

アダムはふたたびあごをこわばらせた。「きみに関して、あいつにはなんの権利もない。いまはもう他人だ」

「昨日のことをまだ怒っているのはわかるけど、そんな必要は——」

「必要があろうとなかろうと、とにかくハーグリーブスには近づくんじゃない。わかったかい？」

マロリーはためらった。ふたつの異なる思いが、胸のなかでせめぎあっている。アダムはなぜこんなふうにわたしを追いこむのだろう。それほど冷酷な別れかたを、わたしに迫るなんて。誰も——わたしもアダムもマイケルも——悪いことはしていないのに、どちらか一方の男性を満足させるため、なぜもう片方を傷つけなければならないのだろうか。

アダムはわたしが自分を愛しているとわかってるはずだ。さっきちゃんとそう打ち明けたのだから。いまは彼がわたしのすべてだ、とも伝えた。わたしはアダムの妻であり、なにがあってもそれは変わらない、と。

それなのにアダムは、一番残酷な方法でマイケルに背中を向けろと言う。ひと言説明することも、かつて愛を分かちあった相手にひとかけらの思いやりを持つことも許さないのだ。でもアダムがそれで安心するのなら、どうして首を横にふれるだろうか。アダムはこれまでの人生のなかで、たくさんの人を失ってきた——母親と妹を悲劇的なかたちで、父親を堕落と不摂生で亡くした。そんな心配はいらないのに、きっとわたしのことも失うのではないかとおそれているのだろう。

「わかったわ」マロリーは言った。「あなたがそう望むのなら、もうマイケルには会わない」

「誓ってくれ」

マロリーは目をそらし、心のなかでマイケルに詫《わ》びた。「ええ、誓うわ」

アダムは満足げな表情を浮かべ、欲望で目をぎらぎら光らせた。いきなり手を伸ばし、マロリーの手首をふたたび頭の上でつかむ。上体をかがめて唇を重ね、激しいキスをした。

マロリーは快感で身震いし、まぶたを閉じた。だが次の瞬間、ぱっちり目を開けた。アダムの片方の手が太もものあいだにはいったかと思うと、一番感じやすい部分を迷わず探りあてた。マロリーははっと息を呑んだ。彼が巧みに、そして大胆に手を動かしている。やがて電流に打たれたような衝撃に全身を貫かれ、マロリーは絶頂に達した。

アダムは彼女に息を整える暇も与えず、エロティックな拷問を続けた。「ああ――ああ――ああ」マロリーはすすり泣くような声を出し、高まる欲望に思わず腰を浮かせた。

アダムは容赦することなく、ふたたび彼女をクライマックスへ導いた。手だけを使い、体がふたつにちぎれるかと思うほどの快感を与えて、新妻を降伏させようとした。マロリーはなすすべもなく、夢のように素晴らしい愛撫に溺れた。

何度も絶頂に達したせいで、太ももの内側はあふれだした熱いものでしっとり濡れている。マロリーはそろそろ彼が自分を奪ってくれるだろうと思って待った。

ところがアダムは体を下にずらすと、彼女の片脚を自分の肩に乗せて大切な部分にくちづけた。また欲望に火をつけられ、マロリーはあえいだ。

「きみが知っている男はぼくだけだ」アダムはかすれた声で言った。「これから先もぼくしかいない。このベッドを出るとき、きみはほかの男に触れられることなど想像もできなくなっているだろう。きみはぼくのものだ、マロリー。いまもこれからも、ぼくだけのものだ」

マロリーはその瞬間、アダムがなにをしようとしているのかわかった。彼はわたしに自分のしるしをつけ、離れられないようにしているのだ。わたしはすでにアダムに夢中になっている。そして今夜からは虜にされてしまうだろう。

そのときアダムがふたたび禁断の愛撫を始め、マロリーは快楽の波に呑みこまれた。まもなく自分のものとは思えないような喜悦の声とともに絶頂に達した。頭が真っ白になり、極上の悦びに体が打ち震えている。心臓が早鐘のように打ち、小刻みな荒い息が唇からもれた。全身から力が抜け、動くことができない。

アダムがマロリーの上に覆いかぶさり、体じゅうにキスの雨を降らせた。腹部と乳房はとくに念入りにくちづけ、唇と舌を使ってじっくりと愛撫した。やがて自分でも信じられないことに、マロリーの情熱にまたもや火がつき、体じゅうが燃えあがった。

アダムは情欲をむきだしにした激しいキスをした。マロリーは陶然とし、彼の髪に手を差しこんでその頭をぐっと引き寄せた。舌と舌とをからめ、互いの唇をむさぼりあう。マロリーは片方の脚をアダムの腰にかけ、ひとつになる準備を整えた。彼の股間からいきりたったものが突きだしている。

だがアダムは体を離すと、マロリーをうつぶせにさせた。その体がマットレスの上でわずかにはずんだ。次にアダムは枕に手を伸ばし、それをマロリーの腹部の下に入れた。そして彼女の腰をつかみ、四つん這いの姿勢をとらせた。

マロリーははっと息を呑んだ。彼が太もものあいだにひざをつき、こちらの脚を大きく開かせている。大きな両の手のひらで乳房を包み、じらすように愛撫をしている。乳首をさすられ、のどからふりしぼるようなあえぎ声がもれた。マロリーは身震いして下唇を嚙んだ。燃えさかる炎にほうりこまれたように、全身が熱く火照っている。

ああ、このままでは体がばらばらになってしまいそうだ。お願いだから、早くわたしを奪って。

「きみの望みはなんだ?」アダムはマロリーの上に覆いかぶさりながらささやいた。「欲しいものを教えてくれ」

「あ――あなたが欲しい」マロリーは泣きそうな声で言った。

「もっとくわしく」アダムは頰をすりよせると、首筋にくちづけて舌をはわせた。「ぼくにどうしてほしい?」

「だ――抱いてちょうだい」マロリーはとぎれとぎれに言った。「お――お願いだから」

「こうかい?」アダムは満足そうに言うと、彼女の体を一気に貫いた。

「そう、そうよ」マロリーは背中を弓なりにそらし、彼の肩に頭をつけた。

アダムは片方の腕をまわして彼女の体をしっかり支え、いったん腰を引いてからまた突いた。こんなに体の奥深くまで彼を迎えいれたことが、いままであっただろうか。脚ががくがく震え、マロリーはアダムに支えられていることに、ひそかに感謝した。彼が最初はゆっくりと、それからだんだん速く腰を動かしはじめた。

アダムに激しく揺さぶられ、マロリーは高まる一方の欲望に身もだえした。自分は文字どおり彼の手のなかにあり、すべてを彼にゆだねている。これまで知らなかった新たな官能の世界へと導かれ、狂おしさと快感のはざまでどうにかなりそうだ。

マロリーはなにもかも忘れて大きな声をあげた。この体を鋭い爪のようにさいなんでいる欲望を満たしてくれるのは、世界じゅうにたったひとり、アダムしかいない。

「名前を呼んでくれ」アダムが言った。

「アー―アダム」マロリーは体のすべてで彼を感じていた。

「きみが愛しているのは？」

「あなた……」

「名前を言うんだ」アダムはさらに速く激しく彼女を突いた。

「アダム……」

「言ってくれ。ぼくを愛していると」

「愛してるわ……アダム」

アダムは腰を動かす速度をさらに増した。「もう一度。さあ」

「愛してる、アダム」

「もう一度」

「愛してるわ、アダム。ええ、そうよ。あなたを愛してる。アダム、やめないで。お願い、もっと」

アダムは彼女をぐっと抱き寄せ、その体を壊れるほど強く揺さぶった。マロリーは最後にもう一度、悲鳴にも似た声をあげ、めくるめく悦びに全身を貫かれて絶頂に達した。

喜悦の波間をただよっていると、まもなくアダムもかすれた叫び声をあげてクライマックスを迎えた。

ふたりはぐったりしてベッドに崩れ落ちた。マロリーはぼうっとしたまま、アダムの下で快楽の余韻にひたっていた。

しばらくしてアダムが仰向けになり、マロリーを抱き寄せた。彼の大きな手が、汗ばんだ額にはりついた髪をなでている。頬にくちづけられ、マロリーは目を閉じて笑みを浮かべた。

「愛してる、マロリー」アダムはささやいた。「これからもずっと、きみを愛し、きみを悦ばせていく。なにがあっても、もうけっしてきみを離さない」

だがマロリーは返事をする間もなく、眠りの世界へひきずりこまれ、そこで記憶がとだえた。

24

アダムは翌朝早く目を覚まし、身支度をするためにそっと静かにベッドを出た。

マロリーはぐっすり眠っている。頬と唇がばら色に染まっているのは、昨夜の愛の営みの名残《なごり》だろう。

そのときのことを思いだして下半身が反応したが、アダムは欲望をぐっとこらえた。あれだけ何度も激しく愛しあったのだから、マロリーは疲れはてているにちがいない。それでもくり返しへとへとにさせられたことを、彼女が不満に思っているはずがない。

アダムはじゅうたん敷きの床を忍び足で横切ると、マロリーを起こさないよう気をつけてドアを閉め、自分の寝室へはいった。

それから一時間後、体になじんだ乗馬用ズボンと上等の黄褐色の上着、磨きこまれたヘシアンブーツといういでたちで、屋敷を出て中庭を横切り、厩舎に向かった。馬丁たちはにこやかに朝の挨拶をしたが、手を出そうとはしなかった。アダムが自分で馬に鞍をつけるのを好むことを、みんな知っているのだ。

エリックが小さくいななき、早く出かけたくてうずうずしているように、ひづめで地面をかいた。アダムは手早く鞍をつけ、馬の背に優雅にまたがった。

それからすぐに出発した。

手綱をゆるめると、エリックが霜に覆われた大地を駆けだした。十一月の冷たい風が髪を乱し、頬を打っている。

だがアダムの頭のなかはマロリーのことでいっぱいだった。ベッドに横たわる温かな体、火照った肌。彼女は昨夜、アダムの体に情熱的に手をはわせ、やわらかな唇で熱く官能的なキスをした。

〝愛してるわ、アダム〟

その言葉が頭によみがえり、アダムの心臓の鼓動が激しくなった。ずっと夢見てきたマロリーの愛を、とうとう手に入れることができたのだ。たったひとつ、あのことさえなければ、喜びのあまり大声で叫んでいただろう。
ハ、ハ、ハ、ハーグリーブス。
恋敵の名前を思い浮かべただけで、アダムは胃がねじれる感覚に襲われた。マロリーから愛の告白を受けたのだから、嫉妬などしなくてもいいことはわかっている。

だがどうしても、その気持ちを抑えることができない。

気をもむ必要はないとわかっていたが、爪に刺さったとげのように、かすかな不安がアダムの胸につきまとっていた。

ハーグリーブスのほうからとつぜんキスをしてきたのだというマロリーの説明を、自分は信じている。それでも彼の腕に抱かれていたマロリーの姿が、まぶたに焼きついて離れない。マロリーは、かつて愛を捧げ、その死を心から悼んだ男とキスをしていたのだ。その光景を見たときの衝撃を忘れることなどできるだろうか。裏切られたという思いではらわたが煮えくりかえったが、あのときの怒りの炎をまだ心のなかから完全に消し去ることができずにいる。

いままで自分をとくに嫉妬深いと思ったことはなかった。過去の女性たちとの関係で、これほど激しい感情を引き起こされたことはない。なかにはひとりかふたり、こちらの気を引くために、嫉妬心をあおりたてようとする女性もいた。だが自分はそんな相手を滑稽《こっけい》に感じてうんざりし、そろそろ別れる潮時だと思ったものだ。

とはいえこれまで付き合ったなかで、愛した女性はひとりもいなかった。相手が関係を続けたがっていようがどうだろうが、別れるときが来たら別れればいいと思っていたし、実際にそうしてきた。

だがマロリーと別れる気は永遠にない。昨夜、本人にベッドの上で教えたとおり、マロリーは自分だけのものだ。そばにとどめておくためなら、どんなことでもするつもりだ。

アダムは鞍に座りなおし、マロリーがかつての婚約者を傷つけたと気に病んでいたことについて考えた。でもハーグリーブスは自分の力で悲しみを乗り越えるしかない。彼は戦場から帰ってきてマロリーと再会したが、ふたりが会うのは昨日が最後になるはずだ。

いずれマロリーが身ごもり、グレシャム家の子どもが三人か四人できたら、社交上の付き合いぐらいは認めてもいい——もっとも、それもハーグリーブスが結婚していればの話だ。それまではマロリーを彼から引き離し、万が一にもやけぼっくいに火がつくことなどないようにしなければならない。いつか時間がたてば、自分たちがかつて愛しあっていたことも、ふたりのなかで完全に思い出に変わるだろう。

マロリーはハーグリーブスに会いに行かないと約束してくれたが、向こうはそうではないのだ。機会があれば彼女を誘いだし、奪いかえそうとするかもしれない。

愛するマロリーを失う危険を冒すわけにはいかない。

アダムは手綱を引いて馬の速度を落とし、眼前に広がる景色をながめた。この土地を自分は再興し、ふたたび繁栄させようと力をそそいでいる。マロリーがそばにいてくれれば、歳月とともにますます豊かに栄えるだろう。

結婚生活もそれと同じで、月日がたつにつれて絆が深まっていくにちがいない。ハーグリーブスが戻ってくるまで自分たちは幸せだったし、これからも幸せな生活を送るつもりだ。夜はベッドで至福のひとときに溺れ、日中は屋敷の切り盛りで忙しくしていれば、マロリーもハーグリーブスのことを思いだす暇などないはずだ。やがて数週間、数カ月とときが流れるにつれ、彼女は自分と一緒に過ごす人生のことだけを考えるようになり、元婚約者と過ごした過去に思いをめぐらすこともなくなるだろう。やがてハーグリーブスはマロリーの記憶のかなたへ消え去っていく——彼女とともに暮らし、数えきれないほどの夜を一緒に過ごすのは、この自分なのだから。

夜のことを考え、アダムの下半身が反応した。いまもまだベッドで眠っているマロリーの姿がまぶたに浮かぶ。

アダムはエリックを歩かせると、いますぐ屋敷に戻って新妻を抱きたい衝動をこらえ、領地の見まわりを続けた。愛しあう時間なら、暗くなってからたっぷりある。これから先、愛する女性とともに数えきれない夜——そして昼——を過ごすのだ。

マロリーはゆっくりと目を覚まし、シーツの上で伸びをした。まぶたを開け、カーテン越しに部屋にそそぎこむ弱い陽射しに目をしばたたいた。昨夜、アダムから大胆に愛された余韻が残り、体は心地よいけだるさに包まれている。だがアダムはいつだって大胆だ。ベッドのなかでも外でも、いままで知らなかった新しい世界へわたしを連れていってくれる。

アダムはわたしを愛していると言った。マロリーの唇に、うっとりしたような笑みが浮かんだ。そしてアダムは嫉妬に駆られている。あの人があんなに嫉妬し、所有欲をむきだしにするなんて、いままで想像したこともなかった。

マロリーの顔から笑みが消えた。あの人はわたしに、二度とマイケルに会わないように言ったのだ。

もう二度と。

マロリーは眉間にしわを寄せた。ちゃんと別れも告げないまま、マイケルに背中を向けることを思うと胸が痛んだ。たしかにアダムと約束を交わしたし、そのことを軽く考えているわけではない。

それでも……。マロリーは爪を噛みながら物思いにふけった。マイケルに申し訳ないという気持ちを抑えることができない。戦場で瀕死の重傷を負い、フランス軍の牢で過酷な日々を過ごしてようやく帰ってきたあの人を、きちんとした説明もなしにはねつけるのは、あまりにむごいことではないだろうか。マイケルはわたしが帰りを待たなかったことに絶望し、深く傷ついたにちがいない。

〝たった三カ月だったのに〟そう嘆く彼の声が聞こえてくるようだ。あと三カ月待ってくれさえしたら、ぼくは戻ってきた、と。

でも誰もがみな死んだと信じていたのに、どうしてあの人が帰ってくることがわたしにわかっただろう。お墓の下で眠っているのが赤の他人であることなど、わたしが知るはずもない。マイケルがいつの日か戻ってきて、わたしを迎えに来るなんて。

かつて抱いていたむなしく非現実的な夢が、いまになって実現するとは、運命の皮肉としか言いようがない。わたしはずっと、いつかマイケルがドアを開けてはいってきて、自分は死んでなどいない、戦死したというのは真っ赤な嘘だと言ってくれることを夢見ていた。それがまさに現実のものになったのだと思うと、笑いたい気分だ。

たった三カ月。

もしわたしがあと三カ月待っていたら、すべてはがらりと変わっていただろう。わたしを取り巻く世界は、いまとはまったくちがうものになっていたはずだ。

でもわたしはそのほうがよかったのだろうか？

いや、わたしはアダムと結婚し、アダムを愛するようになったことを後悔していない。あの人はわたしに喜びと笑いを取り戻し、昨夜もこのベッドで極上の快楽を味わわせてくれた。

もしどちらかを選べと言われても、やはりいまの人生を選ぶだろう。

わたしが選ぶのはアダムしかいない。

アダム自身がそのことをわかってくれさえしたら。マイケルが戻ってきたことで、アダムの気持ちがかき乱されるのは当然かもしれないが、不安になる必要はないのだとわかってほしい。

わたしはアダムの妻だ。

あの人を愛している。

そのことはなにがあっても変わらない。

たしかにわたしはマイケルに会わないと約束したし、その約束を破るつもりはない。それでもどうしても、この胸をさいなむ罪悪感をぬぐいさることができずにいる。

マロリーはため息をつくと、上掛けをはいでベッドを出て、ペニーを呼ぼうと呼び鈴のほうへ向かった。

それから一時間以上がたったころ、入浴をすませて暖かな紺のカシミヤのドレスに身を包み、階段を下りた。最後の一段を下りたところで、ちょうどアダムが玄関ドアからはいってきた。どうやら厩舎から戻ってきたらしい。濃い褐色の髪が乱れ、小麦色の頬と首筋にかすかに赤みが差している。

アダムはマロリーを見て足を止め、満面の笑みを浮かべながら近づいてきた。

マロリーも微笑みかえした。「おはよう」

「おはよう」アダムは低くかすれた声で言った。

そしてブルックとふたりの従僕が玄関ホールにいるにもかかわらず、マロリーの手を引いて抱き寄せた。頭をかがめ、人前でするには濃厚すぎるキスをした。

「ぐっすり眠れたかな」耳もとでささやいた。

マロリーはうなずいた。「ええ、ほんの数時間しか寝かせてもらえなかったけれど」

アダムは忍び笑いをし、またもやくちづけた。「二階へ行って服を着替えたほうがいいかな」

「そうね、少し馬のにおいがするから、着替えたほうがいいと思うわ」

アダムはいとおしそうにマロリーの鼻をつまんだ。「きみはこれからなにをするつもりだい？」

「どうやら」マロリーは後ろをふりかえった。ふたりの配達人が、女中頭のミセス・デイリリーにともなわれて玄関ホールへはいってくる。「新しい家具が届いたみたいだから、忙しくなりそうだわ。どこになにを置くか、ちゃんと指示しなくちゃ」

「そうか」アダムは図書室に置くクルミ材の大きな机が運びこまれるのをながめた。「それではそろそろ失礼しよう。昼食は一緒にとるだろう？」

らっぽく笑った。
「ええ、あなたがちゃんとした服を着て、馬の香水をつけていなければ」マロリーはいたず
アダムは首を後ろに反らして笑うと、もう一度マロリーにくちづけ、階段を大またに上がって寝室へ向かった。
マロリーはアダムの姿が消えるまで見ていた。それからミセス・デイリリーのところへ行き、ふたりで家具の配置を指示した。

それから三週間、マロリーは屋敷の改装で毎日あわただしく過ごした。建物のなかは朝から夜まで、職人や大工の声、作業の音でにぎやかだった。壁を塗ったり壁紙を張ったりしている者もいれば、天井にシャンデリアを、壁に突出し燭台を取りつけている者もいる。カーテンレールをつけたり、じゅうたんを床に敷きつめたりしている者がいるかたわらで、家具や箱が次々と運びこまれてくる。

メイドと従僕も大忙しで、部屋をせっせと掃除し、ロンドンから毎日届く山のような荷物を開けて中身を整理した。内装が整うにつれ、殺風景だった建物は、温かな雰囲気をただよわせた快適で趣味のいい屋敷へと変わっていった――まさに伯爵夫妻にふさわしい館だ。

まもなく地元の名士たちも、屋敷がどういうふうに変わったのかを見たくて訪ねてくるようになった。

「レディ・グレシャムはクライボーン公爵の妹君だそうだ」畏敬の念のこもった口調でささ

やいていたのは、ひとりだけではない。「こんなに美しいグレシャム・パークを見たのは、ほぼ四半世紀ぶりです」紅茶のもてなしを受け、マロリーが整えた内装をながめながら、名士の多くがそう言った。

アダムも毎日忙しく過ごし、定期的に小作人や農夫を訪ねていた。また、グレシャム・パークの再建計画に興味がある近隣の紳士の何人かと会うこともあった。夕食の席でアダムはマロリーにくわしい話をして聞かせ、春になって作付けをしたら、計画の大部分がいよいよ本格的に始まるのだと説明した。でもそのときまでに、やっておかなければならないことがたくさんある。

あれ以来、マイケルの話は出なかった。きちんと別れを告げられなかったと悔やむこともときどきあったが、マロリーはそれを自分の胸だけにしまっておいた。アダムが言ったとおり、マイケルは聡明な大人の男性で、マロリーが人妻であることを知っている。

こちらが沈黙を守っている理由を、きっとわかってくれるはずだ。

なぜ手紙を出せないのかも。

それでも中途半端なかたちで別れてしまったという思いは消えず、なにも悪いことをしていないのに、マロリーは心のどこかで後ろめたさを感じつづけていた。自分はマイケルを傷つけた。あれほど深く愛していた人を。正直に言うと、彼のことはいまでも大切に思っている——ただし、恋人ではなく友人として。アダムとマイケルの立場がまったく逆になったことを考えると、なんだか妙な気分だ。かつての自分は無邪気にも、ふたりがそばにいることを当たり前のように思っていた。でも悲しいことに、もうあのころには戻れない。

そこでマロリーはそのことをなるべく考えないようにし、屋敷の改装や女主人としての仕事で忙しくしていた。もちろんアダムもマロリーをつねに楽しませ、退屈する暇を与えなかった。

あっというまに十二月になり、気温がぐっと下がって大雪が降ることもあった。ふたりはクリスマスをグレシャム・パークではなくブラエボーンで過ごすことにし、マロリーは出発の日を指折り数えて待ちわびた。

そしていま、マロリーはエメラルドグリーンの旅行用ドレスに身を包んでいた。上にはおったアカギツネの毛皮のマントは、その日の朝、アダムがとつぜんプレゼントして新妻を驚かせたものだ。ふたりは馬車に乗り、グロスターシャー州へ向けて出発した。

道は空いており、馬車の旅は快適だった。やがて日が沈んであたりが暗くなるころ、馬車の窓の向こうにブラエボーンが見えてきた。

故郷だわ。マロリーは心のなかでつぶやいた。でもここはもうわたしの家ではない。わたしの家はグレシャム・パークだ。

それでも馬車から降りて大きな屋敷を前にすると、なにもかもがなつかしくて胸がいっぱいになった。蜂蜜色をした石造りの建物の窓から、温かなろうそくの光が無数にもれている。召使いたちが手を貸そうと駆け寄ってくる。開け放たれた玄関ドアをくぐると、クロフトが品のある優しい笑顔で出迎えてくれた。

「マロリー！　アダム！」クレアが玄関ホールをすべるようにしてやってきた。「ああ、ふたりが来てくれてうれしいわ」

マロリーは微笑み、クレアとしっかり抱きあった。アダムも同じことをした。まもなくエドワードとエズメが現われ、またひとしきり再会の挨拶がくり返された。二匹の犬がみなのまわりをうろつきながら、ちぎれんばかりに尻尾をふっている。

「さあ、行きましょう」マロリーがマントを脱ぐと、クレアが腕を組んできた。「少し休憩して旅の疲れをとりたいだろうと思って、夕食を一時間遅くしたの。朝から家族や親威が続々と到着しているわ。まだ来ていないのはケイドとメグだけよ。でもヨークシャー州は遠いから、ふたりが遅くなるのも無理はないわね。手紙によると、明日の昼までには着くそうよ」

クレアはマロリーを居間へ連れていき、ほかの人たちもそのあとに続いた。「あなたの顔はとても輝いているわ。幸せな結婚生活を送ってるのね」

「ええ」マロリーは言った。ほんの数フィートしか離れていないところにアダムが立っている。「幸せよ」

「ほかにも理由があるんじゃない？」クレアは声をひそめた。「お腹に赤ちゃんがいるとか」

マロリーは首をふった。「いいえ、まだよ」

「そう。でもすぐにできると思うわ。ごめんなさい、なんだか赤ちゃんのことで頭がいっぱいで。いまはハンナだけじゃなく、ほかにもたくさんの赤ちゃんが育児室にいるんですもの。

それともそんなことを思ったのは、やはりわたしの個人的な事情からかしら。聞いてちょうだい、また子どもができたの」

「まあ、おめでとう！」マロリーはクレアをもう一度抱きしめた。

クレアは満面の笑みを浮かべた。「性別はどちらでもいいとエドワードは言うんだけど、今度は男の子じゃないかという気がするの。新しいハーツフィールド侯爵よ」

「あら、マロリーに話したのね」公爵未亡人がやってきた。

「お母様！」マロリーはふりかえり、母の腕に飛びこんだ。

体を離すと公爵未亡人はマロリーの手を握り、一歩後ろに下がって、澄んだ緑色の目で娘の顔をしげしげとながめた。しばらくして満足げな表情でうなずき、マロリーの手を放した。

「元気そうね」

マロリーの口もとがぴくりと動いた。「そう思ってもらえてよかった」

「昔みたいに頬に血色が戻ってきたし、目もきらきら輝いているわ。アダムに大切にしてもらってるのね」

「ええ、とても大切にされているわ」マロリーはエドワードと話しているアダムをちらりと見た。

公爵未亡人は眉根を寄せた。「少佐のことはどうなったの？　あなたからの手紙を読んだときは、ほんとうに驚いたわ。あれほどびっくりしたのは人生ではじめてよ。それでその後、あなたはどうしてるの？」

どうしてる？　マロリーは考えこんだ。

マイケルが生きていたなんて、いまでも奇妙な夢だとしか思えない。あの人の死を嘆いていた日々が、ただの悲しい誤解にすぎなかったとは。それでもそうした苦しい日々の果てに、わたしは予想もしていなかった素晴らしいものをアダムと一緒に見つけた——それは愛だ。後ろめたさはあるけれど、後悔はしていない。

マロリーがふりむくと、アダムと目が合った。アダムは微笑み、どうしたんだと尋ねるように片方の眉を上げた。その端整な顔立ちと優しい茶色の瞳に浮かんだ表情に、マロリーの胸が熱くなった。アダムに微笑みかえし、しばらく見つめあってから、ふたたび母とクレアのほうを見た。

「わたしならだいじょうぶよ。マイケル・ハーグリーブスはもうわたしの少佐じゃないわ。あの人はまた素敵な独身男性に戻ったの」

公爵未亡人はかすかにばつの悪そうな顔をした。「あなたの言うとおりだわ。あなたは妻として、アダムにとても愛されているんですものね」

「ええ」

マロリーは一瞬、マイケルのことになるとアダムが嫉妬心をむきだしにすることを、ふたりに打ち明けようかと思ったが、やめておくことにした。それは自分とアダムの問題であり、ほかの人には関係のないことだ。そもそも愛を告白し、あらためて忠誠を誓ったいま、アダムが嫉妬する理由はどこにもない。

「疲れたでしょう。少し休んだほうがいいわ」クレアが言った。「あなたの昔の寝室を用意してるんだけど、広い続き部屋のほうがよかったかしら。もしそのほうがいいなら、すぐに女中頭に言って準備させるわ」

マロリーは首を横にふった。「ううん、わたしの寝室でいいわ。今回はアダムが同じ部屋にいるところを見られても、誰も怒ったりしないでしょうから」

クレアと公爵未亡人はマロリーの顔をぽかんと見つめ、それから声をあげて笑いだした。

「なにがそんなにおかしいんだい？」ジャックがお腹の大きなグレースと腕を組み、居間へはいってきた。

三人はふたたび笑い、マロリーは楽しいクリスマスになりそうだと思った。

それから二週間、マロリーは兄弟や姉妹、叔父や叔母、甥や姪、そして年齢もさまざまなバイロン家の親戚たちと、毎日陽気にはしゃいで過ごした。

屋敷のなかは切り立てのヒイラギとマツの枝のいいにおいがし、朝から晩まで笑い声で満ちている。みな思い思いにグループを作り、さまざまな催しや冬ならではの娯楽を楽しんだ。食事は豪華で、とくに夕食のときは来賓用のダイニングルームが大勢の人でにぎわった。夕食が終わると家族で居間へ移動し、甘いシラバブ（ワインなどをミルクに加えた飲み物）や香辛料のきいた温かいワッセル酒を飲み、推測ゲームをしたり聖歌を歌ったりした。

夜になるとマロリーはアダムと寝室でふたり、何カ月か前に途中でやめたことを、誰にも邪魔されずに心ゆくまで満喫した。

やがてクリスマスの日を迎え、人びとは礼拝から戻って、文字どおり山のような贈り物の包みを開けた。マロリーも数えきれないほどたくさんの贈り物を受け取った。箱を開けはじめると、みなが興味津々の顔で笑みを交わしながらそれを見守った。それは見事な宝石が、次から次へと出てくる。

「曜日ごとにちがうものをつけられるよう、七つの宝石を贈ると前に話していただろう」アダムが耳もとでささやき、にっこり笑った。光沢のある一連のピンクの真珠に、貝殻の形をしたルビーの留め金がついたネックレスを見て、マロリーは思わず息を呑んだ。

ほかにもエメラルドのブレスレット、サファイアのダイアデム（帯状の髪飾り）、アメジストのイヤリング、ダイヤモンドとペリドットのブローチ、日の光を受けて神秘的に輝くオパールの指輪などがあった。だがマロリーがとりわけ気に入ったのは、そのなかで一番シンプルな金の楕円形のロケットだった。バラの柄が彫られたふたを開けると、小さな記念品を入れる場所がふたつある。

「これに入れたいから、あとで髪の毛をちょうだい」マロリーは首につけてもらおうと、ロケットをアダムに手渡しながら言った。

アダムは優しい笑みを浮かべ、うなじにキスをした。「もうひとつのほうには、なにを入れるつもりかな？」

マロリーはいっとき間を置き、彫刻の施されたふたを指先でなでた。「そうね、どうしようかしら。そのうちわかるわ」

アダムはくすくす笑い、マロリーをふりむかせると、とろけるようなキスをした。「メリー・クリスマス、マロリー」

「メリー・クリスマス」

それからの数日も楽しく過ぎ、気がつくと新年と十二夜（クリスマスから十二日目の夜）のお祝いが間近に迫っていた。みなが新しい年を迎えるにあたり、目標や抱負《ほうふ》を口にするようになると、マロリーはふたたびマイケルのことを考えるようになった。

マイケルはホリデーシーズンをどう過ごしているだろうか。家族と一緒ならいいのだけれど。わたしのことをどう思っているだろう。もしかすると軽蔑しているかもしれない。あの人がロンドンに戻ってきた日の気まずい再会以来、一切連絡はない。関係が終わったのはたしかだが、自分たちのあいだのことはなにひとつ解決されていないような気がする。なにしろ、ちゃんとしたさよならも言っていないのだ。

マロリーは寝室の椅子にひとり腰かけ、マイケルのことに思いをめぐらせていた。アダムは雪のなか、ほかの男性たちと一緒にブラエボーンの領地を見学しに出かけている。すべてが新しく始まる季節なのに、自分は過去に決着をつけることができないままだ。

赦《ゆる》しと理解の季節でもあるというのに、自分とマイケルのあいだにはそのどちらもない。良心が腐肉をついばむカラスのようにちくちく胸を刺し、罪悪感が魂を暗く覆っている。

マイケルと和解し、この後ろめたさが消えるまで、真に心が安らぐことはないだろう。あの人はきっとわたしに裏切られたと思っている。せめてそのことについて説明するまで、わたしはほんとうの意味で幸せにはなれない。

もちろんアダムとの約束は覚えている。マイケルに二度と会わないという約束を破るつもりはない。だが手紙については、なにも言っていない。

マロリーは爪を噛みながら考えた。手紙ならいいと考えるのは、こじつけかもしれない。それでも、たった一通、しかもきちんと決着をつけるための手紙を出すのに、なんの問題があるだろうか。

マイケルへの罪悪感をぬぐわなければ、前へ進めない。

最後に一度だけ、ちゃんとさよならを言いたい。

マロリーはそれ以上考える暇を自分に与えず、立ちあがって紫檀《したん》の書き物机へ向かった。便箋とペンとインクを取りだし、椅子に腰を下ろして手紙を書きはじめた。

25

十二夜が過ぎると、マロリーとアダムは家族に別れを告げ、またすぐに訪ねてくると約束してグレシャム・パークへ戻った。

屋敷に到着し、マロリーは馬車を降りて玄関をくぐった。改装が終わった玄関ホールには温かな雰囲気がただよっている。金の装飾が施された大きなクルミ材のテーブルのそばに、肘掛けのない椅子が置いてある。壁にはクリーム色の美しい壁紙が張られ、クリスタルの突出し燭台がついていた。

マロリーはブルックにマントと防寒具《マフ》を渡して挨拶をした。ブルックはマロリーとアダムに、新年のお祝いと帰宅を歓迎する言葉をかけた。ふたりが留守にしているあいだも、使用人はせっせと働いていたようだ。屋敷のなかは埃ひとつ落ちておらず、すべてがぴかぴかに磨かれていた。蜜蠟の光沢剤とベーラムの石けんのにおいがあたりにただよい、手入れの行き届いた暖炉からも灰のいいにおいがする。

「みんな楽しい休暇を過ごせたかしら?」マロリーは手袋をはずしながら訊いた。

「はい、奥様。とても楽しい休暇でした。奥様がわたしどものためにご用意くださったクリスマスのご馳走を、みな大変喜んでおりました。なかでも野生のガンとカキが絶品だと評判で」

マロリーは微笑んだ。「とくに変わったことはなかった?」

「ええ、何人かのかたが挨拶に来られて、贈り物と名刺を残していったぐらいです。それから先ほど今日のぶんの郵便物が届きました。すぐに整理して居間にお持ちいたします」

「いや」アダムが手を差しだした。「その必要はない。そのまま渡してくれ」

ブルックはうなずき、棚に置かれた郵便物を取りに行った。

アダムは手紙を受け取り、ぱらぱらとめくった。手を止めて招待状らしき郵便物を二通と、雑誌を取りだした。マロリーが見たところ、どうやら『ラ・ベル・アサンブレ』のようだ。

「きみ宛てだ」アダムはそれらをマロリーに手渡した。

マロリーは微笑み、ふたりで執事のそばを離れた。「寝室へ行って服を着替えるわ。あなたもそうする?」

アダムは首をふった。「まず書斎に寄り、留守中に届いた郵便物に目を通すよ」

「根を詰めすぎないようにね」

「だいじょうぶだ、すぐに行く」アダムは頭をかがめてマロリーにキスをした。「もし間に合ったら、一緒に風呂にはいろう」

マロリーは意味ありげな目でアダムを見た。「そうね」ふたたび笑みを交わすと、階段を上がって寝室へ向かった。

アダムは書斎の机に置かれた銀のペーパーナイフで、一通の手紙の封を開けた。それはマロリーに見られないよう気をつけて、ここに持ってきたものだ。

中身に目を通し、くしゃくしゃに握りつぶした。

ハーグリーブスめ。

なんとずうずうしい男なのだろうか。今度マロリーがロンドンに来たときに会いたいだと？　そのまま永遠に待ちつづければいい。ロンドンであれどこであれ、マロリーは二度とあいつには会わないのだから。それにあの男からの手紙を読むこともない。その点は自分が目を光らせるつもりだ。

ほんとうならマロリーにこの手紙を見せて話しあうべきなのかもしれない。彼女は二度とハーグリーブスに連絡しないと約束してくれたし、自分の知るかぎり、その言葉をちゃんと守っている。

だが一方でマロリーは、事情を説明せずハーグリーブスに背中を向けることに難色を示し、きちんと別れを告げたいとも言っていた。彼女は優しすぎる性格なので、この状況で〝きれいに別れる〟ことなどできないと、わかっていないのだろう。マイケル・ハーグリーブスはマロリーを失った。立派な人物という評判の少佐ではあるが、あらゆる機会に乗じて、彼女を取り戻そうとするのではないだろうか。

いや、そんなことをさせるわけにはいかない。結婚していようがいまいが、マロリーを離すつもりはない。

そう、マロリーはハーグリーブスの手紙のことを知らないほうがいい。いつまで待っても返事が来なければ、向こうもそのうちあきらめるだろう。それまではどんな手段を使ってでも、ハーグリーブスをマロリーに近づけないようにしなければならない。そのためには妻宛ての手紙を調べることも辞さないつもりだ。

今日からブルックに命じ、郵便物はすべてマロリーに渡す前に自分のところへ持ってこさせよう。そしてそのことは家の者、とくにマロリーには話さないように念を押さなければ。

なんともいえない後味の悪さを覚えたが、アダムはそれを無視した。嫉妬に駆られた愚か者のようなふるまいであることはわかっているけれど、マロリーを失う危険を冒すわけにはいかない。この幸せな結婚生活を守るためなら、なにをしてもやりすぎということはない。

暖炉に歩み寄り、鉄の火かき棒で薪をかきまわすと、くすぶっていた火が燃えあがって白い灰が飛び散った。アダムは火かき棒をもとの場所に戻し、ハーグリーブス少佐からの手紙を投げこんだ。それが真っ赤な炎に呑みこまれて黒くなるのを、満足げな表情で静かに見守った。

手紙がすっかり焼けたのを確認すると、ようやく暖炉から目を離し、机に戻ってふたたび郵便物を仕分けした。

しばらくして手紙の束を脇に置き、マロリーと一緒に風呂にはいれることを願いながら、書斎を出て階段を上がった。

十日後、マロリーは刺繍の施された緑色とばら色のショールにくるまり、図書室に置かれた背もたれの高い大きな椅子に深々と身を預けた。暖炉でぱちぱちと音をたてて薪が燃え、一月後半の厳寒の日であるにもかかわらず、部屋のなかは暖かかった。

クリスマスのときにメグから借りた、殺人と恋愛がテーマの小説に読みふけり、窓の外でときおり雪が横殴りに降っているのにもほとんど気がつかなかった。

アダムは午後から地元の郷士《ごうし》に会いに出かけている。そこでマロリーは、しばらくひとりで読書を楽しむことにした。最近はしょっちゅう誰かが訪ねてきたり、屋敷のことで忙しく、ゆっくり本を読む暇もない。でも今日は午前中にミセス・デイリリーとの打ち合わせをすませ、家計簿を確認して今週の献立の計画を立てた。こんな荒れた天気の日に、誰かが訪ねてくるとも思えない。

それから二十分近くたち、マロリーが一章を読み終えて次の章に移ろうとしていたとき、ドアをノックする音がした。顔を上げると、入口のところにブルックが立っていた。

「失礼します、奥様。紳士がお見えになりました。お通ししてもよろしいでしょうか」

これで静かな午後も終わりというわけね。マロリーはひそかにため息をついた。

「ええ、お通ししてちょうだい」読みかけの箇所にしるしをつけ、本を脇に置いて立ちあがった。白いデイドレスをなでつけてしわを伸ばし、ショールを肩にかけなおした。きっと近所に住む紳士だろうが、この寒空の下わざわざ訪ねてくるなんて、いったい誰だろうか。アダムに会いに来たのでなければいいのだけれど。もしそうだったら、無駄足になってしまう。

ブルックが戻ってきた。「ハーグリーブス少佐です、奥様」

ショールを握ったマロリーの手に、ぐっと力がはいった。「マイケル！」

マイケルが部屋の奥へ進んできた。今日は軍服ではなく、上質な焦げ茶色の上着とズボンを身に着けている。待っているあいだに手ですいたのか、豊かな金色の髪が乱れていた。澄んだグレーの瞳がマロリーの目をとらえた。その奥に激しい感情を秘めているのがよくわかる。

「ありがとう、ブルック。もう下がっていいわ」マロリーが言うと、ブルックは静かな足取りで立ち去った。

マイケルはマロリーとのあいだに少し距離を置いてお辞儀をした。「レディ・グレシャム、お会いくださって感謝します。ご迷惑だったのでなければいいのですが」

マロリーはいっとき黙り、最後にマイケルと会ったときのこと、そして二度と彼に会わないとアダムに約束したことを思いだした。だがこの状況で、どうすればよかったというのだろう。訪ねてきた理由も聞かず、いきなり追いかえすことなどできない。それにしても、マイケルはどうしてここへ来たのだろうか。この前の手紙で、伝えるべきことはすべて伝えたはずなのに。

「迷惑だなんてとんでもないわ」マロリーはわざと明るい声音で言い、内心の動揺を隠した。「どうぞ座ってちょうだい。いまなにか飲み物を用意させるわ。あの……そうね……今日はとても寒いから、温かい紅茶がいいかしら」

マイケルはぶっきらぼうにうなずき、椅子に腰を下ろした。マロリーは部屋を横切り、呼び鈴のところへ行った。

すぐに戻ってきて椅子に座った。

マイケルが立ちあがり、部屋のなかを行ったり来たりしはじめた。一往復したところで立ち止まり、マロリーの目を一瞬見てからまた歩きだした。「元気だったかい？」ふいに尋ねた。

「ええ」

マイケルはあまり元気そうには見えなかった。顔色はまだ悪く、相変わらずやせている。

「ご家族は？」

「みんな元気よ。あなたのご家族は？」

「ああ。だいじょうぶだ。みんな元気にしている」マイケルは手で髪をすきながら歩きつづけたが、やがて立ち止まると、がっくり肩を落とした。「すまない。来てはいけないことはわかっていた。グレシャムが出かけるまで待っていたんだが、それでもどうしようかとしばらく迷ったよ」

「どうして来たの、マイケル」マロリーは小さな声で尋ねた。「手紙を読まなかった？」

「ああ、読んだ。でもきみがなぜぼくの手紙に返事をくれないのか、わからなくてね」

マロリーはかすかに眉根を寄せた。マイケルはなにを言っているのだろう。手紙の返事とは?

マイケルはまた何歩か足を前に進めた。「ここへ来たのはあまりに非常識だと、きみはきっと思っているだろう。でもぼくたちはあんなに愛しあっていたじゃないか。あのまま黙っているなんてできなかった」立ち止まり、すがるような目でマロリーを見つめた。「きみはほんとうに、今後一切ぼくとかかわりたくないと思っているのかい? それとも誰かにそうするよう言われたのか? たとえばご主人とか」

マロリーはちがうと言えず、目をそらした。

「きみは幸せなのかい、マロリー。グレシャムのことが、ほかの誰よりも好きだと言いきれるのか?」

〝ぼくよりも好きだと〟

口に出さないその言葉が、ふたりの胸に鳴りひびいた。

それを告げることだけは避けたかったが、マロリーは覚悟を決めて切りだした。

「わたしが好きなのはアダムよ。あの人を愛しているの、マイケル」

マイケルの目に浮かんだ表情を見て、マロリーの胸が締めつけられた。「あなたのことは心から大切に思っているわ。なんといっても、一度は生涯をともにしようと思った人だもの。でもあれから、いろんなことが変わったのよ。わたしのあなたへの気持ちも」

「ほんとうにそうなのか? きみがぼくにもうなんの感情も抱いていないなど、とても信じられない。ぼくたちの愛が終わったなんて、どうして信じられるだろう」

「終わったのよ。終わらせなくちゃいけないわ。マイケル、わたしは結婚しているの」

マイケルはマロリーに歩み寄り、その手を取った。「ああ、そのことを考えると頭がおかしくなりそうだ。いけないことだとわかっているが、ぼくはまだきみを愛している。きみがぼくのもとから永遠にいなくなると思うと、とても耐えられない。きみのなかに、ぼくへの愛も少しぐらい残っているはずだ。頼むからそう言ってくれ。あのころのことを忘れてはいないと」

「忘れてなんかいないわ。でももう遅い――」

「遅くなどない」マイケルは迫った。「一緒に行こう、マロリー。ふたりで逃げるんだ。スコットランドかウェールズ、あるいはどこかもっと遠くの、誰にも見つからないところへ行こう。カナダかアメリカはどうだろう。あそこには広大な土地があると聞いている。きみの兄上と同じくらい、いや、場所によってはそれよりも広い領地が手にはいるかもしれない」

「気はたしかなの？　そんなことできるわけが――」

「できるさ。さあ、一緒に行くと言ってくれ。荷物をまとめるんだ。今日これから、ぼくの馬車で発とう」

マロリーがどこにも行くつもりはないと言おうとしたとき、入口のほうから音がした。マロリーはふりかえり、胃がぎゅっと縮むのを感じた。そこにいたのは、お茶を運んできたメイドではなかった。

アダムがおそろしい形相《ぎょうそう》で立っている。茶色の目は激しい怒りで黒に近い色になっていた。「郷士との話し合いが早く終わってね」氷のように冷たく、抑揚のない声だった。「きみのところに客人があるとは知らなかったよ、レディ・グレシャム」

アダムが怒ったところは前にも見たことがある。だがこれほど怒りに満ちた顔を見るのははじめてだ。アダムの視線が、マイケルに握られたマロリーの手に向けられた。マロリーはあわてて手をひっこめ、一歩後ろに下がった。マイケルがふたたび手を握ろうとでもするように、ほんの少し身を乗りだした。

「たまたま訪ねていらしたの」マロリーの声はかすかに震えていた。「これではまるで悪いことをしていたようだ。「ハーグリーブス少佐がいらっしゃるなんて、わたしも知らなかったのよ」

アダムのあごがこわばるのが傍目《はため》にもわかった。「ぼくが留守にしている午後にたまたま訪ねてくるとは、偶然にしてもできすぎだな。ハーグリーブスから手紙を受け取ったのを、忘れているだけじゃないのか」

「いいえ。手紙なんかもらってないもの」

マイケルがマロリーを見た。「手紙なら出した。受け取ってないのかい？」

「ええ、受け取ってないわ」

マイケルは眉をひそめた。「たしかに出したはずだが」

「郵便の配達は当てにならないものだ。とくにこの季節には」アダムがさりげない口調で言った。

いつものマロリーなら、その言葉を聞いてもとくになにも思わなかっただろう。だがいま、なぜかいやな予感がした。

アダムは手紙のことをなにか知っている。いったいなにをしたのだろうか。

そのときアダムが肩をいからせ、部屋の奥へ進んできた。「さあ、そんなことはもうどうでもいいだろう。そろそろ少佐にお引き取りいただこうか」コブラのような目でマイケルを見る。「出ていけ。いますぐに！　それともわたしに殴られたいのか。妻を誘惑するとは、ずうずうしいにもほどがある」

「やれるならやってみろ」マイケルはアダムをにらみかえした。「腕力なら自信がある」

「やめて！」マロリーは叫んだ。「けんかはしないで！」

だがアダムとマイケルはマロリーの言葉をまったく無視し、じりじりと相手に歩み寄った。攻撃の機会をうかがって弧を描く狼のように動きながら、互いの目をにらんでいる。

「出ていくつもりはない」マイケルが言った。「話がつくまでは帰らない。お前が彼女に手紙を書かせたんだろう」

「なんのことだ！」アダムはうめくように言い、怒りに燃えた目をさっとマロリーに向けた。「きみはハーグリーブスに手紙を書いたのか？」

「さよならを言うためよ」マロリーは訴えた。パニックで心臓が激しく打ちはじめた。「きれいに終わらせたかったの」

「お前がそう仕向けたからだ」マイケルは言葉を継いだ。「マロリーを脅しつけたんだろう。

この前、ロンドンで会ったときもそうだった。イングランドに戻ってきてから、お前がわたしの婚約者にちょっかいを出したという話を聞いた。わたしが留守にしているあいだに」

「死んでいるあいだの間違いじゃないのか。それに、マロリーはもうお前の婚約者ではない」アダムが一歩前に進むと、マイケルはゆっくりと横に動いた。

「ああ、そうだ。わたしを失って悲しむマロリーを、お前は無理やり自分のものにした」マイケルは決めつけた。「そして彼女の気持ちを無視し、自分と結婚するしかないように仕向けたのさ」

「貴様――」

マイケルはマロリーを見た。「こいつに無理強いされたんだろう？　気がついたら結婚する以外に道がなかったんじゃないのか？」

マロリーは首をふった。「いいえ、ちがうわ。そうじゃないの」

「グレシャムはずっと前からきみを狙っていた」マイケルは続けた。「そのことは婚約中もわかっていたが、きみは彼のことを気に入っていたし、きみのご家族の友人でもあるから、あえて黙っていたんだ。それにきみがグレシャムに接する態度を見れば、兄のひとりのようにしか思っていないことはあきらかだった。だから問題はないと思ったのさ。だが、ぼくがいなくなったとたん、こいつは本性を現わした。きみが弱っているのにつけこみ、泥棒のようにベッドに忍びこんだに決まっている」

「黙れ！」アダムが怒鳴った。「その口をふさいでやる！」

「聞いたかい、マロリー。伯爵という肩書を持ちながら、こいつはならず者のような口をきいているじゃないか。きみにも横暴にふるまっているのかい？　きみはグレシャムのことが怖いんだろう？」

「いいえ」マロリーはあぜんとした顔でマイケルを見た。「アダムはわたしを傷つけたりしないわ」

「ほんとうにそうなのか？　世間の評判ひとつとっても、グレシャムの人柄が知れるというものだ。礼儀知らずの女たらしだともっぱらの噂じゃないか。きっときみの純潔だけじゃなく、持参金も欲しかったんだろう。そうすれば負債を清算し、領地を再建できるからな」

「もしわたしの目的が金なら、お前と出会うずっと前にマロリーと結婚していたはずだ」アダムは食いしばった歯のあいだから言った。「誰に向かってものを言ってるんだ、ハーグリーブス。口を慎まないと、後悔することになるぞ」

「いいか、グレシャム。お前は口では威勢のいいことを言っているが、それはただのこけおどしだ。そうでなければ、わたしのいないすきにこっそり彼女を奪ったりしないだろう」マイケルはふりかえり、マロリーに手を差しだした。「行こう、マロリー。いますぐぼくと一緒に発つんだ。かならず幸せにすると約束する」

マロリーが口を開く前に、アダムが叫び声をあげてマイケルに飛びかかり、あごにパンチを見舞った。だが身を守ることに慣れているマイケルは、すばやくその手をはらいのけ、いったん後ろに身を引いてから、アダムのみぞおちに思いきりこぶしを打ちつけた。アダムは一瞬、呼吸ができなくなった。

荒い息を吸いながら後ろに下がり、とっさに腕を上げて顔をかばった。

でもマイケルが優勢に立っていたのもつかのまで、アダムが二度、相手の顔を殴りつけた。マイケルの首が後ろに反り、鼻から血が流れだした。

マロリーは手で口を覆って息を呑み、ふたりが殴りあうのを見ていた。「やめて！　もうやめてちょうだい！」

だがアダムとマイケルは、その言葉が耳にはいらなかったのか、こぶしを打ちつけあうのをやめなかった。マロリーは身が縮む思いだった。ふたりがパンチを繰りだしたかと思うと、互いの体を肋骨が折れそうなほど強く締めつけている。まるでどちらも相手を殺したいと思っているようだ。靴がすべり、ふたりは組みあったまま床に倒れた。アダムがマイケルの上にのしかかり、さらに二度、顔を殴った。

マロリーはもう一度、やめてと叫んだが無駄だった。両手を握りあわせ、恐怖で胸が締めつけられるのを感じた。ああ、どうしよう。このままではふたりとも死んでしまう！

アダムの唇の端から血が流れ、頰に青あざができているのが見えた。マイケルはというと、片方のまぶたが腫れあがり、なかば閉じた状態になっている。唇が切れており、こぶしも傷だらけで血がにじんでいた。

アダムがマイケルの首に両手をかけた。どうにかしてふたりを止めなければ、どちらかがほんとうに死んでしまうかもしれない。

そのとき入口から悲鳴が聞こえた。そちらに目をやると、紅茶のトレーを持ったメイドが立っていた。

マロリーは迷わずメイドに駆け寄り、大きな銀の水差しを手に取った。お茶を用意するときには、かならず水を一緒に持ってくるよう、いつも召使いに命じている。そうしておいてよかったと、マロリーはつくづく思った。

まだ組みあっているアダムとマイケルに近づき、いったん足を止めて水差しの角度を整えると、中身をふたりにかけた。

アダムとマイケルは冷たい水を頭から浴びせられ、声をあげてぱっと飛びのいた。

「もうたくさん！」マロリーは言った。片手に持った水差しから、ぽたぽた水が垂れている。「ふたりとも、いますぐやめて。争いはもうこりごりよ。わたしのせいで戦ったりしないで」

「マ、マ、マロリー」マイケルが顔についた水滴をぬぐった。

「なんということを――」アダムが濡れた頭を犬のようにふった。

「図書室の真ん中で、暴漢みたいにけんかをされてはたまらないわ」マロリーは強い口調で言った。「わかった？　けんかはおしまいよ」

「それを決めるのはきみじゃない」アダムが言った。「この間男《まおとこ》をたっぷりこらしめてやる」

「あきらめることね、閣下。これ以上暴力をふるったら、従僕を呼んであなたをここから追いださせるわ」

「そうだ」マイケルが言った。

マロリーはマイケルに向きなおった。「アダムのあと、あなたもつまみだすわよ、ハーグリーブス少佐」

「マロリー――」マイケルは愕然とした。

アダムはマイケルをにらみつけた。マロリーに警告されたにもかかわらず、まだ殴ろうかどうしようか迷っているようだった。やがてかすれた声で悪態をつくと、立ちあがってポケットからハンカチを取りだした。マイケルから離れ、血だらけの顔にハンカチを当てた。

マロリーは震えながら水差しを置いた。「ハーグリーブス少佐、帰ってちょうだい。ブルックが外套《がいとう》と帽子を持ってきてくれると思うわ」

「そうするんだ。わたしの気が変わり、殺されないうちに帰ったほうがいい」アダムの低いうなり声は、マロリーにふたたび狼を連想させた。

マイケルは燃えるような目でアダムをにらんだ。「マロリーがいなければ、喜んでお前の挑戦を受けているところだ」そこで言葉を切り、マロリーを見た。「きみはだいじょうぶかい？」

「ええ、もちろんよ」マロリーは肩を落とした。「帰って、マイケル。これ以上、大変なことにならないうちに」

マイケルは反論したそうな顔をしたが、マロリーの目を見て開きかけた口を閉じた。それからうなずいて立ちあがった。「わかったよ」

くるりと後ろを向き、マイケルは部屋を出ていった。

マロリーは両手で自分の体を抱き、震えそうになるのをこらえた。マイケルにはだいじょうぶだと言ったが、不安で胃がねじれそうだ。

アダムがふりかえり、険しい目でマロリーを見すえた。

「アダム――」

「部屋へ戻るんだ」

「なんですって？」マロリーは口をぽかんと開けた。

「自分の寝室へ行ってくれ。さあ、早く！　そうでないとぼくは――」アダムは口をつぐんで目をそらし、血だらけのハンカチを握りしめた。

「そうでないと、なに？」マロリーはつぶやいた。心臓がひとつ大きく打ち、全身に震えが走った。

「一生後悔しそうなことを言ってしまうかもしれない」アダムは懸命に抑えた口調で言った。

マロリーはまたもや身震いし、目に涙を浮かべた。「あの人が来るなんて知らなかったのよ。もうすべて終わったと思っていたのに」

「向こうはそう思っていなかったようだな。たぶんきみの手紙のせいだろう」アダムは冷たく言った。

「あのままにしておくことなんてできなかった。マイケルにひどい人間だと思われたくなかったの。さよならを言うために書いただけ――」

「きみはハーグリーブスに二度と連絡しないと約束した」アダムは絞りだすように言った。

「もう会わないと誓ったじゃないか」

「ええ、会ってないわ。今日までは――」

「きみは約束を破ったんだ。しかも、偶然にもぼくが屋敷を留守にしている日に。別れの手紙とやらで、会いに来るように誘ったんじゃないのか？」

「そんなことしてない――」マロリーの頬を涙が伝った。

「ハーグリーブスから一緒に逃げようと誘われることが、きみはわかっていたんじゃないのか？　それともロンドンに戻ったら、密会を始めるつもりだったのかな？　だからあの男はきみに会いに来たんだろう。段取りをつけるために」

「段取り？　どういう意味？　あなたがなんのことを言ってるのか、さっぱりわからないわ」

「ハーグリーブスの手紙のことだ」

マロリーは困惑した。「マイケルが言ってた手紙のこと？　どこかでなくなったという手紙ね？」

「なくなったわけじゃない」アダムはわざと乱暴な口調で言った。「ぼくが取りあげて燃やしたんだ。それが赤い炎に呑みこまれるのを見ているのは、最高に気分がよかったよ」

マロリーははっと息を呑み、血の気が引くのを感じた。「わ――わたし宛ての手紙を読んだの？　そして燃やしたですって？」

「そのとおりだ。自分のものを守るためなら、何度でも同じことをする」

「あなたのもの？」マロリーはふいに物憂げな口調になった。「まるでわたしがあなたの所有物みたいな言いかたね」

「きみはぼくの妻だ」

「ええ、そうよ。あなたは自分の妻の言い分に、ちゃんと耳を傾けなくちゃいけないわ。妻であるわたしを信じるべきよ。でもあなたはわたしを信じていないのね。古い友だちにせめても誠意を示そうとしただけなのに、わたしが裏切ったと決めてかかってる」

「ハーグリーブスはきみの友だちではないし、向こうもそのつもりはないだろう。あの男はきみの恋人になりたがっている。そしてきみと駆け落ちをしようと思ってるんだ。ぼくはこの耳ではっきり聞いた。あいつはきみにスコットランドかウェールズか、あるいはアメリカくんだりまで行こうと誘っていたじゃないか！　残念だが、きみをどこにも行かせるわけにはいかない」

マロリーは心が音をたてて崩れていくのを感じ、声にならない悲痛な叫びをあげた。だが涙はもう出てこなかった。

アダムは愛していると言いながら、わたしが嘘をついたと思いこんでいる。きみが人生のすべてだと言ったくせに、わたしの話を聞こうともしない。信頼と愛よりも、自分の嫉妬心にしたがうことを選んだのだ。

わたしがマイケルに連絡しないという約束を破ったのだとしても、それは誠実でありたいという願いからだ。

揺れ動いているように見えたのなら、それは一度は愛した人を傷つける悲しみのせいであり、けっしてアダムへの忠誠が足りないからではない。

それなのにアダムは、まったくわたしを信じようとしない。これから先、わたしがなにをしても、彼のなかではずっと疑念がくすぶりつづけ、自分たちふたりを苦しめるだろう。

いくら愛していても、自分を疑っている相手と一緒に暮らすことはできない。ほんとうに愛していたら、アダムはわたしを信じてくれたはずだ。

マロリーは視線を上げ、アダムの顔をながめた。少女のころから知っている大切な友であり、恋人でも夫でもあるアダム。

慣れ親しんだ顔。

とても端整だ。

いとしくてたまらない。

マロリーは深呼吸をし、言わなければならないことを切りだした。「出ていくわ」

「部屋へ行くんだろう」

マロリーは首をふり、アダムの深みのある褐色の目を見た。「いいえ、グレシャム・パークを出ていくのよ。もうあなたとは一緒にいられない」

26

アダムはマロリーの顔をまじまじとながめた。衝撃とパニックと苦痛が、鉄の輪のように胸を締めつけている。「ふざけるな！　どこにも行かせないぞ。ハーグリーブスと逃げるなんて、絶対に許さない！」

マロリーは冷ややかな目でアダムを見た。「マイケルのことはなにも言ってないでしょう。わたしはただ、出ていくと言っただけよ。家に帰るの」

「きみの家はここだ」アダムは激しい口調で言った。

「いいえ、わたしにはそう思えないわ」マロリーは暗い声で言った。「いまはもう」

「ばかなことを言うんじゃない」アダムはそっけなく手をふった。「ここにいるんだ。出ていくことは認めない」

マロリーは悲しそうにアダムを見た。「そう。どうやってわたしを止めるつもり？」

「方法ならあるさ」

「そうね」マロリーのひどく落ち着いた声は、涙や怒りよりも、かえってアダムの不安をかきたてた。「わたしをグレシャム・パークに閉じこめておけばいいんですものね。囚人かなにかみたいに、外から部屋に鍵をかけ、窓に鉄格子をはめるの。でもしばらくはそれでうまくいくかもしれないけれど、永遠にそうしつづけることはできないわ。そのうち誰かが気づくでしょう。たとえばわたしの兄とか」

アダムは渋面を作った。

「無理よ、アダム」マロリーがふたたび静かな声で言い、アダムは背筋がぞくりとした。

「わたしがいやだと言っている以上、ここに無理やりとどめておくことはできないわ」

アダムはマロリーの言うとおりだと気づいた。本人の意思に反して、手もとに置いておくことはできない。残酷な手段を使えば別だろうが、そんなことをすれば、マロリーは自分を憎むだろう――それどころか、彼女の心を壊してしまうかもしれない。それではまるで父と同じではないか。そんな自分を許せるわけがない。

アダムの胸が苦しくなった。心臓がいまにも破裂しそうだ。こめかみが激しくうずくのを感じながら、絶望的な気持ちと闘った。

怒りをぶつけたいが、できない。

マロリーを抱きしめ、どこにも行かせないようにしたい。いっそほんとうに窓に鉄格子をはめてドアに鍵をかけ、部屋に閉じこめてしまおうか。

だがそんなことができるわけがない。マロリーをここにとどめておくために、自分ができることはないも同然だ。

「どこへ行くつもりだ？」アダムは絞りだすように訊いた。

〝頼むから、ハーグリーブスのところへ行くとは言わないでくれ。それだけは耐えられない〟

「言ったでしょう。家へ帰るのよ。ブラエボーンに」

「考えなおすことはできないだろうか」

マロリーは憂いを帯びた笑みを浮かべた。「それはあなた次第よ。ほかになにか言うことはないの?」

アダムははっとした。マロリーはこちらに、あんなことをしたのは間違っていた、疑ったりして悪かった、と言わせたがっている。だがアダムは、どうしても嫉妬心を抑えることができなかった。マロリーのなかに、ハーグリーブスへの気持ちが残っていると気づいたいまでは、なおさら無理だ。

もしそうでなければ、手紙を書いたりするだろうか。

気持ちが残っていなければ、訪ねてきたハーグリーブスを屋敷のなかに招きいれ、愛の告白や駆け落ちの誘いに耳を傾けるはずがない。

マイケルの言葉を聞いたとき、アダムのなかでなにかが音をたてて崩れた。もしかするとマロリーは、ほんの少しではあっても、誘いを受けたい衝動に駆られているのではないかと思った。マロリーはアダムに、自分のことを信じてほしがっている。でも約束を破った彼女を、どうして心から信じられるだろう。マロリーがかつて、マイケル・ハーグリーブスをどれほど愛していたか、アダムは知っているのだ。

ハーグリーブスの言ったことはひとつだけ当たっている——マロリーはみずからの意思でアダムとの結婚を選んだのではなく、ほかに道がなかったからそうしたにすぎない。愛していると言ってはくれたが、その感情はつい最近芽生えたものだ。いまになって、そのことを後悔していないとは言いきれない。最初に選んだ結婚相手と結ばれたかったと、いまでもまだ思っているかもしれない。そのことを考えると、嫉妬と愛のはざまで気がおかしくなりそうだ。

そしていま、マロリーは自分のもとを去りたいと言っている。ふたりの家も、結婚生活も捨てて。でもマロリーをこのまま行かせることなどできない。マロリーがあのドアから出ていくとき、自分の心は死んでしまうだろう。

アダムは目を閉じ、懇願しそうになる気持ちと闘った。ここでひざまずき、マロリーが望んでいることを口にすれば、彼女も考えを変えるかもしれない。だが自分にもプライドというものがある。それに疑念のかけらも抱いていないと言えば嘘になる。

アダムは体をこわばらせ、自分を奮い立たせてマロリーの目を見すえた。「送っていこう」

マロリーは眉をひそめた。「その必要はないわ。御者にまかせておけばだいじょうぶよ」

「そうかもしれないが」アダムは低い声で言った。「ぼくが自分で送っていく。きみにひとり旅をさせるわけにはいかない。とくにいまは厳寒の季節だろう。それに、外はもう暗くなった。明日、夜が明けたら発とう」

「でも——」

「明日の朝だ」アダムはそれ以上、マロリーと一緒にいることに耐えられなくなり、出口へと向かった。心を石に変えてしまう方法があれば、これほどつらい思いをしなくてもすんだのに。

「心配しているかもしれないから言っておくが」その険しい声は、自分のものではないように聞こえた。「今夜は寝室には行かない。きみの邪魔はしないから、安心して休んでくれ」

そして気が変わらないうちに、廊下へ出ていった。

ブラエボーンへ向かう馬車のなかはしんと静まりかえり、心身ともにひどく疲れる旅になった。マロリーとアダムは向かいあった反対側の座席に座り、ほとんど目を合わせようともしなかった。

立派な屋敷の前で馬車がようやくとまると、アダムは地面に飛び降り、手袋をはめた手をマロリーに差しだした。マロリーはその手を取って馬車から降り、アダムの前を歩いて玄関へ向かった。ドアが開き、クロフトがふたりを出迎えた。その気品ある顔に、喜びと驚きの表情が浮かんでいる。

アダムはクロフトにそれ以上なにか言う暇を与えず、マロリーに向きなおって他人行儀なお辞儀をした。「マダム」

マロリーはなんと答えればいいかわからず、アダムの褐色の瞳を見つめた。さよならという言葉ではほんとうの別れのようだが、この状況でほかになにが言えるだろう。

アダムが口を開き、なにかを言いかけた。だがすぐに思いなおしたらしく、口を閉ざした。ひとつうなずいてきびすを返し、大またで歩いて馬車のところに戻ると、マロリーの荷物の残りが運びだされるあいだ、その場にたたずんだ。そして御者に小声で指示をし、馬車へと乗りこんだ。従僕が駆け寄り、扉を閉める。

御者がむちをひとふりして馬車が動きだし、さっき来たばかりの広い私道を走り去っていった。

それを見送りながら、マロリーは胸が張り裂けそうだった。これと同じ苦しみを覚えたことが、かつて一度だけある。でも今回はそのときとはちがう。愛する人と別れることを選んだのは、ほかならぬ自分自身だからだ。

マロリーは後ろ髪を引かれる思いできびすを返し、屋敷のなかにはいった。

「マロリー?」公爵未亡人が晴れやかな微笑みをたたえて近づいてきた。「とつぜんどうしたの?　来るなら来ると、前もって知らせてくれたらよかったのに」

マロリーはマントを召使いに手渡した。

「アダムはどこかしら。この寒いのに、厩舎に行ったんじゃないでしょうね」

「いいえ、あの人は――」マロリーののどが締めつけられ、息が苦しくなった。「あの人は――」

公爵未亡人は栗色の眉をひそめた。「どうしたの?　なにがあったの?」

「ああ、お母様。わたし、家を出てきたの。アダムと別れてきたのよ」

マロリーは優しい母の腕に飛びこみ、ライラックのにおいのする胸に顔をうずめて泣きだした。

27

やがて日は流れ、二月が終わって三月になった。大地にはかすかに春のきざしが感じられるようになっている。だがグレシャム・パークの屋敷は相変わらず冬の陰うつさに包まれ、アダムは氷のなかに閉じこめられたように暗い日々を送っていた。

書斎の椅子に腰かけ、領地に関する仕事に集中しようとした。それはかつて、期待に胸を躍らせながら取り組んでいた仕事だった。でもマロリーが去ってから、アダムはもはやそのことに情熱を感じられなくなっていた。マロリーとともに、アダムのなかから喜びと情熱も消えてしまった。

マロリーがいなければ、領地を再建することになんの意味があるだろう。もういまとなっては、どうでもいいことに思えてくる。

マロリーが出ていって以来、届いた手紙は一通だけだ。しかもそれは、衣類や持ち物をブラエボーンに送ってほしいという事務的な内容だった。頼まれたものを送るとき、戻ってきてくれと書いた手紙をすべりこませようかとも考えたが、結局やめることにした。

少なくとも、マロリーは愛猫をここに残していったのだ。アダムはそのことにかすかな希望を抱いていた。いつか彼女も考えを変え、帰ってくるかもしれない。

女主人がいなくなったシャルルマーニュは、アダムのそばにいることがめっきり多くなった。夜はアダムのベッドで一緒に眠り、日中もよくぶらりと書斎にはいってくる。いまもシャルルマーニュは机の端に積まれた書簡の上で丸くなっている。アダムはつややかな黒い毛をなでた。「お前もマロリーがいなくてさびしいんだろう。ぼくと同じように、帰ってきてほしいと願っているんだな」

シャルルマーニュが目を細めてアダムを見た。その緑色の目は驚くほど柔和《にゅうわ》で、優しさをたたえているようにすら見えた。だがすぐに、自由気ままな猫という生き物らしく、視線をそらして昼寝に戻った。

アダムは深いため息をつき、机の上に広げた書類に目を落としたが、一行読むごとにマロリーのことを考えた。

思いきってブラエボーンを訪ねてみようか。マロリーは自分の妻なのだ。妻の居場所は夫のそばと決まっている。

たしかにマロリーの主張にも一理あるが、この状況で嫉妬するなと言うほうが無理だろう。いまでもまだ、マロリーがハーグリーブスをいそいそと迎えいれたかと思うと、はらわたが煮えくりかえりそうになる。それに彼女は自分の目を盗み、こっそりあの男に手紙を書いていたのだ。マロリーに夫である自分をだますつもりなどなく、ハーグリーブスへの思いやりからそうしたというのは、きっとほんとうのことなのだろう。それでもなお、裏切られた悔しさを完全にぬぐいさることができない。マロリーのしたことは、ハーグリーブスへの同情を示すものだ。同情しているということは、すきがあるということでもある。ハーグリーブスの説得次第では、マロリーの胸にかつての感情がよみがえることがあるかもしれない。もしかするともう一度、ハーグリーブスを愛するようになるのではないか。

あの夜、告白してくれたように、ほんとうに自分を愛してくれているのなら、なぜ出ていったりしたのだろう。どうしていまも離れて暮らしているのだろうか。

ああ、マロリー、なんで帰ってこないんだ。

アダムはうめき声を呑みこみ、さっきからまったく進んでいない仕事に戻ろうとした。それから五分が過ぎて同じページを四回読みなおし、とうとうあきらめることにしたところで、ドアをノックする音がした。

「はいってくれ」

召使いが書斎にはいってきた。「たったいま、使者がこちらを持ってまいりました。ブラエボーンからです」

アダムは手を伸ばした。「渡してくれ」

召使いがいなくなったのを確認することなく、急いで封を開けた。マロリーの女らしい独特の筆跡を見て、胸の鼓動が速くなった。

自分と離れていることがさびしくなり、戻ってきたくなったのかもしれない。もしそうなら、すぐに馬車をグロスターシャー州に差し向けよう。

だが手紙に視線を走らせると、そこにはブラエボーンに追加で送ってほしいという持ち物のことが書かれていた。ドレスと本、それに鏡台に置いていったブラシなどだ。

アダムは一瞬、心臓が止まったような気がした。

〝シャルルマーニュをこちらへ送ってもらえますか。そろそろ暖かくなってきたので、これなら快適かつ安全に旅ができると思います〟

アダムは手紙を握りつぶし、脇にほうりなげた。

なるほど、これが答えか。マロリーはこのまま別居を続けるつもりらしい。

幸せだった結婚生活は終わってしまった。


「ほかになにかございますか？」ペニーはマロリーの髪をとかし終え、ブラシを置いた。「厨房に行って温かいミルクを持ってまいりましょうか。ブランデーを少し入れれば、よくお休みになれると思います」

ペニーも知っているとおり、このところマロリーはあまり眠れなくなっていた。アダムと口論してグレシャム・パークを出た日以来、ひと晩ぐっすり休めたことはない。別居生活が長引くにつれ、ますます眠れなくなっている。

それでもグレシャム・パークに帰ろうかと考えるたび、アダムの激しい嫉妬が頭をよぎった。なによりも、アダムは自分を信じてくれなかったのだ。マイケルのことになると、アダムが独占欲をむきだしにすることはわかっていたが、まさか妻宛ての手紙まで盗み見し、しかもそれを燃やしてしまうとは思わなかった。結婚生活を守るためだったのだから、アダムのしたことは理解できるし許せる、と言う人もいるかもしれない。でも、あなただけを愛しているると言ったわたしを信じてくれなかったということは、ふたりの絆など、どの程度のものであったのかを物語ってはいないだろうか。

アダムの女性関係の評判を考えれば、嫉妬するのはわたしのほうだろう。アダムと情事を楽しむためなら、結婚の誓いを喜んで破るであろう人妻の名前を、いますぐ十以上挙げることができる。けれどわたしはアダムを信じているし、彼がわたしの信頼を踏みにじることはないとわかっている。

でもアダムはそうではない。わたしの愛情と忠誠を信じていないのだ。いくらわたしのせいではないとはいえ、結果的に傷つけてしまった相手に対し、せめてもの思いやりを示したことすら許せないという。

こんなことになってしまったが、手紙を書いたことを後悔はしていない。マイケルのことを考えると、あのまま黙っているなんてできなかった。でもマイケルも、もう少しこちらのことを考えてくれればいいのに、という気がする。わたしの結婚生活、わたしの選んだ道を尊重してほしかった。

アダムはというと……グレシャム・パークを発った日以来、なんの音沙汰もない。わたしがいなくなり、ほっとしているのだろうか。こちらが思うほど、アダムはわたしのことを愛していなかったのかもしれない。

そうしたことが頭のなかをぐるぐる駆けめぐり、さまざまな感情が胸でせめぎあって、夜になってもなかなか眠れない。疲れはて、すっかり混乱し、ひとりきりで長い夜を過ごしている。家族は変わらぬ愛情で支えてくれるが、アダムがいなければ、自分は抜け殻も同然だ。みなにはあまり多くのことを話していない。ただアダムのもとを離れた事情だけを簡単に説明した。優しい家族は一致団結し、わたしを守ろうとしてくれている。ジャックから届いた手紙には、旧友であるアダムと直接会って話をつけてくると書いてあった。でもわたしはそれを断わった。これは自分の問題なのだから、時間がかかっても自分で解決したかった。時間といえば、エドワードはいくらでもブラエボーンにいていいと言ってくれた。兄の願いは、妹であるわたしが幸せになることだけなのだ。

クレアと母とエズメも、ふさぎこんだわたしを精いっぱい元気づけようとしてくれる。よちよち歩きを始めたばかりのハンナと遊ぶこともあるが、その笑い声を聞くと、思わず笑みがこぼれる。

もしわたしにも子どもができていたら、ことは簡単だっただろう。夫婦のあいだに問題があっても、アダムのもとに戻っていたにちがいない。だがブラエボーンに戻ってきてから二週間後、その可能性はないことがわかった。これからどうするかは、自分で決めるしかない。

マロリーは物思いに沈むのをやめ、ペニーに視線を戻した。「温かいミルクをお願いするわ。ブランデーも少し入れてね」

〝安眠を助けてくれるものなら、なんでもいいから入れてちょうだい〟

ペニーは微笑んでお辞儀をし、急いで寝室を出ていった。

マロリーはベッドに近づいてマットレスにどさりと腰を下ろし、こちらを見ているシャルルマーニュの顔をながめた。ここに連れてきて、ほんとうによかったのだろうか。アダムも慰めを必要としていたかもしれないのに、身勝手だっただろうか？　シャルルマーニュの丸い目が、こちらを責めているようにも見える。

「アダムのところにいたほうがよかった？」マロリーは訊いた。「あなたが出ていくとき、あの人はどんなふうだったかしら？　わたしがいなくてさびしそうだった？」

だが猫に答えることはできない。

マロリーの目がふいにうるんだ。まばたきをして涙をこらえ、シーツに仰向けになった。まぶたを閉じ、ペニーが戻ってくるのを待った。


大砲の音が鳴りひびき、足もとの地面が揺れた。つんとするにおいが鼻をつく。マロリーは歩きながら、白いサテンの靴に生温かいものが沁《し》みこんでくるのを感じた。目の前に広がるでこぼこの荒れた大地が、赤く輝いている。靴がねっとりと湿り、緋色《ひいろ》に変わった。真っ赤に染まった服に身を包んだ人びとが、そこらじゅうでボルドーワインのような血の海に横たわっていた。うめき声に交じり、地を震わす大砲の音がする。

〝マロリー〟

混沌とした状況のなかで、なぜか自分の名前を呼ぶ声が聞こえた。マロリーは煙に視界をさえぎられながら、足を前に進めた。

〝マロリー〟

すぐ行くわ。そう叫んだが、自分が誰と話しているのかわからなかった。ただ一刻も早くあの人を見つけなければ、という思いに突き動かされていた。

地面に倒れた人びとが手を伸ばしてスカートをつかみ、助けてくれと訴える。だがマロリーは立ち止まることなく歩きつづけた。早く見つけなければ、手遅れになってしまう。

〝マロリー〟

マロリーは駆け足になり、地面にぐったりと倒れた人たちをひとりひとり確認し、そのうつろな顔をのぞきこんだ。ドレスが赤く染まり、手にもべっとり血がついたが、その血はどんなにぬぐっても二度と落ちないような気がした。

そしてとうとう彼を見つけた。横向きになって泥のなかに倒れている。マロリーはうれし涙を流して駆け寄り、かたわらにひざをついた。

やっと捜しだすことができた。これでもうわたしのものだ。

マロリーは彼を揺すり、意識を取り戻してもう一度自分の名前を呼んでくれるのを待った。とっさにその体を仰向けにし、自分がそばにいることをわからせようとした。

彼の瞳をのぞきこんだ。こちらに向けられたその暗い目は、もはやなにも見ていない。

マロリーは恐怖のあまり絶叫した……

マロリーは震える息を吸ってベッドに起きあがった。心臓が激しく打ち、涙が頬を伝っている。久しぶりに額にじっとり汗がにじみ、全身に悪寒が走った。

サイドテーブルの上のろうそくを手探りで灯した。手の震えが止まらず、やけどしないのが不思議なほどだった。室内が明かりで照らされ、数時間前に飲んだブランデー入りのミルクのカップが目に留まった。

眠りをもたらす効果もここまでということだ。

マロリーは身震いしながら枕にもたれかかり、シーツを引きあげると、濡れた頬を片手でぬぐった。

悪夢が戻ってきた。

でもどうしてなのだろう。マイケルは死んでなどいなかった。最後に悪夢を見てからもう長い月日がたったのに、なぜいまになって、あのおそろしい夢が戻ってきたのだろうか。

マロリーはじっとし、気持ちを落ち着かせようとした。そのとき夢の断片が脳裏によみがえり、はっと息を呑んだ。涙がまたあふれて頬を濡らした。

戦場で捜しだした男性はマイケルではなかった。

深みのある茶色の瞳をした、いとしい人。

それはアダムだった。

翌朝遅く、マロリーは朝食をとりに一階へ下りていった。昨夜は夢でうなされて起きてから、長いあいだ眠れずに寝返りばかり打っていた。ようやく浅い眠りに落ちたのは東の空が白みはじめたころで、ほんの数時間うとうとしただけだった——夢に出てきたアダムの死んだ目が、まぶたに焼きついて離れない。

マロリーは手で口を覆ってあくびをし、ひとりで朝食室のテーブルにつくと、召使いが用意した熱い紅茶をひと口飲んでほっとため息をついた。食欲はほとんどなかったが、召使いからけげんな目で見られるよりはと思い、卵料理とトーストをなんとか少しだけ口にした。気つけ代わりの紅茶を飲み終えようとしているとき、ドアのところにクロフトが現われた。

「失礼します、奥様。お客様がお見えになりました」

心臓がひとつ大きく打ち、マロリーは一瞬、アダムが訪ねてきたのかと思った。だがもしアダムだとしたら、クロフトがそう言うはずだ。マロリーの心が沈んだ。「名前はお聞きした？」

クロフトの顔を奇妙な表情が横切った。それはどこか、気の毒そうな表情にも見えた。

「ハーグリーブス少佐です」

マロリーの胸がまたどきりとしたが、今度はうれしい予感からではなかった。

マイケルがグレシャム・パークを訪ねてきたあのやりきれない日以来、彼とは会っておらず、連絡もなかった。それなのにこうしてブラエボーンへやってきて、わたしにもう一度会いたいという。断わろうかという考えがちらりと頭をよぎったが、マロリーは思いなおした。マイケルと自分のあいだには、解決しなければならない問題が残っている。そろそろ決着をつけるべきときかもしれない。

マロリーはカップを受け皿に戻し、脇へ押しやった。「ありがとう、クロフト。少佐にお会いすると伝えてちょうだい。居間にいらっしゃるんでしょう？」

「はい、レディ・マロリー。ではなくて、奥様。お客様がお見えになったことを、公爵夫人に伝えてまいりましょうか」

マロリーは首をふった。「奥方様にも公爵にも伝える必要はないわ」

マイケルがなにを言いに来たにせよ、ほかの人には聞かれたくないはずだ。

それでもマロリーはすぐには行こうとせず、五分近くたってから立ちあがり、藤色のカシミヤのドレスをなでつけた。それから朝食室を出た。

マイケルは暖炉のそばに立っていた。両手をポケットに入れ、金色の眉を不安そうにひそめている。だがマロリーを見たとたん、その表情は消え、口もとにためらいがちな笑みが浮かんだ。「マロリー」

「マイケル」マロリーは足を止め、両手を握りあわせた。「いったいどうしたの？　来るとは思ってなかったわ」

マイケルの返事を待ち、その顔をながめた。片方の目のまわりに、黄色みを帯びたあざがかすかに残っている。アダムと殴りあったときにできたあざだ。

マイケルはまた眉をひそめた。「あらかじめ知らせるべきだったんだろうが、この前のことを考えると、手紙は出さないほうがお互いのためかと思ってね」

「それはともかく、どうしてここに？」

マイケルはマロリーに近づいた。「ある噂を聞いた――それがほんとうかどうかを確かめに来た」

「どんな噂なの？」

「きみがブラエボーンへ戻ったという噂だ」マイケルの声には、隠しきれない希望の響きがにじんでいた。「グレシャムのもとを去ったというのはほんとうなのか？」

マロリーはため息をつきそうになるのをこらえた。もう噂が広まっているらしい。社交界の人びとのゴシップ好きは、いまさら驚くことではない。それでも社交シーズンが始まるまでまだ一カ月以上あり、ほとんどの人が田舎の領地にいるいまなら、自分とアダムが別居したこともあまり噂にならないのではないかと思っていた。

どうやらその考えは甘かったようだ。

「とりあえず、しばらくここにいるわ」アダムのもとを去ったのは事実だが、マロリーは言葉を濁《にご》した。

「その話を聞いたら、どうしてもきみに会いたくなった」マイケルはマロリーが、アダムと別れたことを認めたと思ったようだった。「ぼくともう一度やりなおすことはできないだろうか。この前それをきみに訊いたとき、途中で邪魔がはいっただろう」

「邪魔がはいっていてもいなくても、わたしの答えは同じじよ」

「つまり？」

「マイケル、わたしは結婚しているの。あなたとやりなおすことはできないわ。わかるでしょう」

マイケルはあごをこわばらせた。「いや、きみにぼくへの気持ちがまったく残ってないとは思えない。きみはぼくを愛してくれていたじゃないか、マロリー。ぼくにはわかっている」

マロリーの胸が締めつけられた。「ええ、そうよ——」

「だったらぼくと一緒に行こう」マイケルは熱を帯びた口調で言った。「グレシャムの罠にかかり、無理やり結婚させられたからといって、残りの人生をみじめに過ごす必要はない。ぼくと一緒に来てくれ。かならずきみを幸せにする」

「わたしは不幸なわけじゃないわ」

少なくとも、マイケルがふたたび自分の人生に現われ、そのことでアダムとの関係に亀裂がはいるまでは。だがマロリーは、マイケルの存在がある意味でいつも自分たちのあいだに立ちはだかっていたことに気づいた。マイケルの亡霊は生身の彼とほとんど変わらないくらい、大きな存在だったのだ。

アダムがあれほど嫉妬を覚えたのも無理はない。

マイケルはアダムがわたしを罠にかけ、自分と結婚するように仕向けたと言うが、それはちがう。たしかに、せかされて祭壇に立ったのはほんとうかもしれない。でもあのときの状況と自分の心のうちを考えると、真実はひとつしかない。

「あなたは思いちがいをしているわ」マロリーはようやくすべてを悟り、小さな声で言った。「アダムはわたしの評判を傷つけたかもしれないけれど、わたしが結婚したのは、あの人を愛しているからよ。そのときは自分でも気がつかなかった。でもいまになってふりかえると、わたしはずっと前からアダムを愛していたの」

マイケルは顔をしかめた。「なにを言ってるんだ？　きみはぼくと婚約しているときでさえ、グレシャムのことが好きだったというのか？」

マイケルの目に裏切られた無念さがにじんでいるのを見て、マロリーは胸が引き裂かれる思いだった。「わたしはあなたを愛していたわ、マイケル。それはほんとうよ。きっとあなたのいい妻になれたと思うけれど、でも――」

「でも？」マイケルは暗い声でくり返した。

「でもアダムをもっと愛しているの。ごめんなさい。あなたを傷つけるつもりはなかった。これだけは信じてちょうだい、あなたのことはいまもこれからも、心から大切に思っているわ。けれど、それは友だちとしてよ。わたしが愛しているのはアダムなの。あの人はわたしの命なのよ」

それなのに、わたしはアダムのもとを去ったのだ。

ああ、わたしはなにをしてしまったのだろう。

マイケルの目に苦悩の色が浮かんだ。「フランス軍の牢に入れられ、ぼろぼろになっていたとき、ぼくはきみのことだけを考え、きみのことだけを夢見ていた。きみはそのことがわかっているのかい？　きみのいる故郷に帰り、きみと結婚するという希望がぼくを支えていたんだ。きみにもう一度会うためだけに、ぼくはあの苦しい日々を耐え抜いた」

マロリーははっと息を吞み、みぞおちに手を当てた。「マイケル、やめて」

「なのにきみは、それがなんの意味もない幻だったと言うのか？　ずっとグレシャムのことを愛していたと？」

「いいえ、わたしはあなたを愛していたわ。あなたはなにもわかってない」

「いや、わかっているつもりだ。ぼくへの愛がどこかへ行ったのなら、もう一度取り戻せばいい。きっとできるさ。ぼくが背中を押してやろう」マロリーが止める間もなく、マイケルは腕を引いてその体を抱き寄せた。「きみはまたぼくを愛するようになる。ぼくがそうしてみせる」

そう言うといきなり唇を重ね、それまでの思いをすべてぶつけるような激しいキスをした。マロリーは抵抗せずにじっとしていた。マイケルはキスがうまく、いまも巧みに唇を動かしている。こんなくちづけをされたら、世の大半の女性はうっとりしてひざから力が抜けるだろう。

だがマロリーの胸の鼓動は速くならず、体が情熱の炎に包まれることもなかった。この人はアダムではない。こうして唇を重ねている相手が、アダムだったらよかったのに。

マイケルがとつぜん体を離した。その顔に悲しみの表情が浮かんでいる。「なにも感じなかったんだね」絶望したような声でつぶやいた。「情熱もなにもないキスだった。少なくとも、きみのほうには」

マロリーの頰をひと筋の涙が伝った。

マイケルはその涙をぬぐった。そして後ろに下がり、マロリーから離れた。「グレシャムがきみを手放すまいと、あれほどむきになっていたのも無理はない。ふたりのあいだにどんな問題があるかは知らないが、それに負けないでくれ。もしぼくが原因なら、もう心配する必要はないと伝えてくれないか」

マイケルは礼儀正しいお辞儀をし、出口に向かって歩きだした。

「マイケル、だいじょうぶ？」マロリーはみぞおちの前で腕を組んだ。

マイケルの目が冷たく光った。「ぼくのことなら心配はいらない。なにしろ墓場から戻ってきたんだ。失恋ぐらい乗り越えられるさ」

「あなたを傷つけるつもりはなかったの」

「ぼくもだよ。幸せに、マロリー」

マロリーがそれ以上なにか言う前に、マイケルはくるりと後ろを向いて部屋を出ていった。

あたりは静寂に包まれた。マイケルはいなくなったのだ。

マロリーは震える手で濡れた顔をぬぐうと、階段へと向かった。

28

「夕食をお持ちしました、閣下」翌日の夜、女中頭のミセス・デイリリーはアダムの薄暗い書斎に足を踏みいれた。「暖炉のそばに置いておきます。そのほうが快適に召しあがれるでしょうから」

アダムは暗闇に包まれた机の向こうに座っていたが、そこを動こうとしなかった。「食事はいらないと言っただろう。下げてくれ」

ミセス・デイリリーは一瞬ためらい、勇気をふりしぼって言った。「でもなにか召しあがらなければ。このところ、ほとんど食事に手をつけていらっしゃらないでしょう。今夜は料理人が閣下の好物ばかりを用意したんですよ。牛肉のパイ、じゃがいものチェダーチーズがけ、ハーブとバター添えのにんじんです。クロテッドクリームを添えた、おいしいリンゴのタルトもございます。ここへお持ちする前に、わたくしもみんなと一緒にいただきました。絶品でしたわ」

「だったらわたしのぶんも食べたらいい」

「ですが、閣下――」

「うるさい！　ほうっといてくれないか」

女中頭は背筋を伸ばし、あきらめのため息をついた。「わかりました。では、ろうそくを何本か灯していきます。このお部屋はとても暗いので」

「いや、いい。暗いほうが落ち着く」

〝心と同じように暗い部屋が〟アダムは胸のうちで付け加えた。自分の心は、この部屋の闇のように深い絶望に包まれている。

女中頭はしぶしぶ部屋を出ていった。

その姿が消えると、アダムは椅子にもたれかかった。

ミセス・デイリリーがよかれと思い、食事を勧めたことはわかっていた。ほかの使用人もみな、アダムに気を遣っている。アダムがいると小声で話し、足音を忍ばせて歩いている。まるで屋敷に死神がいるかのようだ。だが、それはある意味で当たっているかもしれない。マロリーがいなくなってからというもの、空から太陽が消えたように、すべてが暗い影で覆われている。

自分の人生からも光が消えた。マロリーがもう二度と帰ってこないとわかってから、もはやなんの喜びも見いだせなくなった。夜も眠れず、食欲もまったくない。領地の再建という大がかりな計画についても、すっかり情熱を失ってしまった。やらなくてはならないことを、すべて秘書にまかせているありさまだ。いまはとても仕事に取り組む気分になれない。

正体をなくすまで酒を飲み、悲しみをまぎらわせることも考えた。でもそれでは父と同じになってしまう。身勝手で自滅的な、恥ずべき方法で、自分の抱えている問題から目をそらそうとするのは父のやりかただった。アダム自身もずっと昔、デリアを亡くしたあと、酒に逃げたことがある。そして酒が心の傷を癒やしてくれないことを、身をもって知った。それにいくら飲んだところで、マロリーが帰ってくるわけではない。

アダムは毎日、ブラエボーンへ行ってマロリーを連れ戻すことを考えた。ほかに方法がないのなら、頭を下げて頼んでもいい。だがマロリーは、首を縦にふらないかもしれない。そうなったら、彼女をさらうなど、とんでもないことをしてしまいそうな気がする。前に本人が言っていたとおり、マロリーを永遠にどこかへ閉じこめておくことはできないのだ。もう妻でいたくないと思うほど気持ちが離れているのに、無理やり自分を愛するように仕向けることはできない。

そこでアダムはこうして屋敷に閉じこもり、悲嘆に暮れる日々を送っていた。いつか顔を上げて前に進まなければならないことはわかっているが、いまはどうしてもその気力が湧かない。

マロリーの鏡台で見つけた金のロケットを手に取った。クリスマスに彼女へ贈ったものだ。彫刻の施されたふたを親指でなでる。

マロリー。

むなしさと悲しみが胸に広がるのを感じながら、手のひらに食いこむほど強くロケットを握りしめた。目を閉じて椅子にもたれかかり、忘れようと努力した。

それからどれくらいたったころだろうか、ドアが開く音がし、誰かが部屋にはいってきた。「邪魔をするなと言っただろう」まぶたを閉じたまま言った。「誰だか知らないが、とっとと出ていけ！」

「わたしがいないあいだも、悪態をつく癖は抜けなかったのね。でも事情が事情だから、今日は許してあげるわ」

アダムはぱっと目を開けた。「マ、ロ、リ、ー？」

まさか、そんなわけがない。きっと自分の頭が作りだした幻だろう。絶望のあまり、正気を失いつつあるのだ。だが、マロリーが部屋の奥へ進んでくるのが見える。いとおしくてたまらない顔が、ぼんやりとした明かりのなかに浮かびあがっている。

「ここは墓場のように暗いわ」マロリーは言った。「もう少しろうそくをつけましょうか」

アダムはなにも答えず、椅子にまっすぐ座りなおした。そのとき手に持っていたロケットが机の上に落ちた。マロリーが室内をまわってろうそくを灯しているあいだ、アダムは乱れた身なりを整えようとした。手で髪をすき、タイを直そうとしたが、今朝は首になにも結んでいなかったことを思いだした。

ひげは伸び放題で髪もとかしていないが、いまさらあわててもしかたがないと観念した。立ちあがるべきだとわかっていたものの、脚が震えそうでそのまま座っていた。

マロリーが戻ってきた。部屋が明るくなったおかげで、エメラルド色の旅行用ドレスがよく見えた。マロリーのつややかな褐色の髪と、透きとおるような白い肌に合っている。外が寒いせいだろう、唇が赤くなり、アクアマリンの瞳はこみあげる感情でうるんでいる。だがその感情がなんであるか、アダムにはよくわからなかった。

「まあ、アダム。ひどい姿だわ」マロリーはそのときはじめて、アダムの姿がはっきり見えたようだった。「さっきミセス・デイリリーが、あなたに夕食をとらせようとしたことを話してくれたわ。よくお食事を抜いているんですって？」

「まったく、お節介な女中頭だ」アダムはミセス・デイリリーのことも、食欲がないことについても話したくなかった。「どうして来たんだ、マロリー？　兄弟の誰かに送ってもらったのか」

「いいえ、ひとりで来たわ」

「ひとりで！　エドワードは気でも触れたか――」

「従僕ふたりと御者、それに侍女と一緒だったのよ。危険なことなんてなにもなかったわ」

アダムは渋面を作った。「使用人が一緒だろうがなんだろうが、自分ひとりで旅をするなんてだめだ。それを許すとは、エドワードもどうかしている。ぼくに言ってくれれば、迎えに行ったのに。どうして手紙で知らせてくれなかったんだ？」

マロリーはアダムに近づいた。「ここを出て以来、あなたからなんの連絡もなかったことを考えると、断わられるんじゃないかと不安だったの。それにこれ以上、先延ばしにしたくなかったし」

アダムの心臓が激しく打ちはじめた。「先延ばし？　そんなに急ぎの用があったのかい？」

「昨日、マイケルが会いに来たの」

アダムの胃がぎゅっと縮み、胸が差しこむように痛んだ。マロリーが戻ってきた理由はそれだったのか。ハーグリーブスと一緒になることを伝えに帰ってきたのだ。大切なことは面と向かって話したいと考えるのは、いかにもマロリーらしい。別れを告げるのに、手紙ではあまりに無情だと思ったのだろう。でも無情であろうとなかろうと、別れの言葉など聞きたくない。

なにも言うなと叫ぼうか。

この腕に抱きしめ、マロリーの気持ちが変わるまで、息の止まるようなキスをしたい。彼女を閉じこめ、どこにも行かせないようにできたなら。

だがアダムは黙って椅子に座っていた。肘掛けをぐっと握りしめた手だけが、その胸のうちを物語っている。

「少佐はなんの用だったんだ？　まあ、いまさら訊くまでもないことだろうが」苦々しい響きが声ににじむのを抑えられなかった。

マロリーは勇気を出し、さらにアダムに近づいた。「もう一度やりなおしたいと言われたわ。自分への愛がまだ残ってないかと訊かれたの」

アダムは机の上の書類をじっと見つめていた。「それで、きみはなんと答えたのか？」

マロリーは足を前へ進め、アダムのすぐそばに立った。「あなたのことは大切に思ってる、と――」

アダムの胸に耐えがたい痛みが走った。まるでマロリーが手を伸ばし、この胸から心臓をえぐりだしたかのようだ。まぶたを閉じ、浅い息をついた。

「——でも、心から愛している男性はひとりだけだと言ったわ」マロリーは愛情のこもった声でささやいた。「それはあなたよ」

アダムの目がぱっちり開き、さまざまな考えが頭を駆けめぐった。これは夢にちがいない。それとも、いよいよ正気を失ってしまったのだろうか。だがマロリーは間違いなく目の前に立っている。疑いようのない愛で、瞳を海のように輝かせながら。

「あなたはわたしを信じられないのも当然だと思っているかもしれないけれど、それは間違ってるわ」マロリーは言った。「あなたはマイケルに嫉妬してた。いまならわたしにもその理由がわかるの。あなたはわたしがしかたなく祭壇に立ったと思っているのね。自分の意思であなたを選んだわけじゃない、と。でもそれはちがうわ、アダム。わたしはあなたと結婚したかったのよ」

「きみは評判を傷つけられ、自分を納得させる理由が欲しかっただけだ」アダムはそのときはじめて、なりゆきで結婚することになったせいで、自分がどれだけ不安を抱いていたかに気づいた。

「わたしはおそれていたの。あれほどの悲しみを経験し、また心をずたずたに引き裂かれることになったらどうしようと考えると、怖くてたまらなかったのよ。たしかにわたしはマイケルを愛していたけれど、心の奥底ではそれよりもっと深くあなたを愛していたんだと思うわ。少女のころからずっと」

アダムは眉根を寄せた。「どういうことだ?」

「わたしはまだ少女だったころ、あなたのことが好きだったの。でもあなたにまったくそんな気がないとわかったから、その想いを胸の奥に封印してあきらめたのよ。あなたとは友だちでいられればそれで充分だと、自分に言い聞かせていたわ。やがてマイケルと出会い、彼を真剣に愛するようになった。でもいまならわかるの。わたしが最初に愛した人はあなただった。あなたを誰よりも愛してる。もしまだ結婚していなくても、ほかの誰でもなく、やっぱりあなたの妻になりたいと思っていたわ。あなたを愛し、あなたのそばで人生を送りたい。アダム、ごめんなさい」マロリーはアダムとの距離をさらに詰めた。「あなたのもとを去ったのは間違っていた。ここに残って、夫婦関係を築きなおす努力をするべきだったわ。どうかわたしを許して。帰ってきていいと言ってちょうだい」

アダムは口をあんぐり開けた。心臓が胸を破って飛びだしそうなほど激しく打っている。「帰ってきても、い、い、いい? もちろん、いいに決まっているだろう。それに、許しを請うのはぼくのほうだ」かすれた声で言った。「きみを手放すべきじゃなかった」

手を伸ばしてマロリーを抱き寄せると、胸もとに顔をうずめ、蜂蜜のようなにおいとやわらかな体の感触を味わった。

マロリーがアダムの髪に手を差しこみ、頭をなではじめた。アダムの背中がぞくりとした。

「きみ宛ての手紙を隠したことは?」しばらくして訊いた。「ぼくはきみの信頼を裏切ったんだ」

マロリーはアダムの目を見つめた。「あなたと一緒にいられることのほうが大事なの。あなたはわたしのすべてよ。あなたがわたしのことを信じられるよう、これから一生をかけて愛と忠誠を捧げるわ。それから、わたしが出ていったことを許してくれるなら、わたしもあなたが嫉妬に狂っていたことを許してあげる」

「たしかにぼくは嫉妬に狂っていた。きみを自分のものにしておくためなら、なりふりかまわなかった。いまでも同じ状況に置かれたら、ああならないという自信はない」

「でも嫉妬を覚える必要なんかないのに」マロリーはアダムの頬を両手で包んだ。「わたしはあなたのものよ。ほかの男性のものになるなんて考えられないわ。これからもずっと」

アダムはうめき声ともうなり声ともつかない声をあげ、マロリーをひざの上に乗せて唇を重ねた。その瞬間、暗かった世界に光が差し、心に天使の羽が生えて空高く舞いあがったような気がした。マロリーを強く抱きしめ、思いのすべてをそそぐように激しいキスをした。

マロリーは陶然とし、ありったけの情熱と愛情を込めてキスを返した。アダムに抱かれていると迷いもなにもかも消え、愛とこみあげる熱い思いで胸がいっぱいになる。マイケルの腕のなかでは感じなかった欲望で体が燃えあがり、アダムのこと以外、なにも考えられなくなった。

わたしの居場所はここだ。

アダムの愛以外、なにも欲しくない。

マロリーは目を閉じてその刹那に身をまかせ、夢中でアダムにくちづけた。

どれくらいの時間がたったころだろうか、ふたりは呼吸が苦しくなって顔を離した。マロリーは息を切らしながら微笑んだ。

アダムも微笑みかえし、安堵と愛で目を輝かせた。

「あなたに話しておきたいことがあるの」マロリーは言った。もう二度とアダムに隠しごとをしたくなかった。「怒らないと約束してくれる？」

「怒るようなことなのかい？」

マロリーはアダムの首筋に指をはわせた。「いいから約束して」

アダムは眉根を寄せた。「わかった、約束する」

「昨日、アダムが会いに来たとき、キスをされたの」

「なんだと——！」マロリーの背中にまわしたアダムの腕に、ぐっと力がはいった。

「怒らないと約束したでしょう」

「まさかそんな話だとは思わなかったからだ。やっぱりあのとき、あいつを殺しておけばよかった」

「そんなことを言わないで。あなたにこのことを話したのは、もう心配する必要はないと伝えたかったからなの」

アダムは疑わしそうに片方の眉を上げた。「どういうことかな」

「あなたの言ったことはほんとうだとわかったわ」

た。

「ぼくが言ったこと？」

「あなたは以前、わたしがほかの男性に触れられることなど想像もできなくなる、と言ったでしょう。マイケルはキスがうまいのよ。昨日もわたしの情熱をかきたてようと一生懸命だったけれど、わたしはなにも感じなかったわ。あの人の腕のなかにいても、頭に浮かぶのはあなたのことばかりだった」マロリーは手を伸ばし、アダムの額に落ちた髪をはらった。「あなたのおかげで、わたしはどんな相手にもまったく魅力を感じなくなってしまったの。かりに不倫の恋をしたいと思っても、楽しむことは絶対にできないわ」

「恋人を作ろうなんて気は起こさないほうがいい」アダムはきらりと目を光らせた。

「あなたもよ、閣下。もしほかの女性といるところを見つけたら、その人の目をひっかいて、あなたにもたっぷりおしおきをしてあげる」

「嫉妬深いのはぼくだけかと思っていたが」アダムは小さな笑い声をあげ、マロリーにくちづけた。「ほかの女性なんか欲しくない。ぼくが欲しいのはきみだけだ、マロリー。きみはさっき、ぼくのことを前から好きだったと言ったね。ぼくもそうなんだよ。きみが十六歳のころから、ぼくが愛する女性はきみだけだった。ぼくがなぜ、きみに興味がないふりをしていたと思うかい？」

マロリーはあぜんとした。「わたしが十六歳のころから愛していたですって！　そんなことはありえないわ。あなたにとってわたしは、ジャックとケイドとエドワードの妹でしかなかったじゃないの。わたしを子どものようにあつかっていたくせに」

アダムはマロリーの肩をなでた。「きみはたしかにジャックとケイドとエドワードの妹だった。だからぼくは、ほんとうの気持ちをきみに伝えられなかったんだ。あのころのぼくには財産もなく、きみと結婚することはかなわぬ願いだったのさ」

「そういうことだったのね」マロリーははっとした。「昔、わたしをあきらめたと言っていたでしょう。じゃあマイケルとわたしが付き合っているときも、わたしのことが好きだったの？　あの人がわたしと結婚するつもりだとわかっていながら、あなたは身を引いたのね？」

アダムはうなずいた。つらかった当時を思いだしたように、その目に苦しげな表情が浮かんだ。

「どうして言ってくれなかったの」

「自分の妻にまともな生活もさせてやれないくせに、財産目当てで求婚していると思われたくなかったんだ。もしもあのころきみと結婚していたら、世間はぼくの目的はなにかとあれこれ噂しただろう。ぼくの愛の深さについて、きみには一寸の疑いも持ってもらいたくなかった。愛してるよ、マロリー。心の底から愛している」

「ああ、アダム」マロリーは吐息をもらし、アダムに抱きついた。「わたしたち、なんて遠まわりをしてしまったのかしら」

「そんなことはない」アダムはささやいた。「これから一緒に何十年もの歳月を過ごすんだ。ぼくたちにはたくさん時間がある。ふたりで幸せになろう」

マロリーは身を乗りだし、情熱的なキスをした。やがてしぶしぶ顔を離したとき、アダムの机の上にきらりと光るものを見つけた。「それはなに？　もしかして、わたしのロケット？」

アダムはかすかにばつの悪そうな顔をした。「ああ……その……ながめていたんだ」

マロリーはいっとき間を置いてから言った。「ずっと持ち歩いていたのね。ねえアダム、わたしがロケットを置いていったのには理由があるのよ」

「ぼくに妻を恋焦がれる愚か者のまねをさせるつもりだったとか？」

「ううん、ここへ帰ってくる理由が欲しかったからよ。そのロケットは大のお気に入りなの」

アダムが笑い声をあげ、マロリーも笑った。

「ロケットのなかにもうひとつ、なにを入れるか決めたわ」

「なにかな」

「最初の子どもの写真を入れるの。あなたの髪の毛の横に」

アダムは一瞬絶句した。「マロリー、まさか――」

「いいえ、でもすぐにそうなることを願ってるわ」マロリーはなまめかしい笑みを浮かべた。「夕食のあと、協力してもらえるかしら」

アダムはいたずらっぽく微笑んだ。「夕食まで待つ必要はないさ。もしお腹が減ってるなら、ベッドの上で食べればいい。ぼくがきみをたくさん食べたあとで」そう言うとマロリーを立たせた。「もうずっときみなしで過ごしてきたんだ。その埋め合わせをしてもらおう」

アダムはさっとマロリーを抱きあげた。まもなく書斎に黒猫がはいってきて、机の上に飛び乗った。

「シャルルマーニュ！」アダムは大きな声を出した。マロリーの目を見つめ、満面の笑みを浮かべた。「ほんとうに戻ってきてくれたんだね。シャルルマーニュを連れてきたことがなによりの証拠だ」

マロリーは微笑み、アダムの首に抱きついた。「わたしの家はここなの。もうどこにも行くつもりはないわ。さあ、二階へ連れていってちょうだい、閣下。後継ぎを作りましょう」

訳者あとがき

お待たせいたしました。バイロン・シリーズ第四弾をお届けします。

クライボーン公爵家の長女マロリー・バイロンには、マイケル・ハーグリーブス少佐という婚約者がいました。マイケルが戦場から戻ってきたら、幸せな新婚生活を始めるはずだったふたり。ところが帰国を待ちわびるマロリーのもとへ、マイケルが戦死したという知らせが届きます。それから一年あまり、絶望したマロリーは自分の殻のなかに閉じこもり、優しい家族にも心を閉ざしていました。そんなマロリーを心配した家族は、思いきってハウスパーティを開くことにします。気のおけない親戚や友人に囲まれて過ごせば、マロリーも少しは元気が出るだろうと考えてのことでした。そしてそこへ、バイロン一家の古くからの友人であるアダムことグレシャム伯爵がやってきます。文字どおり独身貴族の暮らしを謳歌しているかに見えるアダムでしたが、実はずっと昔からマロリーのことを想っていたのです。でも伯爵とは名ばかりで、財産のない自分に求愛する資格はないとあきらめ、その想いを心の奥深くに封印してきました。マロリーがマイケルと婚約したときも、愛する人の幸せを願って黙って身を引いたのです。

すっかりやつれてしまったマロリーの姿にショックを受けたアダムは、悲しみの沼から彼女を救いだし、もう一度その笑顔を取り戻そうと心を砕きます。その数年前、アダムは金融界の天才と呼ばれるレイフ・ペンドラゴン（ミストレス・シリーズ第一作『昼下がりの密会』のヒーローです！）の助言にしたがって投資を行ない、莫大な富を築くことに成功していました。マロリーももう出会ったころの幼い少女ではありません。ふたりが結ばれることを妨げるものはもはやなにもなく、アダムは今度こそ愛するマロリーを自分の手で幸せにしようと決意します。

やがてマロリーは、ときに優しく、ときに厳しく励ましてくれるアダムに、固く閉ざしていた心をだんだん開くようになります。なにしろ相手は、十代の少女だったころ、淡い恋心を抱いていたアダムです。マイケルへの罪悪感にさいなまれながらも、いつしかマロリーはアダムの前でなら素直な気持ちを表現できるようになりました。急接近するふたりですが、ゆっくり時間をかけてマロリーの愛を勝ち取ろうというアダムの思いとは裏腹に、ひょんなことからあわただしく結婚せざるをえなくなります。

それぞれちがうかたちでマイケルの影に苦しみつつも、互いに相手を思いやり、幸せになろうと努力するマロリーとアダム。小さなすれちがいはあれども、順調な結婚生活を送るなかで、マロリーは自分がアダムを気心の知れた友人としてではなく、男性として愛していることに気づきます。遠まわりはしたけれど、ようやくかけがえのない愛をつかんだふたり。

ところが没落した伯爵家を再興し、幸せな未来を築こうと一歩を踏みだした矢先、運命の女神が仕掛けた残酷すぎるいたずらに、ふたりの人生の歯車は大きく狂いはじめるのでした――。

ヒロインのマロリーはもともと明るくて気立てがよく、誰からも好かれるチャーミングな女性です。そんな彼女が婚約者の死という悲劇に見舞われて絶望にあえぐさまは痛ましく、訳者もなんとか立ちなおってほしいと祈るような思いで原書を読みすすめました。世間ではもっぱら放蕩者と噂されているヒーローのアダムも、心のなかではマロリーを一途に愛し、自分の気持ちよりも相手の幸せを大切にする素敵な男性です。ロマンス小説のヒーローとヒロインとして、非の打ちどころのないカップルと言えるでしょう。ですがマロリーはマイケルを裏切ったという罪悪感に苦しみ、一方のアダムも、マロリーの心にはまだ亡き婚約者が住んでいるのではないかという疑念につきまとわれます。このあたりの心理描写の巧みさはさすがウォレンというしかなく、読者のみなさんを甘く切ないロマンスの世界へ引きこんでくれること請け合いです。本作はシリーズ物の四作目ではありますが、前作までをお読みになっていないかたにも充分楽しんでいただける内容ですので、よろしければお手に取ってみてください。

さて、次回はいよいよバイロン・シリーズの最終話、〝*The Bed and the Bachelor*〟をお届けする予定です。天才的な頭脳を持つバイロン家の四男、ドレークの恋と結婚がテーマの物語ですが、国際的な陰謀がからみ、本作とはひと味もふた味もちがった作品に仕上がっています。どうぞ楽しみにお待ちください。もちろん、愛すべきバイロン家の面々も随所に顔を出し、その後の幸せそうな姿を見せてくれます。

最後になりましたが、今回もまた二見書房の尾髙純子さんにひとかたならずお世話になりました。この場をお借りして厚くお礼を申しあげます。

二〇一三年三月

ザ・ミステリ・コレクション

この夜《よる》が明《あ》けるまでは

著者　トレイシー・アン・ウォレン
訳者　久野郁子《くのいくこ》

発行所　株式会社 二見書房
東京都千代田区三崎町2－18－11
電話 03(3515)2311［営業］
03(3515)2313［編集］
振替 00170－4－2639

印刷　株式会社 堀内印刷所
製本　株式会社 村上製本所

ISBN978－4－576－13053－8
http://www.futami.co.jp/